最后一里路
ZUI HOU YILI LU

丛虫 / 著

重庆出版集团 重庆出版社

图书在版编目(CIP)数据

最后一里路 / 丛虫著. —重庆:重庆出版社,2021.12
ISBN 978-7-229-16101-9

Ⅰ.①最⋯ Ⅱ.①丛⋯ Ⅲ.①长篇小说—中国—当代 Ⅳ.①I247.5

中国版本图书馆CIP数据核字(2021)第205125号

最后一里路
ZUIHOU YILI LU
丛 虫 著

责任编辑:袁　宁
责任校对:李小君
装帧设计:徐　图

重庆出版集团 出版
重 庆 出 版 社
重庆市南岸区南滨路162号1幢　邮政编码:400061　http://www.cqph.com
重庆出版社艺术设计有限公司制版
重庆市国丰印务有限责任公司印刷
重庆出版集团图书发行有限公司发行
E-MAIL:fxchu@cqph.com　邮购电话:023-61520646
全国新华书店经销

开本:890mm×1240mm　1/32　印张:10.75　字数:275千
2021年12月第1版　2021年12月第1次印刷
ISBN 978-7-229-16101-9
定价:56.00元

如有印装质量问题,请向本集团图书发行有限公司调换:023-61520678

版权所有　侵权必究

目录 | CONTENTS

第一章　失踪人口　/2

第二章　逃离北京　/38

第三章　小城老店　/74

第四章　百万葬礼　/107

第五章　婚礼葬礼　/176

第六章　何去何从　/211

第七章　生离死别　/251

第八章　最后一程　/288

尾声　/333

后记　生死两茫茫,而我们还要活下去　/337

生死循环，花开花落，有一个地方，人人皆要前往。
而我们总该完成自己的故事，走完这条路。
这条路无论怎样，没有人能背着你走，没有车能载你走，
可能也没有一双舒服的鞋子，可能前面也没有什么好风景，
但我们的双脚并不会因此停息。
你必须自己走，一个人走，
继续走，向前。

第一章　失踪人口

天上下雨地上滑，自己跌倒自己爬。

亲戚朋友帮一把，酒换酒来茶换茶。

原本很多细小的事都是在发出警告，但韩晓云从来不信邪。

她信的是塞翁失马焉知非福，坏事里可能藏着好事，如果好事里也藏着坏事，那么，就回到前一句，总之好事是会来的。

高家杰说她的这份乐观难能可贵，韩晓云说到底有多贵，不如折现给我，你不折现，我立马就能悲观起来。高家杰正在洗碗，听她一说，笑得后背直抖，碗一下摔在水池里，上面多了条裂纹。

也许这就是不祥之兆，但她怎么会对这样的事有知觉。

那碗是批量买黑人牙膏时送的，就图上面有个史努比，碎了就碎了，碎碎平安，一个碗能值多少钱。况且也没有真的打碎，有裂纹，还能用，韩晓云从来不在这上面追求完美，能用就行，大不了再买一个，不是什么重要的事。

大事能扛，小事能忍，坏事嚼碎了咽下去，不想经受锤炼，何必要漂在北京城，还奋力想要扎根下去？人总得付出代价。

不安和焦虑谁都有，只是韩晓云早就学会了把这些情绪折叠好，塞进最不起眼的边边角角。小公司转进大公司，大公司工作没多久辞职创业，跟合伙人王雨诗把一个二人婚庆小组做成了现在七八个人的工作室，人前人后也被叫一声韩小姐，韩总，她有这个底气能镇住场，也包括镇住自己。

高家杰以前也曾彻夜不归，一般都是做项目加班，不过都会提前给她电话，打完了就关机，俗称封闭，几个人没黑没白地连续盯后台程序，等到上线了，测试过没什么问题了，才算结束。有一次他熬了三天，回来整个人瘦了一圈，胡子拉碴，黑眼圈比熊猫都大，还冲她笑，韩晓云鼻子一酸，说："我煮了皮蛋粥，你喝点。"

"不喝了，我就是困。"高家杰摇摇晃晃地进了卫生间冲澡，半天没动静，韩晓云进去一看，他坐在地上靠着墙睡着了，花洒在脚边哗哗流水，整个人像被抽空灵魂的皮囊，瘫在那里了。

他们认真地讨论过转行的事，但是高家杰这种架构工程师的出路其实很少，来来回回就是那几家比较大的公司里打转，还有家里跑关系进了国企的，工作是清闲的时候清闲，忙的时候照样忙死，工资跟以前没法比，更别说还有奖金股票分红这些。

再熬一熬吧，我们就结婚。这话高家杰说过好几次了，每次都是靠着这句话，两人软下来，不再争论对峙。他喝了粥，洗了碗，她也把床重新铺了一下，等着他过来抱她。同居几年后，两人拥抱倒是没有减少，互相抱着暖着，睡过去，也有种温馨踏实的感觉。

只是电影的烂俗套路向来如此，都是一种背后隐藏黑洞的美好懂憬。

韩晓云手一颤，切小西红柿时厨刀在无名指上划了一道，鲜血迅速地渗出来。她一声不响抽了张纸按住，等不流血了，继续把沙拉做完，包上保鲜膜放进冰箱，牛排等高家杰回来再烤，这

3

人也不知怎么了,提前给她个电话也好放心啊。

说不出口的抱怨跟切了手指发不出的呻吟一样,都被她继续叠一叠,塞进角落。没空抱怨,抱怨没有用,有那工夫不如再做几份婚礼的文案,看看属下交上来的都是些什么,带着错字,中英文混杂,措辞不当,滥用成语,要是司仪当众宣读出去,那不是丢人现眼?婚礼这种为面子存在的仪式,最怕的就是丢人。

所有的客户都是要求上尽量"奢华""大气""高大上",就是高端大气上档次,然而做预算时个个都反着来,能有多少省钱的法子都得用上,一根线也得说清楚是干吗使的,追求的效果与想付的钱成反比,这种希望和失望的落差就是需要提前反复说清楚的,当然最后大多数人也就凑合凑合这么着吧,真想要完美,那种排场得花座金山银山,普通百姓也就看看,谁家过日子不是精打细算,一分钱掰两半花呢。

不少未婚夫妻就是在这种现实无比的细节磨合中失去了耐心,最终撕破脸分手。这类事韩晓云也见得多了。买完的物料不能退,就留着卖给下一拨客户。也不是没有好说话的,一次他们把什么都布置好了,新娘却临时悔婚,正琢磨怎么拆卸拉走的时候,另一对过来一眼看上了,新郎是位销售,能说会道,打了个八五折两人照单全收,连那家预订的酒席都接下了。

还有常见的纠纷是公婆或者女方父母花钱,那么矛盾就是老人的安排孩子看不上,孩子想要的,老人不以为然。一边是觥筹交错的喜筵,另一边是伤心哭泣的新娘,愤愤不平的伴娘,垂头丧气的新郎,这样的事韩晓云也见得多了。

每次遇到,她都会马上要求助手去茶水间,带着热茶水果和小点心过来,温言细语,好生安慰。年轻人们接亲迎亲一般都得早早起来忙碌，到酒席时又没机会吃，早就又累又饿，几句好话哄哄，夸夸，吃点东西，振作起来，好歹得把这桩大事给办完了。

有个新娘说："就冲办婚礼累成狗，就坚决不能结第二次婚。"

新郎说："这次也是我爸妈非要办，别的不说，份子钱总得收一收。"

新娘点点头，浓妆脸看不出表情，那声音比冰桶里的香槟还冷："你们也就知道份子钱，还知道什么？哼。"

那次的场面韩晓云印象深刻，从这几句拌嘴开始，扯出某宾客是新郎前女友，新郎反唇相讥说新娘的婚前的小公寓也是前男友给买的，是拜金女，新娘和伴娘们一起动手揪扯新郎："拜金？拜金能找你们家？开始还说去马尔代夫办婚礼，现在怎么就随便在顺义包了个别墅啊？没那本事别吹牛，得了便宜还卖乖！"

新郎那边的人多势众也绝不是好惹的，加上有些亲戚多喝了几杯，看着金碧辉煌的别墅和香槟塔本来就嫉妒眼红憋着火，这下两边一场混战，打砸抢都有，韩晓云他们虽然也算经验丰富，但眨眼就战火纷飞的场面还是少见，紧急关头丈母娘直挺挺昏倒过去，拉架劝架的婚庆成员们赶紧齐声大喊："不好了，你们把人打坏了！"没到十分钟就清了场，宾客们跑得比兔子还快。

收拾残局打扫战场，救护车也火速赶来了，再一看人家老太太坐在那里，妆都补完了，没事人似的说了句："都请回吧，我没病。"大家也不敢数落她装病，但现成的医护人员都在，给她量了血压心跳，说是比正常人还健康，就差没给她发个勋章了。

那次本来韩晓云以为要赔掉老本儿，想不到前期的款是男方家付，尾款新娘自己给结清了，还谢谢她叫救护车去管她那个神经质的老妈，韩晓云也有无数场面话应对："谁家没有老人，再怎

5

么说,不能让爹妈跟着受罪吧。你家'太后'这也算智勇双全了,姜还是老的辣,咱们都得学着点。"

把新娘逗得直乐,付钱痛快不说,还跟她说了好些心里话,大意就是经了这么一场,还是觉得前男友待她好,要回头找他去。韩晓云不敢接话,只有唯唯诺诺。

新娘看她什么都顺着自己这份赔小心,更高兴了,说下次婚礼还请她帮忙。韩晓云赶紧翻翻时间表:"下半年是排满了,明年春天有空。"新娘说:"那太晚了,什么事都得趁热打铁,我要是这个月不嫁出去给他们家看看,还以为我是没人要了,切,什么玩意儿!给脸不要脸。"

韩晓云的工作虽忙,时间也没紧张成那样,她是发自内心不想接这个单了,这一回就够受的,她左脚被踩肿了,头发也扯乱了。那天高家杰回家早,本来想跟她一起去看电影,一看这样子,立刻带着她去医院了。医生给她清理喷药,绷带捆得厚厚实实,高家杰看了看,笑着说:"像不像米老鼠?"

饶是心情糟糕成那样,他俩还是一起笑了。回家一路都是高家杰背着她。不是不能走,可是受了伤受了气,有个人背着你,让你暂时依赖一下,也还不错。

这次又要什么时候回来啊。韩晓云看高家杰的同事上班刷朋友圈,不像忙活的样子,但上次高家杰也是被临时抽调去支援另一个项目,不在自己的部门里。她想问别人又把话咽了下去,不打扰,不做给人添麻烦的人,她一向是个懂事的人。家里有弟弟,虽然是龙凤胎,那也由不得她不早早学会懂事,学会照顾人。只是爱自己,照顾好自己这事,反而是独自一人来北京上大学才慢慢学会的,也好,自己学到的,就是自己的,硬气。

只是这时硬气不太管用，她承认自己越来越慌，工作也干完了，几个联系电话也打了，等高家杰回来吃的菜弄完了，等待的时间越长，她心里越纷乱，爱丽丝从兔子洞里掉下去，总也不见底儿似的。

别想那么多了，什么大不了的，谁没加过班啊。韩晓云重新打开一个文件夹，把最近用过的婚礼贺辞整理一下，在里面做个备份。

高家杰没什么朋友，自从他们共同的朋友，韩晓云的同乡、初中同学庆翔去了韩国打工，韩晓云觉得自己就算他唯一的朋友了，一起吃饭一起睡觉，奉献体温和房租，分担家务。

高家杰仅有的两个走得近的同事，一个是TT，也是程序员，跟高家杰在游戏里认识的，几个月前恰好他们公司要招聘，如果本公司员工推荐的人才获得录用，可以奖励一万块钱。TT跟高家杰要了简历就发过去了，没想到过三关斩六将——还不止，参加笔试的就有两百多，剩下还有四十个，招聘名额只有三个。TT拿了一万块奖金，请高家杰吃饭，高家杰才头一次见着这个瘦削、眼睛贼亮的小个子，乍一看特像街边晃荡的小混混。

TT哈哈大笑得意得不行，没说上三句话别人就能看出他的天真。他高兴不是因为这点钱，是认为自己敏锐地感知到了人事部的需求，跟他在茫茫游戏里的某个网友正好匹配，他乐得连埋单都忘了，高家杰默默结账，也被他的快乐感染，两人后来其实很少见面，公司太大，17楼和11楼之间的同事互无往来很平常，毕竟几千人的单位，没有可能每个人都认识。

偶尔TT还跟高家杰组队打两把，胡扯几句，但玩的时间毕竟还是太少了。

7

另一个就是高家杰他们眼下项目小组的组长老赵，老赵年方27根本不算老，但符合程序员自然规律，早早脱发脱出一个油晶晶的脑门儿，略显稳重，在地铁上甚至被眼神不好的小学生让座，叫他爷爷。老赵每次说起都痛心疾首，然后承认自己还是坐了，并且一坐下就睡到了终点站，没有辜负这个座位和爷爷的尊称。

稳重之人容易得到领导青睐，因为稳重意味着听话，不乱来，谨慎或者说胆子小，这都是领导们认为好中层应该有的素质。所以老赵当上了小组长这个费力不讨好的芝麻官，除了干自己分内的活，还要统计每个人的工作进度，把控项目时间表，每天填张表格上交部门领导，领导高兴了看一眼，大多数时间直接跟别的崭新打印纸一起送去切碎机。

这两个人韩晓云都见过，见到TT那次她穿着职业装，一脸严肃，吓得TT有点结巴。TT努力克服着结巴，表达了想通过她寻找一个美女当女朋友的想法，能把大事小情都安排妥当，他作为一个宅男可以上交工资卡，那就最好了。韩晓云说那你这是想找个妈。

TT说："对了，还必须得跟我妈能相处好，怎么也得比我孝顺吧。"

就为了这些着三不着两的话，韩晓云不大待见他。她自己这边水灵灵的姑娘不是没有，按说一个年薪几十万的大公司程序员也算是可以认真考虑的对象，然而她不想介绍任何女孩给他。

老赵倒是得韩晓云的好感，那次高家杰搭他的车回家，韩晓云煮了牛肉面，邀他上来一起吃点。老赵一脸局促，看到了牛肉面才放松下来，毫不犹豫地连吃了两大碗，吃完还坚持要求洗碗，边洗边给高家杰推荐了新款洗碗机。

韩晓云问他既然不做饭还置办洗碗机干吗，老赵脸一红，说自己就好这口，有什么新的智能家电总想收。他倒是没求韩晓云帮着找对象，但是韩晓云还真就把他的照片发过给两个恨嫁女，没想到两人都嫌这谢顶谢得着急。

"走在一起算我老公还是我老爸呀，基因不好，万一我以后闺女儿子也早早谢顶怎么办？"

"我自己也能挣钱，总得找个看着顺眼点的吧。"

韩晓云实在想不到现在姑娘们恨嫁固然呼天抢地，签名档都写着"男的，活的"，等真的有靠谱的，起码是看起来靠谱的出现了，又嫌弃矮，秃顶，口臭，或者说话带口音，穿得土，有肚腩。

然而姑娘们给她的回复也是一针见血：你自己找的人就没这些毛病，别站着说话不腰痛。

韩晓云只能笑笑作罢。她们不会知道高家杰有抑郁症，这其实比秃顶肥胖更可怕，但是这事她跟生活里其他不那么好的事一样，都藏起来不说了。

说了又有什么用呢？喋喋不休地唠叨抱怨，除了把你自己变成一个神憎鬼厌的怨妇，对事情又有什么帮助呢？

韩晓云想问问老赵现在什么情况，为什么高家杰还不回家，几次把手伸到手机上，手又缩回来了。跟老赵得有半年没说话了，最近IT行业都在大批裁人，谁的日子都不好过，有班能加，按照某个企业家当众所说，还是一种福气，这福气你不想要，想要的人多的是。毕竟月入三万的工作也不是那么好找，毕竟他们俩省吃俭用，也在一年前买下了这套四十平方米的小房子。

他们还作了财产公证，高家杰要求的，韩晓云有点不理解但也觉得有必要，她见过的婚礼前分手不少了，情感是软件，财产

9

是硬件，在一起怎么都好说，等到分手，什么难听的话都说得出来，什么难看的姿态都做得出来。

首付90万，韩晓云出了50万，高家杰40万，联名购买，剩下的分期付款二十年，每个月8500。非常幸运了，他们俩都这么觉得。

再攒点钱，我们就结婚，我带你出去旅行去。高家杰不会说什么甜蜜的情话，他跟她一样，做的都是实在的打算，但韩晓云想要的就是这个。婚礼上什么天长地久百年好合都说得让人腻烦，头一天办婚礼第二天去离婚的照样有，一切就绪之后就要走上鲜花过道仪式开始，小两口就谈崩了，奔向偶像剧的套路，婚纱落跑，另一个西装革履地在后面追，这样也见过不止一回。

王雨诗在意大利淘到一件婚纱，惊人的便宜又惊人的美，再三说要送给韩晓云做结婚礼物，可是韩晓云说不想要，最多穿一回拍拍照，就还给她。王雨诗说你拿这张历尽沧桑的脸给谁看，这么多人就你捞出一个可靠的，长得还挺帅，工资还不低，还跟你一起买房，哎呀你就不要来气我了。韩晓云说你就吃亏在看人先看脸上，还好意思说呢。

王雨诗嘴一撇："人活的就是这张脸，你看看我挑的主持，有偿伴娘，颜值高就是出价高，客户也就是爱要这样的，要都跟你似的，给人推荐一谢顶的，人家不跟你翻脸才怪。"

"我推荐谢顶的那是认真交往的男朋友，又不是挑主持。"韩晓云知道斗嘴斗不过她，不过偶尔这么互相顶顶牛也颇有乐趣。

"主持不能忍，男朋友就更不能忍了，我就喜欢帅哥，看着眼睛舒服，要等我瞎了，我就能将就着找个矮胖子。"王雨诗的话赢得办公室里几个女孩齐声附和，韩晓云不敢再说了，因为王雨诗甚至跟她当场放话说要不你把老高让给我,那谢顶的你自己留着。这话虽然带着冒犯的意思,但韩晓云知道这帮眼高于顶的女人还颇看得起自己的伴侣,心里也有点飘飘然的欣喜。

这几天韩晓云难得在家,王雨诗带着团队去了东京,她坐镇大本营善后,还有一场视频直播得她领着下属盯着。前两天忙得要疯,高家杰还给她端茶递水,热了个羊角面包给她当早饭。韩晓云边吃边催他快点走,上班别迟到了。

现在想起来,高家杰似乎有点忧郁?最近太忙两人说话的时间少得可怜,往往她回家时他已经睡下了,再不就是她洗漱完毕上床,才听到他轻轻的开门声。

可这城里,有不忙的人么?大家不都是飞速地压榨着时间精力,换点舒适生活的可能性,房子车子孩子,加上爹妈养老,都是挣多少钱也不够的人生项目。韩晓云自问算是有计划有条理的人,但这些硬邦邦的问题放在她眼前,她也抓狂。

"赵总好。"韩晓云还是给老赵发了个信息,"你们是不是又封闭了,家杰昨天晚上没回来,也没给我电话。"

她坚持不发语音信息,怕打扰别人。但老赵信息回得出乎意料地快:"高家杰一个月前离职了,他没告诉你么?"

那是条语音信息,韩晓云从来都不知道老赵会用这么冷冰冰的官方腔调说话,这话短促有力,把她平地推了一个趔趄。

我不知道啊。打完了这几个字,韩晓云觉得眼前发黑,她不想计较老赵对她的态度了,多问一点是一点。

老赵又是一条语音信息:"那你打人事部电话×××××××,最近这批离职的员工都是一起办的,我开会去了,回头再说。"

一阵寒战从脚底升起,韩晓云有点站不稳,失业没什么,她

11

自己换工作也有过失业没收入的日子，但是他竟然瞒了这事不跟她说，这些天早出晚归还跟从前一样，营造着还在上班的假象，这就太可怕了。

没有上班去，那你去了哪里？没有在工作，那你是在做什么？想什么？为什么连我也不告诉，难道说你始终把我当成外人吗？

在恐惧和愤怒的双重夹击下，韩晓云张着两只手，不知该做什么，这时，外面一阵咚咚咚的闷响，不知是什么声音，震得人耳朵难受，那声音像个横着的大木头，耳膜就是一下下被撞击的钟，钝钝地痛。

对门装修的红纸条贴了快一周了，出来进去都能看见"开工大吉"四个大字。房主韩晓云也见过一次，女的衣服上有显眼的LV字样，挎一只包四处找放的地方，找了半天觉得这些地方都配不上自己的名包，于是还是挎在手上，手肘又刻意地轻微外伸。这要是韩晓云的客户，她立即就会专门抖开一条方巾铺在桌子上给她放好，再略带惊讶地赞美一句：鸵鸟皮啊，这得等了很久才能买到吧。

就凭这一句，对方就会把怎么买到这只包的过程详细讲给她听，至少有五分钟的热络攀谈，她也就成功地把最新最贵的婚庆套餐推销出去了。

这种人不缺钱，特别爱面子，言谈举止中都带着无意为之但显而易见的优越感，不是"五十步笑百步"的优越，而是"何不食肉糜"的优越，因为他们就是在肉糜中长大的，完全不能理解世界上还有诸多别的活法，也完全接受不了别人的精打细算，那叫寒酸抠门，活着都是丢人，没劲！

高家杰跟她念叨过几句对门什么时候装修的问题，韩晓云说：

"你管他们呢,咱俩现在两头不见太阳这么忙活,爱怎么折腾随便,国家规定早八点晚六点,节假日和周末都不许动工,打扰不到咱们就行了。倒是奇怪这家人这么有钱怎么不去住别墅,非要住到公寓楼里来。"

"听说是离那男的工作单位近。"

韩晓云刚洗漱完,赶着刷墙似的给自己上妆:"那有意思了,买这房子图你上班近,难道你们还是同事?富二代当码农,他能吃得了这份苦么。"

"唉,人家家里好几套房,爱住哪儿就住哪儿。"高家杰瞬间情绪低落,被忧愁笼罩的表情,韩晓云见多了不以为意,一边去拿包一边顺手搂了一下他的肩膀:"别怕,咱俩当富一代哈,多挣钱,爱买哪儿买哪儿。"

她的包是王雨诗从香港给她带的一个老款LV,图个皮实,用得也精心,好几年还能挎得出去。出场面才背这个,更大的场面她还有双鞋配成一套。平时她用的都是帆布包。韩晓云绝对不会去买鸵鸟皮名包,穷人花不起这份面子上的钱,也没兴趣花。

高家杰没说什么,只是极轻极轻地叹了口气。韩晓云临出门还喊他一声:"你快点吧,别上班迟到了。"

说起来只是几天前的事,现在回想起来,不知怎么似乎处处充满了不祥。

对门砸墙声越来越大,砰砰砰,似乎要把整栋屋子推倒了重建。可是韩晓云没心情计较这些,她又打了高家杰的电话,又是听了无数次的您拨叫的用户已关机。

她已经跟人事部电话过了,大公司那种冷冰冰的职业腔调人人都差不多,确认了高家杰真的已经在一个月前离职,也得了两

13

个月的补偿金，毕竟他入职时间也才一年多，人事部还特地强调了是人员的正常调整，并非裁员，也祝福离职同事有更好的发展。

那你倒是跟我说一声啊，有什么事扛不过去的。韩晓云想起他要服药控制抑郁的那半年，常常回了出租屋，灯没开，他一个人在黑暗里坐着，她就自己开灯，做饭，烧开水，给他做一杯咖啡，多多加牛奶，自己坐在他旁边，胡乱吃几口饭，等着高家杰把热饮喝完了，才没事人似的跟他聊聊工作里的狗血和鸡血。

抑郁症没有什么根治不根治的。这事她没跟别人说过，王雨诗嘴巴太大，但也只有她听过韩晓云的心事，居然也保密了，估计是觉得得这病蛮惨也蛮无趣，没什么八卦的空间。

她自己知道没有瞎混，自从来北京，韩晓云没有，也绝对不敢瞎混过一天。不是有退路的人，家里没矿，有矿也肯定是给弟弟，轮不到她。

高家杰不止一次跟她说：我好多了，跟你在一起，我比过去好多了。

他鬓角长了，韩晓云跟造型师借了个理发器回家给他自己推推，左边短推右边，右边短推左边，省下洗剪吹的三十块钱，她的手艺也练出来了，别说他的，自己的头发都随手剪剪算了。连这样的钱都省，不然他俩凭什么能买得起房。

买完了，背上房贷，接着结婚生孩子，给孩子忙活上学，世人不都是这么过的，韩晓云不想做例外。只是她看似平静无波的日子里，藏着一份别人不知道的用力过猛，猛就猛，总比你没有努力直接放弃好吧。

所以你到底是⋯⋯上哪儿去了？

她本来想说死哪儿去了，不吉利，大大的不吉利。她给TT发了个信息，没想到TT立即给她电话，透着气急败坏的不耐烦："什么，高山不见了，那还不赶紧找，你没报警么？你等着啊我请个假。这叫什么事儿，我也才刚知道他离职啊，丫也不跟我说一声。唉，太好面儿了，此地不留爷自有留爷处，怕什么啊。"

高山是高家杰在游戏里的名字，TT始终都记不住他的真名。

"唉，不用。"韩晓云没想到自己的声音这么软弱，赶紧又提高了点音量，"没事儿没事儿，他一个大男人能有什么事儿啊，我就是跟你打听打听，你别请假，耽误你工作多不好。"

TT声音更高了："什么工作啊，我看高山就是被工作逼的。昨天我们部门还有一个胃癌晚期的，才二十六岁凭什么，也不是八十六了得这种病。你等着我跟你去找他！"

"谢谢你。"韩晓云鼻子有点酸，她想不到关键时刻是吊儿郎当的TT真心帮她，看上去踏实可靠的老赵，根本是不想认识她了。

"谢什么，今天不去找他，说不定明天想不开的就是我。我这就请假，谁拦着我我跟谁急。"

韩晓云收拾一下东西，带了一小瓶矿泉水，刚推开房门便忙不迭又关上，可是来不及了，对门砸墙漫天的泥尘已经倒灌了一屋子，她脚下的过道铺了一层灰，再踩上去就是两个清晰的脚印。

不是计较这种事的时候，她从门口杂物架子上抽了个防雾霾的一次性口罩戴上，把门快速地只开了一条缝把自己身体挤出去，饶是这样还是灌了不少灰尘进屋。对门大开着门，务必要把砸墙的灰土都散到外面去。

"你们把门关上行不行？谢谢。"韩晓云恨自己在这时说话还这么客气，那边就跟没听见似的继续狠命砸。她没空理论，这一张嘴，在口罩里面还吃了一口灰。

TT开车带着韩晓云去高家杰的大学，在此之前，韩晓云已经把家附近的地方找遍了，咖啡店，网吧，两人常去的小饭馆。高家杰生活简单，买房后他几乎没什么消费了，有时候下班早，就买点菜肉水果，做一次两人能吃两天。

"唉，我说了你别生气，你说高山会不会去找他前面那位去了。我见过那个女的，跟你可是两个路数，昨天我在游戏里还见过她。"TT是真担心高家杰的安危，他又补了一句，"退一万步说吧，找她也没什么，可能就是说说话聊聊天。"

"去呗，我无所谓。"韩晓云那语气听了是绝对的有所谓，吓得TT不敢再说什么。

一股强烈的怒气从韩晓云的心里发作出来，如果这怒气能转化成能量，估计TT的车此时都变成火箭上天了。

你这算是什么？你把我又当什么？工作没了你再找，就连我，你也可以光明正大跟我说分手，这不声不响玩失踪你算什么啊。

她不敢承认的还有心底至深的恐惧，高家杰的家庭跟别人不一样，他并不是纯粹的独子，前面有个哥哥，高家骏，当年地方新闻轰动一时的主角"小学生受训斥后自缢身亡"。

"我哥样样都比我强，比别人都强，也可能就是太要强了，那次被人说了几句，他就受不了。我妈说他就用的鞋带，两根鞋带接在一起……后来我妈从来不给我穿带鞋带的鞋，家里连绳子这个词都不说。"

韩晓云还记得高家杰跟她说起这段往事时的情形，她窝在他肩膀上，他仰着头直直地看着天花板，想不到竟然说出这样的事。她不知道该怎么安慰他好，只好抚摸他，把手指插进他的头发，去用嘴唇封住他的嘴。

但那一直都是高家杰的阴影，她知道。他从小就被父母说什么都不如哥哥，高家骏也许是本来就很完美，也许是在父母痛苦的思念中变得完美，总之是用来反衬他处处的不完美，尽管他已经很努力，也是一名小城里的高才生，考上985来北京，那也不行，因为高家骏如果活着，一定能上北大清华，因为他活在如果里，所以弟弟永远不如他。

两个小时一无所获，TT也有点慌了，他不断地问韩晓云："这丢的是你老公还是我老公啊，你怎么就一点都不着急的？"

韩晓云心说着急有用么？嘴上却说："你对朋友好，热心，我是真急得没办法了。"

TT一想也对，这就跟打游戏他带过的无数女徒弟一样，人家没办法么，当然就得他有办法。可是这平白无故一个大活人不见了，游戏里或许还有办法把他揪出来，现实世界没那么容易。

两人还是回公司找了老赵，老赵推三阻四不情愿，但被TT硬逼着出来了，韩晓云也不说话，眼睛里渐渐有了泪。老赵见了也不落忍，干咳了几声："你也别生他的气，家杰虽然是我的老同事了，但我也不敢说了解他，反正这回裁……离职吧，也不光是他一个，我们部门砍掉了一半，刚毕业的实习生一口气补位五个，说白了就是大换血，我也是有今天没明天的。家杰可能就是心里闷，出去散心，不想跟谁说话，他就这脾气，你也知道他，一遇到事了，他心重，也不跟人说的。"

韩晓云把那两滴没忍住的眼泪抹了，尽量用平静的声音说："那您觉得，他能去哪儿呢？"

"说来巧了，那几天我们要搞团建，说要去水库边上露营烧烤。"老赵一边说一边打了个激灵。

"水库……你这嘴……"TT也不知道该骂什么。

"那也不是我选的地方，你们干吗总赖我啊！我这边好多事儿，谁不是奔着谋生糊口啊！就你仗义，就你有交情，你不也找不着么？"老赵脾气上来了，秃顶上一层细汗，从兜里掏了颗药片直接咽了，连水都没喝。

韩晓云站起来："那我不打扰了，谢谢您了。"她起身就走。

老赵在后面跟着："别别，你……你吃饭没，我带你去食堂吃点？你放宽心，他跟你感情那么好，不会就这么一走了之的。你上哪儿去啊？"

"我报警。"韩晓云再也不想耽误时间了，她正在想应该在哪里报警合适。是高家杰身份证老家小城才能报失踪，还是在北京就行，他俩好歹也是在北京多年纳税，有了购房资格并买了房的人。

TT回头扔给老赵一句硬邦邦的话："要让我知道裁他是你报的，我跟你没完。"

老赵一个人站在原地，小声说："都凭良心吧，我能砸谁的饭碗啊，有那资格么我。"

小区离派出所不远，一个年轻警察接待了她，听了韩晓云说完，他眉头皱了起来："会不会是回老家了？"

"不会。他都好几年没回去了，工作太忙，两年都是除夕加班。我也是过年不回家，因为我做婚庆，过年期间是旺季。"韩晓云低下头，这事平时忙倒没觉得有什么，跟人说才觉得有些心酸。

"噢，够忙的。这都买房了，有没有什么钱债纠纷，平常跟谁有矛盾没有?"

"没有。"韩晓云回答得非常快。他们俩在北京，树叶掉下来怕砸脑袋，一对与世无争，用流行的话说，佛系，拼命干活攒钱已经耗尽了精力，哪来的空去跟人结仇怨，钱上面信用卡都定期还，除了房贷这笔欠银行的巨款，别的哪有债务，一无所有，就算借谁又能借给你？

警察问来问去，还在TT身上多看了几眼，吓得TT有些结巴："我，我就是高山的朋友，狭路相逢那游戏您玩么？我们俩队友。"

"先不说这些，这情况我大致清楚了，给你登记下来了，我们先查一下现在的资料，这是满了24小时，但是就从您说的这些情况来看，不能确定他有生命危险，所以我们也不能马上给您报失踪……"

"他有抑郁症，他有自杀倾向，他失业一个月了都没跟我说，我怕他想不开……"韩晓云觉得这些话说出来烫舌头，可是不说她就要被憋死了。

警察的脸严肃起来了，他起身到了里屋，韩晓云和TT在外面等着。她胡乱地抹了几把眼泪，觉得自己哭得有些丢人，可是眼泪不受控制，忍了太久开了闸门，再想关就不容易。TT说不出什么安慰人的话，翻了翻衣兜也没有纸巾，何况他也有些眼睛发热，脚底板凉飕飕的，谁经历过这样的事儿啊。外表看上去像不良少年，TT其实是一等良民，这辈子是头一回进派出所。别看游戏里喊打喊杀，这一进警局，立刻气短三分，莫名其妙地心惊肉跳。

丁一鹤在电脑上浏览着最近内部通报的无名尸体，不多，就那么几个，他算是老警察，可每次看着各种死况的无名尸，还是心有不忍。有相当一部分是自杀，尤其是那种穿得整整齐齐，一看就是尽力把自己安排好了，不麻烦别人的体面人，特别动他的心。人这一生，得忍多少憋屈才能决定去死，就连死，也是谦卑谨慎的，生怕让别人烦。

新警察申报这个失踪通告，丁一鹤看看，感觉这属于五五分，可大可小的事儿，青壮男子有学历有工作，刚买了房还不到半年，女朋友看样子也是个本分人，说话条理清楚是个办事人的样子，多半是一时心里难受找个地方安静安静，丁一鹤判断，最坏的不过是酗酒一类的。

但要说这不是个案子，也不对，丁一鹤刚办案不久，跟着一个老警察，来报案的一对夫妻家里丢了钱，妻子哭天抢地，哭得他都跟着难受，丈夫还直安慰她，看着也是很和谐的一对了。但那老警察一眼就看穿了，说这个女的有问题。

后来一查果然，这女的在外面有个多年的情人，钱都偷偷拿出去给情人跑买卖了，开始能挣点，两人花天酒地还成双成对出去旅行，后来亏空了，实在补不上窟窿，女的才贼喊捉贼张罗报警。

而丈夫对这一切真是一无所知，完全被蒙在鼓里。丁一鹤佩服老警察的眼睛，老警察冷笑一声："有泪有声那叫哭，有泪无声那叫泣，无泪有声的，那就是号。这女的一路在那里干号，她根本不伤心，就是害怕，她是报警的人她怕什么？心里有鬼呗。"

丁一鹤远远地看了韩晓云一眼，他知道这是真正的伤心，而且是把伤心小心翼翼叠好了，尽量不给别人添麻烦那种懂事的伤心。

懂事的人，都活得憋屈。丁一鹤暗暗叹了口气，做了记录，又打了几个电话。

韩晓云从电梯里一出来，就被灰尘呛得不行，她几乎是摸索着到了自己家门口，掏钥匙开了门。对面还在砸，大开着门，一趟趟地拉着砸下来的水泥块。韩晓云不想过问这些，她狠狠地按住自己的口鼻，侧着身子把自己放进门缝，用力地关上门，但这本该是很大的关门声，在砸墙声里微不足道。

这世界只想按自己的步骤去走，不会管她是哭还是笑。韩晓云这时才哭出了声来，她边哭边拨电话，一次又一次。

高家杰那边永远是：您拨打的电话已关机。

关键时刻你并没有一个可依靠的人，但这种状态，韩晓云以为自己早已习惯了。

自从考学来北京，自从毕业时跟当初大一就追求自己的同乡朱易轩分手，她渐渐就习惯了做什么事都是一个人，一个人找房一个人上班，一个人回出租屋给自己做一碗青菜面，有时就一个白煮蛋，她不觉得苦，而且慢慢体会出了乐趣。

如果不是遇到高家杰，她觉得孤独终老也不算是很坏的结局，甚至可以说是幸运的一种，一个人平淡安稳走过人生的各个阶段，不为家庭关系烦恼。韩晓云觉得自己比从前坚强得多，以前她是个除了考试看书什么都不懂的小城女孩，在工作里学习历练，她能清楚地看到另一个更像样的自己在破壳而出。

尤其是在遇到高家杰的那个晚上，庆翔组织的同乡聚会，大多是单身，还有朋友凑热闹一起来的。高家杰是庆翔的室友，庆翔跟韩晓云是高中同班同学，初中在同一个子弟学校。那天他们俩都迟到了，高家杰还奇怪地看了看韩晓云，心说这姑娘干吗一出地铁就一直跟着我。韩晓云倒是完全没注意到他，她一会儿就刷一下手机地图，生怕这陌生地方找不到聚会的饭店。

去的时候那边都开吃了，韩晓云一眼就看见了于丽洁，眼睛就盯了上去，跟她做婚庆能把所有人都哄得开心满意不同，韩晓云也是经历过为收尾款拍过桌子的人了，更不是初中被于丽洁这种所谓的大姐头随意欺负的小女生了。

于丽洁感受到了韩晓云的敌意，这才尴尬起来，僵硬地笑着，端了酒杯，说："咱现在都在北京了，多一个朋友多一条路，以前有得罪你的地方，就盼你原谅了。"说完干杯，讨好地看着韩晓云。

韩晓云随手也端了杯酒，一抬手泼在于丽洁脸上："你早就应该道歉，我不原谅！你打人，骂人，每天堵着搜身抢零钱的时候，你怎么没想到多一个朋友多一条路？"

于丽洁的狠劲儿和酒劲儿都上来了，她抡起一个啤酒瓶子想打韩晓云，早被旁边的人拦腰抱住了，大家也都纷纷劝架："女孩子哪有喊打喊杀的，这边离派出所可近了，别惊动警察。得了得了吧，那点事儿早就过去了，你这气也出了。"

庆翔涨红了脸，一直追着韩晓云到走廊："韩晓云，我不知道你俩有过节，对不起啊我也没喊她，她跟着别人来的。"

韩晓云眼神却有奇异的亮光，忽然笑了，那笑容在走廊镶嵌的镜子里，显得有些肃杀的美："没事儿，我得感谢你，我觉得今天是多年来的一口闷气给出了。对不起，打扰了你的聚会，下次我请你。"

庆翔抓抓头："我要出国了，就韩国还容易点，听说去了还让打工。"

高家杰一直在后面，开了口："我送送你吧，咱俩好像是一个地铁站下的车。"

韩晓云又一笑:"行啊,走吧,我还多一个保镖呢。"

平时她不喜欢跟人开玩笑,连庆翔也觉得那晚上的韩晓云有点不同,比平时要豪放,跟于丽洁相比,只怕她更有江湖气质。然而韩晓云心里想的只是终于报仇了,少女时代里的种种烦闷不堪,总算有一点点弥补,来得迟而且轻飘,但比没有好。

地铁上高家杰问她是不是觉得很痛快。韩晓云说是的。高家杰说很羡慕你能这样做,不是所有的郁闷都能这样一下发泄出来的。

韩晓云这时才注意地看了看他的脸,地铁灯光下,高家杰的脸苍白清瘦,眼睛显得有点漫无边际地大,第一眼看难免会被赞一句帅哥,但是接着就乏善可陈,多半会看到他牙齿不够整齐,脸上还有痘印。

"你有什么郁闷?"韩晓云不知道问了这句话之后,就开始了一段关系。

高家杰送韩晓云回了家,互道再见,他还站在那里不动,规规矩矩两手下垂,有点像大学军训时站军姿,韩晓云走了几步回头一看他还在,有点诧异。高家杰笑笑说:"我看着你上楼。"

她那时租的老公房没电梯,单元门口黑洞洞的。

这句话韩晓云每次想起来心里会有一丝悸动,在北京她照顾自己颇为周到,没有被人照顾过,也是她不想给谁机会。高家杰始终都是个很闷的人,但他对她的好,一点一点的,细细碎碎,她都好好地接收下来,有时也会暗自庆幸,是不是因为自己是个从来不盼望过圣诞节,因为从来也没有礼物可收的人,所以上天垂怜,给了她一棵挂满礼物的圣诞树。

在电影里她看到过圣诞节过了,圣诞树们往往被作为垃圾运走，在碎木机里唰唰绞碎成粉。但圣诞节就这么快过去了吗？她还没来得及把上面的礼物摘下来啊。

对门的声音震耳欲聋，韩晓云戴上了一次性口罩，猛地拉开门，大声喊起来："关门！你们应该关门知不知道？这边有人，楼道不是工地！"

那边这才关了门，粉尘弥漫在四周，液体一般。韩晓云回了屋，把自己的衣服统统换下扔进洗衣机，又大力擦地，擦下来厚厚的灰土粉尘，干脆这块抹布也不要了，掉进垃圾桶里砰的一响……这几天似乎都没有什么垃圾。

她不去想了，那边同事的电话在呼叫，婚礼的视频直播马上就要开始了。韩晓云得上线去盯直播，看着现场的每个细节，随时作出提醒，及时纠正。有一次新娘的妈妈被人恶搞，戴着新郎的礼花上了台，宾客们固然哄堂大笑，但丈母娘没那么大度，视之为奇耻大辱，后来尾款收得极为艰难，最终给她免了两千块。

不能出错，要出彩，不能说一句不吉祥的话，要多说好话，多微笑。从公关到婚庆，韩晓云觉得微笑的表情像是刻在了自己的脸上，每次甚至都能感受到纹路在丝丝蔓延，固定下来，就是一个活的表情包，温和有礼，可信赖的职业形象。

至于她是不是冷和饿，面对几百人的场面是不是害怕，她男朋友是不是失踪了，焦头烂额，没有人关心。

丁一鹤看着同事传来的无名尸体照片，体形高瘦，177公分左右，黑色长裤，蓝色格子衬衫，身边有一个电脑包，被发现时躺在河边树丛里，那地方较为偏僻，所以过了将近两天才被钓鱼者发现。

"这小伙子仁义，不吓唬人，就跟睡着了似的，我还以为他真睡在那儿，喊也不答应，一摸都凉了。哎哟，谁家孩子啊，爸妈还不心疼死。"钓鱼老大爷絮叨了半天，还掉了泪。

韩晓云看着婚礼现场，提醒同事舞台上挂的花有点松，可别一会儿当场掉下来。同事那边给她传过来一份串场词，她机械地看了一遍，白头偕老，和谐美满，佳偶天成，吉祥如意。

这些话是一根根的针，在扎她的心，她看着屏幕那边的婚礼，听着外面沉闷的砸墙声，从未有过的孤独和不安在翻涌，上涨，直到把她吞没。

初步判断是自杀，现场的警察给丁一鹤回了个电话，具体情况等法医来鉴定。

丁一鹤又看了看现场的照片，放大了那张脸，神情安详，双目合拢，他从心里叹息一声，大好年华，女朋友谈好了，两人还买了房，接下来就差结婚生子过个安定的小日子，这个坎怎么就没过去呢？

"检查一下随身物品，电脑手机封存起来，回来要看看里面的资料。"新警察在那边答应了一声就挂了。

他觉得这案子也就差不多了，接着通知家属，该办后事办后事，他们又接到一桩报警，是女中学生负气离家出走的，这也是可大可小的事，大的像这样自己想不开轻生了，或者被人谋害性侵，小的估计也就是跑火车站去个旅游景点散心，再不然就出门去会网友，铁路那边准把她给拦下来。

这世界深广如海，人不过是条孤零零的小船，谁知道什么时候一个波浪就把小船给打翻了。丁一鹤抽屉里有颗佛珠，是他爸爸留下来的，他爸爸是退伍军人，大厂保卫科科长，离婚后一直独居，丁一鹤跟着妈妈姥姥长大，和爸爸的关系不咸不淡。但是等到爸爸生病了,他去陪护,才听爸爸说了些心里话,然而,多年隔阂让这些话显得生硬冷僻,他只能存在心里,让时间慢慢融化。

父亲去世后,丁一鹤和女朋友分了手,一个人常年在单位里值班。别人都说他是工作狂,只有他自己知道,对眼前的一切有些厌倦,每样东西,每件事都被涂上了不能言说的灰暗,那灰暗还会滴下来,一点点都落在他身上,他整个人也是灰的,倦的,但在别人眼中,这是男人成熟的标志,沉稳了,可堪大用。

副所长不止一次说等他退休了,这位置就是你小丁的。

丁一鹤唯唯诺诺,不敢答应也不敢不回应。他藏起了很多事,尤其是自己的感受,他没告诉任何人其实他害怕面对受害者家属,有呼天抢地的,有直接昏倒的,还有沉默着一言不发只有眼泪哗哗直流的,那种体面人竭力压制的悲伤尤为可怕,他宁可不穿防弹背心去抓捕凶犯,也不想去面对核爆一样的悲伤。

但没有人知道,所有人都信赖他,认为难办的事应该找小丁,准给你踏踏实实办好。小丁熬成了丁哥,丁哥再熬成丁所长,这也就是一眼看得到头的一辈子。

活完这样的一辈子,就算是成功么?他冷笑了一声。

韩晓云接到丁一鹤的电话时,却出乎意料地冷静:"发现他了?嗯,在什么地方,我去。"

丁一鹤得承认见惯了大风大浪的自己吃了一惊,甚至让他怀疑这死者家属是不是有什么问题。

第二次电话里,韩晓云的声音甚至更冷漠了:"怎么了,我正收拾东西,一会儿就走。后事?我自己能办,我家做殡仪服务的,我当然懂。"

丁一鹤很少遇到不知道该说什么的场面，但这下他真的卡住了。

"没别的事了吧，那我挂了。谢谢您了，丁警官。"

王雨诗在东京正兴高采烈地操办喜事，这个大单可是她费尽心力搞定的，一定要做成高端婚礼的样板，以后也好再跟别的客户说。

她万万想不到自己微信上收到这样的消息：高家杰自杀了，我得给他处理后事，请假三天，麻烦你了。

她火速打电话给韩晓云，都被掐了，不接。王雨诗想起见了高家杰几次他都是笑眯眯的，再老实不过的样子，一时悲从中来。婚纱店员却误会了，赶着递给她一张纸巾："太美了对不对？人生的重大时刻穿上这样的婚纱，才是最光彩照人，让人难忘的。"

王雨诗抽泣着答应了一声"是的"。她本来准备给韩晓云挑一顶头纱做惊喜礼物，可是眼看着好友竟然用不上了，这算什么。

韩晓云小时候玩过一二三木头人，这游戏的技能，在她成年后多次发挥作用。老板骂她的时候，客户刁难她的时候，遇到什么事别人觉得年轻姑娘好欺负，撒泼使赖的时候，她都能一秒让自己变成木头人。听不见，看不见，该干吗还干吗，木头人看着是一动不动，却也硬邦邦的，让人拿她没办法。

她只是除此之外，没有别的办法。

那套黑衣服还是上次清明节回家时穿的，这次穿腰围略大，没想到几天工夫瘦了下来。韩晓云穿好了衣服拿好包，检查了里面的证件，银行卡，又从支付宝转了一万块过去。不管红白事，办事就得买东西，就要用钱，没钱寸步难行。

她打开衣橱，高家杰还不如她，她总置办了几件正装出席场合，程序员天天格子衬衫牛仔裤，冷了穿件登山衣，要再骑上电单车，就是个送外卖的。高家杰还算是男生里比较讲究的，他穿西裤，皮鞋，衬衫，偶尔单位有要求，系上领带也是中规中矩的白领模样。

有两件白衬衫是韩晓云新给他买的，西裤一色都是黑的，还有一双皮鞋没怎么穿，比较贵，他舍不得。韩晓云把衣物和鞋都装进一个手提袋里，又拿了一条毛巾放进去，想了想又放了一条。再想一想，要给他擦擦身体，他那么高，不知道够不够用，她胡乱抽了几条毛巾，把最后一条按在了自己的眼睛上。

你不要我了吗，你再也不对我说话了吗，世界上的人还有那么多，可为什么，每一个都不是你呢？世界上的人，每天都要走掉那么多，为什么你也要走，留下我一个人。

然而她没有时间哭太久，她背好包提着东西出了门。对门又是开着门作业，工人一看见她赶紧关了门，夹杂着几句闲话：小心对门的凶女人吼你，快点关上，等她走了再开么。

她穿越那些灰尘就像从火线上穿过一样，空气中无形的子弹嗖嗖地飞过去，一颗颗都打中她，在她身体上击出大小不一的洞。

高家杰的遗体停放在河岸附近的一个太平间里，她先问了收费标准，然后交钱，要求多保留几天，等着他的父母来一起商议。办事的人极少见到家属如此冷静的，吓得有点说不出话。韩晓云倒是解释了一句：我家也是做殡仪服务的。

她不愿意承认自己的出身，这样的行业跟自己长大的小城一样，不值一提，提起来徒然令人尴尬。四线小城生活的人，都是一模一样的面目模糊，经不起细看。至于那个殡仪服务的生意，原本还是远方姑婆的，因她自己无儿无女，韩家逢年过节都跟她走动，寒暑假韩晓云也常去陪她住，帮着叠冥纸元宝。姑婆待她甚好，大学还给她出了第一学年的学费。

等到姑婆去世，大家想不到她竟提前公证了遗嘱，交到社区，把一间铺面房和这份生意，都留给了侄孙女韩晓云。韩晓云不禁想起她平素说过的话：你有弟弟，家里什么都是他的，姑婆这点东西，将来就给你，你一个女孩子啊，生活可不容易哪。

她伏地大哭，披麻戴孝，抱着姑婆的灵位，平生第一次操办了一场丧事，又是主事人，又是孝女，这时她才发现，从小姑婆有意无意教她的规矩，也都派上了用场。

姑婆，你教我的时候，是不是想到了是我送走你呀？可是你想没想到，我现在，又要去送走他……我知道了，生活真的太不容易了。

丧事从来就没有人多好办事这么一说，除非是再多人都得听主事人的，殡仪服务也知道找谁作决定，多半决定的是怎么花钱，这个钱一般都是现结，没有说让谁垫付或者欠账的，这对事主家来说是最大的不体面。

韩晓云终于又看到了高家杰，似乎隔了好几年没见，又好像刚刚他才笑着出了门。

她拧了一把毛巾，给他擦了擦脸，露在外面的皮肤，他的脖子上有勒痕，很细的一道。高家杰是用鞋带把自己吊在一棵小树上的，身体半躺在河堤上，重力下坠，人就慢慢窒息死亡。韩晓云呼吸困难，觉得那绳子就勒在自己脖子上，越拉越紧。不行，她得撑住，她得把事情办完，这是他最后一点需要别人帮助的事，以他不愿意麻烦别人的个性，非要说要谁来帮一帮，那也只能是她了。

毕竟不久前他们还在一起商量怎么操办婚礼，生个孩子到哪边去上学。

　　她给他擦洗完了，又用干毛巾把水分吸干。以前高家杰洗澡出来，头发湿漉漉的，她也曾经拿块毛巾给他擦。有一次她加班回来累得不行，倒头就睡，却被湿毛巾弄醒了，高家杰手足无措地站在床边，说看她一脸妆容怕她睡觉不舒服，想给她把睫毛膏擦掉。

　　"等我死了你再给我擦身吧，还来得及呢。"她好气又好笑，起身卸妆洗澡，高家杰还给她热了一杯牛奶，韩晓云喝了，给了他一个牛奶味的吻，深而长，能感觉到他身体的悸动，他却轻轻地把她放在床上盖好被子，说她太累了，赶紧睡觉，不然明天还得早早去酒店办婚礼，没有体力可怎么熬。

　　说过的情话，如今都是谶语。什么累死了，要死了，爱死你了，你去死吧，本来韩晓云很忌讳说这些，但她有时也说过，只是一说出口，心里就颠簸了一下，覆水难收，知道不吉利也不能删除了。

　　她跪下去，在高家杰嘴唇上吻了吻。旁边的新警察到底入行时间还短，见此情景，背过身去悄悄抹去了眼泪。

　　韩晓云没有眼泪，她忍住了，据说眼泪若沾到逝者脸上，会变成来世的痣和胎记。若有来生，我希望你皮肤光滑长相漂亮，我不能用悲伤拖累你。平时高家杰跟她也玩过幼稚的游戏，睡公主被王子吻醒，他也常常装睡等着她来亲吻。

　　只是这一次，为什么你不肯睁开眼睛，吻回来？为什么我的吻再也不能叫醒你，为什么你不是在装睡，为什么你睡着了，再也不愿意醒过来，看看我？

她那一万块，交了各种费用，却也发现如今各处都可使用微信支付和支付宝，不见得非要刷卡或使用现金。百忙中她还买了杯奶茶，给停尸间的管理员。可以，这女人还知道照顾别人，心没有乱，没有乱就能把事扛下去，有人扛事就好，就还不至于一团糟。

高家杰的父母第一次见韩晓云，印象就不好，无论儿子未婚妻什么样，如果是这种情况下才仓促见面，印象都好不了。她头发乱，眼睛红肿，黑衣服皱巴巴还沾着灰，见了人干巴巴地叫了伯父伯母，高家杰的妈妈已经哭了一路，这下又哭了起来："这是怎么了，我儿子啊，我只有这个儿子了……小杰，小杰你怎么就走了……"

韩晓云面无表情，也没有跟她抱头痛哭，她只是轻轻地搀扶着高妈妈的胳膊，让她别站在人流里哭，车站人来人往，别让人踩着碰着。

高敬天的心里满满的全是怒火，他竭尽全力去维持这愤怒，不让悲伤有隙可乘。

大儿子夭折，小儿子身上背负的是双份的希望，可是他哪有一次听过自己的话，考研，考公务员，考教师资格证，谁家孩子不是毕业了忙这些，要能在北京落户口当然好，要不然就得回省城，回家乡，总得给自己找一碗可靠的饭。当初高敬天下了岗，还不是四处走门路，才勉强又在一家国企挂了职，拿一份清水工资，穷归穷，但你是个有职业身份的人，在社会上有地位，你才像个人样。仗着有个大学文凭，仗着年轻，在社会上瞎混，你能挣到点钱，可那都是虚的，将来谁给你办退休，你有病谁给你报销，老了退休金谁给你发？

这些事不能想，一想起来他的心就变成了地狱，连带会想起高家杰临走前挨的一耳光，他打得自己手心都痛，那痛是痛在骨头里的。

你看看吧爸爸有没有说错，爸爸盼着你好才管教你，你不听，你总说要走自己的路，不用我们管，你走了，可你走的是个怎样的路，你今天是个什么下场啊。

和漂在北京的很多年轻人一样，高家杰和韩晓云同居两年，谈婚论嫁，但是也还没有见过彼此的家人。从故乡出来的年轻人们，似乎咬紧了牙关要把故乡抛在脑后，包括自己的家庭。父母往往是等到快婚礼了才见到自己的女婿或儿媳，他们没有资格说好或不好，可以或者不可以，能让儿女通知一声就算不错了，领个结婚证打电话告诉家人一声就去上班，这样的也不少见。

旧的习俗在轰隆隆地倒塌，虽然现实里静寂无声，人人都假装只要能结婚就是天大的好事，假装忘了自己跟眼前的新人刚见面，就要建立起牢固的亲属关系。韩晓云见过许多婚礼上互相吐槽的男家女家，婆婆媳妇，岳父女婿，更不用说互相看不顺眼的两家亲友，但这些都得大事化小小事化无，最后浓缩一张大团圆结婚照，你好我好大家好，花好月圆白头到老。

真相并非如此，但人们更关心是不是共同维持好了一个面子。真相到底为何，老祖宗们也早总结了万能金句：家家都有难念的经么。就这么混混沌沌的也是一生，流行歌里又唱了：平平淡淡才是真。

韩晓云安排了酒店，高家二老坚决拒绝，这也能料到，韩晓云带他们回到住处，家里已经收拾清爽，请二老安歇，她自己提了随身东西，准备去酒店。

"你坐下，我们还有话问你。"高敬天的语气中充满威胁。

韩晓云手里捏着手机，想起新警察跟她说的，有任何事，都可以电话找他。

"小韩，我听说过你，小杰有什么话都不愿意跟我们说，就是两个月前，跟我们说和你在一起有两年了，还说要结婚。本来我们还很高兴，想给你们操办一下，可谁知……他的事我们不清楚，只有你最清楚，你得说明白，他为什么就这么走了，留下话没有？"

"我不知道。这几天我特别忙，没注意到他的作息变化，听他同事说他离职快一个月了。我不知道是不是失业……"韩晓云自己也觉得困惑，失业就足以逼死一个人么。

"哼，你们买房子也不跟家里说一声，小杰还说什么做了公证。我儿子没有那么多心眼，是你的主意吧，这下他走了，这房子，是不是都归你一个人了？"高敬天想不出别的攻击点，他觉得多半是儿子被眼前这个女人骗了，灰心失望才死的。

"不是，我们公证的是首付每个人出资多少，月还款都有银行流水，头一年是他付的，第二年开始到现在都是我付的。"

"你倒是牙尖嘴利，我儿子跟你在一起，他死了，你脱不了干系。明天我要去警察局，我要求详细调查，我儿子好好一个人，为什么他就……"高敬天实在不能接二连三地说出这个死字，他的老泪滚滚而下，一滴滴都烫手。

韩晓云烧了开水，给高家二老泡了茶，又低声告诉高妈妈说饭锅里煮了粥，高妈妈边哭边点了点头。她提上包，不管高敬天怎么喊叫，走了。她需要睡觉、休息，有了体力才能办事，一个人死了容易，身后无数的事都得有人办完。

她以为那份殡仪生意转给了弟弟，自己永远也不用跟这些事沾边儿了，有时还被王雨诗开玩笑，说她一衰带十旺，从白事跳到红事，绝对打杀四方称霸天下。她也真觉得有点灵，不然凭什么她们一个做公关出身，一个做时尚新媒体，组合起来竟然真的开创出了一点局面，至少给十来个人发工资绰绰有余。

　　然而，你越是以为，苦苦打拼后，生活会露出一点笑脸给你，灾难越挑这个时刻降临。韩晓云彻夜难眠，临到凌晨才蒙眬打了个盹，梦里高家杰还在对着她笑，她着急生气，恨不得扑上去打他两下，可是又想紧紧地抱住他，说你别走，你跟我说话，我们说好了要结婚的。她的身体像被巨石压着，怎么也挪动不了，看着他走远了，一点点地消失了，她猛地一挣，猝然惊醒，后背全是冷汗，窗外已见天光。

　　高家二老早早去了殡仪馆，看着儿子的遗体，又是一番彻骨悲伤，高妈妈哭得昏厥过去，高敬天只得用力掐她的人中，掐得她皮肉青紫才醒转过来。韩晓云带了热水，给高妈妈喂了几口。她缓回气来，一巴掌把杯子打翻了："为什么，到底为什么我儿子要寻短见？你就真的一点都不知道吗？"

　　是，她真的不知道为什么，也想找人问问为什么，但韩晓云能做的，唯有默默走过去弯腰把杯子捡起来。

　　丁一鹤想不到这死者的父母如此难缠，他反复说了发现尸体的过程和警方的自杀结论，但是高家父母不能被说服，他们只管说自己的，说到没说的了，就含泪看着警察们，那对犹如轭下牛马的双眼，谁看了都会想起自己的爹娘。设身处地想想，若是自己的孩子走了绝路，该是怎么难受，若是自己莫名其妙就没了，爹娘又是怎样的心情。

新警察去给二老买了盒饭，这时大家才发现已经到了中午。二老并没有吃，高妈妈揉着心口说吃不下去。高敬天翻来覆去，就一句话：这不行，你得给我一个说法。

没有人能给他们说法，面对这样的现实，他们也找不到任何说法。韩晓云中间接到了几次微信提示，她出去看了一眼，公司的公众号更新了，那场东京婚礼果然美不胜收，新娘的婚纱梦幻无比，看起来就像迪斯尼里的公主，连相貌平平的新郎都被衬托得气度不凡，真人那种拘谨扭捏都看不见了。

毫无疑问这又将是她们公司的一次阶段性胜利，以后可以接更豪华更高端的婚礼，也就是说，可以挣更多的钱。韩晓云心里没有一丝喜悦，相反，只被这样的胜利和美图催得更为悲酸。

你能不能告诉我，我是哪里做错了，你一句话都不留给我，这么绝情，毫无征兆。而我又是蠢到了什么地步，一点异样都没有发觉，整天就是忙该死的工作，为了别人家的喜事操劳，做好了一千个一万个项目，到底这些跟我的人生有什么关系，谁又会知道，就在我身边，我的爱人已经决定了一个人去死。

丁一鹤出门，跟韩晓云说："怎么着，这二位老人你怎么弄？"

"不知道。"韩晓云的话把丁一鹤又顶一个跟头，但他也知道这是大实话，不知道怎么办，谁也不知道该怎么办才是对的。

"局里打算给他们买回去的车票，跟这儿耗着也不是个事儿。你觉得呢？"

"哦，车票我可以买，如果……他们同意回去的话。"韩晓云进入了木头人状态，丁一鹤发现这女的搞不好比那两个老人还不好对付。

"他真的没跟你说什么？"丁一鹤试探地追问了一句。

韩晓云这才回头看了他一眼,那一眼是一块石头丢进了深潭,丁一鹤不愿意面对这种复杂的眼神,他看向了别处。

"要是说了,就好了,至少我也能有点准备。哪怕就说他真的想要走了,怎么劝也不行了,那我是不是也能提前知道这件事,让我别这么狼狈。这跟车祸一样,你不知道什么时候就被大车给撞在那儿了,动不了了,也不知道自己下一步该干什么。他要能跟我说什么的话,也许他就不至于走这条路,就不会死……"

两道眼泪是自己喷出来的,她阻挡不了,早晨她还给自己上个淡妆,被眼泪冲得一道一道的,幸好没有上睫毛膏,这忽然冒出来的念头让韩晓云觉得滑稽,什么时候了还在想睫毛膏。丁一鹤摸下口袋,还有一包纸巾,他打开拿了一张递给韩晓云,她开始没反应,后来接了过去,泪眼模糊地说了声谢谢。

丁一鹤暗自叹了口气,自从母亲也因病去世后,他孤身一人,唯一可投入的也就是这份工作了,不知道自己死了,会不会也有人哭几声,有人为了他去坐在警察办公室里要说法。没有,当个警察,能平平安安死在床上算是幸运的,倒在地上,挂在墙上,这样的事儿也见得多了。

所以,这个程序员好端端地干吗要寻死呢?丁一鹤总觉得有点不对劲。他粗略看了下死者的手机和电脑,也没什么可疑的地方,太干净了也让人起疑。这个人连聊天记录都一本正经,笑话都不说一句,让他有种感觉,你看到的,都是他想让你看到的,都是他的面具。

我会看看你面具后面到底有什么的。他心想。

高家二老直到警察局下班了才离开,丁一鹤开车把他们送到了韩晓云公寓楼下,韩晓云下来接他们,向丁一鹤道谢,丁一鹤说没什么，如果你在家又发现什么线索的话，记得交给我。

韩晓云面无表情，说："他东西不多，就那些，我还没动过，您要想看可以跟上去看看。"

一行人默默地上了楼，都被楼道的灰尘呛了一嘴灰。韩晓云说我让他们关门了，总是不听。

丁一鹤过去敲了下开着的门，很灵，一瞬间电钻声全停。

"不能这样，你们得关门，知道么？"他声音也不大，门里面的工人却一迭声地答应着，立马把门关严了。大约是想不到她报警了，警察亲自上门来警告。如果只是一个弱女子，每天好言好语地商量，请他们关门，那是绝对不服的。

戴上了手套，丁一鹤很迅速地把这个小家的东西都翻了一遍，干净简单，就像他的手机内存，显然这是刻意收拾过了，凭着直觉，丁一鹤能判断这是男人自己做的，韩晓云说了她没动就是真的没动。所以也更坐实了他是自杀，临走前把东西归置清楚。但水太清了，就没有鱼了。

"这纸条，你见过没？"丁一鹤从小书架上拿下几本书，翻开其中一本，拈起张纸条，给韩晓云看。

"没有。"韩晓云很机械地回答，但她看清楚上面的字后，眼泪再一次不受控制地奔涌出来，她两肩抽动，以自己最不情愿的方式，在别人面前放声大哭了起来。

高家杰的笔迹，他写着：当我离去时，请你不要哭。

第二章　逃离北京

关于解释，有时再多言语都无用，情绪就能完成最好的沟通。韩晓云痛恨情绪失控这种事，她害怕流露软弱，尤其是在外人面前。弱者可欺，愚者可笑，在这遍地都是人尖子的北京城，示弱只会让你输掉本该赢的竞争，丢了饭碗，没有面包，还谈什么梦想追求。

她从来没想过，自己会有一天，在这么多人面前，哇哇大哭像个刚落地的婴儿。悲伤似乎有形有质，直接从她身体里冲了出来化成实体，要把世界上所有的眼泪都号啕出来，变成河，流进海，海也是悲伤的，涨起来淹没一切。

等她醒过神来，才发现自己坐在了沙发上，高妈妈和高爸爸一边一个搀扶着她，把她扶到了沙发上靠着，丁一鹤给她倒了杯温水，放了一包纸巾在桌子上。

"小韩，我相信你。"高妈妈的话让韩晓云不知所措，她自己的眼睛这两天也哭得肿了起来，"我就是想不通为什么我儿子就走了这条路……他不要我们了我知道，可是他连你，连你俩的小家也不要了吗……"

高爸爸长叹一声，像野兽的哀鸣："他这是造孽，坑了人，把人家搁在半路上了，别为他哭了，不值得。"

他颤抖着手,想抽一张纸巾递给韩晓云,手却抖得太厉害,什么都拿不住。

丁一鹤等韩晓云稍稍平静了些,指着他挑出来的几个本子:"这些我带走了,用完了会通知你去领。"

"好。"韩晓云很艰难地把这个字说出了口。眼下的事跟好毫不沾边,但她除此之外,没有什么能对警察说的。

她叫了几份外卖,连丁一鹤的都在内,盒饭送上门,丁一鹤却要走了。韩晓云说:"您带着路上吃吧。"丁一鹤说了声:"谢谢,不用了。"他出门时看了看楼道,灰尘落了厚厚一层,对面不敢再开门了。

高家杰把自己身外物处理得很利落,没什么多余的东西,但丁一鹤看了一个笔记本,上面零乱地写着些数字和字母,不知道有什么用,他先把能搜集到的东西放一起,有空时慢慢琢磨。

下午是一个金融平台爆雷案,所里挤满了一把鼻涕一把眼泪来哭诉的老人家,丁一鹤午饭到底没吃上,他抽空出去买了两个烧饼啃了。正巧局里有个同行过来,也在那儿买烧饼,接了个电话满嘴蹦英文,丁一鹤就听见一个词Bitcoin。

挂了电话丁一鹤问同行什么事,同行说咱们这边的有几个人跑河南去挖矿找比特币,还偷了好多电,是在一家废弃工厂被抓住的,户口在北京,人还得押回来。丁一鹤隐约感觉这事似乎有点什么关联,没再说,把同行的烧饼钱一起结了。

同行夸了句:你们这儿的烧饼做得好,酥,芝麻多!

丁一鹤处理完金融爆雷的事都快下班了,他想了想又给TT打了个电话,那边一听是警察明显有点蒙,说话也结巴了:"还,还是高家杰那事儿么?又怎么了?"

"没什么，我是想问问他工作的情况，不知道您有没有时间，过来聊聊？"

"不好意思我没空啊，我这边有个项目是跟日本那边公司对接的，我这周就去京都了，您要有什么问的在网上说吧，高家杰……我们是朋友，是兄弟，您有什么想调查的，我都不瞒着您……我们也没什么事瞒人的……"

他越是这么说，丁一鹤越是听着可疑，表面上还是不露声色："那感谢了，你还挺讲义气的。行，就这么着吧，你忙你的，我要找你再给你打电话。"

"行嘞。"TT明显松了口气。

韩晓云给二老做了顿饭，没有人有胃口吃下去。高妈妈身体不适，又躺下了，高爸爸坐在卧室里抽烟，烟雾腾腾，虽然他尽量靠着窗子，但那劣质香烟的味儿还是浓厚得跟毒气一样。

王雨诗的到来打破了僵局，她天生就有那么一股劲儿，自来熟，跟谁都能说上话，叫了声叔叔阿姨，嘘寒问暖，高家二老虽然没什么心情，但也不能不敷衍她。王雨诗说的都是眼下该办的事，头一件就是火化，那三个人说不出口也不忍心说，但总得有人提。

韩晓云一边抹眼泪一边说："我去办。"王雨诗背着二老给她递眼色："那恐怕不行，人家得是直系亲属吧，你俩这不还没结婚么。前头的事都是你了，后面的事……恐怕你这身份不行，这你比我懂啊。"

"我去。"高妈妈坐了起来，"我儿子，我送他走。孩子，早知道这样，妈妈何必生你养你啊……"说着，她又哭了起来。

王雨诗的想法韩晓云很清楚，她是天生的利己主义者，当然作为朋友,她也把韩晓云顺手护起来。没结婚那这事就轮不到你,他爹妈不出面,这些责任不担起来,你傻乎乎地给办完了,将来你落一身不是,永远没完。

整一天韩晓云都在麻木状态,只有在换衣服时短暂清醒,每件衣服都像丧服,黑色、白色,简单款式,略活泼就是裙摆斜裁,几件条纹内搭在里面很显眼,剩下冬装是灰和深蓝。浅蓝色套装是操办婚礼要出场合时置办,配白色包和鞋,还有一条白色项链是王雨诗送她的,也跟衣服挂在一起,穿的时候方便。

高家杰曾经看她穿戴起这一身,眼睛陡然一亮,笑着在背后抱住她说:"这是不是就传说中的小清新啊。"韩晓云说:"我是大清新,老清新。"高家杰把头侧过去吻她,在那一分钟里,她以为他们永不分离。然而如今回忆化为讽刺,自杀无非是对生活绝望厌倦,但她难道不是他生活的一部分,所以她也是绝望和厌倦的一部分吗?

如果你觉得我不好,我们可以分手。为什么做婚前财产公证,两人都没有多少像样的财产,但公证得清楚明白,将来分起来不难看。王雨诗法律专业出身,早已在全公司科普得透彻,感情再好,可能会变,人再好,在财产面前,别挑战人性,有言在先还不够,最好有合约在先,不然谁保护你和你那一点点血汗钱?

只是像王雨诗这么聪明能干的人也想象不出这最坏的情形,她也不知道该如何保护韩晓云,怎么才能从这样的噩梦中走出来。

付钱的时候,高爸爸坚持掏出自己的银行卡。韩晓云的手被他有点粗暴地推到了一边去:"他是我儿子,你得让我给他花这个钱……我再也不能给他花钱了……"

韩晓云说不出话来,高爸爸高大的身躯把她挤出了付款窗口,她呆呆地站在那里，看着后面排队的人们，多半都带着红肿的眼睛，愁苦的脸。

走的是最简单的流程，不是为了省钱，殡仪馆见白发人送黑发人，自动给选了最快，最方便的，没什么仪式。韩晓云知道这符合高家杰的喜好，他是个程序员，简洁实用就行，越简单分数越高，也符合以前老家那边发送后事的传统，夭折的孩子和年轻人，还有自杀的人，都一切从简，不可声张，只有寿终正寝的老人，有儿女后代，枝繁叶茂，这才可操办一场热闹白事，让远亲近邻来诉说逝者平生的好，所谓送终。

有人的人生有收尾，有人却没有，只是一个句号，甚至，是个问号。你真的就走了吗？身在殡仪馆中，周遭闹哄哄的，不时传来别人家凄惨的哭声，韩晓云有强烈的荒谬感，死亡是一泓湖水，倒映出来的真实世界如此虚无，她身在其中，心却失落在回忆里。

我为什么会在这样的地方？家杰，我们不是说好了，要去沙滩海浪豪华酒店，钱多就去夏威夷、马尔代夫，钱少就去巴厘岛、芭提雅，我们说好了，要睡千篇一律的特价蜜月套房，为了省钱只吃水果过一天，躺在床上不工作，睡觉，睡觉，睡醒了就吃，吃完再睡。加班太多，我们对蜜月唯一的期望就是睡足觉，然后在海边走走，让海水湿一下脚背，晒太阳晒到后背赤红，脸上起雀斑，再匆忙收拾行李，回去告诉大家说蜜月很完美，算是毕生最舒服的几天。

接着，我们会继续疯狂工作，挣钱，还房贷，有多的时间一起看场电影，吃顿日本料理，也许钱再多一点，我们考虑要个孩子，等有了孩子，为了谁来看孩子，小房子怎么住说不定还要争吵，上幼儿园怎么办，上小学怎么办，中高考又怎么办，这中间我们会不会走狗屎运，积分落户北京，会不会我也能多挣点钱。

人生给我们的可能性，没有那么多。原本你和我，竭尽全力，能过上的，也不过就是这样平庸的普通生活。但是我们曾经以为，有了彼此，有了所谓的爱情，我们的生活会闪亮一点，我们会更有勇气去面对眼前琐碎的种种烦恼，拉好了手，要战战兢兢就一起战战兢兢，去走好下面的路，过关，打怪，花很长很长时间，等着升级时那浮夸的音乐声。

我曾经以为是这样，深信不疑，直到你就这么转身离开。

高家杰的骨灰很白，高妈妈哭得站不住，高爸爸扶着她，韩晓云捧着骨灰盒，那些灰还有些许温热。她把手伸进去，让灰从手指缝里漏出去，这时她终于确定，高家杰是不会回来了。

冰锥一样刺骨的痛把她完全打穿，韩晓云的牙咬在嘴唇上，血印深深，后来才发觉，在当时她只希望眼泪不要掉在骨灰上，让死者不安。

你会不安么，你那样走了，你知道我的心情吗，我很想你，你也会在天上说一声想我吗？

丁一鹤没想到又看到这姑娘，韩晓云脸色苍白憔悴，一朵花被风雨摧折不过如此，她拿了个电脑包，站在外面等着丁一鹤出来。

"今天他……火化了，我把他剩下的一些东西收拾了一下，有几个U盘，移动硬盘什么的，我都给你带来了，我没看，你看吧。"

丁一鹤不禁抬头看了她一眼，那眼神冷成了灰色，他发现自己总在她面前无话可说："哦，行吧，那先放我这儿，等查完了没什么问题了我一起都交还给你。"

"嗯，都行。"韩晓云一句话也不想多说，她累得头都抬不起来。

"对了，你听他说过比特币的事没有？"丁一鹤问。

"比特币？"韩晓云思索了一下，"有吧，他说过这东西挺值钱的，具体怎么弄我不懂，我不是他那专业的，怎么，您觉得他……走，是跟比特币有关系？"

"不好说。我只是有点怀疑，也许是多余的。再说，人家父亲也当面跟我们说了那么久，想要个说法，我们怎么着也得查查，要不他这年纪，也就跟我差不多，怎么好端端就寻短见，我也想知道为什么。"丁一鹤抓抓头，他两鬓角略有白发，看着相貌比年纪要大。

"查吧，我也有很多想死的时候，可我还得活着。"韩晓云冷冷地说。

"别这样。"丁一鹤还是不知道该说什么，说什么都那么不合适。

"谢谢您了，丁警官。我先走了。"

"那我送送。"丁一鹤把韩晓云送出大门，这几十步的路他硬是没想出一句安慰的话。最后匆匆说了句慢着点。

北京惯用的客套话里常见这句慢点儿，好像不管什么事，放慢了速度，我们就能提升安全系数。哪有那么简单，韩晓云走路一向很快，这次也不例外，她看不见自己走路的姿势，丁一鹤能看见，她走路打晃儿了，那是一个人硬撑着，打碎了牙和血吞，完全是靠意志力挺着。

这晚上高家二老留韩晓云在家里住，高妈妈买了菜，做了一桌素席，高家杰说过他妈妈做菜好吃，果然有色有香，但没人能吃出味道。桌上放了个空碗，上面搁了一双筷子。

"小杰最爱吃芹菜。"高妈妈念叨了一句。但韩晓云心说：不，他讨厌吃芹菜，是他哥哥喜欢吃芹菜所以你总是做芹菜给他吃，他为了不让你伤心才吃的，后来他离开家，一口芹菜都没再吃过。

高爸爸没动筷子。他摸着烟盒，忍着烟瘾，到底没在饭桌上抽烟，卧室靠窗的墙已经被他熏黑了一块，然而，谁有心情计较这些。

韩晓云勉强咽下去半碗饭就不吃了，高妈妈还给她夹菜，眼神里带着疏远的慈爱，那慈爱不是给她的，而是越过了想象，落在了可能存在的孙子孙女身上。

"你们能在一起可有多好，早点生早点让我过来看孩子，我那时一个人带他们兄弟俩，全家人袜子都洗得白白的，走出去衣是衣帽是帽，从来没让人挑出过不是。我还想小杰一定得生两个，最好也都是男孩子，他得把他哥哥那份儿带出来，也算他哥哥有个后代对不，要是……要是能有两个孩子……唉，那时我也不管你了，你死了就死了吧，我省心了！"

她的眼泪一滴滴地掉在桌子上，聚集起来，成了小小湖泊。韩晓云不奇怪人为什么能流那么多眼泪，这几天她醒来时，枕头湿了一半。

"要把哥哥那份儿带出来"，在妈妈嘴里说得那么自然，熟极而流，可在韩晓云听来却十分刺耳，这种难受的程度，大约跟她小时候听惯了的"弟弟还小，你是姐姐，你让着他"是一样的。天晓得，韩晓龙吃得比她多，长得比她高比她重，经常把她一推一个大跟头，龙凤胎前后只差五分钟，凭什么她比他大了，就必须得让着他了？

然而，父母有一套自己认为天经地义的逻辑，从小给你反复洗脑，你接受也得接受，不接受也得活在这套逻辑里，不接受就是反骨，就是不听话，就是坏，就是大逆不道。韩晓云承认自己就是大逆不道之前，也曾努力做过乖小孩和二十四孝姐姐，但很快就发现这什么用都没有，只会换来更苛刻的要求，因为"他不懂事你也不懂事？""你大，你就应该做好榜样""你是姐姐你不管着他点？"

等韩晓云考上全市最好的公立高中后，私立高中也给她发来录取通知书，她毫不犹豫就去了私立高中，那里可以住校，成绩好还给奖学金。

她早就对独立渴盼已久，一旦困鸟出笼，再也不会回头。什么爹妈爷奶无微不至的照料，都留给韩晓龙吧，本来也只是这些都归他独吞，不要了剩点渣，才轮到她小心翼翼地捧着，到此为止，韩晓云再也不想当谁的姐，谁的女儿，她只想做自己。

也就是那三年，她跟开冥器铺的姑婆真正熟络起来。除了像小时候一样陪她折金银元宝，扎红绿纸花，还学着她画那些花样，那是要贴在寿材两头的，辟邪。周末晚上姑婆会带着她包素馅饺子，里面是青菜、粉丝、木耳、豆腐，调些胡椒麻油，煮出来也是香气喷鼻，不比荤菜差。

姑婆常年吃素，但为了给她长身体加营养，每周都买鸡腿、牛奶，鸡腿用香菇红烧，两条都是她的。韩晓云能长到一米六七，姑婆给她补的营养确实见效。

你是女孩子，更要当心，将来远走高飞，能走多远，就走多远。姑婆当初也上过学，却因为定亲不得不退学嫁人了，那年代是常见的事,但对于她是永远的遗憾。

凭着糊纸活、画棺材头的手艺,姑婆在艰难年月里养活了一家子人,时常还能贴补娘家,韩家后来单位集资买房子,还从姑婆那里借了一笔钱,好些年才慢慢还清。

今生行善,来世积德。姑婆穿一件蓝布大褂,干干净净,说起发送逝者的讲究,语调缓慢,出口成章,不由人不信服。她开的小小冥器铺是那一条街的主心骨,谁家要有什么矛盾吵闹,要有人请了她去,她慢慢走过去,接一杯茶喝,跟这些人说说以前他们家老辈人的好德行,做过的好事,每每让人泪落,回心转意,天大的事也不吵了。

姑婆,如果你还在,你能告诉我怎么办吗?韩晓云在心里念着她,可是姑婆不会再知道了,死对姑婆来说,也许是场再好不过的解脱,她死时唇边含笑,衣服穿得三层新,都是自己多年积攒的好料子,一丝不苟。

韩晓云当时腿软得都站不起来,趴在地上痛哭了一场,咬咬牙,一个人穿好全套重孝,烧水沏茶,点了香烛,等韩家父母领着弟弟也来哭时,都是中午了。一家人面面相觑,浑如外人。四周邻居来悼念,都跟韩晓云说话,父母也赫然发现,女儿竟长成了大人,接人待物的风范,明显跟姑婆是一路的。

"你还能接她的班,将来就吃这碗死人饭么?"母亲的话还是那么扎心,她从来都不会考虑女儿什么感受,因为她认为大人说话,小孩就不应该有什么感受,说你听着就完了。

"我快毕业了,会在北京找工作。"韩晓云语声平淡,像说的都是不相干人的事,而非自己的前程。

"也好,这店面租出去,也值些钱。晓龙现在花钱多了,将来还要娶媳妇……"如果不是韩晓云打断,妈妈能一直这么自顾自地说下去。

"这店隔壁马伯伯说了他要顶下来做,每年交钱给我的。妈妈,我上高中、上大学都没有用家里的钱,这店姑婆有遗嘱,她说了是给我的,我一个人在北京,也要吃也要用。"韩晓云没想到,这么难以启齿的话,自己居然说得很流畅。

"你胡说些什么?"韩爸爸生气了,"什么叫是给你的?要论亲戚我不比你近?这是我姑姑的店,说是给你,那也是冲着我,懂吗?你就知道自己要吃要用,自己要在北京混,你想过家人没有?做人别那么自私!你就是高中出去住宿舍,学坏了!这家里的事还轮不到你做主。"

韩晓云知道说不通了,她站了起来:"爸爸,外面就是派出所,姑婆的遗嘱是社区和派出所的人一起交给我的,还拍了照做证据,他们也怕有遗产纠纷。你要是有意见,你们找警察说,我不管。但这家店是我的,姑婆交给我了,我就得经营下去。"

"你太自私,太没有亲情了,我怎么生了你这么一个……"韩妈妈骂起女儿来向来不衡量分寸,每次韩晓云挨骂都很希望自己变成外人,因为妈妈对外人总是和颜悦色,宁肯自己吃点亏也不得罪人,然而可惜她是她的女儿,怀胎十月拉扯长大,她永远欠着妈,妈也永远不用怕得罪她。

韩晓龙倒成了唯一一个有资格和稀泥的:"行了行了,算了,妈你别说她了。再说,去北京,也不好混,要是没有钱,她一个女孩子怎么过。你也是,你别跟爸妈顶嘴了,别说这小烧纸铺子,金山银山我都不跟你争,姑婆给了谁就是谁的。"

少来这套吧你!我受够了。你们从小就偏心,肉都舍不得给我多吃一口,他呢,吃得烦了往地上扔,喂给猫狗吃!韩晓云也觉得自己可笑,一万种委屈里,为什么尽想着这点吃肉的小事。

你要不要都没你的份儿,你们走,姑婆灵前我不想多说什么,没意思,这个家里我本来就是多余的,你们别管我,要想管我,你们就别说这些难听的话。

把心一横,韩晓云变成了哪吒,横剑抹脖子,你们的血肉还给你们,我自己会去找莲花化身,你们给的不像样,我也不稀罕。

从那以后,她一年没回家。软下来的是爹娘,先是在微信里说说家常,接着妈病了一场,她赶回家一看,割扁桃体,但也是个小手术,她在床前伺候,也就在那时,传来了韩晓龙的坏消息。

跟大多数父母溺爱过度的儿子一样,韩晓龙心不坏,人不笨,但就是懒,爱玩,没长性,干什么都是三天打鱼两天晒网,考学不行,花钱念私立,在私立学校里又谈上恋爱,喝咖啡看电影泡网吧乃至开房,钱花得更是淌河水——海水还不至于,因为家底薄,没那么多钱给他淌。

这样好人家的浪荡子容易被盯上,小情侣俩逛街时被几个小混混截住了,拉进冷巷子里。抢走了两部手机把里面的千把块钱转走不说,还要扒女孩子的衣服拍裸照,以后好慢慢敲诈。韩晓龙一听小爱人的惨叫,脑子一热扑上去拼了命,五个小混混有三把刀,两把都在他身上划出了血道。

没轻重的是韩晓龙这种从来没碰过刀没见过血的,混乱中他夺了一把匕首反手捅过去,刺中了那个领头的。

韩晓龙傻了,女朋友比他冷静,报了警,从头到尾都是女朋友在那里哭诉经过,韩晓龙呆若木鸡,两只手抖得厉害,身上几处刀伤流血,他都顾不得痛。平时他连血腥恐怖片都不敢看,就这么一下,他捅伤了一个大活人。

韩妈妈本来就要痊愈了,收拾东西出院回家,正张罗做点什么好的,给全家人吃吃,一团和气别翻旧账,一听这消息,她直直躺倒,后脑勺磕在地板上,那处疤痕很厚,一直不长头发。韩晓云退了买好的车票,跟爸爸四处奔走,一边打听有无靠谱的律师,一边还得做了饭给老妈送,给她说些宽慰的话,别让她哭得一栋楼都不安。

那案子很有名,在"正当防卫"和"防卫过当"上纠结许久,终于还是念在初犯,对方寻衅滋事在先,有侮辱妇女的情节等等,韩晓龙被关了半年后,无罪释放了。

出狱时他眼神都散了,看着头发全白的老爹,瘦了一半的老娘,还有韩晓云这根本不想多看他一眼的姐,嘴里第一个问的,却是自己的小女朋友:"嘉嘉呢,她……没来么?"

没人说话,韩晓龙知道这沉默就算是回答,叹息一声,也不再多问了。

他的小女友秦嘉嘉也是个情种子,见他陷了官司,开始也帮着四处奔走,但父母软硬兼施把她带出国,扔到澳洲一家野鸡大学预科班,嘉嘉一去了那里就被一个富二代狂追,据说两人没多久就谈婚论嫁。那富二代家境不凡,在悉尼有套豪华海景公寓。韩晓龙看着同学朋友圈里流出来的图片,嘉嘉穿着名牌裙子站在落地窗前,背后就是无敌海景,他本来碎了的心,又聚拢起来特地碎了一次。

这些事女方家里不怕让韩家知道,也可以说是故意让他们知道的。原本我女儿就是白富美,不是你这种普通人家高攀得起的,那些乱七八糟的事,你自己惹的自己承担,别牵连我们,你看看,我女儿这等人才,找什么样的没有?天生就是住豪宅开跑车的命,能跟你这种犯人在一起吗?

韩晓龙就此颓了,在家吃泡面打游戏足不出户,一年多啥也不干连门都不出。

韩爸爸的小生意赔了,他听信了远方亲戚所谓高利息投资的鬼话,毕生积蓄血本无归。韩妈妈自从儿子出事,自己住院出院后,一直心慌手抖,做不了什么家务,韩爸爸又要跑买卖,又得在家做饭洗衣,还看着那窝囊废儿子,憋气堵心也别提了。

韩晓云那时刚过关斩将,考进了一家大广告公司,收入上了一层,她就回家跟马伯伯商量,把小冥器铺子收回来了。她直接进了韩晓龙的房间,奇了,那天他也没玩游戏,一个人看着窗外发呆。

"跟我走。"韩晓云像个警察。韩晓龙没顶撞她,很温驯地跟着走了。

他们来到那个冥器铺子,韩晓龙明白了一半,想勉强笑一声,笑不出来。

"铺子还是我的,你经营,网店我也申请通过了,当天就接到订单,要买元宝和烧纸。你一边卖货,一边把网店搞好,一个月多了不说,五六千块有得赚,爸妈也不指望你挣多少钱,总得有点进项,不能天天这么躺着,赖着!"

"姐,你说……"韩晓龙长大后很少叫姐了,这一声让韩晓云有点鼻酸,"你说,嘉嘉会把我忘了吗?"

韩晓云说:"会,你以为谁都跟你一样傻,为了别人能拼命,把自己前程都搭上。人家早就不要你了,你还惦记她干什么,赶紧去给我这两个订单配货,一会儿咱们找快递讲讲价钱,发货多

51

他能算便宜点。"

"行吧。"韩晓龙闷下头去干活，等韩晓云跟快递谈好了价钱，一看他包得四四方方整齐美观，倒有点做事的样子。那也是韩晓龙跟嘉嘉在一起，包裹各种小礼物讨她欢心时，练出来的真功夫。

你忘了我，我却不会忘了你，只是我再也不会说起你，一个人的时候在心里想一想，我希望你过得好，如果忘了我会让你过得好，那你就忘了吧。让我自己记着，就够了。

丁一鹤对高家杰的电脑上删除的记录作了修复，大部分找不回来了，但有一个网址引起了他的注意，那是一个以前在技术圈子内很红的科技论坛，后来被收购后一天不如一天，最后创始人也离场了，那里人气一落千丈，基本没什么人再去发帖讨论了。丁一鹤好几年前还发帖在那里求助过，好几个热心人给了他专业的建议，让他印象很深。

那个论坛还有自己的邮箱，强迫用户注册邮箱后再登录，丁一鹤看到了高家杰的邮箱，登录时间是上星期。也就是说，他还在用这个邮箱，一直到最后。

"打扰了。"丁一鹤的电话号码韩晓云已经记住了，她接起电话就说丁警官好，让丁一鹤有点尴尬。

"不好意思，我不知道是不是方便，问一下高家杰平时有什么常用的密码，我没有别的意思……"

"5763，六位的话一般是加个52，jj，或者里面加一个下画线。"她想都没想有什么不方便处，人都没了，为谁保密？如果高家杰真的是有什么难言之隐才自杀，那她也想知道答案。

"好。谢谢。高家二老还在吗？回了老家没有？"

"还没有，不过他们也不会去所里找您了，不用担心。"

"我不是这个意思。"丁一鹤被她点破了顾虑,尴尬又多了一层。

"您当然就是这个意思,谁不害怕别人来找麻烦呢?您放心吧,他们两个都是最老实的普通老百姓,不会到警察局闹的,就是儿子死了,难免心里过不去,但是,过不去也得活呀,谁也不会说因为这事儿不活了,非要跟办案的警官为难的,我们不敢!再说人都火化了,还能查出什么来,就算查出什么来,他也活不过来了。丁警官,您放心吧,我配合调查,您找我,我在这儿,您不找我,我也得过我的日子。"

那边沉默了一下,似乎被她忽然的激愤给阻挡住了,过了一会儿丁一鹤才在那边说:"那行,我没什么事了,给您添麻烦了。"

"好,再见。"韩晓云习惯等别人先挂电话,等了一会儿,那边却没有挂。

丁一鹤说:"57,这是你的生日么?我知道63是高家杰的生日。"

"是。"韩晓云觉得自己的嗓子里被塞了一把沙子,粗糙苦涩。

那边再没说什么,挂了电话。韩晓云胡乱把眼泪抹了一把,抽了张纸巾按按,掏出眼线笔,飞快地化了淡淡的眼妆。她赶着去见一个婚庆客户,但是得把这个项目转交给下属做了。

那个客户人很好也很细心,跟韩晓云算是半个朋友,开始正兴高采烈地跟她讲自己对婚事的设想,感觉到她情绪不对,给她倒了杯蜂蜜柚子茶。

"这才两个月你瘦多了。怎么了,病了?"

韩晓云勉强笑笑,说了声家里有事,可能要回老家一段时间。

客户知道没那么简单,但也没有深问,就跟下属聊了起来。

婚庆婚纱照说起来都是女人最操心，男人通常正装出席当一摆设即可，但这边的新郎却也很在意这场喜事，特地把自己的要求和注意事项都打印了一份，大家拿着讨论。

其中有个主持爱用的串场笑话是"从一而终"，客户笑眯眯地画掉了："谁都不必为谁从一而终。"

韩晓云和下属都连忙附和："就是，再婚也很常见，现在离婚率那么高。"

客户笑容还加深了几分，眼角略略露出些细纹："嗯，新郎是再婚，我是三婚。"

"能找到适合自己的就行了，这又不是做算术，还扳手指头数。"韩晓云的话逗得客户哈哈大笑起来，又叹了口气，"真希望跟你合作，把这个项目跟完。你知道吗，你亲和力很强，能体谅别人的心情，我相信有你在，那天一切都会完美。"说完又自嘲地笑笑，"对，就算是第三次了，我也还是希望一切都完美，希望我的婚礼是最美最特别的。"

"会的。我相信一定会。"韩晓云发自内心地说。新娘通常带着焦虑，总是各种担心，她的镇定就是良药，"我相信婚礼一定会完美，人力可为之事，只要尽心尽力地做，想到了最微小的细节，一切按照流程走，达到完美又有什么了不起？只是幸福，那纯粹是另外一回事。"

回了工作室，王雨诗也刚回来，她把高跟鞋一脱，扯松衣领，拿了听可乐，冲韩晓云扬扬，平时她都不要，顺便笑着讽刺她减肥大业又成泡影，这次却说：好，你再去拿一听。

两人喝着可乐，算着账，公众号最近也有些广告收入了，新招来的小编辑干活不错，可以入职转正。新订购的一大批花材得尽快用了，鲜货最怕耽误或者有变动。从厂家买的物料升了级，虽然贵点，那品相就是跟便宜货不一样，扎起来的气球拱门都带着仙气，摄影师一拍，高档！

"你真要回去啊？"王雨诗冷不丁问。她把手里那支万宝龙笔舞了个花，那笔她也给韩晓云买了一支，可惜韩晓云向来抓起圆珠笔就用，那支笔就一直待在她抽屉里，带着包装，崭新。

"嗯，我想安静一下，再说我爸爸年前就提了要给我爷爷迁坟。我本来还想再等等，到秋天再回，但现在……我还是回去吧，把这事办了。"

"也好，那你房子怎么办？给高家二老住着？"

"现在也没办法住，对门装修，天天不得清静。他们俩也商量着要回家。"

"行，你可真行。我那时就问自己，遇到像你这样的事怎么办，我觉得我准会哭死了，什么都干不了。你真的比我强。"王雨诗很少夸韩晓云，两人最常做的事是互相讽刺，损几句对方，干这一行每天满嘴拜年话，也就是朋友之间敢互相说说坏话逗着玩了。她们以前请过一个主持，从噩梦中惊醒都大声叫"百年好合，吉祥如意"，职业病已深入骨髓。

"我是没办法。"韩晓云把那半听可乐一饮而尽，"我不工作怎么办，谁会替我做这些，我哭我闹，我躺着不动，事情就能变好吗？不会，只会更糟。其实到现在我也没有接受这件事，我总觉得高家杰还会回来的……可是你看，他留给我的信，他还让我不要哭……我现在眼泪都没有了，他不让我哭，那我就不哭吧。"

王雨诗手忙脚乱地找了一包卸妆纸，一边擦脸一边抱怨："你真是，说这些干吗，我都想哭了，真是，讨厌。你……我也劝不了什么,我在这边等你吧,你的房子留把备用钥匙给我,我给你看一眼。"

对门的装修队见韩晓云家来过警察后,龟缩了一段,连电钻声都变轻了,门也关得严严的,可见人不是做不到,是揣起明白装糊涂,得寸进尺这类事儿做起来太容易了。

高妈妈是勤快闲不住的脾气,每天还拿着簸箕扫帚去楼道扫那些装修飘出来的积灰,免得出来进去踩得到处都是。那些工人就跟没看见她似的,一切理所当然。韩晓云忍不住,直接去找了物业,物业派人跟上来,又强调了工人关好门,要每天清扫灰尘。

韩晓云做了一锅面,拌了两个凉菜,三个人食而不知其味,但也多少吃了点。

"小韩手艺不错。"高爸爸第一次说了句无关的闲话。韩晓云知道这也就算是倔强人最大尺度的求和信号了。

"没什么,这些日子,你们吃不好睡不好的,我也没照顾好你们。"

"我不用人照顾,我本想来北京照顾你们的。"高妈妈又哽咽起来了,"我以为小杰要结婚了,我来给你们看家,做家务,看孩子……你要用我,我给你干活,你不用着我,那我就出钱给你们请保姆,请月嫂,现在老家也流行这些……我本来想,要是能有孩子,有两个……啊啊我的孩子……"

丧子之痛没那么容易消化,何况,对高妈妈来说,这是第二次了。

"我的命太苦了!我大儿子那么好的一个,做什么不用教第二次,考什么他都得一张奖状回来,他就是太好了,太要强了,要不然也不能那么小他就要寻死。我二儿子,我也不想什么别的了,我就盼他平平安安活到老,给我生几个孙子孙女,死了我也闭眼睛啊!孩子啊,为什么你也要走上那一条路啊,为什么啊?该死的是妈妈,是我不好,我不应该生你们,我活着就是要受这份罪么,那我也宁可不活了……"

高爸爸一声不吭,拿了烟到窗口去,狠命地吸。韩晓云给高妈妈递了纸巾,默默地把一个新买的大烟灰缸放到高爸爸手边。这时对面一阵震耳欲聋的声音越来越大了。

韩晓云只觉得再也不能忍了,她冲出去,一看对门已经把门取下来了,正在凿门框。灰烟弥漫,几乎快要看不见人。

"你们怎么回事,别人要不要过日子了?你们家是工地,这楼道不是。"

那边的工头斜眼看了韩晓云一眼:"话那么多干什么,一天工夫就弄完了。"

"你说谁话多?我忍了你们这么多天了?没完没了是不是?我告诉你,再不把你们这里包起来我就去投诉。"韩晓云痛恨自己缺乏泼妇气质,很厉害的话说起来也带着几分客气,每次要求他们关门还都加上请和谢谢。有些人是不配这点客气的,因为他们永远不会跟你客气,永远觉得自己方便最重要。

物业经理也被韩晓云吓了一跳,他从来没想过安静得几乎等于不存在的住户,竟然也会有这么失态的时候。

"行行行,对不起对不起,都是我们没监督好。那家的工人也太不自觉了,人么,素质有高有低,没办法,您多担待。"说着这些片汤话,物业经理跟韩晓云进了电梯,看着她眼睛红肿面容憔悴,他没话找话地问了一句,"您家里……都还好吧?"

韩晓云一听,明白他已经知道了些什么,又把木头人的神情拿了出来："都好，没什么不好的。"

上楼一看，装修方手脚很快，早就竖起了几块大板子，把自己那一方的门包了起来，旁边留下一个通道出入。物业如释重负，教训了他们几句，给韩晓云一个笑脸："这不就没事了。"

他不知道韩晓云气得浑身发抖。"原来这样就行了，那你们砸墙的时候为什么不先这么包起来？为什么开着门弄得满楼道灰？欺软怕硬到这个程度，看到警察怕得如同老鼠见猫，听物业训斥也都俯首帖耳，但是对好好讲理的人，他们就是能糊弄就糊弄——什么玩意儿！"

那边工头还是斜眼看着韩晓云："话别那么多！"

韩晓云气极反而露出了冷笑："行，以后不会跟您再说一句了，投诉有效，我都直接投诉。"

工头一听急了。韩晓云正眼都不多看他一眼："我话太多，不说了。"

晚上，高爸爸过来跟韩晓云说，他们要回家去了。

"我带小杰回去了，叶落归根，他要葬在祖坟里……就是他这样……这个情况，得先放在庙里一年，然后再入土。"

高爸爸说得很冷淡，努力完整地把这段话吐出来了。

"嗯，行。"韩晓云想了又想，还是把高家杰和她平时说的话都咽回去了。

高家杰填过器官捐赠表，承诺过如果有意外要捐出器官，他还说如果自己病入膏肓，身体没什么用了，就捐给医学院做研究，等化了骨灰，就随处一撒，能撒进海里最好，不能的话就随便处理，反正一把灰也没什么知觉了。

他健康，友善，对这个世界很温柔。每天披星戴月地上班，加班，攒钱买房子，还房贷，唯一的享受不过是韩晓云有空了给他做红烧肉和清蒸排骨，吃完了两个人在小区旁边的公园里转转。有时看场电影，再不就一个人戴了耳机，跟队友玩上几小时的游戏，偶尔通宵。

这样的人为什么要死，为什么他就在你身边，你却不知道他决定了去死？韩晓云的心又一次裂开了，里面全是岩浆，烧灼着她。

"你……唉，你是个好孩子，小杰对不住你……"高爸爸的话让韩晓云的心揪成了一团，她用力摇头，说不出话来。

等这难受劲儿过去了，她说出的却是："等我再跑一下保险公司，看他这情况……有没有保险金。如果有，我给您寄过去。"

"到这个时候了，你说，钱能有什么用？"高爸爸的笑比哭还难看。

钱什么时候都是有用的，人不在了，说不定钱就更有用。韩晓云心里想，但她没有说出口。她见过姑婆的铺子里，来买冥器的人有穷有富，富人大批买纸人纸马，纸扎的别墅，花圈一买就把整个铺子的存货买空，穷人家买些纸钱还要比一比，挑最便宜的买，这样的姑婆都默默地给他们额外送一些香烛，不收钱。喜事更是了。

有钱的随意铺张，唯恐这钱花得不够多，场面不够气派，而更多的普通人家，往往是又想要面子，又想省钱，那点预算就跟一张毯子一样，得缩起头再缩起脚，才能刚好盖住全身，再多一点点都不能。这样的人家韩晓云会格外卖点力，给他们谈一些酒店和花店的优惠，再不就给宾客们多送点小礼品。

不修今生修来世，做人哪里不是在修行。姑婆的话，韩晓云都记着,她走到现在,没敢得罪过谁,也没做错过任何一件事,说错过一句话,恨不得连呼吸都三思而后行,可是,她积的福在哪里?

高家二老是她买了飞机票送走的,他们没坐过飞机,近期也没有减价票,但这钱是要花的,高家杰的骨灰她寄存起来了,找了一个"风水"先生,跟二老说了有半小时,什么"横死不宜回故乡""要等一等他的魂魄""不要耽误他转世投胎",这些鬼话劝说老人家却有奇效,连最倔强的高爸爸,听说会影响儿子转世,他也不能不软化下来。

韩晓云把二十万打在了高妈妈的卡里,请二老联名签了个收条。按王雨诗的说法,夜长梦多,不如一次性把高家杰付的房款还清给他父母,不够她可以先借,分批付别等二老回家被人一说,再变卦回来争房子。

"我觉得不会,再说,就算会……到时我卖了房子,跟他们对半分。"

王雨诗:"说你心有大爱,高尚纯洁,我比不了也理解不了。该是自己的必须得坚持原则,这不是钱的事是原则,懂吗,韩小姐?原则!"

"他走都走了,我还要原则干什么?"韩晓云把文件成批打包,发给王雨诗,头也不抬扔给她一句。

王雨诗被她说得心里一酸,一万句话都堵住了,只得转换话题:"那你回老家干吗?啥时回来?"

"回去……静一下吧,其实家里也有好多事。给爷爷迁坟,另外我想带我爸妈去体检一下,我弟那边……他那个铺子跟我弟媳的铺子,念叨好久了说要合并是怎么着,我谈不上能帮他们,至少回去知道一下,到底是怎么了。"

"哎哟,个个都不是省油的灯啊,你弟媳这是要吞并家产你懂吧,可别傻乎乎双手送给人了,铺子再小也是产业,也是你姑婆留给你的念想。"王雨诗充满警惕,心说这么不知好歹的合伙人,自己再不提点,她可是真是要傻到家了。

"不会的。你不了解我弟媳那人,今年我就看她状态有点不对,但出了什么事不好说,我跟我侄子视频,他说他妈妈总偷偷哭。"韩晓云想起小机灵鬼侄子马小步,第一次有想笑的感觉。

"天上地下,就没有他马小步不知道的事儿。记得上回视频么,跟我争了半天恐龙到底怎么死的,是小行星撞地球还是火山爆发,还是小行星撞地球撞到火山爆发。我也算是会说的,这小嘎嘣豆子我愣拿他没辙。"王雨诗想想,笑了起来:"等他来北京,我非捏他胖脸蛋不行。"

"自己生一个捏去,别动我侄子,不然对你不客气。"韩晓云威胁了她一句。

马小步姓马,跟他妈马思晴姓。冥器铺子隔壁也做殡葬生意,马家卖骨灰盒和寿衣,要说起来,还是姑婆心地慈善,把生意分了一半给马伯伯做,那时马家光景困窘,马伯伯天生跛脚,娶不到老婆,考上个中专还被人顶替了,他气不过上门去讨说法,反落了一场耻笑,说他一个跛子体检也会被刷下来,白白浪费了名额。

马伯伯要去告状,那家才怕了,赔了他三千块钱,那时钱还值钱,马伯伯的妈妈跟姑婆交好,姑婆便给他指了条路,让他顶下隔壁的铺子,她卖冥器花圈,马家卖骨灰盒寿衣,互有依傍也互不干扰。

小地方管挣钱叫苦钱，因为那挣钱的事没有不下苦的，马伯伯能下苦，也苦来了一点积蓄，年底就娶了马思晴的妈妈。诸般都好，就可惜语言功能有障碍，俗称的"半语子"。这些不幸普通人除了接受以外别无他法，而且仍然该婚嫁要婚嫁，该成家生子要成家生子，跛脚配哑巴，算是天生一对。

　　马伯伯相貌平常心思却细腻，马伯母年轻时要论长相真真小镇里一枝花，这才嫁进城里，虽说丈夫跛脚，却开铺面做生意，大小也是个老板。马伯母父亲是个木匠，为了哑巴女儿终于有了好归宿，给打了一堂精细木器做嫁妆，十分排场。

　　夫妻两人合作默契，马伯伯疼媳妇渐渐远近闻名，扫地洗碗，担水背柴，粗细活计都他自己做了，马伯母巧手绣花，绣的门帘，手巾，盖电视的布处处是花鸟，还给姑婆绣了一对枕头，上面是喜鹊登梅，为的是姑婆待她好，人前人后，从不叫她哑巴。两口子生了马思晴，虽说是女孩，一样爱逾珍宝，大气也不呵一口，就是马伯母从小就担惊受怕，总领着马思晴找人学说话，生怕孩子也跟自己一样，受这说不出话的苦。

　　想不到马思晴比爹娘出息，上学前古诗背得滚瓜烂熟，看卖春联的写大字，自己跟着在雪里比画，上学后头一次抓毛笔，她就写得似模似样，把老师喜得直叫她小天才。

　　韩晓云还记得那几年姑婆家的春联都是马思晴写的，韩晓云比马思晴小几岁，看着她穿得整整齐齐，梳着乌黑油亮的小辫子，丹凤眼高鼻梁，过来拜年，送春联，跟大人一样端端正正地坐着跟姑婆说话，韩晓云得承认自己有点羡慕她，虽然马思晴爹娘有残疾，但她一个人就是全家的脸面，这脸面是大人们最爱见的，光鲜，争气，比人强。

那时马伯伯马伯母出来进去都是笑的,马伯母的笑,无声,像一朵莲花开在湖面上,全部的爱和希望都给了丈夫和女儿,她活得值,吃苦吃多了,总算有了熨帖心窝的甜。

马思晴考上师大那回,鞭炮还是韩晓龙帮着放的。他还是屁事不懂一个半大小子,人家马思晴早都跳了龙门,白衣翩翩长发飘飘的女大学生,省城师大也是重点大学,出来了在省城当个老师,多体面,多金贵,多让人尊重。

马伯伯和马伯母大摆谢师宴,两个人终日操劳,总算走到了人前,女儿是他们的宝,这宝会发光,光彩照耀了他们沧桑的脸,和这间小铺子。马伯伯头一次喝了个醉:"我卖骨灰盒咋了,我跛脚咋了,这条街上,你们看看,就数我闺女考上了重点大学!我闺女比我强……我……"

他竟然哭得眼泪一把鼻涕一把,大家都说是乐大发了,赶紧扶回去歇着。

那次谢师宴剩下不少吃的,韩晓云还跟着吃了几顿。姑婆说马家太舍得花钱了,这几桌饭菜都有大虾,专门挑贵的上,也不怪他们两口子,总算熬来个出头之日。

马家的八卦多半都是从姑婆这里传来,马伯伯马伯母跟韩家姐弟也处得熟了,当自己孩子一样看待。只是青春年少的孩子谁有空在冥器店里待着,来往不多,再说韩晓云也上大学走了,韩晓龙谈着恋爱如火如荼,这时谁也没觉察到,马思晴半夜里带着行李回家了。

一起带回来的,还有一个遮掩不住的肚子。哑巴妈妈看了看,嘴巴张了又闭,眼泪哗哗直流,却也没忘了给女儿做了碗荷包蛋,怕她饿着。

63

未来婆婆劝她把孩子生下来，等着一毕业就结婚。马思晴年轻，好哄骗，又爱得如胶似漆，觉得婆婆说的也不算是坏话，趁年轻生好了，不拖累她找工作。

结果眼看孩子六个月了，男朋友变了心，跟一位家境殷实的女生走在了一起。

马思晴眼睁睁地看着男朋友跟那女生牵手一起走了，她险些昏倒，但强撑住。

男朋友海誓山盟不知说过多少，但绝情的话说起来也很明确：

晴晴，我不敢求你原谅我，但你不原谅，我也得这么做了。

男人变了心，未来婆婆随后就变了脸，本来她对马思晴敷衍得密不透风，两人的来电显示都设置的是妈妈和宝贝，有什么好吃的，好穿的，她都不吝惜花钱买给马思晴。可是，人往高处走，水往低处流，眼见着有了更好的，谁能受得了这份诱惑。再说马思晴固然是个好姑娘，可是爸爸跛脚妈妈哑巴，万一生孩子有点基因缺陷，那也是要命的事。

给马思晴打了一万块钱，未来婆婆把她拉黑了。马思晴不能相信自己竟然会遭遇到这样的灾祸，她去了男朋友家楼下，那家美容店，未来婆婆定期去做美容，都等不来人，一打听，店员说人家出国旅游去了，豪华游轮一月游。

马思晴游魂一样地飘了出去，周遭热闹喧哗，与她为伴的却只有腹中块肉，那肉还在动，一下下地踢她，似乎在说：妈妈，妈妈，别丢下我。

她办了一年休学，一个人收拾行李走了，没脸见人。

马伯伯这一口恶气无处出，终日酗酒，铺子的活扔下不管了。马思晴看哑巴妈妈操劳得消瘦，两顿饭没吃上还得去搬运那些死沉死沉的骨灰盒,她挺着肚子去帮忙,妈妈却心疼女儿双身子,不让她帮手,两人还在拉扯,那边韩晓龙不声不响帮着把货运下来,送进店里了。

从此两家店的生意韩晓龙都照看着,马伯伯喝酒喝到胃出血,也是他半夜叫了车,带着母女俩去了医院。医院凌晨灯光惨白,打在谁的脸上都全是颓败。

"丢人现眼,我不活了,死了,骨灰盒都是现成的!"马伯伯在那里号叫,马思晴听着这些话,却没有眼泪,倔强地抬着下巴。哑巴妈妈哭得不成人形,那哭也没声,这一生人的苦恼,即便最会说的人,也说不出来。

韩晓龙陪着等做手术,又去楼下买了件军大衣,给偎依着的母女俩盖上。他经过事了,开铺子马伯伯和哑巴姨没少关照他,用人之际,他也不含糊,能出的不过是一点钱,一把子力气,雪中送炭,因为他知道雪中没有炭的滋味儿。

经受这些生活上的折磨,倒也不是没有点好处,马思晴天天做饭烧菜,坐车跑医院给爹妈送吃,回去又打理铺面,兼写挽联。她那一笔大字还是小时候练的童子功,在师大也拿过板书竞赛的第三名,写出来挽联谁看了都夸一声好,免不了多给点钱。

马思晴知道这钱一半是人家赞她的手艺,另一半是可怜她肚大如箩还在柜台前忙碌,然而,钱毕竟是钱,血汗钱一张张收好了,能给老爹付住院费,能给妈妈买一双新棉鞋暖脚,凭手艺挣钱不丢人,这是她木匠外公打小就告诉给她的话。

韩晓龙把力气活都干了,马思晴过意不去,做饭菜给他带一份,韩妈妈有时送汤水到店里,也会分给马思晴,跟她说说话,催她产检,怎么说马思晴也是从小看到大这么一个街坊家孩子,她吃了亏，长辈不能不多包涵她一点。韩妈妈的包涵，也就限于别人说闲话的时候，帮着辩解几句，她心里也过不去：挺好一个女孩子，怎么这么不自爱呢！大着肚子出来进去，这不是给爹娘脸上抹黑么，马家两口子那么谨慎做人，却在这事上实实让女儿把脸皮揭了。

然而，每每想到这里，韩妈妈再想自己的儿子，也就说不出什么了。儿女都是前生债，自己哪有脸说人家，儿子也是犯过事，坐过牢。都是孽障。

韩晓云跟家里关系缓和，也就是为韩晓龙和马思晴的婚事。难得两边父母异常心齐，同声同气地反对。

其实马思晴不过是为了即将临产却没法给孩子一个完整的家发愁，韩晓龙便说要不我们结婚吧，说话时他正在整理那些扎花圈的纸花，随手拿了两朵，冲马思晴摇摇。马思晴却笑不出来，说你别开这种玩笑。韩晓龙便挺直了身子，直视她的眼睛说："你看我像是开玩笑吗？我会拿一个没出世的孩子开玩笑吗？"

马思晴回家后一直硬挺着，哭也是半夜里偷偷在被子里哭，可为了这话她忍不住了，抽泣着说："谢谢你帮我。"

韩晓龙说："我自己啥也不是，你不嫌弃我就行了，这事不是我帮你，是你帮我。思晴……"他一向叫她思晴姐，这会儿把姐字给吞了。

两边父母却为了这对苦命鸳鸯疯了。马伯伯觉得就算女儿再怎么落魄，好歹是个重点大学的大学生，更别说从小拔尖，处处比人强。等熬过这难关，拿了毕业证，随便嫁谁不行？就算退一万步说，委屈点嫁个二婚的，也能凑合，凭啥要嫁犯人？那不是一步错步步错，老辈子人纳鞋底的花样，叫错到底么？

韩家父母一夜没睡,长吁短叹,宝贝儿子就算坐过牢,可他还年轻,年轻就能谋划个将来,姐姐又在北京正经大公司上班,携带携带,走上正路,娶个年轻貌美身家清白的女孩子,比什么不强。韩家独根独苗,孙子金贵,延续香火传宗接代,韩家祭祖时的族谱,还要端端正正地写上一笔。可眼下这算是什么,给别人养孩子,当牛做马,败坏门风,羞了先人!

韩晓龙没有什么朋友了,他给韩晓云打了电话,韩晓云那边为办事方便,把家里的户口本补办了一份随身携带,她听了这事,第二天就请假回家,拿着户口本,送马思晴和韩晓龙去民政局登了记。

马思晴早已不复当年风采,孕妇浮肿,面带羞愧,韩晓云专门买了一套植物配方的化妆品送她,就在民政局长椅上,给她化了个淡妆,给韩晓龙脸上也拍了点散粉吸油光,结婚照虽然是最简单的那种,却拍得两人眉目如画,好一对新人。

领证后马思晴着急回家看铺子,韩晓龙塞给她一个首饰盒,简简单单一对铂金戒指。马思晴看了看,拿出来给韩晓龙戴上了,她自己那个有点勒肉,也勉强戴上,对韩晓龙说:"正好。"韩晓龙护着她,不让别人撞着碰着,预产期就是这几天了,待产包都收拾了,上户口迫在眉睫。

为了孩子的终身大事,这对男女草草把自己的大事办了。没摆酒没收份子,没有车队婚纱,穿着平常衣服,就把名字平平常常地写在了结婚证上。

他们幻想过爱情,那份爱情里不曾有彼此,他们也羞涩地想象过自己的婚礼,跟当时的爱人一起,但梦幻破灭时,双脚踩的是地面,他身边只有她,她也只有他,结婚是迫切的需要,为了孩子,马思晴愿意吃尽千辛万苦,韩晓龙不知道自己为了什么,只知道看着她吃苦为难,他不忍心。

两个人总比一个人好一点吧,他们心里都这么想,于是也从纯粹的苦涩里,浮上一点点温暖,靠着这点温暖,他们成了家。

韩晓云回家一坐下,跟爹妈说了这事,就挨了劈头盖脸一顿骂。韩妈妈向来舍不得骂儿子,骂女儿从来都慷慨无比。她还有自己一套道理,响鼓用重槌,越是好才越是要严格要求,不是这么敲打,女儿哪来的这番出息,儿子么,怎么说也是将来给自己养老送终的人,你当然就得顾惜着他一点。

"好啊你,人大心大,敢背着爹娘给你弟送户口本,娶个伤风败俗的回家,这像什么话?你不要脸我们还要脸,你怎么好意思干得出来啊这事!你当姐姐的不说帮着拦一拦,劝说劝说,你还……"韩妈妈说不出推波助澜,火上浇油这类词儿,憋了半天说,"放着忠臣不当你当奸臣!"

韩晓云一声不响,手脚不停在那里量墙壁尺寸。这次回了家,也想给爹娘翻修下老屋,毕竟弟弟也成家办了喜事,眼看着就要有新生儿进来。至于挨骂,她也习惯了,从小替弟弟顶缸,什么坏事都是她的,好事都是弟弟的,反抗也反抗过,可是回家一看爹娘白头发更多了,她也没了那股子决裂的劲儿。

"你量啥?"韩爸爸还是心疼女儿,为她回家特地买了个西瓜切了,给她递了一牙儿,嘴上也没有好话,"你还能把家给拆了呢?一天到晚给你弟弟张罗婚事,自己怎么没点消息,早点嫁人生孩子,早点有个落脚的地方。"

"爸,那几年你不总说想装修么,现在我弟也结婚了,咱把家里装一下吧。妈你天天说爬阁楼晾衣服腿痛,咱在一楼这边安个自动升降的晾衣架,需要就放下来,挂好衣服再摇上去,下面给你俩放一套藤椅，没事在这边晒晒太阳，将来……还得带小孙子。"

韩晓云觉得自己考虑得蛮周到，没想到韩妈妈本来确实有点感动，一听"小孙子"又炸了："谁的孙子啊，我认识他是谁？晓龙傻，眼睁睁看着火坑往里跳，你还往下推他一把！你，简直气死我！我不给他们带，不出这个牛马力。我又不欠她的，拖着个油瓶，她好意思上我的门么？"

韩爸爸憋了半天，长吁短叹："我跟亲戚朋友可怎么说啊，这事……偷偷摸摸的连酒都不摆，我丢不起这个人啊。"

韩晓云已经习惯了爹妈遇事的这套老脑筋，什么事自己好不算好，非得酒桌子上面被别人夸了好，那才算好。自己每次成绩比人好那也不算好，别人家孩子考个前五前十他们才拿出来一遍遍说，又是谁谁会弹钢琴，谁谁跳舞参加比赛了。跟我说干吗，你们也没有给我报班，也没让我去学，光是嘴巴上羡慕有什么用？韩晓云在一个同学家练过电子琴，有简谱，《梦中的婚礼》，她没什么指法也能弹下来，多年后自己搞婚庆，一听到这首曲子，心里总有点若有若无的遗憾。

两天后，一个六斤重的男孩呱呱坠地，孩子们不知道自己身世如何，爹娘是什么人，他们哭得兴高采烈，谁也没空看不起谁。马思晴早想好了名字，要叫小不，希望他学会说不，不好的事千万别做，不好的人千万看清楚。

韩晓云头一个去探望，送了鸡汤，抱了侄子贴贴脸，说："不，做个小名吧，步伐那个步字挺好，路一步步走，慢慢来，谁能担保不摔跤不犯错，咱们就脚踏实地，步步为营。"

马思晴热泪盈眶："行，就照你说的。"她发自内心感激韩晓云，没有看低踩扁她，把她的孩子也当亲的一样抱着疼着，自从下了决心要这个孩子，她早就准备好了要被人唾在脸上，可是，至少韩家姐弟没有，他们对她好，对孩子亲，马思晴忽然觉出了累，想就此死了也算是值了，宝宝不是孤零零的一个人了。

哑巴妈妈也抽空跑来了，带着鱼汤、小米粥、煮鸡蛋、姜醋猪蹄，吃的太多连韩晓龙都喂饱了。她看着外孙，目光中除了柔情还有害怕，马思晴知道妈妈的心病，给她比了比手势：会哭，听力也正常的，医生检查了。

马思晴睡觉的时候，韩晓龙去给新生儿换尿不湿，哑巴妈妈本来在叠小衣服，竟然走过去两手合十，给韩晓龙拜了拜。韩晓龙知道那是她无声的祈求："求求你要对我女儿好一点，求求你别伤害她和孩子。"

"姨，这是我的孩子，我会照顾好他。我是他爸爸。"韩晓龙多少懂了一点手语，拼命地给哑巴姨比画着。

他说的是实话，在待产室外面煎熬，听着产妇的惨叫和宝宝第一声啼哭，他从此不再是以前那个懵懂小伙子，他有家，有老婆孩子，如果此时地震他一定会扑上去把母子俩先护住。他的命比以前贱，为了这柔弱的小生命他可以献身，命也比以前贵，因为当爹的绝对不能随随便便就死，不然儿子怎么办？

哑巴妈妈点了点头，从衣服里面的一个口袋里抽出一沓钞票，塞给韩晓龙。

"我不能要，伯伯要用的，你不能这样。"他一边比画一边推让，但是哑巴妈妈下了决心，到底塞在孩子枕头旁边走了，边走边擦眼泪。

那是四千块钱，韩晓龙没有用，他告诉了马思晴，把这钱给存到马伯伯的住院卡上了。马思晴当天就下了地,她不娇惯自己,家里就这么几口人,不能少一个劳力。韩晓龙铺子医院两头跑,晚上还得看孩子,几天下来就瘦了一圈。

韩家二老太生气了不闻不问,但这几条街上,不是亲戚就是同学同事,没多久也就传遍了。他俩一看也瞒不住了,而且还有老朋友竟然赶着来给送红包,虽没摆酒也得还情么,毕竟自己家里有红白事,韩家没落下。

韩妈妈去了铺子里,黑口黑面,韩晓龙对付别人没啥好办法,对付老妈轻车熟路:"妈你别生气,你看孩子照片不?嘟着小嘴儿可好玩了。"

"滚一边去!"韩妈妈给客人拿了钱纸,收了钱,把儿子一次次递上来的手机恶狠狠地推开。

"唉,就是这块儿不知是不是湿疹,我们也不懂……"韩晓龙的嘀咕声正好能让老妈听见。

"哼,抹点油就好的事,什么湿疹不湿疹的。"韩妈妈还是忍不住看了一眼照片,马小步长得有人缘,那一双眼睛闪闪发亮嘟着小嘴巴看着就精神。

"啊,抹油就行啊,妈你真厉害,比医生还强。"韩晓龙知道撒娇拍马这两样最能讨爹娘欢心,这点很快就被马小步学去了,青出于蓝胜于蓝。

韩妈妈给他看着铺子,韩晓龙给马思晴办了出院,打了个车,韩晓龙带了块头巾把马思晴头脸都包得严严的,说:"你别受风。"马思晴只顾管孩子,把马小步包得严严的,说:"宝,爸爸妈妈带你回家了。"

韩晓云打工挣的六万整,给家里装修完了一点儿没剩,韩晓

71

龙出了一万五送爹妈出去旅行，老年团花费省，二十天过去，回来一看家里大变样，厨房卫生间都改装了，添置了一些简单实用的家具，楼上拾掇出了小两口的房间和婴儿房。虽然堆积了几十年的破烂都被扔了，免不了又被父母骂上几回，但装修了以后气派不少，这是一样花在面子上的钱，很对二老的心思。儿媳妇和孙子本来不想认，但是马思晴隔三岔五提着肉菜上门，家里有什么活伸手就做，任劳任怨的老派作风现在可是万里挑一，不要婆婆伺候儿媳妇就算是最孝顺的了，何况这还真能实心实意地照顾家里呢？

马伯伯出了院，原本憋气想找女儿说些狠话，但女儿早就搬去婆家了，一天到晚忙进忙出，两个铺子外加四老一小，够小两口奔波的。哑巴妈妈多年来都不怎么做家务，但少不得也得跟着清理货品，打扫卫生，加上伺候马伯伯生病这久，累得眉心紧皱，只有看见了白胖外孙她才发自内心地笑起来。

花了钱还是能看到效果，韩家父母看到女儿出钱办的事不错，怎么说也不敢再对她张嘴就训斥，就是韩妈妈对儿子婚事不满难免还抱怨几句，不怪儿子媳妇了，专怪女儿拿了户口本给了他们支持。

韩晓云想起家里这些事，给自己订了张高铁票，回家不见得是什么欢喜事，但有家可回，倒是比没有还强一点，原本，她也希望在北京安个家，可是她诚心诚意地付出努力，现实对她却真的就是这么绝情。

当初一门心思要考北京的大学，要背对着家乡，走得越远越好，如果，能预料今天的事，是不是就死了心在省城念大学，回头考个公务员算数，那不也是家乡人最羡慕的生活么？韩晓云叹了口气,不,即使知道有这些,她也还是要来北京的,人生了一双脚,就是要远走高飞,而生了这颗心,也许就是为了破碎的。

第三章　小城老店

开通高铁后，韩晓云回家只要五个多小时，以前还要在卧铺上睡一宿，为躲避周遭的鼾声和梦呓，她总去最靠近车厢连接处的座位上坐着，戴着耳机一口气追个十集八集电视剧，这样回家可以借口在车上没睡好，补个半天觉，让爹娘催促她去探亲访友的热情有个冷却的时间。

以前是韩晓龙接她，他开个小面包车，那车虽然是二手的，他也打理得很干净，只是韩晓云看着他抽着烟开着车，跟她扯几句家常闲话的样子，总有些陌生。小时候他是姐姐的跟屁虫，个子大也哭咧咧地靠姐姐拿主意，长大后他成了所谓的"葬爱杀马特"，私立学校里管得松，打了耳洞染了头浅栗色头发。韩晓云那时是文学少女，校服以外黑白两条裙子换着穿，一看他那个肥腿裤子耐克鞋，奋力追赶时髦的德行就反胃，话不投机，不如不说，耳根清净。

但毕竟那时韩晓龙有股少年的勃勃之气，清爽阳光，她从未想到过弟弟会提前露出中年人的疲态，守着冥器铺子，打扮终年是黑和藏蓝，不说话时脸上会有一种惯性的沉痛表情，时时可以默哀。韩晓云反而跟马思晴聊得多，马思晴在她眼中，真是这小城的女性之光，传奇人物。马思晴还怕别人看不起，在韩晓云看来，她尽可以看不起别人，那真叫技压当场。

简单来说，马思晴生完小步这几年里，别人生了孩子，等于在游戏里面被降了两级，积分装备都得重新修炼起，她却是开了外挂一般，安顿家事，养着孩子，整合两个铺子的生意，一边坐火车回了省城，拿完学分通过考试，并且考了研，虽然成绩不算特优，但也一举考中母校幼教专业研究生。

师大有个鼓励学生创业的项目，马思晴认识了毕经纬，师大著名校友，在省城头一批做网络教育并把公司做上了市，毕经纬给了马思晴一笔天使投资，马思晴一分钱掰成两半花，一半跟同学联名创办了爱步幼儿园，另一半把自己的殡葬买卖开到了省城。

这里面说不尽有多少艰辛，可是马思晴硬是一点点把事业做起来了，眼下几十个雇员，幼儿园二十来个老师，见到马总，马校长，都屏息静气，毕恭毕敬，可她随身携带笔墨，只要有空，坐下来还给人写挽联，研究姓名嵌字的诀窍，在这一行里算是独一份，以前写挽联都是免费赠送，现在是千元起价，以后估计早晚论字算钱。

毕总深庆得人，什么场合总愿意带着马思晴，出来进去，就有些闲话传出来。韩晓龙听了不说什么，但两顿饭没吃。马思晴关了手机，亲自下厨，给韩晓龙做了一大碗水煮鱼，给他夹菜，细声软语："那些脏心眼的话你信吗？小龙，我奔的是咱们全家人，孩子上学，爹娘看病，咱俩养老，什么不要用钱的？"

韩晓龙闷头吃饭，不作声。马思晴知道他那脾气，嫣然一笑，胳膊肘一拐他的肋条，韩晓龙也被胳肢笑了。

"再说，你等我忙过这段，咱俩不还得要个老二？小步天天想要个小弟弟，我问他小妹妹不行么，你猜他说啥，他说不要，小妹妹长大该变成小姐姐了。"

韩晓龙笑得差点呛了一口:"傻小子,也是,得给他来个弟弟妹妹做伴了。"

韩家父母再怎么不顺心,也得承认这儿媳妇的能干是出类拔萃的,眼看着几年工夫,在省城有了铺面,买了房,在小城两人家的铺子挨着,隔壁家有要腾换的,马思晴眼疾手快,咬牙贷款也收下来,连带把马家老宅旁边破烂不堪的一个院子也花钱买了,刚办完土地证,就赶上了拆迁。这是眼看着又多了几套新房。

至于她自己,衣服穿的大路货,在商场买了一身黑套装几年都不换,写挽联干活抱孩子都戴着套袖,保住袖口整洁如新。化妆品出场合才用,平时就素面朝天,怀孕时的蝴蝶斑不抹遮瑕膏,却也慢慢下去了。她的钱都花在家里,有目共睹,马伯伯渐渐养好了病,回头一看长长的账单,吓得以后都不敢再病了。再一看铺子的生意今非昔比,女婿带着几个人,打理得井井有条,连他这么精细的人,都挑不出什么毛病。

老人家们的回心转意,还是靠马小步这把钥匙。哑巴外婆把外孙子捧上了天,韩妈妈不禁也看着有点眼热,嘴上虽然还说:什么小什么的,跟晓龙犯冲。但这名字可以赖到韩晓云身上,别人得罪不起,女儿天生是要被骂的,这是她的义务。

等马小步抽冷子望她身上一跳,咯咯笑着叫了一声奶,韩妈妈顿时就伸两手端住孙子的胖屁股,狠狠地亲了几口:"小淘气,看把你摔了还行啊?"韩爸爸不甘示弱,要求给孙子骑大马,顶着马小步去街口超市给他买了冰淇淋,两个,一手一个吃得跟花脸猫似的。

最难的是马伯伯,总想假装看不见这孩子,就当他不存在。

可是有一天他午睡时，马小步悄悄进屋，把椅子上搭的沙发巾拖下来，马伯伯眯着眼睛，还以为他要拖走去淘气，没想到这几岁大的孩子哼哧哼哧把沙发巾拖到床边，使劲拉扯着，把马伯伯的脚给盖上了。

马伯伯心里一酸，老泪纵横，翻身起来倒把马小步吓了一跳，知道老人不待见自己，正要跑，马伯伯招手喊他："宝宝，你过来。"

马小步还是很谨慎，慢慢挪过去，把老人的大手抓住了。马伯伯问："你知道我是谁么？"马小步点点头。

"那你怎么不叫我？"

"我怕你不喜欢我。"

马伯伯抹了一把眼泪，把马小步抱到了腿上："我喜欢你，外公是最喜欢你的。你想要什么，外公都买给你。"

马小步高兴了："我想要那个大楼。"说着伸胖手往窗外一指，马伯伯顺着方向一看那是市政府所在，眼泪没干就笑起来了："行！等外公多挣钱，挣钱给你买大楼哈。"

此事遂成两家人一个经典笑话，连邻居都有时调侃老马："干吗去，是不是给你外孙子买大楼啊？"马伯伯总是哈哈大笑，说："可不就是。"有时马小步也帮腔："我们明天就买！"逗得大家都笑成一团。

韩晓云还在省城跟毕经纬吃过一顿饭，马思晴给她拉了个客户，当地土豪，请北京婚庆公司给办喜事，特别挣面子，韩晓云不敢怠慢，忙前忙后办成了，那时满脑子都想的是工作，事后才知道那顿饭吃得有玄机，马思晴电话问她毕经纬怎么样，她说什么怎么样，说得跟相亲似的。

话一出口明白了，可不就是这么回事，但当时她太着急了，电话一个接着一个，只吃了几口摆在自己跟前的清炒芥蓝，隐约记得毕经纬是个瘦长脸，大眼睛，别的全忘了。

"这事没戏，我有男朋友了，我们也可能结婚吧，先看房子。你呀……你这么忙，还给我介绍人呢，可得谢谢了。"韩晓云领情，马思晴对她是真好，这是人心换来的人心，她不敢怠慢，何况，将来父母少不得跟着弟弟养老，自己怎么着也得给弟媳露个笑脸，不然关系不好处。

"咱俩谁跟谁，你还谢我。可惜了，我觉得你跟毕总般配，他在北京也有事业，要能在一起可多好呢。你今天八点前给小步视频吧，一早晨就说想姑姑了。"马思晴雷厉风行女强人做派，只是一说起儿子，永远和风细雨。

马小步也黏姑姑，对他来说姑姑和那个大北京都透着新鲜，透着一股难以阻挡的诱惑力。给姑姑拜年了就缠住韩晓云不放手，一迭声喊着让姑姑带他去北京，坐着大飞机，落在长城上。还是他闹累了，困了，歪着胖脸睡着了，韩晓云才得以脱身。

这侄子是小机灵豆，全家人的开心果，就连最爱抱怨，起初反对最激烈的韩妈妈，见了马小步那灿烂的笑容，也说不出一句难听的话，反而为了孙子，奋起迎战，不惜毁掉多年来的睦邻友好关系，跟好几个说闲话，贬损马思晴的熟人翻了脸。

"亏你们家能担待，这可是两个外姓人……"

"什么里外的？"韩妈妈当时就脸上一层霜，"孝敬两边老人，自己能干事业，走得正坐得正，我夸还来不及。"

"啧啧啧，这样的我可夸不下嘴去，连姓都不跟你们姓，还爷爷奶奶呢，孙子是那么好捡的？"街坊早看韩家买房子买地，有些嫉恨，嘴差点撇到天上去。

"谁是捡来的？这就是我亲孙子。哼，你好意思说我，我还没说你早年跟收购站的老张不清白呢，老张老婆来揍你，还是我拦下的，你好意思！"

……撕破脸皮吵过几次大架，马思晴和小步在韩家这边的街上也站稳了脚跟。而且马思晴买卖做大了，街坊邻居少不了托她找工作，打听事，她知无不言，能帮就帮，还在老家这边选址，想再开个幼儿园的分园。

消息一传出去，更是无论有没有孩子的人家都对她笑得一脸讨好，时常就要拉她进屋坐坐，乡下亲戚送的水果拿给她吃。

"不了，我来接我公婆去省城住几天，那边有个种植园，有山有湖，采摘樱桃，他们跟小步去玩一玩。"马思晴的回复总会引起羡慕嫉妒恨，人家这么有钱还这么舍得给老人花，自己家的小孽障怎么就没这本事。

韩妈妈打扮得花团锦簇，给韩爸爸也穿一身西装，两人本来是开开心心去省城玩，却皱着眉，正话反说："你太不会过日子了，大手大脚的，有钱不会攒着？游山玩水的咱能有那个命么，樱桃咱们家门口就卖，十五块钱买两斤，还得自己摘啊，累得慌。"

邻居就笑二老骚包，明明美到心窝里去了，还说这些扫兴的话。

"你不爱去我去，我跟老马也几十年的交情了，小晴，你领我去得了。"马思晴一点不见外，答应一声就去扶邻居大叔上车，慌得他直躲，"我就逗个乐子，你还当真啊。我去不了，我去了谁伺候老太婆啊。比不了你们啊，好好玩吧。"

儿子出钱旅游过了，闺女给钱装修过了，儿媳妇七碟子八碗的饭菜吃过了，省城各个旅游景点也都随着人流玩过了，眼前还有个活泼机灵的小孙子跑来跑去，给爷爷拿小板凳，跟奶奶学择菜。虽说，儿子那点陈年往事还是忘不掉，可他还是走了正路，虽说，儿媳妇和孙子的事还让人戳脊梁骨，走在人前抬着头，后背上却凉飕飕的，虽说，女儿再能干，年纪渐大也还没成个家，但这一切就和饭馆里的面和包子一样，你若吃面，浇头全在面上，看着好看，那一碗不可能全是浇头，若吃包子，馅都在里面，外面都是褶，但你也不可能吃的全是面褶子。

韩妈妈固然嘀嘀咕咕心有不平，韩爸爸却知足常乐了，肚子里唯一像样的墨水是《三国演义》，把"话说天下大势，分久必合，合久必分"挂在嘴上，以前的粗布旧短裤不穿了，穿着省城里新买的水洗布短裤，两侧有许多口袋和纽扣，把身上零碎都装里面，谁若是说一句他穿新衣服了，他立刻拿出一种刻意经营过满不在乎的口吻，说："我儿媳妇买的，省城正流行穿这个，我赶那时髦干啥，都是他们年轻人，非要。"

头上如果顶着马小步，这套说辞听了一遍也熟了他会抢着说："我爷爷不想要，我妈非要给买，他们年轻人，真是。"

韩爸爸每次都骄傲万分："我这孙子，家里的话都让他一个人说去了，哈哈哈。"

这个家韩晓云还是不爱回，但她必须承认，韩晓龙比她预计的要聪明，或者说，运气比她想象的要好。他跟马思晴结婚这看似将就凑合，却负负得正。两家人那点薄产合在一起，也不过是老牛拉破车，过个平常日子，可马思晴是匹千里马，委屈自己来拉车，后面还有韩晓龙推着，一日千里，眼看着生活过得比人强了。

下了高铁，韩晓云意外发现马思晴在站台上，这次马思晴主动在微信上说要接她，韩晓云就有点奇怪，拍了车票告诉她时间，想不到马思晴直接就进站了。

"嚯，你这打扮可以，走在三里屯准有人拍你。"马思晴一身飘逸长裙，是从来都没见过的杏黄色，衬得她肤色白亮，看上去说是个年轻的女大学生也不为过。

"不行了，我都孩子妈了，老了。这衣服好看么？你喜欢我送给你吧，上周商场打折，我买了两条。"马思晴一边走，一边还掏出盒女士香烟，没给韩晓云，自顾自点上了。

"你怎么了？"韩晓云收住脚步，很警惕地看了马思晴一眼。这不对，这不是她认识的马思晴，她变化大得有点吓人。

"没啥，算了我不抽了。"马思晴笑笑，把烟按灭了扔进垃圾桶。

她开着宝马，倒车起步进主路一气呵成，这是马思晴的做派，做什么事情都跟写大字一样，又漂亮又稳妥。

"这次回来待多久？"她问韩晓云。韩晓云说看看吧，不一定。

这下轮到马思晴注意地端详了一下韩晓云的脸："你瘦多了，失恋啦？上回不是说小高挺好的吗？"

韩晓云答不了这句话，两个人也就任由这句话在空气中蒸发。说了说两边家里的事，说了说马小步，两个人脸上都露出了温柔的笑。

"淘气包，愁死我了，我是开幼儿园的，这捣蛋鬼还就是不去幼儿园，你说气人不？"

"哎，小步挺好的，一点也不捣蛋。我们小时候说不定还不如他乖。"

马思晴收起了笑："你知道么，你是唯一一个从头到尾肯定他，从来都没说过他一句的人。就连我妈，我妈对他怎么样你知道，含在嘴里都怕化了，我妈那天被他气狠了，还给他屁股上来一巴掌。"

"远香近臭，这道理很简单呗。我一年才见他几回，哪能像你们朝夕相处，我亲还亲不够的。孩子难免有点小毛病，都不是大事。"

韩晓云心想，该对孩子好点，就尽量对他好点吧，谁知道他长大后还遭遇什么，也许他有一天不声不响起了寻死的心思，也许他忽然就转身走了再也不回头。

他还劝你不要哭。

"是，除死无大事。"马思晴一语道破，韩晓云浑身一颤，以为她知道了些什么。但马思晴稳稳把车停好，跳下车，去后备箱里拿了一个大泡沫箱子。

"我们好好吃一顿海鲜，我和小龙做饭，你陪着小步玩吧，念叨你多少回了，这下他可乐疯了。"

远远地，韩晓龙拉着马小步的手过来了，停车场一点也不敢大意，拉得紧紧的，马小步扯着脖子喊："姑，姑姑，姑姑姑姑姑姑。"

韩晓云赶紧抢上去一把把他抱起来，又重了许多，马小步搂着她的头，上去就是一口响亮的亲吻。韩晓云觉得自己有点经受不住这个孩子气的吻，她流了眼泪，就手把小步抱得紧紧的。尘世间这样一个热乎乎的小身体和天真的吻，无意中带来最大的安慰，即便知道伤痛无法愈合，但有比没有好。可是我们来不及生一个孩子,我们什么都来不及。

"姑姑,你知道恐龙是怎么死的么?"马小步跟大多数的男孩一样,一看到恐龙和小车就欢呼雀跃浑然忘我。

"嗯,是不是小行星撞地球啊。"韩晓云把脸在小步的肚子上蹭蹭,把眼泪蹭掉了。马小步痒得扭来扭去,咯咯笑得不行。

韩晓龙看见了她的眼泪,有点感动,也有点尴尬,嘀咕了一句:"至于么,你俩就那么好。"

马思晴说:"怎么着,不行啊,人家就那么好。"她比韩晓龙大,但说话总是软软的带着娇嗔,人前给足男人面子,让人知道他才是一家之主。

韩晓龙一笑,拍了拍马小步的屁股:"下来,把你姑累坏了。"

"我不。"马小步赖在姑姑身上,扭头给爹娘一个大鬼脸,胖脸蛋被小手挤成一条,五官都变了形。

三个大人笑着进了屋,韩家二老还没回来,说是专门去买牛肉了。韩晓云不禁抱怨:"能省多少钱,还得坐车倒车。"

韩晓龙说:"是超市的班车不花钱,省一块是一块么。"

马思晴说:"我爸妈还不是一样,自从超市现在有班车,他们隔三岔五就坐车去买鸡蛋。我在网上要买,比他们买的还便宜几块,就是这话不能说,他们就这点乐子,比闷在家里强,权当是锻炼了。"

韩晓云忙着跟马小步装乐高车,难得精神集中,能忘却烦忧。也许孩子对人类的意义之一就在于此,但如果她跟高家杰结婚,生子,再遇到这样的事,又该如何?

"你知道塞翁失马的故事吗?就是说坏事里有好事,好事里有坏事。"马小步讲得头头是道。韩晓云笑了:"真的吗,你说得还

83

挺有道理。"

"外号常有理。"韩晓龙在外面给接上，然而听得出这话明贬实褒，他是为马小步高兴。

"不不，我这有个大螃蟹还是活的。"马思晴的话顿时让马小步放弃小车们了，一路尖叫着跑进厨房："给我，给我，是我的……他是蟹宝叔。"

韩家二老进门时，一大桌饭菜已经备齐，坐下就吃现成饭，而且闺女也从北京回来，整整齐齐是个小团圆，韩爸爸开了瓶五粮液，少不了又是带着骄傲地抱怨："小晴以后别乱花钱，你看看这酒，这么贵你也买，这不是喝酒，喝的是钞票，我抿一口就觉得一个角没了。"

"看你那点出息吧。"韩妈妈把鱼盘子往韩晓云那边推了推，"吃吧吃吧，这个鱼应该留着给我做呀，你在外面吃不上好饭，在家最喜欢吃鱼头的。"

"姑姑你喜欢吃鱼头？"马小步觉得不可思议。

"嗯，不是。"韩晓云回答，她内心的倦怠和压抑的愤怒正在吞噬她，这股火总能准确地被妈妈点起来。

韩妈妈觉得自己的关心是热脸贴了冷屁股，毫无疑问，这又是闺女在给他们下马威了，这倔头犟脑的臭毛病打小就没改过，就知道跟大人作对！

"你怎么不爱吃鱼头，哪一次你不是挑了鱼头吃？你住校回家问你吃什么，你都说吃鱼头！现在人大心大忘了本，连妈妈做的家常菜都嫌弃了，哼……我懒得说你。"

"我吃鱼头是你没给我选择！一条鱼你总分开做，鱼身子都给他吃，我是只有鱼头可吃。我跟你不是争一口吃的，我也不稀罕，我是要争这个道理,你们就是太偏心。我讨厌你们这样。"韩晓云说出这些话来并没有觉得浑身轻松,相反,越是说自己不是争一口吃的,越是把这事扯得像争一口吃的。

"哟,你真有本事,八百年的事你都记黑账了。那时家里穷,两个孩子都要吃,我给你吃鱼头给你弟弟吃鱼身子怎么啦?白眼狼!那时我都没伸一下筷子,你们吃剩的鱼汤我才拌饭,我拿出来说了没有?扒出心肝对你,你记恨我……你可好了,你就这些事情记得牢,我对你好你怎么不记得啊。"韩妈妈泪如雨下,想不通这么团圆的一桌饭非要被女儿给搅了,天杀的,不懂事,脑后生反骨的东西,可怜爹娘还特地坐车去超市给她买了新鲜的牛肉啊。她怎么就只看见一个鱼头,看不见这一大块特地买给她吃的牛肉呢?

韩晓龙给妈妈递了盒纸巾,马思晴把韩晓云按住了:"别走,咱把饭吃完。"她声音里带着恳求,马小步也怕了:"姑,你别走啊,你不喜欢吃鱼头你就别吃,这么多菜我夹给你吃。"

韩爸爸长叹一声,一口把眼前那杯酒干了,苦的,这些年家里各种破事,滋味全在里面。他没本事平息老婆和女儿之间的纠纷,凭良心说他也知道女儿跟儿子不平等,可毕竟拜族谱顶门立户这都是男人才能做的事,女儿怎么说也是嫁人,做了别人家的媳妇,再回来就是客人。多少年来不就是这么活过来的。自己难道不疼女儿么?连非去住校读私立,这么任性的事都由着她了,毕业不回家考公务员考教师资格证,在北京闯荡,也由着她了,姑婆留下那点产业,也听凭她处置了,还想怎么样呢?

"除非你也是个男孩,那我和你妈准能一碗水端平,洒一滴出来我都不是人!"

这顿饭从一团和气开始到一团冷气结束，马思晴手指灵巧，剥出一大堆虾，给韩晓龙吃，给韩爸爸吃，剩下那些都由马小步一屁股坐在姑姑怀里，一个个递到韩晓云嘴边："姑，你吃吧，你别饿着了。"

韩晓云不忍心让他那充满热切的双眼黯淡下去，勉强吃了几个，就说吃饱了。

"那这么多菜……你要是饿了，自己下点面吃吧。"韩晓龙低声说了一句。马思晴在桌子下面拐了半天他的肋条，让他说句话缓和气氛，半天就闹这么一句。

但这是有用的，韩晓云答应了一声，感激地看了看马思晴，她知道这不可能是弟弟的主意，不过是马思晴点拨调教，才让这娇生惯养的妈宝男有了人样，也知道关心别人的冷暖了。

韩爸爸把那盘子一口没动的鱼往马思晴那边推推："拿回去给外公外婆当夜宵，今天本来我们也想叫他们，结果他俩出去了，听说你舅舅家也有什么事……别回来了还得做饭，这些也都是整菜，你拿回去他们省得做了。"

"谢谢爸。"饭菜都是马思晴置办的，也是她夫妻俩做的，但她非常清楚得给老人这个面子，让他得享控制权带来的快感。韩爸爸果然就很受用："谢啥，一家人还说这些。小晴你就是懂事，要是……小步跟你学成这样，我也就不操心他了，做事做人，凭他自己去，天下大势，分久必合，合久必分……"

"爸，您喝多了，去睡一会儿吧。"韩晓龙把老爹劝回了卧室，韩晓云和马思晴收拾了桌子，韩晓云在灶上烧起了水，下了把面，加了青菜，还把那半盘子虾都倒了进去。这面捞出来小小一碗，却鲜香四溢，韩晓云放在一边，也不说话。马思晴猜到了她的心思，笑着拿了个托盘端上："不不，你过来，咱俩陪奶奶吃饭去。"

韩晓龙不声不响把鱼肉，他买的醉鸡，都装在几个大保鲜盒里，还有一整罐红焖牛肉，这些送到岳父母家时，犹有余温。只是马伯伯和哑巴姨都没有心情吃，马思晴的舅舅本来也是全村一等一的能人，早些年倒腾买卖开小加工厂，都在上海买了房，却不承想这几年搞非法集资，被判刑了。马伯伯家也有几万块放在他那里吃利息，这下都打了水漂。韩晓龙没什么劝慰的话，等二老吃了些，他去把桌子收了，碗洗了。给岳母比了手势：你心情不好，多休息。

虽说二老丢钱心痛得如同割肉，但是女婿来给送饭菜，还带着洗碗，这份体贴也是够可以了。马伯伯跟老伴比了比手势：咱们女婿还是好样的。老伴给他回：小晴有福气，我也知足了。

韩妈妈自己哭了一阵子，坐在阳台上生闷气，可是儿媳妇笑吟吟地领着孙子过来，特地给她端一碗面吃，殷勤得不像话。马小步往她胳肢窝下面一钻："奶，你看我是泥鳅！"再大的气也挡不住她笑出来："你是个泥鳅，我是个啥了？傻宝。"

"你也是泥鳅。咱俩去泥巴里盖个房子，大大的。"马小步闹起来没完，韩妈妈终于也挑起那面一口口吃了。马思晴陪着逗趣，等她快吃完了，才笑眯眯地说："姑姑还是走过大地方的人，这面也做得香，要说还是闺女疼妈，那虾有大半盘子都在里头了。"

韩妈妈这才知道是女儿做的，吐是吐不出来了，平时舍不得吃这么好，就算赌气也舍不得吐，只有把最后几口扒完，响亮地往藤茶几上一放："要知道是她做的，饿死我都不吃，我是冲着你，小晴，这一屋子人都算上，你是好的。那个冤种孽障，我真是，心口一块大石头啊，难受。"

"奶我给你揉揉。"马小步抢着上去在奶奶胸口胡撸,韩妈妈又抱着他亲:"奶奶的心肝宝贝蛋,有你能治百病。"

"那以后你叫我大夫,我给你们看病!"马小步不含糊,立马跳下去找自己的玩具听诊器挂上了。

韩晓云收拾了厨房就回了客房,装修房子时她特地留了个客卧,长条房间一扇窗户,四周都是柜子,中间是榻榻米,她回来总得有个地方住,平时就储物。韩妈妈当时还横挑鼻子竖挑眼,说这么多柜子白浪费钱,哪有那么多东西往里面装。话音未落就把自己的陈年破烂们堆进去,不但堆满了,还有多出来的,只好精挑细选一回,狠狠心把很多陈年的衣服被单都卖给收旧货的了。为了价钱低又生一场气,总之凡是女儿干的活,都是费力不讨好,非要惹妈妈生气不行的。

但为了她回来住,榻榻米上早就堆满了被褥,韩晓云能认出那些老被褥,都是小时候看惯的,想来是妈妈特地挑出来晒好了,给她厚厚地铺上。

妈妈并不是不疼她,是的,只是新被褥一定是给弟弟的,这就是一种令她深恶痛绝的天经地义。她总能在一块肉一条被子上,精细忠诚地执行极度的不公平,你不能反抗,反抗你就是没良心,因为她自己铺的没有这个厚,肉不够吃她就一块也不吃,这种自虐式的付出都是为了你们,为了这个家,你若不赞同,那你就实实在在是个白眼狼。

韩晓云一抬手,把被褥都翻着卷了上去,她拉了一条毛毯把自己裹上,直挺挺地倒着,像尸体,像那天她看见的高家杰。眼泪无声地从眼角溢出,把毯子打湿了一大块。

她曾经盼望过跟他一起回来,也许,在高家杰那种老人家特别喜欢的理科好孩子气质中，母女俩能得到暂时的和解，她甚至也想过，自己意外怀孕不得不赶紧结婚，带着他回家来领证，想象一下母亲那种先是生气但后面就边抱怨边给他们忙前忙后做饭菜的情景，那一切都真切得似乎发生过，但她没有去做。

她忽然翻身坐起，在故乡这傍晚时分，用手机拨了高家杰的电话。

奇迹一样，响了两声。韩晓云眼泪滚滚而下，她打算按掉的时候，那边却接了电话，是丁一鹤的声音："韩小姐，您好。您……"

他找不到什么话说。这几天丁一鹤在办案之余，把高家杰的网上账号、来往信箱，还有他的网盘，那几个U盘都粗略查看了一遍，这个人心事重，不然也不会自杀，果然他发现了问题，高家杰经常登录的网站里，其中一个网址非常可疑。部里定期都会有通报，尤其是网络上赌博、洗钱、黄色暴力之类的违法行径，那个网址就在列表中。

他只能在下班后做这些，正想订个盒饭，电话却响了。丁一鹤吓了一跳，这手机主人已逝，这些天都是关机的状态，这才开机没多久，竟然有人打电话来。

他想到是韩晓云，看那个来电显示，写着"亲爱"。

韩晓云跟高家杰偶尔也互称老公老婆，但韩晓云更多时间喊他"哎"，高家杰说那就是爱。他给她的来电显示开始写着宝贝，韩晓云就说有个笑话里说男人的电话里把所有的女人都叫宝贝，这样记不住名字也无所谓。

高家杰就把她设置成了"亲爱"，韩晓云又笑他比自己更像在公关公司上班的人，见了谁都"亲爱的"。高家杰说我可没那么肉麻，我只叫你，就你一个人。

韩晓云闭上了眼睛，有那么一瞬间，她非常非常期望听到高家杰的声音，那么平静、愉快地接起电话，告诉她这只是噩梦，他并没有死。

但那边是丁一鹤。她镇静了一下，用自己也想不到的冷静声音说："丁警官您好，请问案件有什么进展么？"

"有一点。嗯，他有一些私人日记，等我整理出来，与案情无关的我会发给你。如果再有别的事，我再联系您，还望您多配合。"

"好。我没有不配合过。"韩晓云有点哽咽。

"是是，您确实……您多保重身体吧。"丁一鹤说完又等了一会儿，那边传来的是抽泣声。他听了一会儿，没再说话，挂了。

说话 藏七分露三分是警察的职业习惯，因为他们得传递出必要的信息给别人，以便把对方的话都套出来。丁一鹤没告诉韩晓云的是他花在这事上的时间越来越多，前一个晚上他甚至一夜没睡，把高家杰这些年来的日记看完了，主要记录的是他来北京后的一些经历和心路历程。

丁一鹤是北京本地人，他的长相、能耐、成绩和事业都符合普通北京人的那句"差不多得了"。很多人都以为北京土著眼睛长在额角上，看不起别人，事实上世世代代的老北京人追求的就是平淡生活，吃穿不愁，也不挑，大杂院能住，炸酱面能吃，过冬涮点羊肉，切点酱肘子——这就不错。孩子念书也是，要说北京人都能随便上北大清华？那满街地道北京口音的售票员，现在越来越少的邮递员，还有片警、国企工人，那都是哪儿来的？——差不多得了吧，别高不成低不就，就这，比上不足比下有余就好。

高家杰是外地人，家中次子，小县城学霸，当初考上北京985高校虽然不是状元也让周围人等好一通羡慕，还有不少乡下亲戚不免做起什么到北京找工作你得帮忙之类的白日梦。一来北京他也承受着理想和现实的落差，他这点成绩，他这个人，在这精英辈出的北京高校里真的不算啥，找工作还算赶上了时代红利，正好互联网公司敞开了校招——那也不可能给你一个应届生就月薪过万，六七千块慢慢熬，慢慢加，最后他一个月也就挣税后两万左右，裁员前，对，你得承担这风险，说裁就裁，正如说加班就加班，说死限就死限。

按说他们毫无交集，但是丁一鹤偏偏在他的日记里看出一些专属于男人或者说男生们的交集。

比如他们都为了体毛困惑过，丁一鹤清楚地记得自己少年时那几根软胡须困扰了他很久。高家杰则是第一次鼓起勇气刮了胡子后，被全班哄堂大笑。再比如说他们都喜欢过那种带点不羁的女生，丁一鹤的前女友是湖南人，漂亮能干，大专文凭，做过十几份工作后，他们明明离结婚就差一句话了，她忽然告诉他说自己韩语考试过关，要留学去了，她要去追一个组合里的明星。

丁一鹤目瞪口呆，那时他因父亲去世变得很消沉，再赶上这事，整天都觉得做梦似的。

高家杰的前女友是搞创作的，写诗还写歌词，丁一鹤为了高家杰的案子还跟她见了一次。一照面，他知道这就是专杀闷骚男人的那种姑娘，外表安分但眼睛绝不安分，高家杰在日记里写了不少两人好的时候，当她听说噩耗后，表情不变，眼神空洞了许多。等丁一鹤开车回局，她给丁一鹤发了个链接。

里面是首诗，丁一鹤看不懂，那是大多数人都看不懂但莫名觉得人家挺厉害的那种诗。

　　王雨诗的电话把韩晓云从故乡又拉回了北京，结果爸爸在车站打电话给她，说怎么还没商量给爷爷迁坟就走？韩晓云说只是工作，快的话晚上就回来了。爸爸明显放松了，又唠叨了些闲话，韩晓云发现人老的特征之一就是嘴碎，话多，而且经常是五分钟后会重复自己之前说过的话，已经忘了说过了。

　　谁不会老？除非夭折，那就再也没有变老的机会了。她验票进站，坐在那个商务舱的座位上，车厢里空无一人，她拍了照片，第一时间想发给高家杰，可是，他不在了，他就是那个不会变老的人。

　　这场婚宴的问题虽然少见，但是以前也不是没有发生过。新娘在看到自己的婚纱照时，失望大哭，说这个摄影师把她丑化了。事实上是她为了婚礼紧张失眠，外加刻意减肥，已经比拍照时瘦了十五斤，外加一系列医美策略，现在的新娘子看上去就像林志玲本人。

　　而万元海滩婚纱照上的她，简单说就是略胖。

　　没人敢说这话：两个月前你比照片上胖多了，就这还是狠狠给你修过的效果呢。

　　有些人能将就，但有些人就是不能。王雨诗急着找韩晓云，因为这个项目是她接下来的活儿。另外，全公司都确信韩晓云的谈判能力，上至磨牙难搞的婆婆妈妈，下至大闹婚礼的熊孩子，她都能不温不火地把事儿给灭下去，当然，最坏的结果大家都知道，就是自己吃亏认倒霉。不过有她在，她们基本没倒霉过。

　　韩晓云蹲在新娘对面，第一句话就提了解决方案："亲爱的，我在火车上就跟设计师商量过了，他们承认自己精修得还不够到位，向你道歉，但是现在去精修也是要花时间的，咱宾客酒店流程都订好了，千万别误了良辰吉日。"

王雨诗在背后给她竖了一个大拇指，意思是够可以，亏你想得出来，这都什么年头了还良辰吉日，你还能掐会算的。

"所以咱们这样，"韩晓云打开电脑，给新娘看着，"咱把背后那个投影的大屏幕宽度调整一下，你看见没，就这样，这样，哎，效果好多了是不是？"

比例调整后的新郎和新娘整个都瘦了一号，身材比本人还要更骨感。

"你要是再不满意，屏幕前面放泡泡机，再加上一个电扇把这些泡泡都吹上去慢慢降落下来，也有若隐若现这么一个梦幻效果。这个环节我们免费的，不要太浪漫了你说是不是？就是有点少女心，本来我觉得，你看你是事业女性，不是小甜心这个类型，可能不喜欢这些……"

"我喜欢！泡泡机可以的。"新娘脸色好看了不少。

韩晓云趁热打铁："所以咱们别耽误时间，来来来跟司仪再确认一下你上台的感言，还有，你唱的那首歌是不是再练一下？到时我们有提词机，你一眼就能看见。隐形眼镜你也戴了吧？……"

新娘婆婆面前韩晓云讲了一大套词，比如女大两，黄金日日长，又是什么属猴子的跟属马的是绝配，因为这是最有讲究的"马上封侯"。

"您看我们特地订制了一套景德镇骨瓷小摆件，小猴子骑马多可爱，这个马上封侯的印在最下面，低调，还有惊喜，这跟别的纪念品一起发给客人，也让大家一起分享这对大婚新人的喜气。对，这个小猴子还抱着个元宝，也是催生新宝宝，让您旺人又旺财的意思。"

婆婆拉长的脸听得越来越短,最后眉开眼笑:"这么会说,长得还好看,有对象了吧?你要还单着我把我娘家侄子介绍给你,大公司里头当领导的,一会儿我让他跟你见见。"

韩晓云笑容不减:"我……结过婚了。"

"哟,我就说,像你这么好的肯定早让人挑走了。你们造型师哪儿去了,我得把头发再吹吹。"造型师一溜烟似的把婆婆撮走了。

王雨诗慷慨激昂地给下属们训话,打完鸡血后的年轻人们直奔婚礼现场,现场那边的下属也视频确保各个环节都检查过了。

王雨诗递了一块巧克力给韩晓云:"从日本带过来的喜糖,档次可以吧。"

"不吃,没胃口。"韩晓云的脸乌云密布,跟刚才工作状态的她是两个人。

王雨诗点点头:"需要时间,不是说忘了或者找个新的,而是你得找个方式让自己接受这事,慢慢适应,这需要时间。"

"我觉得我没有时间了,这辈子都过完了。我觉得我好像也死了一次。我们家乡的火车路过一个陵园,远远能看到不少坟头,我爷爷也是埋在那里。以前我看了会在心里念叨爷爷,家里就他和姑婆算是对我好的。我妈说得也对,家里穷,给男孩吃了我就没得吃,爷爷总会偷偷带我去买一块糕吃,那些零钱他用一块布包着,里三层外三层。我那时就盼着快点吃糕,把嘴擦干净,并不知道他钱是从哪儿来的。上了小学我才知道他有时出去溜达就为捡瓶子和废纸,攒多一点去卖,才有零钱。"

韩晓云哭了,王雨诗给她拿纸巾,疑惑不解:"那你爸不给他点钱么？你妈管得严吧？"

"不，我妈对别人都可以的，她就是对我不太好。心理书上说她们是把女儿当成自己的一部分，对待自己是很苛刻，对女儿也一样苛刻。因为她们认为就应该这样，女儿长大了也跟她们是一样，过同样的生活，按同样的规则生活。那个规则就是全家人都吃完了她吃口剩饭就行，然后给全家人洗衣服洗碗……我妈给我爷爷那些是整钱，爷爷会留着给我们当压岁钱，他舍不得花。零钱就自己偷偷摸摸出去捡废品卖……其实都给我花了……"

王雨诗接了个语音电话，给韩晓云比了下手势，韩晓云懂，马上说你快走吧，我就不去了，有事你找我。

别呀你不是说一会儿还见哪个警察么？我陪着你？

不用不用，我自己就行。丁警官我见过了，这其实也不是个案子，就是人家比较关心。

对话都在动作中完成，王雨诗早带好了大包小包的东西，大步流星直奔电梯去车库了，婚礼是无数烦琐细节的结合体，哪一个地方出了毛病，全局都受影响。王雨诗是靠近处女的天秤座，比新娘还不能忍受不完美。

丁一鹤跟韩晓云照面差点没认出来，韩晓云淡妆，穿了那套婚礼的工作服，瘦归瘦，比之前精神了许多，只是眼睛还是黑洞洞的看不见底儿。丁一鹤心里叹了口气，但也没想跟她谈人生谈理想，这也是念过书的人，什么不懂，只是生老病死这些关口，它就不是学历多高，挣钱多少能解决的事儿。

"这个网站你见过没有？或者是听谁说过？"丁一鹤把高家杰经常登录的网址写了出来，给韩晓云看。

她端详了一下，又努力地想了想："没有，我没见过，也没听家……听他说过。这是什么黄色赌博之类的网站么？我可以担保他就是好奇，顺手浏览吧，他也是洁身自好的人……"

"不，不是这个意思。"丁一鹤给韩晓云倒了杯水，"这个网站是个虚拟货币交易网站，而且是中间渠道，就是他们不碰钱，就是搭建一个通道给上家和下家，这样数字货币就能变成真的钱。你听说过吧？"

"听说过，但不大懂。"韩晓云想起一年多前高家杰眼睛亮闪闪地跟她讲数字货币，说这是个发财的好机会，她还笑他想要一夜暴富。高家杰说暴富是不想，我就想小富则安。

丁一鹤仔细地在韩晓云的脸上搜寻着，这种职业敏感让韩晓云也迅速作出了反应，她也挂上了自己万年不变的职场微笑，就跟随便一个什么客户她都能喊出"亲爱的"一样。

"他在一段时间内是每天都登录的，实话说吧，他是管理员权限。"

韩晓云沉默了很久，再开口时语气迟疑："我们买了房子，是不是他压力比较大，找了个兼职？这事我不知道，我自己也整天工作，很晚才回家，其实那段时间，您不知道，我非常自责，我连……我连他吃的什么我都不知道，回家就是睡觉，醒了就要去盯文案，看图片，走流程，还得去库房盘货，还得下单采购那些零七八碎的装饰品……我们这一行，就是比较琐碎，我……我很自责，我没管过他干什么，就连他失业那段时间我们都很少说话，我不知道他怎么去了那个地方当管理员。"

"他是从一年前就开始了。"丁一鹤能看出她的自责是真的，惊愕也是真的。他在心里排除了韩晓云的嫌疑，同时在想高家杰这个人，不声不响干大事，要不是个聪明的罪犯，他做网警准错不了。

从警局出来韩晓云有点恍惚,这时她接到一个电话是高家杰妈妈打来的,她先问了二老身体可还都好,然后告诉高妈妈说保险不会赔钱,因为警方确认结果是自杀了。

"我不是问这个,小韩,你还都好吧。我们回家听人说了,入土为安,还是得把骨灰带回来。"高妈妈说到骨灰时又哭了。

"我们想买个家族墓地,一家人在一起。"高爸爸在那边说,"我大儿子也迁过去,二儿子……接回来,还有我们两个老骨头,怎么我们老的不死,年轻的死了……我们也没干过亏心的事,咋会有这样的报应……"

"伯伯,您别这么说……"韩晓云听得满心苍凉,她也不敢相信自己居然说出这样的话,"这也不是谁的错,有钱有势的,不也一样生病啊,出车祸啊,火灾啊,人家也没干什么不好的事,说不定还做慈善,帮助别人什么的。伯伯,你多想想他们好的时候吧,死了的活不过来,活着的人还得过日子。"

"你是明白人……我,唉,我们俩……"电话那边传来了哭声。韩晓云就一直开着电话,听着,直到他们挂了电话。

多么可笑的解释,但能给二老一个宣泄情绪的机会可能也不错吧。韩晓云想着,她回了自己的小公寓,对门的工程还是震耳欲聋地进行着,而且多半是因为没人管了,还是大敞开门,把灰土都放到楼道里去。

韩晓云直接找了物业,物业经理看到他们这样,也向韩晓云道歉,说自己没有及时巡视。韩晓云说没什么,谁不是多一事不如少一事。对门的工头看到又被投诉到物业那里去,咬牙切齿,对韩晓云挥了挥电钻。

韩晓云跟物业经理说:"您作个见证吧,他再这样威胁我我要报警了。"

"别啊,您别这样,这种低素质的人您别跟他较真儿。王师傅赶紧赔礼道歉。"

"我跟她赔礼道歉?她……"

韩晓云把自己家门关上了,根本不想多看这些人一眼。

随后,电钻声又响了起来,低沉了不少,显然是关着门作业。这些人永远不知道自己会打扰别人的生活,他们永远赶工期,永远记得自己挣的都是血汗钱,但是灰土和噪声这是别人必须忍受的,别人的感受既然也不影响他们的收入,他们也没空去听别人说什么。对他们的要求哪怕是合理的,那也是给他们找了麻烦,找麻烦就是不应该。

可我又是被谁找了麻烦?就因为我住在这里,我就得忍受这些?这问题没有答案,如同说,你活在世上,就得面对你与生俱来的一切,你忍得下要忍,忍不下事情也是这样。

比如妈妈永远偏爱弟弟。比如高家杰死了。比如电钻声就是电钻声,刺心钻脑,而且他们多半趁着没人管,又会把门打开,放灰。

韩晓云进了卫生间,把热水开到最大,狠狠搓洗自己的皮肤和头发,这时候哭是最好的,但她哭不出来。洗了澡之后她换了浴袍,去确认了一下门锁好了,把半瓶子润肤露全部抹在身上,刷墙一样把自己刷了一遍。

然后她戴上了飞行用的眼罩和耳塞,倒在床上,强迫自己睡了过去,这居然也不难。

马思晴跟韩晓龙很少吵架,但这一次不但吵还吵得很凶。马思晴要教马小步写大字，马小步耍赖不肯。一次两次，终于把马思晴惹怒了，拉开马小步的小手，拿起镇纸，啪啪啪，连打三下手心，眼看着红了一大块。

马小步太震惊了，痛是真痛，他眼泪大颗大颗地喷出来，一看妈妈没有妥协的意思，赶紧喊爸爸。韩晓龙听见那声音不对，三步两步跑进来拦着，晚了，打完了。

"你哪能这样啊。"韩晓龙一看胖手通红，给他吹吹，马小步跳到他身上，号啕大哭起来："呜呜呜！妈妈打人，坏！打人不好，警察抓你，坏！"

词汇量有限，马小步觉得坏就是世界上最大的指责了，他很害怕大人说他坏，也很喜欢妈妈有时逗弄他刮着鼻子叫他坏坏，他很清楚这两种坏不是一个意思，但是现在他真心觉得妈妈太坏了！爱你的人打你，最让人伤心，马小步一把鼻涕一把眼泪，哭得有声有色，如果真有警察看了这阵势，十有八九真得把马思晴抓起来。

马思晴虎着一张脸，没有一点要和稀泥的意思："你今天不写，明天不写，以后永远写不好字。写字说大了是艺术，说小了也是手艺，都是实实在在的好处。你就知道耍赖，不肯下功夫。那你想怎么？这辈子还要不要点出息了？你爹妈可没啥本事给你留下吃不完的产业，你不靠自己有本事，你靠什么？"

"行了行了，"韩晓龙觉得马思晴情绪有点失控，这一套有出息没出息的话也扎心，"他还没到五岁的孩子，你就逼他写字，还学手艺，这算什么。我就是再没本事，我也不能饿着孩子吧，你怎么了，这么大火气至于么？"

"这不是你的问题，你现在能不饿着他，你还能管他一辈子啊？"马思晴的声音不但没收敛还放大了，韩晓龙觉得这是有意找碴儿了，火也上来了："怎么不能了。你咋这样啊，好赖我也没打过他呀。你吓唬吓唬就得了，还真打，你看看这手都快肿了！你可真狠！"

马小步一见爸爸给他撑腰，立刻号得更大声。这时眼泪是没了，他还得观察一下大人们到底是怎么回事，妈妈完全不像是平时的妈妈，这简直是变成了大怪兽。

"我打怎么了，我能生就能打他，我现在不打他，等将来他惯坏了，那时打都打不回来了。"马思晴眼睛里汪起了泪水。马小步看着妈妈，忘了手上疼了："妈妈，你别哭。妈妈，我错了。妈妈，你怎么也哭了？我不叫警察抓你，我逗你玩哪。"

"我可没逗你玩！你给我坐这儿！"

马小步看着妈妈圆睁的眼睛，知道这是真动气了，乖乖地溜下地，坐在书桌前挺直身体，抓了笔颤颤抖抖地写了一笔，那一笔写出好多波浪，惨不忍睹。

"画线，走，从左到右，头是圆的，圆的圆的圆的，你懂不懂啊？你好好写，你不好好写我还打你！"马思晴下定了决心要把这事做到底，马小步撇着嘴，想哭不敢哭，眼泪吧嗒掉了一大滴在纸上，吓得他赶紧避开了那个方格。

行了吧你。韩晓龙真动了心，他拉马小步胳膊："行了，走，爸领你去超市玩小火车去。"

超市的玩具小火车二十块跑三圈，玩一会儿一百块就没了，所以玩的人少，马小步也不是想玩就能玩的。

但马小步不敢，他对妈妈的害怕超越了对小火车的兴趣，可是毛笔怎么抓怎么不听话，他画的线还是弯弯曲曲，自己都觉得太丑了。

"不行。"马思晴把那张纸直接扯下来扔了,换了新的纸,"重新开始。"

马小步忍无可忍,嗷的一声哭了,手一松,笔掉在新换的纸上,墨污了一块。

"懒惰,不练字,不爱惜纸笔,你反了天了,我看你就是找打。"马思晴声音尖厉得像锯子。

韩晓龙也忍无可忍了,他一把把马思晴拿镇纸的手按住了:"你不能这样。你这么折腾他太不像话了,你要打你打我,这么大一个小孩儿你还想他成书法家啊。是,我知道你这么大就能写了,可不是谁都像你啊。你有本事你厉害,但有些本事天生的,他没有你能逼出来么?你要是把他打坏了怎么办?唉,是怎么了今天,你吃错药,发神经啊?"

"对,我就是神经病。我生的孩子我还不能管了?都是你们惯的,等到惯坏了,你们都该说他妈没教好他了。"马思晴眼泪哗哗流,让韩晓龙觉得这事没那么简单。

马小步看着妈妈哭,自己不敢哭了,他过去抱着妈妈的腿:"我错了,妈妈你别哭了,我写,我现在就写。"

他战战兢兢地拿笔画线,一边画一边看大人脸色,画得更是曲曲弯弯。

"我就这点本事还能教你了,你要是好好学,将来你看着自己写的字,就能想起妈妈……你要不学好,妈妈死了都闭不了眼睛。"马思晴哭得站不住,坐下了。

韩晓龙和马小步被吓傻了,马小步边哭边画线,眼泪和着墨汁在纸上蜿蜒地走着,一条条蚯蚓,看不出有一点天分。

马小步很会告状,他跟姑姑视频时,韩晓云正在高铁上,一般马小步视频他都是兴高采烈的,还在镜头前面躲猫猫,这次眼泪汪汪地说:"姑,我妈打我了,好痛。我好怕。"

"不可能。妈妈就是吓唬你吧,你别害怕,她很爱你的……"

"我也爱妈妈……可是我写不好,怎么都写不好啊。怎么办,我怕……"马小步愁眉苦脸。

"写不好就慢慢写呗。"韩晓云绝对不敢说"那你就别写了",这拖孩子学习后腿的罪名她背不起,现在哪一个家长不是鸡血满满,恨不得孩子上学前就一身本事。说到了头你只是个当姑姑的,只负责点赞陪伴玩耍,提供关于北京的各种想象,轮不到你管人家孩子。

马小步感觉没争取到同盟军,脸更苦了,那张平时乐呵呵的小脸拉成苦瓜,分外滑稽。韩晓云很是同情,陪着他认真地叹了口气。

"说完了没?"马思晴的声音还算温和,马小步却吓一哆嗦:"没……嗯姑姑再见,我写字去了。"

"思晴,跟你求个情呗,我也觉得他应该写……就是,别打啊……"韩晓云觉得自己嘴贱,说不管不管还是忍不住。

"你是不知道,今天不练明天不练,他就永远都不会练。我上大学也带过家教的孩子,惰性都是一样,一次偷懒他就次次都偷懒,他永远都觉得这件事能偷奸耍滑,那最后他就什么都学不到。"马思晴一拿出一本正经的老师口吻,连韩晓云都怕。

"是,我明白……姑婆还常念叨师父领进门,修行在个人呢,这都是修行。"

"马小步,你这就把这句话给我写五十遍,这是你姑奶奶教你的!"马思晴的吼声把韩晓云吓一跳,那边听见马小步细细的声音说:"就写门行不行?"

"不行,少来讨价还价,将来你考试要写多少字,你跟谁商量多写一个少写一个去?"马思晴的声音立即变得冷冰冰的,韩晓云听了瞬间就明白马小步为什么要跟她诉苦了。他还小,不会表达,他不是在计较写什么不写什么,他是怕妈妈不爱他了,而且没有了妈妈的爱,他就觉得自己没有价值。

她关了视频,写给马思晴:我们忘记了自己做小孩子时的感觉,那时我们也不喜欢被催促,被打,被训斥,现在我们终于长成了大人,希望你也能回头想想孩子的感受。毕竟他还没长大,不能像我们一样,面对很多苛刻的要求只能咬牙承受,不能哭也不能抱怨。你是个好妈妈,我知道,我也知道你都是为了孩子好,但是能不能慢慢来,先写点简单的,一点点再写难的。

等到韩晓云快下车了,才收到马思晴的回复:

我记得自己当孩子时的感受,更知道现在我是个妈妈,当妈妈责任重大,我一定得把孩子教好,这样他在跟别人相处时才能轻松自在。如果他现在把字写好了,那等他上小学甚至上中学,都会事半功倍,不然他连写作业都费劲。现在他已经拖着不上幼儿园了,我马上也要让他去,上也得上,不上也得上。希望你能支持我,我现在太累了。

在韩晓龙的铺子里,两个穿着深蓝制服的姑娘在忙碌,韩晓云打了个招呼,坐下帮着叠元宝,这是小时候就做惯的事,她手指翻飞,叠得比别人快得多,不一会儿就堆起一堆,一百个凑整数,另起一堆再叠。韩晓龙打完电话出来时,韩晓云叠了九百多了。

"唉，我也不知道怎么办好。"韩晓龙也跟着叠，速度慢得多，没头没脑地来了一句。

"你总是这样。"韩晓云心里那点陈年的看不起又在翻腾，打小"他是弟弟你让着他"，他就哭咧咧，霸道，贪吃，怕事，什么问题都往姐姐背后一躲。活活被爹妈溺爱坏了，吃了一记狠的教训，这才勉强做个人，可是，显然他又回到老路上，有什么事往马思晴背后一躲，你还没问他，他已经先说没有办法了。

"那怎么办啊，我越说小步他妈越不听，我，其实我也犯怵……我总觉得她的话，我听了也没脸接茬儿，就我这样的，我……我真不知道怎么说。"

"不知道就别说了，人家马思晴，生了孩子拉扯奶娃都能把研究生考上了，跟你说了多少回哪怕去念个自考文凭你都不干，装聋作哑的。别跟我扯什么事情忙之类的，爹妈要知道你有心学习，他俩当牛做马都乐意。你还知道没脸，我都没脸说你。"韩晓云唧唧喳喳把最后几个元宝叠完，拿了一沓塑料口袋，一个个捻开装进去。

以前这些活儿都是陪着姑婆做的，她多做点，姑婆就少做点，等她这边快手快脚地收尾了，姑婆煮的红枣糯米粥也好了。姑婆总让她多吃点枣，补气血。如今姑婆没了，她依然干这些活，只是没有谁给她吃红枣粥了，她也不再是当年的小女孩。韩晓云觉得自己的口吻尖酸刻薄，比马思晴对马小步还不如，因为毕竟马思晴还是疼爱儿子的，她对弟弟么，没这个必要，爹妈的疼爱都给了他一个人了，自己何必多献殷勤。

"我还能考啥。我这一辈子，毁了。"韩晓龙闷着头，把韩晓云装好的元宝装箱收起来。

"你毁了怎么着,你还不活了?马小步不叫你爸爸?你总得有个当爸爸的样。"

"我,我觉得我挺不像样的,真的。"韩晓龙说完这话就不再开口了,韩晓云本来还想训他,但想想也没什么意义,不说了。

一个个子高高脸黑黑的男人进来了,跟韩晓云打了个照面,两人一愣。吴大北的样子没有变很多,小学时他常穿黑皮鞋,白衬衫,在这小城里穿着随便的孩子们中间是一道风景。

"韩晓云,是你吧?还认识我么?"吴大北没多少热情,韩晓云也很冷淡:"认识,吴大北,外号叫北大,后来你考哪儿去了?"

"惭愧惭愧,勉强上个省大。不像你一路杀去北京了。现在我叫你什么?二老板还是大老板?"

"你少讽刺了,都是老同学你扯什么老板。"韩晓云觉得尴尬。她不想跟吴大北碰面,不知道他这种落魄公子哥似的人来他们家当灵车司机是转错了什么念头。

"你俩别吵啊,我头疼。"韩晓龙递给大北一根烟,"那边什么情况,说说。"

"还什么情况啊,不就是老一套,有俩臭钱烧得慌,开价一百万,没人敢接他这项目。我看熊天佑是有点疯了,就咱们这地方,最大排场也就十几二十万,现在也不让摆流水席什么的,说难听点一百万可以办十次了。"

吴大北熟练喷烟的样子让韩晓云很烦,毕竟印象里他还是个白净清秀的小男孩,有个同样白净清秀的妈,还有个暴发户老爹,那年月就开着奥迪去接孩子,把别家推着自行车的家长都给比下去了。

"你俩别抽了,什么叫臭钱啊,咱们辛辛苦苦不也是为了挣钱么。跟我说说,什么要求,这一百万他想怎么花。"韩晓云边问边骂自己财迷心窍,听到一百万就心思活泛了。

"别说,要是你去谈,多半有戏。"吴大北把韩晓云上下看了看,看得韩晓云浑身不舒服。

"这个派头行,一看就是大地方来的,再说你从北京过来,有钱人的做派肯定比我们懂得多。二老板,不,韩总,你去,不,您去吧,您去准能行。"吴大北的话总让韩晓云心生反感,她伸手拿了包:"别来这套,什么二老板,吴大北你是怎么了,要说人长大了会变,也不能变这么多吧。"

吴大北抢在前面给她拉门,笑了笑:"韩总,这不就是人生么,谁不会变呢,连咱们这烧纸铺子都用微信支付和支付宝收钱了,不变就要被淘汰啊。"

第四章　百万葬礼

加长林肯韩晓云见得不多，因为现在已经不流行车队炫富式的婚礼，有些人会在国外包个小岛，或者像王雨诗刚承办的那场，东京行西式婚礼，北京布置成中式风格，新人换装后一身中式打扮，视频向北京的长辈们行礼敬酒。两边的主持人炒热气氛，大屏幕上完成两地互动，庄严气派，也有婚礼该有的和乐融融。

家乡城市还以豪车为气派的标签，吴大北脖子上还套着乡里乡气的一根金链子，他开了车门，很夸张地一弯腰："韩总您请。"

"至于么？"韩晓云不以为然。吴大北进了车，缓缓启动，说："至于。你们在外面，不知道咱们这边的规矩。宾客迎亲多的，用林肯，长辈自己开车有车的，新郎开玛莎拉蒂迎亲最棒了。对我来说，林肯还另有用途，当灵车运送遗体，空间够大，体面气派，想放多少东西都行。"

"吴大北，你怎么变成这样了？"韩晓云还是没忍住。眼前这个滔滔不绝的男人跟小时候的玩伴没一处相像，要不是五官尚有痕迹，她根本觉得他是另一个人。

"女大十八变，你变得更厉害怎么不说。小时候你是现在这个样子？一个辫子正一个辫子反，脸上一道道黑……"吴大北说着笑了，"还天天揍我，我那时上学最大的阴影就是你。韩晓云，别说你保护过我,不让男生们打我,是因为只有你才能打,不让别人动,跟个小狗似的,护食。"

"……真对不起。"韩晓云也记得这些往事,哭笑不得,确实,在家被老妈打压的她,在外面攻击性分外强烈,别说女生里没人敢惹,男生们也怕她抬手就打的脾气。

"少来这套。别跟我说客气话了,后来我们不是朋友么?我走的时候你还哭了。"

"你没哭啊,你还男的呢。"韩晓云清晰地记得那个下午,吴大北哭得上气不接下气,说他要转学去省城了,韩晓云也忍不住鼻子一酸,抹着眼泪跟他说了不少傻话,包括什么有人欺负你就来找我,我帮你打他之类的。

两个人陷入了沉默,吴大北慢慢地开着车,堪称招摇过市。韩晓云没问他后来的事,吴大北自己说了:"韩晓龙也跟你说过我吧,我父亲过世后,我从省大退学,开了个餐馆赔本了,那边也有做殡仪的,我去跑腿打杂,没想到后来混上了管事儿的,来得快去得快,我爸把这边的房子和宅基地什么的都留给我了,省城的买卖给了他后来生的孩子……我无所事事,晓龙这边也缺人,那天碰上了,我就来了,一开这车我就停不下来了。你记得小时候咱们看变形金刚么,那时我们都想当汽车人,想不到后来我是个开灵车的。"

"他说过,说你吃饱了撑的,拆迁钞票一大把放那儿不花,非要搬死人卖花圈,说不定是个变态。"韩晓云说着,也笑了。这种闲话一听就不是韩晓龙的口气,但她回家以来,类似的话听得也多了。

"哈哈,你又坑你弟。你小时候就厉害,长大会赔礼道歉客客气气说话了，可更厉害了。你把厉害用到别人身上吧，像眼下这个买卖，你去给他拿下。熊天佑不是能听得进去话的人，但他对女人不错，咱们今天镇镇他。"吴大北摸了摸烟盒，又放回去了。

熊天佑的大办公室装修得一色土豪金，空间够大。韩晓云远远地点了个头，熊天佑示意她坐沙发上，那客位沙发离老板台足有二三十米。乳白色沙发搭金灿灿的茶几，上面一套宫廷式的茶具也细细镶着金边，唯恐不知道主人是个有钱人。

"你从北京来啊。"熊天佑问了第一句。他个子不高，过早谢顶索性剃了光头，眉眼浓黑，看人时目光灼灼，要随时跟你交心的意思。

"在北京创业也有三年了。不过我做的都是婚礼，没有承办过葬礼。"韩晓云答。

"我知道，这边是你弟在做。你很坦诚，我也说实话，你们家规模太小，也没办过什么大事，这次办事我有一百万预算，怕你们不知道怎么花。"熊天佑打了个哈哈，他觉得在一般人面前，一口气花上一百万还是比较吓人的。

"一百万确实有点为难，不过好在是在本地办，没有出国，省着点用也够了。"韩晓云不动声色，心说名牌婚纱一件就上百万计，跟你谈是不是会吓掉下巴。

"不错，那你说说主要花钱的地方在哪儿。墓地我买完建完了，现在不让火葬，棺木也用不上，不允许大操大办，流水席也没办法开了。别家给我出主意要搞演出，那些草台班子跳大腿舞的，太丢脸太低级了。你说什么地方花钱吧，我自己也在琢磨。我要办一场隆重、庄重、不那么张扬但一定要人人都知道的葬礼。

109

那才配得上我妈。"熊天佑脸上有哀戚色,但他还是公事公办的口吻。

"花。多买鲜花,布置祭坛,走鲜花过道,遗像后设置花墙,鲜花过道下面是黑地毯,孝服使用上等材质的亚麻,我可以从北京请来花艺师出差,现场设计确定草图后,我们才知道用多少花,然后直接从云南空运,确保新鲜、清香。餐饮请酒店布置自助餐,一律素食,加上西点和水果,不饮酒,饮料茶水随时供应。如果这些都能做到,把预算控制在一百万以内差不多吧。"

熊天佑有点意外,但他感觉这计划可行,不禁抬头看了看对面的韩晓云:"有点门道。那就试试看吧。"

韩晓云起身说:"葬礼跟婚礼一样,哪有试试看的,我们做服务的宗旨就是这一次就做到十全十美,不留遗憾。"

"别说大话,还不留遗憾。人活在世上,留下最多的就是遗憾……买花是个主意,不过云南鲜花便宜,你买那些花能堆成山……算了,用人不疑,你就去干吧。一会儿我让张秘书跟你签合同,给你们付点预付金。"熊天佑用手搓搓脸,颓然坐在了椅子上。

"我姑婆说有些人死是放不下,有些人死是解脱,您家老太太是八十四岁走的,也算是……"

"别跟我说什么喜丧喜丧!你要是也说这一套咱啥也别谈,别想从我手里拿走一个子儿!"熊天佑突如其来的怒火把韩晓云吓了一跳,她本意只是想安慰一下他。

"对不起,韩小姐。"熊天佑迅速控制了自己,彬彬有礼。他起身到窗前看着外面的街景,这是全城最好的写字楼,清晰地看到外面繁华景象,还能看远处的山水。

"你不知道,我母亲一辈子吃了大苦,她是被拐卖来的,到我家已是第三次被卖,还带着前一家的小妹妹。我父亲是个酒鬼,对她不好,但她宁可自己不吃也给孩子吃,宁可自己挨打,也不让我们受罪。我上学是靠着她打杂工,借钱,卖血才给我勉强完成学业。我在外面打拼,她在家还要做农活,被我父亲打骂。我做生意失败,债主找到家里,也打过她,把粮食和我买的家电都搬走,就这样她还对我说要好好做事,不用担心她……好不容易,我挣到钱了,可是我妈病了,长年卧床。我请了多少名医,给她上了多少针药,都不行了。她说了无数次让她死了吧,不拖累我,可我就是心存侥幸,总觉得万一能治好呢?我妈又多受了罪,可是每次见到我,她都忍住痛,笑着看着我……"他回过头来的时候,看到韩晓云在擦眼泪。熊天佑的脸苍老了许多,他又恢复了公事公办的声音,"一会儿让张秘书跟你看合同吧,不送了。"

在世界上没有什么可依靠时,工作至少还算是可靠的,付出劳动,得到报酬,可以让自己衣食无忧,虽然更多的问题,是在吃穿住行之外,但毕竟不为这种基本问题发愁,也算是一种幸运了。

韩晓云做完了葬礼的预算和初步策划,已经是傍晚了。她中午没吃饭,不断电话确认各个细节,比如鲜花的品种、报价、运费;比如使用布料的质地、用量、颜色,她只选白,地毯用黑,哪一种地毯又费了脑筋。幸好本地就有家地毯厂,她准备明天就开车过去看看。

下楼吃饭时看到马小步泪眼婆娑,叫了声姑就不说话了。马思晴眉毛紧皱,余怒未消:"你这不是能练么,能练你就得练,坚持,一天不练就会退步,两天不练等于白练,半途而废。"

"行了吧。"韩晓龙把最后一个汤端出来摆好,没好气地给马思晴回了一句。

"你少和稀泥,我跟你说,我不在家你就得盯着他练。我们省城幼儿园请的是师大的书法老师,水平也就那样。怎么着,我们那边小朋友参加比赛都拿金奖了,人家妈妈还拿竹板打手呢,不吃苦中苦,难为人上人。"

马思晴管孩子时,韩家二老不敢劝,因为每当这时,他们就会想起马小步不姓韩,自己心疼,护着,到时落埋怨,自己要去管,那保不齐人家会说到底不是亲生,才对孩子这么狠。

再说,马思晴是对的,自己家的情况最明显,踢着打着的成了才,宠惯着的却成了罪犯。看着马小步可怜巴巴的样子二老心疼,但是只能扭头不看,为了讨好儿媳妇,还得违心地说几句听你妈妈的话,好好写,写好了不就不打了。

马小步觉得这世界上没有一个人支持自己了,韩晓云去摸摸他脑袋,他趁势一滚,钻进姑姑怀里嗷嗷号,委屈大了。

马思晴把碗里的饭扒完了,一把把马小步揪出来:"不许哭,走,练字去。"

"思晴,你……你是怎么了,是不是工作上有什么麻烦啊?"韩晓云也嫌自己多嘴。

"没有。你别管,他也大了,该有点责任感了,每天要完成的任务就必须完成。而且你看看这些字,他已经有进步了,趁热打铁,他能行。"马思晴揪着马小步往楼上拖,马小步不敢反抗,但身体消极往地下坠着,盼望妈妈能把他抱起来,至少给点安慰。

马思晴拖不动他,把他抱了起来,马小步刚想露笑脸,屁股上挨了一巴掌:"耍赖?我惯着你行,我能惯你一辈子啊。赶紧走，别浪费时间。"

泪水和着墨水，马小步把"一"和"人"练了很多遍。马思晴确实没说错，这练过了就是跟不练完全不一样，眼看着马小步写的字有些模样了。

韩晓云去帮着收拾厨房，韩晓龙闷闷地说："也不知道她这是怎么了，姐，你帮我问问她。"

"我？你们一家三口的事我还是少掺和。你平时多干点活，咱把熊家这个大活儿干好了，说不定会好点。"韩晓云心说多半马思晴现在事业突飞猛进，看不上韩晓龙了，只是这话不好当面说。

"嗯，不是钱的事，我了解她……不过现在觉得她挺陌生的，我一直都不如她，她也不是为了这个跟孩子置气的。我想去结扎，不要孩子了，就要小步一个就行了。"

韩晓龙的话让韩晓云猛吃了一惊，这话却是平静无波的，经过了深思熟虑。

"爸妈肯定不会同意……不过，也对，你自己决定吧，你也是一片赤诚地对她和孩子，想不到……"

"你想不到，是你老觉得我没出息，自私，任性，永远都是个熊孩子，其实我跟你一样大，我们都是大人了。我自己……也经过事了，说真的我也没什么别的想法，好好把孩子养大就不容易了，他认我当爸爸我就当，不认我也对得起他。像姑婆一个人，守着店，不也自己给自己养了老？"韩晓龙把橱柜擦完一遍，闪闪发亮。他干这些杂活细致有条理，韩晓云自愧不如。

马思晴晚上侧着身哭泣，韩晓龙慢慢地伸手把她搂在怀里，马思晴把头抵住他肩膀窝，哭得更剧烈。

韩晓云梦里又见到了高家杰，他还是穿着平时那套上班的衣服,好像一推门就要坐车去单位了。韩晓云拉着他的衣服,想说你别走,却怎么也使不上力,说不出话,猛地惊醒,窗外已是蒙蒙亮。她打开电脑,一看熊天佑已经回了邮件,把宾客名单发了给她。她搓了搓脸,干活,还是要继续干活,什么都别想。

马小步用被打红的小手,含泪写了个"上",一个字一个字地练,他玩的时间少了很多,平时他最高兴的就是妈妈有空陪着他,但从来没想到说陪着他是吓唬他,打他,威逼利诱地要求他练书法。

哑巴外婆最先看不下去了,冲着马思晴一通比画,意思是他这么小,你把他吓坏了怎么办?写字是没错也不能打着写啊,我都没打过你一下,你怎么就打孩子?

"妈,有时我觉得你打我几下说不定还是好事,我就不至于犯错。"马思晴这逻辑有点蛮横不讲理,可是戳中了当妈妈的软肋,哑巴外婆抹一把眼泪不想争辩下去了。马伯伯近日又有些不好,住院打针,她还得送饭伺候。

韩晓云和吴大北去郊区地毯厂把黑地毯给订下了,开始人家还以为他们是要办婚事,大力推荐他们新出的红色龙凤呈祥地毯,一听说是丧事,倒新鲜了,黑地毯这样的活儿百年不遇,给钱就做,没什么忌讳。中午还招待他俩吃了顿盒饭,吴大北看韩晓云胃口不佳,把她没怎么吃的那盒也拿过去吃了。

"你是怎么了,我这几天看你不大对劲。好几百万的身家,小富婆一个,干吗总苦兮兮一张脸。"吴大北抽了口烟,跟韩晓云聊上了。

"我没什么事,你管好你自己吧。"

"我有什么好管的,一个人吃饱了连狗都喂了,天天前面坐活人后面躺死人,其实,也都差不多,差一口气而已,生者劳碌奔波,死去方得长眠。"

"也就是这时候能看到你还念过省大中文系。你不是应该当个语文老师么,干吗混到这一行来了?"

吴大北收起了嬉皮笑脸:"语文老师世界上有很多,却不是谁都有机会,送别人走完这最后一里路。韩总,你总觉得我亏了,不应该干这个,那你是不是也有点歧视我?在我来看,这是一份很庄重的工作,当老师是教人,开灵车是我被人教,生和死里面的大事小情,哪个课堂也学不到。"

韩晓云不想说话了,吴大北在她心中,还是那个比马小步稍微大一点的小男孩,笑眯眯的很害羞,白净,衣服穿得整齐,看着比女孩子还秀气。她不愿意相信眼前这个戴着大金链子的黑脸男跟她记忆中的小男孩是同一个人。可是她自己呢,也不再是以前吴大北说的那个野蛮的小丫头了。她把脸转向车外,看着外面飞驰而过的小山,心里空落落的不知该想些什么。

吴大北把车拐到一条小道上去,又开了一段,停了下来。韩晓云问他这是哪里,他没说话,把车门开了:"下来,韩晓云,你到这边来。"

"干吗,鬼鬼祟祟的,你别耽误时间……"

韩晓云愣住了,眼前是一大片花,浅紫粉红,蔓延着一直开到山上去。她想起了小时候,跟吴大北做值日生,两人还要给门口的花坛浇水,她笨手笨脚,却总是抢走水壶要自己来,吴大北就老老实实地跟在后面,等着她泼泼洒洒地浇完了,再把水壶拿回教室去。

吴大北背对着她站着:"看看花吧。我知道你有心事,不用说出来，我们都长大了，谁没有点不想说的事。我去年来这边送客人，回来已经是傍晚了，我想看落日，没想到看到了这些花。它们不管咱们人间怎么生，怎么死，自己开自己的，自己落自己的，也是个生命历程吧。"

韩晓云的眼泪夺眶而出，那些花开得灿烂旺盛，但转眼花瓣也一片片被风吹走，无人知晓。高家杰倒下的地方，韩晓云也去看过，那边也有小草小花，并没有人躺过的痕迹，想来他是极小心地避开了每一朵小花，不忍心压坏了它们。

她用袖子把眼泪擦掉了，让风慢慢把脸吹干。

"走吧，晚上我还得跟张秘书见面，别让人家等咱们。"

回到车里，两人一路无话，韩晓云还睡着了一小会儿，吴大北没有抽烟，等到了韩家他停好车，才自己掏出烟盒到外面去了。

不同于之前韩晓云对熊天佑那种土豪做派的想象，张秘书是个严肃沉默的女子，韩晓云以为土豪的秘书多半能参加选美，珠光宝气美若天仙甜得就像情歌似的，完全不靠谱。张秘书往学校里一站，就是一位现成的教导主任，说话办事一丝不苟，不说笑话，不闲聊，不扯没用的。

核对完了最近的预算和工作进度，张秘书总算点点头："做了不少事。第二笔钱我让会计明天打给你们。"

电话响起，是熊天佑的声音，张秘书眉毛一挑，给他凶回去："我马上就谈完了，对，小韩么，还有哪个韩小姐?!"

出乎意料是熊天佑唯唯诺诺答应了几个好，还问她吃没吃饭。张秘书说吃了，立马挂了电话。

"熊总创业时我就是他秘书。那时候，和人家合租一个办公室，他跑业务，我坐班，就这么熬下来的。"张秘书淡淡地说了一句。

韩晓云起了八卦心，这要是王雨诗在，说什么也得把这两位撮合成了，她好把喜事承办下来赚一笔。但韩晓云嘴里说的是："有您这样的得力下属，才是熊总成功的关键。"

"成功？早着呢，熊总……母亲的事对他来说是非常重要的，所以，请韩小姐多多上心，把这件大事办好。"

"我会的。"韩晓云立刻做出保证，不容置疑。

张秘书开的是辆日本车，轻巧省油，韩晓云更加确信这位张秘的办事风格才是熊总的里子，踏实，省钱，有板有眼绝不含糊，外在的浮夸都是给别人看的，真想把事情做成了，必须每一分钱都要花在刀刃上。

吃饭的时候气氛轻松，因为马思晴不在，回省城办事去了。韩妈妈把吴大北的事说起来下饭了："大北也是个不着调的孩子，可女孩子还就喜欢他这样的。他读大学的时候谈了个女朋友，后来他开的饭馆倒闭了就离开他找了个大款穿金戴银的。他那时成天在这边串，还也吃上丧事这碗饭了。老李他家么，看上他了，其实想招他做女婿。李家腊梅可是好姑娘，我们那时候都说他家在做赔本买卖，招这样上门女婿，别把家底儿给赔了。腊梅还跟我们不乐意了，那一段时间见面都不叫人的。"

"吴大北不是拆迁有不少钱么？"韩晓云吃了几口饭就放下筷子了，看着韩晓龙伺候马小步吃，她也帮着夹菜。

"拆迁没少分钱，那一阵子他可抖起来了，说是又要回省城去干什么大买卖。我们觉得他跟腊梅的事也该办了，红包我都包好了，谁想到腊梅跟她家的乡下伙计订婚了。"韩妈妈到现在还痛心疾首，"太可惜了，那么好一个人儿，怎么找那么个不吭不哈

117

的人。"

"这也新鲜了,也没人知道为什么吧。"韩晓云搭了句话,想不到马小步接茬了:"我知道。腊梅姐说大北叔叔回省城去就不会跟她结婚了,大北叔说她没有即兴,腊梅姐说即兴不即兴不是他说了算的……哎哟,爸你干吗不让我说?"

韩晓龙给他不轻不重一筷子敲了敲头:"一个小不点说什么大人话,不该听这些,知不知道?更不许你记着这些乱七八糟的话。"

"不乱啊,就是腊梅姐说她没有即兴,也不相信大北叔,大北叔还哭了……是真的,你干吗又敲我的头。"

"什么即兴啊,是自信吧,你这舌头伸不直的毛病,改改。"韩晓云心说吴大北说得很对,他在低谷的时候,李腊梅可以陪着他,甚至跟他结婚成家,但他有钱了,惦记到省城做事业了,谁知道以后会怎样,不如当断则断。

家乡的女孩子们还是有自己的一套观点,看着这世界都是男人做主,但她们不声不响,硬是给自己的人生做了主。李腊梅结婚后开了几个店,生了双胞胎,开着小车天天送孩子上幼儿园,日子过得不知道多滋润。吴大北却留在原地,可能还转不过来这个弯,但他的两个前女友早已绝尘而去,向着自己想要的方向前进了。

马思晴一回来,马小步虎扑上去喊妈妈,一跳跳进她怀里,腻乎个没完。大人总说他已经是大孩子了,要少让人抱,越是这样,他越贪恋妈妈的怀抱,就算妈妈骂他打他催他写字,他也要抱。

"妈,我写了字。"没等马思晴问,马小步就赶紧讨好,"你看，那边阳台上好多纸，都是我写的。我写得多，你就会很开心，对么？"

把额头紧紧地顶住儿子的头，马思晴半晌说出一个对字。

那么多的练字纸，上面写着"人，大，一，二，三，土"。马小步费了九牛二虎之力，就写出来这么多，反反复复练习，果然有些像样了。他不敢不写，不是怕妈妈打胖手，他是怕妈妈生气，妈妈生气比打在他身上还疼。马小步明白，那是不被爱的感觉，不被爱是不行的，他是被爱大的孩子，习惯了被爱，如果有一天这份爱忽然抓不住，这比打手板打屁股都可怕得多。

"嗯，你写得好。"马思晴看了看那些字，把儿子紧紧地搂在怀里。马小步高兴了，一挣挣开了："爸爸说了要带我去超市坐小火车。"

"去吧，妈妈带你去。"马思晴接了个电话说了几句就按了，领着马小步去超市了。二十块钱跑三圈，马小步会数数，跑了三十圈他终于不想玩了，一下来就头晕晕的，有点想吐。

"喝不喝旺仔小牛奶？"没等他回答，马思晴还把什么橙汁、酸梅汤都来了一瓶，马小步啃着手指头，兴奋又糊涂，一定是自己写字写得太好了，妈妈才这么奖励自己，毕竟这都是她平时不让喝的，说是垃圾食品。

韩晓龙赶着回家做饭，一看却是出乎意料的岁月静好。马思晴张罗了一桌子有鸡有鱼的好饭，哑巴外婆也过来吃了。马小步一会儿跑到奶奶那里撒娇，一会儿跑到外婆怀里躺着，还拿拖把沾水，在地砖上写了几个大大的"人"字。马思晴也没说他，含笑在旁边看着。

一碗鸡丝面等着韩晓龙，他稀里呼噜吃完了，问："这怎么了,你又吃错药啦,天晴还是下雨的你倒是给我个预报啊。"

马思晴笑笑,一捅他的肋骨,韩晓龙也憋不住笑:"别闹,不用说,是挣到钱了,再不就是开了新店了对吗?你不用专门给我做饭,你拿的主意我什么时候不支持。"

"都没有,挣钱的不是你么,百万大买卖啊韩总。"马思晴很少跟韩晓龙开这种玩笑,但说得也在点上。

韩晓龙确实心里敞亮:"别人还说他熊天佑怎么心狠手辣的,你看给他家老太太办事,那真是舍得花钱。今天,他说那个衣料不合用,我姐说那是专门从日本买的高级亚麻,国内都没有这样的丧服,怎么可能不对。你猜他说什么?他说自己苦出身,老太太也是吃了一辈子的苦,披麻戴孝,越粗糙越便宜的麻布才越好,孝才越重。我们没法反驳,只能把布料换掉了。一来一去,又是小十万的钱折腾没了。我姐说得对,一百万还得省着花,不然不够用。"

"真有那心,活着的时候多做点,比什么都强。死了再怎么弄,也是没用了。"马思晴淡淡地说了一句。

"那谁能知道自己身后的事呢,再说熊总也可以了,名医都求遍了,老太太治病的费用花了七八十万还不止。其实也是花钱买了罪受。"

韩晓龙感慨这些花掉的钱,他可拿不出这些来尽孝,想想自己也是个没用的儿子。

韩晓云回来时马小步已经睡了,玩得太疯,白天写了不少字也确实累着了。韩晓龙给他洗澡完了经不住他闹,两人一起搭了个帐篷,睡在卧室地上了。全家人都熄灯睡觉,马思晴倒在阳台桌子前面坐着,写写算算不知忙些什么。

"吃饭不？厨房有鸡汤，你煮点面吃？"

韩晓云摇头，但马思晴的关心还是让她心里一暖："你呢，你不睡啊？"

"我这边还有个报告没弄完，毕总给我找的活儿，什么女企业家课堂。讲课我会，吹牛可不会，但是这种课还就得吹嘘一通自己，你要有空给我看看呗。"

"没空，我干不了这个。"韩晓云一笑。

"你也不早点回来，不不念叨你八百回了。"

"唉，没辙，我总得把活干完了，这也没有个完的时候。等明天吧，明天我领他去游乐场玩俩小时。"

马思晴把小本收了起来，看看韩晓云："你打算什么时候结婚要孩子，你也老大不小了。"

一肚子的心事都涌了上来，韩晓云已经有本事把那些话都压下去："不着急，有不不就行了。"

"嗯，我相信你，我要是死了，不不就是你的大儿子，你可得替我看好了。"

"这都什么不吉利的话，眼看着越来越好了，谁不羡慕你，不夸你，不眼红你。你呀，就是文化水平太高心思多。"韩晓云不自觉地把老妈背后吐槽的话给用上了。

马思晴拿了根烟出来点上，抽了一口："多想点没坏处，其实咱俩相处得不多，但是我相信你，要真有那么一天，你是靠得住的人。"

"越说越离谱了，不跟你说这些了。"韩晓云去厨房，把留的鸡汤放进了冰箱。鸡汤里还有小半只鸡，不用说，马思晴对她是真心实意的。

"你是工作太忙了，有点焦虑吧。我记得省城里也有心理咨询的，你们师大不就有心理专业么，去找老师咨询咨询，说说话，肯定能有效果。能者多劳，我觉得你是太累了，还总说什么生二胎，我看这一个都够辛苦了。"

"嗯，我真想再要个老二，年前去检查过身体了，宫颈癌。"马思晴轻描淡写的话却是晴天霹雳，韩晓云浑身一哆嗦，两只手定格在空中，似乎想把这句话捞起来，丢出去，丢得远远的。她不想听到坏消息，不想再一次被噩耗击倒，但似乎怕什么就会来什么，由不得她。

马思晴反倒笑了，弹了下烟灰："我看到结果也吓坏了，可是我能跟谁去说？一屋子老老小小，都指望着我，咱家这点事你也知道，刚有点起色，我爸身体又一年不如一年了……晓龙是好人，我也想跟他好好过一辈子，别人还说他配不上我，其实，是我没有这个福气。他还能再找，我就是担心我妈和不不可怎么办。"

"你……"韩晓云胸口堵得难受，她把自己领口扯了扯，那一身职业装让她觉得憋闷，索性把外套脱了才透出点气，"该治还得治，这事不能拖，我陪你去看医生，我记得我高中还有个同学就是省城医学院毕业后留那儿工作的，等我去找他。这病……听说还算好的，治好了就没事的。你别说那些丧气话了，咱们家人没有那想法，你不看别人也得看不不……"韩晓云都不知道自己在说什么，只知道一说到不不的名字，热泪便滚滚而下。

"嗯，就是舍不得他。可惜他还没长大，要是长大了，能照顾姥姥我也放心了。我妈不会说话，要是我没了，我爸也走了，不知道她怎么活。想想这些，就觉得死了不见得是坏事，至少不用这么煎熬,一撒手想管我也管不了了。"

"能治好,一定能的。以后你别上班了,工作交接交接,赶紧治病。我这里还有些钱,晓龙知道你的病倾家荡产也会给你治。"韩晓云还想说父母也会出钱,又一想二老那个脾气,自己还是别乱给他们做主了。

"开玩笑,我不上班,公司关门?别说治病了,喝西北风啊。"马思晴这时才露出了一脸的疲惫,"我一直咬牙挺着,就靠这一口气往下走,真走不下去,就不走了。治病我也会抽时间治,可是工作不能停,不是工作需要我,是我需要工作。我越是觉得时间有限,就越想多挣点钱,将来不不念书还要用的。我怕看不到他上大学,不知道那时学费贵不贵。"

"我给他出。"韩晓云哭了,她知道一开口就是把责任背在身上,可是她不知道还能说什么。

"我知道,也就得托付给你了,不是说血缘不血缘的事,冲人品我就信得过你。他爸爸是好人,但是再有后妈就不一定了。我希望小步将来能跟你在一起,你给他当妈妈我放心,我张不开嘴求人,可是为了他我也得求你。"马思晴没有眼泪,她看着韩晓云,目光殷切,"你多跟不不在一起玩玩,让他多跟你,将来,万一我不行了,你带着他……"

"你别说没影的话了,自己的孩子自己带好,少来跟我说这些。马思晴,这条街就数你最有出息了,你不能就这么说放下就放下。"韩晓云的话自己听了都觉得虚张声势,软弱无力。

马思晴反而笑了:"就是,自己孩子自己不带,能随便送给谁呢,行了,睡觉吧不聊了。"

她走过韩晓云身边的时候,被韩晓云紧紧地抱住了,像抱一根浮木。马思晴觉得两个人都在下沉,但她竭力抽出自己的胳膊,用手拍韩晓云的后背:"我不知道你跟你男朋友是怎么了,不过我相信你一定能找到更好的。别难过了,你看我,我还得撑着,何况你了。"

半天,韩晓云才给了马思晴一句话:"我会带着不不的。"

"谢谢。"马思晴笑着流出了眼泪。她知道这也算不上什么保证,但只要这么一句话,也会给马小步的未来多一些怜惜和善意,没有了妈妈,他只能靠着这些活了吧。想到这里,马思晴必须承认自己说撒手就撒手的洒脱是装出来的。

当你成为一个妈妈,你就永远跟洒脱两个字无缘了。马思晴头一次后悔生下马小步,如果只是自己多吃了苦,被人嘲笑,她不怕,自己做了自己承担,但是一想到自己也许不能拉扯孩子长大,马思晴便恨死了自己。既然做了妈妈,你没有得病的资格,你更不能死,你得像机器一样精密有效地运作下去,给你孩子一个安稳温暖的家,不然你凭什么做妈妈,凭什么享受孩子无条件的爱和信任?

她拿到检查结果那天,一个人在医院长椅上坐着,似乎过了很久似乎又只有几分钟。那天她做的工作比平时多,还专门给韩晓龙买了螃蟹吃,韩晓龙诧异地笑,问她这日子是不是不过了。马思晴没说话,不知道为什么,她不想告诉他。

每天多看马小步一眼,她都心如刀绞,看一眼哑巴妈妈,她能随时落下泪来。父母都老了,妈妈每天都去医院送饭,闲着手也不停,要帮着店里折元宝,姑婆在的时候常常夸赞她那一头黑发,现在灰白色发丝多了一片,她也不在乎,毕竟是当了外婆的人了,她看马小步那爱怜的目光,马思晴不忍看。她知道妈妈一直担心，担心女儿和外孙被夫家嫌弃，担心自己的残疾传给了后代，担心因为她不会说话，女儿和外孙也要被人看不起。

她担心了一辈子，总算在担心里战战兢兢地变老了，老了反而多了点坦然，但眼看着这点坦然也是不可靠的。

被前男友抛弃时，马思晴觉得自己已经死了，如果不是腹中孩子不时提醒她，她没有这个心劲儿也没有脸活下去。毕竟她从小就知道，父母先天性自卑，永远觉得不如人，全部的荣誉和希望都放在她身上，就为了愚蠢的爱情，她信错了人，整个人的命运就被碾压机碾碎。

马思晴败了，她连喊冤的地方都没有，只能怪自己蠢。

但新生命的诞生是一场救赎，灵魂不至于沉沦，做了母亲后马思晴对每一件事都拼了命，很快，异于常人的付出也开始收到回报。

她是辆隆隆前进的列车，韩晓龙是跟着车跑的马，她得时不时等等他，也没有怨言，因为等着他的时候，也可以看看风景，大家平淡和睦，吃饱穿暖的小日子，过起来也是有意思的。何况如果她跑不动了，她相信韩晓龙会拉着车继续跑，虽然慢点，但是他不会不管，不会因为某个阶层去抛弃自己原来的轨道。

如果他不是个痴心人，也就不会为了小女朋友动刀子了。马思晴是这么理解那起伤人案的。只有她知道，多少次韩晓龙在深夜里惊醒，瑟瑟发抖，大汗淋漓，他有洗手的强迫症，别人看了以为是洁癖，只有她知道，他是在洗那上面看不见的鲜血。

他洗不干净。他一直都怕。韩晓龙其实胆子很小，马思晴有时会把他搂在怀里，让他睡得踏实点。他对马小步没有二话，马思晴也就一心想再生个宝宝，给马小步生一个妹妹做伴。他们不再避孕，但孩子迟迟不来，来的是病。

看着眼前凝结的黑暗，听着父子俩在帐篷里大小呼噜声，马思晴想：这世界对她，是不是有点不公平？还是对她愚蠢的错误，惩罚起来格外严厉？只是自己承担也就罢了，想想老人孩子，她死不起也不敢死。

韩晓云在凌晨时出了门，她不知道自己要到哪里去，心绪如麻，走过周边的大排档，人家也在收摊了。吴大北坐在一个塑料板凳上，叼着烟，看到她，愣了，把烟丢了踩灭，说："韩晓云，你怎么了？"

这是童年里来的回声，小时候韩晓云被妈妈骂了，一肚子气常常找男生打架，吴大北有时看她打不过还发狠，上去拉架也没少吃拳头。他总是这个语气，很困惑很一本正经地问："韩晓云，你怎么了？"

韩晓云呆呆地看着他，背后那条老街还跟以前一样，可他们已经不再是当初的孩子，各自假扮成大人的样子，在这冷冰冰的世界里，跌跌撞撞地走着，碰见什么就是什么。

她应该说是撞进了他的怀里，勉强算一个拥抱，吴大北下意识地环住韩晓云的腰，他的胸口是她的脸，看不见表情，他们熟悉的是小时候的彼此，在长大后的身体里，灵魂陌生而笨拙。他不会安慰人，也从来没安慰好过自己，他低头嘴唇碰到了她的头发，但这并不是一个吻，只是没掩饰好的慌张，他赶紧把下巴抬起来了，目光却无处安放。

我怎么了，我很想说，我没事，我很好，就像无数个父母电话里我若无其事撒的谎，我欺骗他们，也骗着自己，我总想装模作样，好像很强大不会被任何事情击倒，可是我知道，内心里的小女孩从来没有长大过，她一直在那里横冲直撞，愤怒，不安，对于小伙伴的问候，她从来就不知道该怎么回答。

吴大北家的院子里乱七八糟的，堆放着不少旧家具，苫着一大块地毯，破了几个洞，露着椅子腿。他带着韩晓云绕了几个弯，开了房门。空荡荡的几间大房子里，他挑了个朝南的小屋住着，里面四白落地刷得亮堂堂的，一床一桌一椅，还有一架书，别的没了。

"你坐着，我给你倒点水。茶叶还行，上周办事的人家给我送的，说是他们自己家炒的新茶……"吴大北忙着烧水，倒水，泡茶，还念叨了两句诗，"且将新火试新茶，诗酒趁年华。"

韩晓云说："你把我酸死了，受不了。"

"哎，那你说我该说点儿什么？这是凌晨三点啊，咱俩这么坐着喝茶……跟闹鬼似的……也行，我不说，你说，您请，来来来你说，我听着。"

"我……"韩晓云张开了嘴，却一句话也说不出来。吴大北一身烟味，她觉得刚才也被传染上了，浑身烟熏火燎的，让她讨厌自己。

茶汤透亮，幽香，但是喝下去只觉得苦，茶和咖啡，一口口喝的都像是液体的烦恼。

沉默了好一阵，吴大北说："你再睡会儿吧，我要写点东西。我……这几年在网上写小说，也有点收入。"

"真好。"韩晓云头一次说了句真心赞美的话，"你小时候写作文比我们都强，我就知道，你不会只当个司机的。"

"当司机怎么了，比写这些胡说八道的东西低贱么？"吴大北不爱听这话，但他看了韩晓云一眼，目光又柔和了下来，"你还是以前的小蛮丫头，啥也不懂就会乱打一气。赶紧嫁了吧，北京人才多，找个合适的人结婚生孩子，你也品品这生活到底是什么滋味。别在这儿犯傻，耽误工夫。"

"生活什么滋味，吴大北，我比你懂。"韩晓云看着灰色方格子的被褥，真的倒了下去，疲惫才开始潮水一样淹没她。

吴大北从书桌抽屉里摸出笔记本电脑，打开写了几段，回头看看，韩晓云真的睡着了。她的脸在睡眠中也皱着，眉心纠结，吴大北伸手指想摸一下，快碰到她了却又缩回手。不知怎么他想起了要转学那天，自己哭没哭其实已经忘了，但是韩晓云从小哭到大哭，哭得上气不接下气的样子他记得清清楚楚。

后来再也没有人为他那样哭过了，他遇到的女生，个个比他勇敢也比他现实。落魄的时候，可以抛弃他，他有钱了，照样还可以抛弃他。离开他的原因固然不同，但离开就是离开。吴大北心想，自己是留不住人的，就像灵车一样，只管运送，没有停留这回事。

他拿了条毯子给韩晓云盖上，自己出去抽了根烟，心说这小院里她还是头一个女客人，可惜自己毫无准备，来了只让他更乱。

张秘书直接开车来了吴大北的门口，早八点，韩晓云手忙脚乱地梳洗了一把，上车跟着张秘书去他们仓库看运送来的花。张秘书看见吴大北跟在韩晓云后面，手足无措不知说什么的狼狈相，反而笑了。车开了她问韩晓云："看上了？这人还行啊。不过想不到你们俩……"

"我们没什么，他是我小学同学，发小。不怕您见笑，我在他床上睡，他玩了半宿游戏。"韩晓云觉得写网络小说这事太骇人听闻,别把人家张秘书给吓着。

"发小啊,难怪了,你从北京回来,看着你跟谁都不亲,包括你兄弟,就跟他有点默契似的。"张秘书不愧行政人才,察言观色一把好手。

"我觉得您跟熊总的默契才是最好的,在北京我也见过不少老板和秘书了,像您这样合作到天衣无缝的程度从来没见过。"韩晓云转移话题顺便奉承张秘书几句,事实上是熊总有点忌惮张秘书。

"嘿,他……不说了,如果每个秘书都说起老板坏话来,那天下都不会有人愿意当老板了。"张秘书半开玩笑地接了一句,随后就把嘴紧紧地闭上了。

那不是十几箱,几十箱的花,那是足足一个仓库那么多的白色鲜花,韩晓云看了却满脑子只剩下盘算,这些花能留多久,多少花艺师能布置现场,现在到了两个,另外的三个什么时候到。这些问题让她头大,确认了货品后她在路边买了个饼,两三口啃完了。

张秘书跟仓库的人说了半天事,回来招手让她上车。两人马不停蹄地去了现场。还好,布置现场的人效率比较高,钢架,地毯,中间的台子,两侧的自助餐区都已经妥帖了,韩晓龙比较细心,还专门买了一卷塑料布把地毯盖上。

花艺师在指挥民工搭建架子,一会儿几万朵花就都要绑在上面,把那些丑陋的板条都盖住,美得堂皇,奢侈,不属于现实生活。韩晓云又打了几个电话,催另几个花艺师快点过来。

酒店还没接过素食自助的活儿,但经理明显嗅到了商机,亲自带着手下,提着食盒,过来给主事人试菜:"中式的有豆腐香菇饼、红枣桂圆银耳,西式的用的都是植物奶油、布朗尼和柠檬蛋糕。我们大厨是国外留学回来的,还拿过美食博览会的金奖。大致有这么十六个品种,您挑选一下,我们建议用九种是比较合适的,其他的备选,万一不够用,我们也能随时给您做了送上来。"

张秘书尝了尝,不置可否,跟经理说拿几样直接跟她去公司,让熊总定。

韩晓云觉得不错,经理又一再殷勤,她便不客气地把下面两层点心打包,带回去给马小步吃。她又看了一遍现场,让韩晓龙盯着,韩晓龙忙得满头是汗,还没忘了问她:"你昨晚上哪儿去了,我做好早饭了你怎么也没吃?"

"我跟张秘书出去看花了,空运过来的,要点点数。"韩晓云撒谎面不改色,看都没看韩晓龙背后的吴大北。

送她回去的时候都快下午了,韩晓云饿得前胸贴后背,吴大北说:"前面那家米粉店还行,我请你。"

"行,你是拆迁户,有钱人,有什么又贵又吃不饱的,都上来。"

吴大北笑了,给她推门:"耍贫嘴就是你从北京学来的本事啊。瞧你连家乡话都不会说了。"

"你不是一样么,小时候你说龟兔赛跑总说是给兔赛跑,现在可算不会了。"

"记的事儿还挺多,就是没有一样是正经的。"吴大北点了牛肉米粉,韩晓云要了一碗便宜的青菜粉,加卤蛋。

吴大北挑的店不错,做的粉味道酸香,他把自己的牛肉夹了几块给韩晓云,韩晓云饿了,没推让,吴大北就喊老板娘再单独来碗牛肉。

老板娘端着肉过来,把韩晓云从头看到脚再从脚看到头,笑出了双下巴:"不错不错,这个好。"

吴大北说:"胡说什么,这是我老板。"

"那是,我们店里也是我当家,对不对?"米粉老板在那边擦桌子,听老板娘问他,立即谄媚地回答,"当然啦,你才是老板么,我是伙计。"

韩晓云差点把米粉喷出去。家乡诸多这般的小店,还真就是女人当家的多,前前后后里里外外一把手,男的烧菜洗衣看孩子也什么都来,像自己家里韩晓龙和马思晴,其实也是这么个组合。

吃完了米粉,吴大北结了账,跟韩晓云说:"老熟人了,开开玩笑,别生气。"

韩晓云说:"没生气,就你,谁敢要啊。跟文学青年结婚,那都是敢死队吧。"

"你要这么说,那就该我生气了。"吴大北一脚油门,直接从街头飙到街尾,停好了车,接了个电话,"我去医院了,你忙吧,有事也别找我,自己打车。"

医院里的气味吴大北很熟悉,其实这里才是殡葬服务的第一线。大多数人在病床上死去,并不像平时说的那样安排好了身后事,老人孩子都安置妥帖才安心合上双眼。死亡跟人生别的事情一样,或者是漫长拖延后失望降临,或者是突如其来完全不知该如何是好,或者是充满痛苦折磨,纠结,戛然而止,控制欲再强的人,也别想在这件事上抢到控制权。

吴大北见过一位离休老干部,医疗条件都是第一等的,但他无法忍受病痛折磨,两次大手术后,竟是趁着身体稍有好转,能下地走动的机会,从三楼一跃而下。荒谬的是他并没有死,而且周围都是吃午饭的医生护士,搞抢救的好手,七手八脚把他扶上担架，直接送急诊，因为骨头碎裂太多，不得不又做了几个小手术把碎骨片取出来，再打上钢钉。

老干部后来每天念叨无数次："我晚上跳就好了。"

护士们也听多了，告诉他老："晚上我们也有人值班，晚上安静，掉下个人那么大声，听得更清楚。"

老干部还是低声念叨："我应该晚上跳……"

半年后他终于如愿死了，死前痛得要靠吗啡维持，攒足力气便喊："给我打一针！"

那凄厉的叫声，吴大北记得很真切。然而即便是这样的人，还是值得羡慕，因为他有病能治疗，物质条件比一般人优越得多，儿女探望也跑得勤快。

吴大北当年也是误打误撞，遇上一个远房亲戚老宋，在太平间当保安。

那天他看见了没头苍蝇似的吴大北，三下五除二，把所有该干的活都给他说明白了，而且，借着自己那点小小的权力，他给吴大北又揽了几个活儿。省城大学毕业的吴大北本来跟这位远房表叔没有太深的交情，但就此这交情就比别人来得深了。

这次吴大北在半路上买了瓶二锅头，熟门熟路地去了太平间，先找了老宋，老宋正在那里跟闲人聊天，见他来了，老脸笑开菊花："大北来啦，哟，又带着酒，你总这么惯着你叔嘞。"吴大北笑笑，又给他掏出一包五香花生米。老宋把头一侧，"五楼，神外那边，你去看看。勤快点，别人都问我半天了。"

"好，我这就去。叔你吃饭没。我回来给你捎个盒饭？"

没等老宋回答，他迈开两条长腿走了。闲人一通夸赞，老宋捏了几颗花生米，吃着笑着，这份孝敬他不白享用，心安理得。

吴大北赶到五楼，正听见里面的哭声。他看见了一个也是干这行的熟人，正在打电话叫人，一看见他来了，明显很不自在。吴大北过去给他塞了两百块钱，因为你的司机还在路上，我的车已经到了，所以，你拿一点可以，这个活是我的了。算是行业里大家你抢我夺之余，默认下来的规则。

接着，吴大北让病人家属打盆水，给逝者擦身。一位中年女子抱住了老人，怎么也不愿意放手："爸爸，爸爸你再看看我啊，我后悔当初没听你的话，嫁得那么远。我吃尽了苦头，你生病了也不能照顾你，我不孝，我不孝啊爸爸。"

另一位中年女子打来了水，麻利地解开老人衣服，一点点擦洗，脸色冷漠。擦洗完后不耐烦地说："行了吧，活着不孝，死了乱叫，现在说这些还有什么用，你过来，咱们得磕头送爸爸……走。"

说到一个走字，她才俯身下去，泪如泉涌。那边的中年女子跟着过来，她们在地上磕头，吴大北在旁边问："要不要喊几声，送送老爷子？"

看到她们点了头，吴大北在一边喊："一拜尽忠，二拜尽孝，三拜忠孝两全。老爷子走好了。"

他把死者轻轻地抱上旁边的担架床，蒙上白床单，缓缓地推出了门。先前哭得厉害的中年女子是妹妹，此时反而不哭了，帮着扶床，慢慢推着，像怕碰醒了父亲，反而是开始不哭的姐姐，放声大哭："爸爸，你别走，你走了我就没有爸爸了呀。爸爸你说你要吃小米粥，我给你煮好了，你怎么一口都没吃就走，爸爸……"

将死者安置妥当，那边韩晓龙也派人送来了花圈、孝服、蜡烛元宝，吴大北说了个价钱，没有人还价，不知道哪个亲戚过来，直接把账付了，吴大北记了这事，抽空跟那悲痛的姐妹俩说了一声。老宋因为他在，格外殷勤，跟家属说了不少安慰的话。

逝者家属去店铺里挑选丧事用品，韩晓云从里面给拿了一双布靴，几盆纸花。

"您是孝女，给老人带上靴子和花，在那边路也好走，若是孝子，就送牛马，给老人家在那边出力做活。"

"牛马我们也要，女儿未必比儿子差。你年轻轻的，封建迷信懂得不少。"

"就是一种说法吧，这也是我姑婆教给我的。其实要我说，记得亲人，记得他的好就最重要了，别的也就是风俗习惯，该尊重尽量尊重，不以为然也很正常。"

"你说得对。那个金山银山我也要了，别墅和跑车，还有……那个是电脑吧，我都要，我父亲其实挣钱不少，可是他舍不得花，这辈子吃苦受累，我就盼着他在那边享点清福。"说着，她们相拥而泣，此前那种姐妹不和的情形是丝毫看不出来。

那单据说要花费百万的葬礼，已经在城中引起了不小的轰动，韩晓云越发谨慎，行事低调，谈事也都找比较隐蔽的地方谈，司仪请了本城一位过气的主持人雅雯，价钱虽高但人家办事认真，把流程串场稿子一遍遍过，念到动情处，隐约有抽泣声。韩晓云不敢说话，等她情绪平复了，才递上纸巾。

"我是中学时母亲过世的，那种滋味，谁也不会明白。那以前我调皮捣蛋，都说比男孩子还野，一夜之间我就长大了，舞蹈课是我妈从小给我报的，我一直就偷懒不练功，连劈叉都下不去，我妈妈走后我把一条腿绑在床头，另一条腿撕开，也不觉得痛，我想我要是再不好好努力就对不起我妈,后来艺术学院、传媒学院,都愿意招我,可惜,我最想上的北影在最后落榜了,那天我哭了很久很久……这稿子是你写的吗,你真的相信有天堂,逝世的人会在里面很快乐吗?其实也就是骗人吧,自欺欺人……算了这就是一份工作。"

"我相信。"韩晓云迎上她的眼睛,"我相信。我男朋友,不,应该是未婚夫,他就在上个月过世的。"

说到"过世"两个字,韩晓云一阵强烈的心酸,但她没有哭,声音也没怎么改变:"他走后我也埋怨自己,恨自己为什么做得不够好。我也拼命工作,想麻醉自己,我还想试一下,对不起,我想试一下别人的拥抱是不是管用,不过这些都是不行的,我得说服自己接受这件事。这件事发生了就是发生了,没有办法改变,我没有骗自己,我相信他们去了更好的地方,至少比我们过得更好。"

雅雯用两张纸巾按住鼻子,拿下来时鼻子红红的,她把头扭到一边,小声说:"嗯,应该是吧,要不然这么久了,我一次都没梦到过我妈,那边肯定很好,她就不想回来看我了。"

"她是爱你,所以不想打扰你。"韩晓云说完这句话就出去了,留下雅雯一个人抱着双肩,对着墙壁大声抽噎。

葬礼当天,韩晓云凌晨四点起床,黑衣中衬衫雪白,她很仔细地给自己上了个淡妆。现场熊天佑早早就到了,四处白色鲜花蔓延,他一个人在花丛里,孤零零的。

"熊总,您这么早……"韩晓云觉得自己迟到了实在抱歉。

"我没睡。"熊天佑看着那些花,说,"我母亲生前最喜欢花,菜地旁边有小野花她都不舍得锄掉。春天有时候还摘一朵,插在头发里。她一辈子都没有什么首饰化妆品,偶尔戴这么一朵花,还心疼地说要不这花还能再多开几天。"

"老太太惜物,心善,都是美德。"韩晓云边说边去把地毯上长长的塑料布一点点卷起来了,黑地毯衬着雪白鲜花的长廊,果然气派非凡。

"这些花不浪费,我联系好了医院和养老院,郊区还有一家打工子弟学校,等仪式结束后,我们会把其中比较好的花挑出来,然后开车送过去。毕竟花开一回,能多惠及些人也是好的,我们平时办事也是尽量把物料保存起来,能反复用尽量反复用,也能给客户节省一些开支。"

熊天佑点点头,魂不守舍,并没有像以前,一说起生意经立即双眼放光滔滔不绝。

韩晓云检查了周遭没有什么问题,看人员也陆续进场了,空中飘荡起了柔和的音乐,所有到来的宾客,都被满堂的鲜花震慑住了,有几个年轻的竟然想拍照发朋友圈,被拦住了。毕竟这是葬礼。

雅雯的主持是全场亮点,她的声音圆润柔美,带着深切的哀思,许多人听得潸然泪下,熊天佑在致辞时无法控制自己,放声大哭,他的哭声却不再像沉稳的中年人,更像是一个孩子,失去了心爱的宝物,伤透了心。

韩晓云和张秘书及时把他搀扶了下去,仪式继续。葬礼和婚礼一样,气氛的把控是最重要的,最怕的是恶俗和混乱,还好,始终观礼的宾客都保持着安静肃穆。葬礼的结尾,韩晓云没想到出现一个小插曲,张秘书领着一位鬓发斑白的来客上台:"这是熊总母校中学的老校长,请接受捐献,这二十万是专门设立的励志奖学金,给家境贫寒的孩子付学费。"

说到这里,张秘书也泪光闪闪。熊天佑走上台去,跟老校长抱着大支票合了影,大声说:"娘,你告诉我要好好念书,好好做人,我做到了,可是,你怎么……"

老校长接过了话筒,感谢了熊天佑,说:"这也有很多年了,我还记得熊同学来上学时没有人送,等我回了办公室,他母亲却偷偷过来找我。原来她一直远远地跟着儿子,还背着一背篓的山果,一定要让我们收下,求我们好好教导学生,如果顽皮,可以狠狠骂他,但是不要打他。可怜天下父母心……希望老太太在天有灵,看到儿子功成名就,也能为他高兴,我也替我们学校受到资助的孩子,谢谢熊总。"

不知道是埋伏在什么地方的闪光灯大亮,韩晓云很警惕,不知道招来的都是什么媒体,随后张秘书说是自己公司公关部找的,她才放心了。

当天晚上,葬礼上的慈善义举就上了新闻,连韩晓云送花去医院也拍了一小段模糊的视频,一看就是张秘书在背后拍的。熊天佑不但没有因为花费百万被说炫富,反而因为慈善捐款,励志助学上了头版头条。

吴大北开车带着韩晓云把花送完了,已经是深夜。韩晓云说:"还有几把花,你带一把回去吧,剩下我拿回我弟家去。"

"行。你饿不?咱们去吃碗米粉吧。昨天那姐妹俩后来又吵起来了,一个说要买全家墓,另一个就说不想跟她葬在一起。唉,开始还抱着哭接着就互相开始揭老底,陈谷子烂芝麻说个没完,要不是我催她们,这事都办不完。"

"你辛苦了。"

"不辛苦，为人民服务。"吴大北停好了车，想去给韩晓云开车门，没想到她自己跳下来了，两人在黑暗里面面相觑，呼吸互闻，吴大北要抵挡住这诱惑，他把两只手举起来表示清白无辜，任凭韩晓云抱住他，把头靠在他的胸前，他被迫后退一步靠住车身，抬头看着天上的月亮。一时间找不到什么合适的诗句形容此时的月光，只想问问月亮是不是能够理解，这地上的人，远远要比想象中更为软弱。

一直到吃完了米粉，两人还是没话。韩晓云抢先结了账，吴大北也没跟她抢，对挤眉弄眼的老板娘，他拉下脸来冷冷的。老板娘宽宏大量，表示理解，男人一旦被女人收服，连自己的钱包都没了，难怪有点气。

韩晓云回了自己家，一片寂静，阳台还亮着灯，她以为是马思晴，走过去一看是韩晓龙，一大堆发票被他整理得清清楚楚，旁边还有杯乌龙茶。她心里松了一下又紧了一下，马思晴的事，她不知道该不该跟韩晓龙说。

"睡吧，太晚了。"

"你还知道晚啊？跟吴大北混上了，这算什么？"韩晓龙眉毛皱起来时，神情很像妈妈，这是韩晓云最讨厌他的地方。尖酸刻薄，永远挑剔你的不好，自己的不好却永远看不见，而且这些攻击是专属于女儿的，别人面前那脸色不知道多好看，甚至还带着几分讨好，生怕别人说出个不字。

"什么叫混上了，说话那么难听。我不工作，这项目怎么弄完的？"韩晓云不想吵架也绝对不想示弱，示弱只有被欺负得更厉害，这是她成长的心得。

"别以为能挣点钱了不起。外面还说熊天佑是看上了你才把活儿交给你做的,你还跑到吴大北他家睡觉去了。我觉得你很陌生,从回来你就很奇怪,这都不像是你能干得出来的事,你不是在北京有……"

"有没有,不用你管,什么时候轮到你管我了?熊天佑人家是客户,大老板,换了你不是一样对人家低头,吴大北……吴大北怎么了,吴大北比你强,至少他还考上了大学,你有脸说他?"

考不上大学一直是韩晓龙的心头痛,连韩妈妈那么宠溺儿子,说起学习成绩来也是满脸羞愧,确实提不起来。眼下他弯路走过了,老板当上了,也有人喊爸,里外都是做主的人,忽然被揭破伤疤,居然还是跟当年一样疼。因为这话是他姐说的,刺激加倍,因为韩晓云永远压他一头,尤其是学习。

到底是大人了,能忍要忍,不能忍的也得忍了,韩晓龙阴晴不定地变了会儿脸色,反而笑了,灯光下笑得有些惨淡:"你以为我还在乎这些?咱们都多大了,还拿上大学说事儿。吴大北人不错,不是好的我还不留他呢,可是他大学没念完,好好一个省大的文凭不要了,回老家瞎混。咱家好赖还有个铺子,他要说有钱就拆迁那点钱,几套房,天天开车送死人,你跟他好那有什么前途了?好不容易,你考到北京去了,落下脚了,爹妈说起来也脸上有光,你要是没混好回来了,怎么也不能嫁个司机吧。"

"每个人都有自己的选择,轮不到我们看不起别人。再说我看这一行不错,等我把流程整理好了,以后我的公司也能做殡仪的业务。死人怎么了,给死人服务给活人服务都不丢人,不好好干活,动不动看不起这个看不起那个才丢人。"韩晓云知道自己把话说重了,因为韩晓龙干活勤勤恳恳精细认真,唯一的缺点也就是慢点,但慢工出细活,他没有不好的干活。

这话果然刺痛了他,韩晓龙把那杯茶全喝了:"随便你吧,我提醒过你了,至少你跟吴大北好,爸妈肯定不同意。他们老了,虽不像马伯伯那样三天两头住院,但各种小毛病也出来了。你……算我求你,你别气他们。"

韩晓云不服气这样的指责,尤其是从韩晓龙嘴里说出来格外荒谬。

"我气他们?我从小到大,没花家里多少钱,没给爹妈添什么麻烦,气他们的人一直都是你吧。从上学第一天到最后一天,你让他们省心过没有?连我都背着爹妈去挨老师骂,听他们训斥你,那还是你求我我才去的。后面更不用说了,吃一场官司连升学都耽误了,钱也都花完了。我大学一年级就打工养自己,四年没用家里一分钱。别人家盖新楼的都盖完了就咱家没有,装修钱还是我出的,你好意思跟我说这话,到底是谁气谁啊?"

韩晓龙痛苦地闭紧眼睛,他抹了抹额头,把桌上的东西收拾一下,小声说:"别吵了,我不说了,你爱怎么样就怎么样吧,反正,我是好心……"

"好心你用在自己身上,多关心马小步和马思晴吧,别管我,你管不着。"韩晓云真想把马思晴得病的事说出来,但她不敢。

这一夜睡得却是奇怪地好,韩晓云早早起床,看着妈妈在厨房忙碌,她也跟着去把青菜洗了,切了,韩妈妈说:"切细点,给不不吃,这孩子就是不爱吃菜。"

满怀疼爱的口吻却忽然一转变成了嫌恶:"跟你小时候一样。"

就为这点熟悉的嫌恶,韩晓云一秒钟也不想跟妈妈单独待着,我不吃菜我有别的吃么,别的不都是韩晓龙吃么。我多吃一口就是馋,就是嘴大,就是没羞没臊抢了弟弟的吃。我吃了菜,还得背着不爱吃菜的名声,被你一直嫌弃到现在。

她走到家门口不远处的早饭店去,看了看里面,又不想进去了。再走了一段,到了松鹤大酒楼。那里的虾子面是有名的,韩晓云在家乡过的是穷人的日子,偶尔有点零用钱都攒起来买书,如今不用了。

她走进去,在二楼坐下,叫了一碗鲜虾面,清汤,窄面,青菜鲜绿,虾肉弹滑,她看了觉得不错,拍了一张,可又一想,平时拍了都给高家杰看,如今给谁看。

心情低落下来,吃东西也没那么香,有一口没一口,她的眼神飘到窗外去了,不知道能不能看到吴大北的车,如果他还有事儿,她愿意跟着去办一办,顺便也看看家乡都有些什么殡葬的规矩。

"韩小姐。"韩晓云一愣,脸上先是浮出职业微笑,然后才问:"叫我?"

对面坐了个穿青色真丝衬衫的老太太,清瘦,短发灰白,珍珠项链和耳环放着柔和的光,施了淡淡脂粉的脸正对她笑着,那笑容春风一般,让人能领略到多年前她惊人地好看。

"阿姨,不好意思,我离家太久,熟人都不认识了。您是我爸同事吧?"韩晓云忙笑着给她拿了茶杯,倒上一杯茶。

"不是的,我也是昨天才见着你,在熊总母亲的葬礼上。我姓冯,搞建筑的,平时孩子们都叫我冯老师。"

"冯老师好。"韩晓云毕恭毕敬叫了一声,把没吃完的面推到了一边。

"哎,真是好孩子。"冯老师看了看她,也笑了,接着说出来的话却是韩晓云做梦也想不到的,"韩小姐,我昨天一直在想,活人是不是也能搞个葬礼呢？"

韩晓云头皮一炸，这一大早，窗外杨柳依依，晴空万里，面对面坐的人也是文质彬彬斯文秀气，说出来的话，不知怎么带着一阵阴森森的气氛。

"冯老师您说笑了，活人怎么要办葬礼呢。亲友是为了纪念逝者才聚到一起，寄托哀思，人既然还在，总有见面的时候，您搞个聚会不就行了，为什么非要说是活人的葬礼。虽然您是文化人，不信这些吉利不吉利的说法，但是说着也有点吓人。福寿双全，看您都占齐了，还这么美丽大方，我都羡慕，怎么找乐子都可以，就别说这样的话了。"

冯老师略有失望，但还是笑眯眯地说："嗯，你说聚会，那倒是也可以，不知道你愿意不愿承接这样的一个聚会呢？费用不是问题，那天我看你做的场面，很对我的心思，钱花得不少但气氛不是暴发户的气氛。你们编制的那个视频回顾熊老太太一生的安排也很好，主持人也对劲，所以我就想……那算了，我搞一个聚会吧。其实，我患癌马上就要十年了，医生开始说只有一年时间，接着说三年，手术后又说半年。哈哈，我就这么活下来了，每天都好像是要死了，偏偏不死，最近身体状态不错，我还又去欧洲玩了一圈。"

"老师真是……太强大了！"韩晓云钦佩不已，心里却想起了高家杰和马思晴。身体健康的不想活了，拼命想活的得了癌，提前就要把孩子托付出去，给他找靠山。熊老太太受尽了苦，风光大葬，满堂宾客没几个认识她的，都冲着熊总的地位钱财来，冯老师这样清雅高华的人物，却要自己组织自己的葬礼。人这一生，各不相同，但有一点大致相似，那就是你得到的未必是自己想要的，你想要的，最后生命到了尽头也未必会真的拥有。

"也没什么，只是人老了心却不老，反而比年轻的时候活泛。"冯老师一侧身体，脖子上的皱纹才露出来，看出了老相，那手上有了老年斑，指甲修得光洁整齐，戴着一个翡翠戒指，绿汪汪深潭一般。

韩晓云跟冯老师交换了微信，那边早有一个风度翩翩的中年男子过来，搀扶着冯老师回座。韩晓云去前台结账，服务员却遥遥地指了下冯老师的方向："说那边早给您结了。"

回家时全家人早饭已近尾声，估计也没吃下什么，马小步被马思晴抓到阳台上练大字，这回他不哭不闹，闷头写，间或会听到马思晴训斥一声："不对，重写！"谁也不敢多话，韩妈妈收拾碗筷，唉声叹气，一抬头看见韩晓云，撒气筒来了，立即质问："你跑哪里去了？一大早就出去逛啊？也不跟我说一声，是做你的饭还是不做呢？眼里头还有没有这个家了？"

"出去正好见了个客户。"韩晓云本来想驳斥她几句，又一看妈妈端下去的饭碗有原封没动的一碗粥，显然是盛好了等她的，她心里一软，没再顶撞。

"大早晨哪儿来什么客户。"韩妈妈一听是生意上门，声音也低了，接着话又不中听了，"有客户你找晓龙啊，自己瞎联系什么。本地人都找本地人办事，你别以为熊家找过你就抖起来了，丧事要办也就一回，以后用不着你。"

"什么叫熊家找我我就抖起来了？我这些天忙得连饭都吃不上一口，难道不是在办事？有客户就是有客户，人家找的就是我，不是别人，我不跟他谈，难道把生意往外面推么？莫名其妙！"韩晓云发火了。什么东西都是弟弟的，你不给他就是你不对，就算是你的东西,也得双手捧着送给他才对。这就是家,家里的不公平永远不变。"

"别吵了。"韩晓龙听不下去,他快手快脚把最后一点酱菜和稀饭划进嘴里,把桌子上剩下的一些碗筷都收拾了,边望厨房走边念叨,"我说了什么了,你就别气他们就行了,就这点要求,别说了,吵什么,一点点小事别闹了……"

"是我在闹么?"韩晓云不服气,但韩爸爸在旁边说了句闲话,她说不下去了。

爸爸小心翼翼地问她:"你吃饱了没有?没吃饱家里还有,我去给你盛。"

他带着点讨好的可怜巴巴的态度,让韩晓云一阵心酸。以前爸爸不是这样的,他跟工厂中大多数男人一样,孩子都抛给老婆管,自己出去打牌,下棋,再不就看几场球赛,喝点小酒,儿女都近乎于无,但是如果说有的话,当然他眼里有儿子,虽然儿子不争气,虽然他知道女儿也受了点委屈,但女人么,不都是这样,好歹他还供养她念书了呢。

经历了儿子的伤人案,退休进入了拿退休金混吃等死的状态,韩爸爸对谁都带着点巴结的神情。巴结老婆,老婆给他做吃做穿,管着他衣食住行,给他发零用钱。巴结儿子,儿子再不好也是韩家独苗,什么大事都得靠他顶门立户;巴结儿媳妇,因为儿媳妇比儿子更能干,他不给人家赔笑脸,怕儿媳妇给儿子气受。巴结女儿,女儿至少有个工作,似乎还能挣钱,女儿还给家里装修出了钱,他不能不想想这些好处。

就连对马小步,韩爸爸也带了点巴结。他是爷爷,可这爷爷当得不硬气,他怕人家一转脸不认他了,说一句我姓马你姓韩,你是我哪一门子的爷爷,那他就让人揭了脸皮,没法活了。

"我饱了。"韩晓云小声说。她不敢看爸爸讨好她的脸,那种神情她很熟悉,因为小时候的自己,就曾经在大人面前这样怯生生的。做事是要做事的,但做事是必然要被妈妈骂,只盼她骂轻一点。

"那就好,那就好。"韩爸爸起身到阳台去,看着马思晴的脸色,夸马小步,"哟,越写越好了,真是,真好……要不,咱们歇歇?"

马小步真的越写越好了,如果是在马戏团,一根针也能教会大象跳舞,是个生灵,就会怕,也会痛,为了避免这怕和痛,他必须写好。听到爷爷的话,马小步抬眼看了看妈妈,没敢耍赖,但那一眼足以让马思晴心软了。

"行了,今天就到这。你还得练。笔墨纸有的是,你不能偷懒,我那时有什么,拿块破布蘸水在砖地上写,我也练出来了,你这胡糟蹋纸墨都不在乎的,还练不出来,那可说不过去。"

马思晴屏息静气,写了"天下太平"四个大字。马小步佩服得五体投地:"妈妈你写得真好看,比字帖还好看。"

"少拍马屁,白天我不在,你照着练,晚上写给我看。"马思晴把马小步搂在怀里,话说得狠,脸颊却摩挲着脸颊,跟马小步亲热。

她想把这点亲热留住,一直留在自己怀里,心里,眼里。她想说不用练了,我一直抱着你就行,但是她不敢。自己也就在写字上算是有点门道能教他,将来写好了字,就会想起妈妈,想起妈妈对你严厉也是盼着你好。只是那时,不知道自己又在哪里。

信箱里有封最新的邮件,是个手机信箱发来的。韩晓云看了一眼，很意外自己还记得那个号码，那是丁一鹤的手机，这警察长什么样子她都快忘了，只会想起那时撕心裂肺的疼痛，而他一直都是公事公办的口吻，即使流露些许同情，也是淡淡的，不超出自己的身份。

信很简单，附件很大，是丁一鹤整理出来高家杰的日记，韩晓云下载了附件，给丁一鹤回了信："收到，谢谢，有事您随时联系我。"

刷新一下竟然得到了回信："没什么，不用客气，你这一段不在北京吧。"

"是，我在老家这边，办点事，不远，要回去坐火车很快就到。"

"好的，我知道了。"丁一鹤很想问问她最近还好，但又一想，自己没有什么理由跟她扯这些闲话。韩晓云工作习惯很好，收信立刻回复，他尊重这样的人，尤其希望新警察们也能有此素养。

高家杰做的事，他渐渐有了头绪，只是这里面还牵涉境外网站，他一时不知该如何处理。他把高家杰日记中的线索整理出来，写成报告，花了不少时间，其中对比特币如何转移钱财，把非法所得变成正常投资的路径，他就得琢磨怎么写才合适。

他每天工作到深夜，然后才研究这些日记，有时会对着空中叹口气。

韩晓云不想看，她跟着吴大北的车去了医院。这天接的逝者是一大家人，去世的中年女子是三儿媳。公公婆婆，丈夫的兄弟及配偶，自己的娘家父母，兄弟姐妹，闹哄哄的一帮，有哭的有喊的，异口同声就说医院没有给治好，多收了钱，医生护士没有好好治疗，怠慢死者，有撒泼在地上打滚的，情状不堪，保安上去拉,五大三粗的汉子就要去打人。

吴大北和韩晓云被堵在里面,韩晓云躲在吴大北身后,感受着他也在被人推推搡搡。一团混乱中,反而是一个中学生模样的男孩站了出来:"你们都别吵了!我妈妈要不要换衣服?"

他竟是出乎意料地冷静。然而寂静只维持了一小会儿,才有另一个中年女子过来,跟他一起去翻行李,给逝者找衣服。吴大北趁机一拉韩晓云,他们到了病房最里面,方得清净,只有逝者躺在那里,眼睛半闭。给她换衣服的是妹妹,念叨着:"姐,你真是死不瞑目啊,搁下这孩子,他还没考大学,你放心吗?"

那男孩子却咬着牙,一点点把袜子给妈妈脱下来,换上了新的。吴大北倒了暖瓶里的水,浸湿了一条毛巾,递给他。那男孩子就默默地给妈妈擦脸,擦到眼睛,用手轻轻按了按,那眼睛真的无法合上。

"妈妈你放心吧,我一定好好的。妈妈你不用再痛了,也不用怕花钱了……"男孩子擦得很仔细,他把毛巾递还给吴大北。吴大北帮着他一起把遗体运到了旁边的单架床上,低声问他:"现在去殡仪馆么?"

那边的中年女子却发话了:"不行不行,得停在这边太平间里,不能走,走了医院更不认账了。"

男孩子却对吴大北说:"嗯,直接去殡仪馆吧。这里……"他厌恶地看了一眼人群,"这里我就没有亲人了。"

"哟,小海你说的什么话啊?我不是你亲姨啊,外头你爷爷奶奶,姥姥姥爷不是你亲人啊,再说还有你爸……唉,你爸那人,要我说也真不是好东西,我姐这病,说不定都是被他气出来的!"说着她倒是低头抹了把眼泪。

外面一阵骚动，在喊"打起来了打起来了"，那男孩子置若罔闻，跟韩晓云一边一个推着床，吴大北一打开门，喊了一声"大姐您走好了"，对着那混乱的人群，就把遗体推出来了。

纷纷扰扰的混乱中，韩晓云只看见那男孩大滴大滴的眼泪，洒在妈妈的脚上，浸湿了那双刚穿上的新袜子，他又手忙脚乱地擦，用手轻轻地摸着妈妈的脚，似乎是怕她冷。

韩晓云一扬手，把白被单用力抖开，罩住了遗体。这时，人群中才有几声号哭传出来，韩晓云知道，真正伤心的，应该只有眼前的这个大孩子。

杜兴海没想到妈妈会死，也没想到妈妈死了竟然会得到陌生人的帮助。他对那乱糟糟的两边家里人，早就绝望了。自从妈妈得病，以前凡事都要她操劳的婆家娘家，个个都变了脸，连姥姥都不肯借钱给她治病。以前从她那边借钱的兄弟，更不肯归还原来的欠款，就等着人死债空。至于吃喝嫖赌的老爸，眼巴巴地等着病人死了，他好讹诈医院一笔。两人分居了几年，形同陌路，杜兴海上几年级他都不知道，也不想知道。

妈妈死了就是世界上最冷酷的事，但是晚上来帮着办丧事的一男一女，竟然给了他一点点说不出道不明的温暖。韩晓云去店铺里给他拿了不少殡葬用的东西，吴大北在路边停车，在大排档买了盒炒粉，逼着他吃："吃不下也吃点，不然明天还有明天的活儿，你不干谁干。"

杜兴海知道他说得对，他流着眼泪把那盒油腻腻的粉吃了，这时才想起似乎自己一天都没吃东西，胃饿得生疼。

他看着吴大北去交钱，开了发票，去了存放遗体的地方，跟他一起又把妈妈搬运下去。这时杜兴海抓住他的手："大哥，我现在没有钱,你先等我回家拿钱。"

吴大北很温柔地看了他一眼,说:"不用,我陪你送大姐一程,她也保佑着你以后平平安安的。"

杜兴海哭了,眼泪汹涌像个傻子,但殡仪馆的人见得多了,熟练地登记收入,留下这孩子一个人在那里号啕。

吴大北扶着他回到了车里,韩晓云迎上来,拉着这孩子,开了车。吴大北没问他家在哪儿,由着他长一声短一声地哀号。最后还是医院里那个姨妈记得他们灵车的号码,打过来说了地点,吴大北把孩子给送回家去了。

杜兴海还跟他很潦草地说了声谢谢,吴大北拍了拍他的后背,说:"要坚强。"想不到这孩子听了,又是受伤的野狼一般,开始了长号。

回到车里,吴大北拿了根烟出来,韩晓云给他点火。吴大北深深吸了一口,扭头喷到了窗外。韩晓云问:"那男孩到家了吗?"他点了点头,猛吸那根烟,下了什么决心似的启动了车。那辆车走过几个路口,韩晓云依稀认出路来,是自己以前的小学和中学。时光荏苒,看着熟悉又陌生。

在吴大北家的小院前面停了车,他们一前一后地进了吴大北的小屋。灯光雪亮,映照得人脸色惨白。韩晓云知道厨房在哪里,过去烧了水,吴大北拿了茶叶,泡了一壶热茶,两个人喝了几杯,没说话。只是放下杯子,韩晓云起身要走的时候,吴大北眼睛看着窗外,说:"别走了。"

韩晓云回到床边上坐下,看着他:"这样不好。"

吴大北说:"知道不好,你就不该跟着我来,你就不该在我这里睡觉。韩晓云你太看不起人了,你以为我是个随便的人,你想

149

怎么样就怎么样,如果你可以这样对我,那我也可以这样对你。"

"我只是不想……"韩晓云的话没说完,吴大北走过来抱住了她,把她压倒在床上,韩晓云不想叫喊,但是很用了点力气来反抗,吴大北用一只手就把她的两只手都抓住,韩晓云侧着头,用头撞他的脸:"我不想,我不愿意。"

"那你才是疯了。"吴大北翻身坐起,"你想怎么着,还以为我们是小孩子吗?七八岁那时候,我上学第一天就遇到你这个小蛮丫头,本来还想跟你交朋友,结果你倒好,又打我又咬我!"

韩晓云听了,反而笑了,笑着笑着,又哭了:"吴大北,如果我们还是小孩子,那该多好。"

吴大北慢慢地躺下去,慢慢地把她搂在怀里:"傻瓜,我们长成大人了,不能再当小孩了。"他把韩晓云那张眼泪横流的脸按在自己的胸前,不想让她看见自己也在流泪。

刚才那个失去母亲的孩子让他想起了自己的妈妈,他也是这样,眼睁睁地看着妈妈吐出了最后一口气,妈妈也没有合上眼睛。抛下自己的心肝骨肉,死不瞑目。

韩晓云回家时又到了后半夜。吴大北习惯了,人死是不挑时辰的。韩家的丧葬铺子,他算是跑外面的项目经理,活儿忙起来,需要人手,韩晓龙也得出来跟着张罗。韩晓云问他:"是不是你经常像今天这样,不收别人钱?"吴大北哼了一声:"那我得有多少钱能这么糟蹋?出车我还费油钱呢。"停了停,他低声说,"那小孩怪可怜的,一家子都不是好东西……再说前面咱们那档子活儿,不是挣得多么……"

韩晓云笑了:"所以你劫富济贫?可以啊你还是个大侠呢。"

"胡说八道,在北京没学着好的。"吴大北叼着烟,说是骂她损她，语气却是柔和的。

"怎么了，回家就能学着好的？学你啊？"

"学我怎么了？洁身自好，坐怀不乱，我都觉得自己太高尚不好意思跟别人吹。"说着，两人一起轻轻笑了起来。这段失控的痛哭被淡化成了一个笑话，飘散在夜风中，过后无痕，谁没有痛苦过，谁没有渴望过别人的怀抱，但并不是在所有这样的时候，你都能找到一个可靠的怀抱放任自己哭一场。

韩晓云的眼泪在吴大北的胸口衣服上还没干，一小块凉浸浸的，风一吹格外冷。

"你到底怎么了？失恋还能算个事儿啊这都什么年代了，大不了我去揍他一顿给你出气好不好？也不是什么好人还值得你哭成这样就跟死了人似的……"

"大北，你说对了，他真的死了，不是我咒他。他自杀了，到现在为止，四十天了。"

吴大北震惊地看了韩晓云一眼，瞬间明白了她所有的失常举动，又一阵巨大的失望袭来，她只是想找一个拥抱而已，她并不是想找他。吴大北被女生们发过无数次好人卡，连李腊梅家的双胞胎都赶着喊他舅舅，但没有哪一次像这时刺心。

"明白了，亲人过世的痛苦我也看多了。自杀的也有，上个月还有位大哥，一听说自己肺癌晚期，就回家喝了百草枯，医院抢救他愣是不配合，说不出话但能看出那意思还是怕花钱。死了。我拉的。没收钱，可是后来也不知哪个亲戚硬塞给我五百，说丧事要是都欠着人家的钱，死者走都走得不安心。"

"他不欠人钱，他欠着我。"韩晓云想起有句歌词叫你欠我幸福，拿什么来弥补。高家杰似乎就在后座上坐着，微笑着看着她，满脸歉意。

"这哥们儿不会是抑郁了吧？我们男的跟你们女生不一样，你们一般买买东西，跟几个好姐妹儿什么都说，哭一场都有效果，男的不行，发泄渠道太少，玩玩游戏也就是麻醉自己。我还有一段时间泡健身房，也没意思，抑郁就是觉得什么都没意思……不是说你不好或者你们感情不好，就是所有的事都觉得没意思……"吴大北把烟掐了，他习惯不错，从来不往车窗外面扔烟头。

"我不知道，我也不会知道了。"韩晓云眼睛看着窗外，快到了，路灯旁边有个人眼熟，她看了看，喊吴大北赶紧停车。

马思晴走到这里实在走不动了，她扶着路灯柱子，心里有火在烧。

省城肿瘤医院的专家号也挂过几次了，都是毕总给她安排的。知道病情的人第一个是毕总，第二个是她的助理，第三个是韩晓云。马思晴不是跟家人不亲，正相反，是她跟家人太亲了，贴皮贴肉，她舍不得亲人为她吃苦。

父母都老了，病弱，公婆对自己也够可以，韩晓龙是她的丈夫，也是患难之交，这些人都用自己的方式疼爱着她，包容着她，马思晴拼命往前冲杀，为的也是身后这两家人，自己多挣点，老人就吃得好一点，住得好一点，在人前体面一点，他们也就更开心一点。自己多出力，多出钱，他们就会发自内心地笑出来，觉得人生有了回报，生儿育女一回，吃苦受累没白费，享到了儿女的福，这比自己有福还得意。

马思晴永远记得小时候自己书法比赛得奖，奖品里有一副手套，她送给妈妈，妈妈戴了好久，走到哪里都比比画画地告诉人家，说她女儿写字写得好，等到过年给你家写春联呀。每一年马家都有很多春联送人,爸爸都专门一家家地送,一家家拜年。卖骨灰盒的人不受欢迎,他平素也很少串门,唯独过年不同,他愿意走,愿意送,听别人对女儿的夸奖,脸上露出平时看不见的喜色。

她也习惯了给爹妈争气。开弓没有回头箭,如果不是在婚姻上栽一个大跟头,马思晴也许现在就是个中学老师,好也是好,但绝不可能变成今天的连锁幼儿园校长,女企业家,书法协会副会长。

她总觉得自己欠了韩晓龙,虽然别人说韩晓龙伤了人,但马思晴知道他杀鸡杀鱼都不敢,但是如果是为了她,为了孩子,为了两边的老人,为了亲人不受欺辱,那韩晓龙肯定不会犹豫敢去拼命。他不是什么强人,也被父母宠得有些任性自私,但他对马思晴和孩子没说的,不惜代价把他们伺候得无微不至,马小步跟爸爸好得要命,韩晓云从来也没有一句话一个眼神让他知道爸爸不是自己的亲爸爸。

马思晴想过死,尤其是被前任背叛的时候,可是她舍不得肚子里那条小命,她不得不承认荷尔蒙过分神奇,让她的母性大于理智,忍受再多的耻辱和羞愧,她也得活下去,把他生下来。上有老,下有小,她再也没有想死的念头,她怕死得不得了,再怎么说也得把孩子养大吧,不能让老人家白发人送黑发人吧,她家和夫家都做这一行,不忌讳身后事,两边老人也早早都给备好了寿衣,那都是她去杭州买的好料子,舍得花钱,让他们满意。

可这寿衣,难不成要穿在自己身上吗?

马思晴在省城公证了遗嘱,毕总陪着去的,马思晴跟毕总说过不止一次:"毕总,相识一场,念在咱们的交情的分儿上,求你多帮帮晓龙和不不。我让不不认你做个干爹，万一他有天走到你家门口，你别让他饿着。"

毕总见过大场面，被她一说，却也忍不住眼睛红了，嘴上可还是有一套："你得安心治病，什么干爹不干爹的，难听。你放心吧，我话给你放这儿，马小步以后教育费用是我的，来省城他就住我家。你给他开个户头，我这就把钱打过去。"

"我不是要钱，毕总……我是想给他多要一个亲人。多几个亲人，知冷知暖，孩子以后的路能好走一点。"

"父母都是过度焦虑，咱们搞教育的，你还不懂这个？思晴，你这手术别再拖了，我看不下去了，你不说我去给你家里说吧。"

可是，每次马思晴都摇头，她不想说。她陷入了清醒的自欺欺人，似乎她装得越正常，这生活也就真的越正常。她打扮，买新衣，给两边家里买些贵的吃食，买玩具。她比以前活得更热烈，鲜亮，大方，但她知道自己可能就快死了。

韩晓云跑过去，扶起她，一声也没吭，搀着她往家里走。吴大北不好动手，开着车在后面缓缓地跟着。

进院子的时候马思晴一个趔趄，吴大北赶紧过去一把把韩晓云胳膊抓住了，他力气大，两个女人拉扯着勉力站起来。马思晴喘了两口气，反而笑了："你们俩，嘿，可真想不到……"

吴大北有点尴尬懊恼："别胡说，我们俩小时候还坐同桌呢，没你们想的那些破事儿。马总，你怎么了，今天跟喝醉了似的，也没有酒味儿啊。"

韩晓云抬头看了吴大北一眼，他顿时闭了嘴。两个人搀扶着马思晴进了门，韩晓龙迎上一看，惊了，立刻把马思晴抱住了："你怎么了，咱赶紧去医院吧。"

马思晴慢慢地摸索到沙发上坐下，靠着韩晓龙："我没事儿，就是有点心慌。今天可能事太多了，忙的。"

"那你饿不饿？你喝点我做的竹荪鸡汤。"韩晓龙这才看见吴大北和韩晓云，皱了下眉头，"你们……大北吃不吃？"

"不吃不吃，我走了，医院真的不去么？用车咱现成的。"吴大北也有点担心。

"不用，我自己的车也在。"韩晓龙其实多少有点嫌吴大北开车运尸不吉利，但他说的都是好话，"这么晚了你回家睡觉吧，太辛苦了这几天。"

韩晓云去厨房盛出一碗汤来，看着马思晴靠着韩晓龙，微微闭着眼睛，她张了张嘴，还是什么都没有说。

韩晓龙低声问马思晴："你是不是有了？"对二胎最热衷的，应该是两边的老人，韩家父母盼望能有自己的孙子，不能说就此就对马小步冷淡，但毕竟自己的跟别人的不一样。马家父母盼望也同样热烈，因为他们懂得人情世故，一直都害怕女儿和外孙被虐待，既是人家对你好，你更该回报人家，再生一个。马小步也快上学了，外婆外公接送，家里也热闹些。再就是马思晴自己也有打算，她想给韩晓龙生个女儿，马小步添个妹妹，名字都想好了，就叫韩梅梅，以前英语课文里的小姑娘。

对比起来反而韩晓龙无可无不可，他跟马小步好，养孩子有苦恼但更多的是乐子，生一次大伤元气，他喜欢马思晴风风火火干事业的劲头儿，不想她大着肚子几个月那么辛苦，再说生育总是个娘奔死儿奔生的事。生马小步他在医院待了一宿担足了心，再来一次，不知道自己能不能受得了。

马思晴被他问得心头一痛，摇了摇头。韩晓龙松了口气："那就好。咱别要了,我跟你说过了,男的结扎更安全。"

马思晴勉强笑了笑,把以前夫妻俩的笑话又说了一遍:"那你还想出去找啊?"

韩晓龙也凑趣:"对啊没有后患了,哈哈。"

马思晴看着他的笑脸,眼角边也起了皱纹,情不自禁地伸手摸摸:"不不呢,一个人睡能行?"

"今晚等你回来看他写的字,等太久,在爷爷奶奶那屋睡了。"韩晓龙去阳台抱出来一大堆纸,笔酣墨饱,上面是各种各样歪歪扭扭的"天下太平"。

马小步知道努力,他用努力来讨好妈妈,希望妈妈看了给他个笑脸,夸他一声写得真好。马思晴知道这感觉,就跟她很小就知道要好好练字给父母争气一样。

只是当初她一动笔就显露出过人的天分,书法班的老师不收钱都要她这个学生,让她拿奖给自己履历增光。马小步这下笔就是墨团和大蚯蚓,没继承来她的好基因。但心是一样的,灵一点还是笨一点,为了爹妈自己去努力的心是一样的。马思晴懂,她后悔自己打了他,一想到那几天打马小步手心打得嗷嗷号,她心碎了,一秒钟也撑不下去了。

韩晓龙看到马思晴哭了,他倒觉得好笑:"至于感动成这样吗?不不这点没得说,你真生气了他就真听话,不是怕挨打,他是怕气着妈妈,很乖了,比小时候懂事多了……"

"晓龙,我病了,是癌,宫颈癌,中期……我得做手术。"马思晴的声音粗涩得她自己都听不下去。

"啊。"韩晓龙愣在那里,他转了个圈子,像是不知道把那些字纸放在哪里。马思晴拉住他的手,那些纸就纷纷扬扬地掉在了地上,马小步辛辛苦苦写的大字,天下太平,真是世上最大的谎话,太平能太平多久,世界是太平的,人呢?

"那咱还等什么,你赶紧收拾东西去住院吧,家这边的医院不行,还是得去省城。"韩晓龙出了一脑门的汗,他蹲下去把那些字纸捞起来,比齐放好。一边念叨,"还行,幸好我姐刚接完的那单是大的,加上原来的存款,怎么也能拿出来个六七十万,要不行我就先把车卖了,也能换点现钱……"

马思晴知道,这还是她的韩晓龙,她千挑万选,看错了人,落难时算碰到谁就是谁,却是真正的良人。此刻他张皇失措,像个做错事想要拼命弥补的孩子。他比她小,跟她和他姐姐比,总显得不能干,但她想起他来却总是心头一软。看着韩晓龙和马小步在一起玩,马思晴觉得这就是世界上最大的幸福,只是这幸福,她竟然握不住。

她舍不得让家人受此打击,但她只能说了,家里就他算是能跟她一起扛事的人。她舍不得他,总觉得他需要自己的照顾,可不能不说了,她怕自己成为累赘和麻烦。她不怀疑他的爱,但她怕这爱她还不起。

如果还有一辈子那么漫长,马思晴尽可以神气活现,每天拿胳膊肘捣韩晓龙的肋条,催着他使着他,跟他一起,为了这两边的家当牛做马。她在前面拉,他在后面推,养活老的小的,她欠他,但她还得起。可是,如果她还不起了,那又该怎么办?

她劝住了韩晓龙,因为韩晓龙总是听她的话,他们商量好明天一早就去省城办理住院手续,按照医生的治疗方案,先手术,再根据手术后的情形化疗。只是这样,子宫就要切除了。马思晴说:"本来想给你再生一个。"韩晓龙说:"不要,谁都不要,就要你。"

马思晴听了,把头靠在他的怀里,韩晓龙搂住她,整个人抖得像狂风吹了柳树,眼泪汹涌,马思晴脸都被他的眼泪打湿了。反过来是她安慰他:"不怕不怕,我去做手术,你结扎还省了。"韩晓龙听了,哭得更凶,然而不敢出声,怕惊扰了隔壁的爹娘和姐姐。

人要长大,得学会痛哭也要压制声音。扬眉吐气,不是每个人都能做到,但是每个成年人都会忍气吞声。电影里说生活就是一盒巧克力糖,你永远不知道下一块是什么,能把生活比做糖,那该是多么幸运的人生。事实上,生活也许只是一个巧克力糖的盒子,里面什么都有,苦药,石子,霉臭的点心,你只有一点点地吃下去。不吃也不行,没有人替你吃;吃了诉苦也不行,没有人听;大哭大闹,更不会有人给你换一盒。糖也是有的,或者说,我们得努力相信是有的,吃下去,吃下去,也许有一天真的会吃到糖。

也许我们不哭不闹逆来顺受,笑着吃下了所有难吃的东西,假装很好吃似的。也许我们很乖,就真的可以吃到一块糖。也许永远没有,吃完了还是什么都没有。

第二天一早马小步就早早醒了,穿着睡衣跳上父母的大床:"妈妈你看了我写的字么?"

马思晴只是亲他,好一阵子才说话:"嗯,看见了,写得可真好。"

"奶奶说我练到冬天,过年都能写对联了。我听外公说,妈妈小时候就写对联的。我也要写,我还会写那个福字,大大的,倒过来贴,你猜为什么?"

马小步兴奋地看着妈妈的脸,让她猜,马思晴把脸在枕头上蹭了下,把眼泪蹭掉:"不知道,为什么呢?"

"哈哈,就是福到了!倒着贴倒,就是福气到了呗!"马小步一跃而起,在大床上来回跳,哼哼唧唧着一首儿歌。马思晴看着无忧无虑的儿子,心说:有你就是我最大福了,也许是我不配。

两口子收拾了东西去省城,这也是韩家常态,只是一忙乱早饭没吃,韩妈妈有些不高兴,她把茶鸡蛋装了几个,硬塞进车里,对儿媳妇跟对女儿是绝对两副面孔,她冲马思晴笑着:"特地给你做的,你带过去吃啊。"

"哎,谢谢妈,您做的茶叶蛋最好吃了。"马思晴也知道公婆那点心思,但现在只剩下了可怜,不是可怜自己,是可怜他们,再就是不知道万一自己不在了,公婆对马小步,是否还能跟现在一样如珠如宝呢?

韩妈妈听儿媳妇夸更高兴了:"等我下午给你妈送几个过去,这次我做得多,上回超市鸡蛋打折买了挺多的……"

韩晓龙打断妈妈的絮叨:"我们走了,妈你快回去吧。"

韩晓云又在松鹤楼吃虾子面,这次她远远看见了冯老师,就悄悄地把她的账也结了,然后才坐下来吃自己的面。

又是面吃得差不多的时候,冯老师过来了,这次她一身天青色软缎旗袍,手腕上一只翡翠镯子,跟一对翡翠耳环呼应。

"您可真是太美了。"韩晓云发自内心地赞叹,她抹了抹嘴,赶紧把面碗推开了。

"你这孩子有意思,一碗面钱都不肯欠我的,那我今天吃的汤包可比你吃的贵,你亏了。"冯老师半开玩笑,她笑起来一对梨涡,更显年轻。

"没有啦,哪有让您请我吃饭的道理。再说看到您,跟您聊几句,我都觉得学到不少东西。"韩晓云没说谎,冯老师放在北京,那也是异常出色的知识女性、时尚人物,不可小觑。

"还是我上回说的那事儿,你琢磨琢磨,给我一个书面的策划也行,或者咱们聊聊也行。我看过你上回办的大事了,觉得交给你放心。"冯老师笑眯眯地喝了口茶,又悠悠地开口,"我签订了器官捐赠书。"

"您……"韩晓云笑不出来,半晌,小心翼翼地问,"不至于吧。"

"呵,你看我能吃能喝,也能打扮走动,觉得还是好人一个对吗?那是我想这样,所以我就让自己这样。其实呢,浑身都是痛的,白天还轻些,能分散注意力,等到晚上一个人在床上,要熬到天蒙蒙亮才有瞌睡。"冯老师依然笑眯眯,只是韩晓云现在才明白,这样的笑容和无懈可击的外形背后,藏着一个人多么惊人的毅力。

"那您说说,事情是怎么个办法?"她禁不住问。

"啊,你愿意了,太好了,抓紧时间吧。我给你几个电话和名字,有我大学的室友,插队时的朋友,还有几个人,总之都是我希望在临走前再见一面的人。你帮我去打听打听,联络一下,我也想知道他们这些年来好不好。"冯老师还是笑,只是笑得有点莫测高深。

"老师,我……我想请教一下您,这种自己给自己做主去捐赠器官,是什么感觉?"韩晓云心里想着高家杰,这也是她想问他的问题。

"哈哈,对我来说,就是生命的延续。这世界的风景,我也看得差不多了,经历的人和事,我们都经历了,该承担的责任,我也都承担了,经济上我始终都是保持自由,不赊不欠,遗嘱早就公证好了,都捐给本城孤儿院。我在那里做了十年义工,新房子也是我设计建成的,心里没有什么放不下的事,多活一天,有一天要受的苦,也有着一天享的乐子。少活一天,我不遗憾,至少也少受了一天的罪。"冯老师看着窗外,淡淡地说。

"明白了,谢谢您。您把名字电话给我吧,我需要时间,不过我会尽快的。"

冯老师从精致的小挎包里拿出一张早就打印好了的纸条。韩晓云一看那小包甚有品位,又赞了一声。冯老师一笑,把手机和车钥匙从里面拿出来,连着纸条和包都递给了韩晓云:"拿去,我还愁这些身外物没地方安置呢。"

韩晓云大致也懂了她的脾气,不推辞,道谢后立即挎在身上给冯老师看。

"还是你们年轻人背了合适。不用着急,款项的话你预支也行,或者等你调查完我付你头期也行。"

"我也不急,等我先跟这几位前辈联系上了,有个初步的报告,再跟您汇报。"

冯老师转身回到自己的座位,那背影袅袅婷婷,风姿万千,韩晓云不知怎么,心头满是惋惜和伤感,虽然她已经活明白了,不在乎了,可是这么美好的人,说走就走,连路人都为之心痛。韩晓云在日本看过樱花,一阵风过,樱落如雨,在她旁边有位白发老先生泪流满面。直到此刻,她才明白那位老人家为何落泪。

最是世间留不住,朱颜辞镜花辞树。一个人来到世界上无知无觉,然而蓦然离开,却不知会让多少人伤心感慨。可是,高家杰，是什么痛苦让你选择宁可去死，我会不会也是这痛苦的一部分？

吴大北约韩晓云午饭吃米粉，饭点已过，店堂里就两个人正吃着粉，却来了个半大孩子，也不说话，给吴大北跪下磕了个头，吴大北一惊，差点没把碗打翻了。韩晓云倒是认出那是杜兴海，前几天去医院拉过他妈妈。她忙把杜兴海扶了起来，那孩子穿得倒是整齐，一身黑衣服臂上别着黑纱，脸瘦了，眼睛却是亮的："哥，咱们这儿说报丧是要磕头的，别人我可不愿意，但是对你我愿意。"

"哎，这是干什么，吃饭没有？过来吃点。"吴大北把他按在椅子上，"你这么小还讲迷信啊，要这么说你给我磕头还折我的寿了。"吴大北在他头上胡撸一把。

杜兴海很认真地说："不会的，你这么好的人，会长寿的。我这几天都在找你，今天才在门口看见你的车。我去殡仪馆打听过了，你给我垫付了六百块钱，还有这位姐姐，给我元宝蜡烛，还有纸钱，我也得付给你。我妈教过我，不能欠人家的债，一块钱也得还。"

"嗯行。"韩晓云看了一眼那执拗的少年，不想拒绝他，"你给我十块钱就行了，成本价。"

吴大北却坚决不收那六百块："不行，我送大姐一程了，怎么能要你的钱。你不能这样，我跟你说，小，小杜，你是姓杜对吧，小杜，你要知道用钱的事还在后面呢，我不会要的，你怎么说我都不会要。"

杜兴海不干："你不要，我给你跪着不起来！"

那股男孩子稚气的倔劲儿让吴大北软了下来，他按住了杜兴海的手:"小杜,那我跟你说句心里话吧,我也是没妈的人,你明白吗?我也是一个人送走了我妈,那时候,我没想别人帮我,但是后来,我干了这一行,我就知道了,其实那时候我也需要别人帮帮我。这不丢人,你也不欠谁的。我帮的是你,也是当年的我自己。"

杜兴海哭了:"哥,那你说,我妈在那边会不会生我的气?"

吴大北捞起张餐巾纸给他擦了眼泪:"不会的,我想要是大姐知道,这边有人对她儿子好,愿意帮他一把,她一定会很高兴的。"

两人在车上目送黑衣的小杜向相反的方向走远了,韩晓云感慨地说:"这孩子可不容易,一个人把自己的事全办了。他妈也早做了准备,悄悄给他留下五万块钱。这些钱再加上街道那点补助,他上完高中再读大学就能凑合过去了。"

吴大北点上了烟,又掐了:"没了妈,自己不办谁办?他那个不成器的爹在医院闹,打伤了医生,被关进去了。倒好了,不然将来也是个拖累。"

"吴大北。"韩晓云转身看着他说,"我想……"

"怎么着,又想半夜跑我家去喝茶啊?恕不接待。"

"不是。大北,我想,如果你妈妈知道你这么帮别人,她一定会很高兴的。"

吴大北把脸往外面伸着,很快地伸手抹了下眼睛。半天,才闷闷地回了一句:"人死如灯灭,她不会知道了。"

马思晴把自己的公司,幼儿园,还有那家殡葬服务的铺子,都仔细嘱咐了一遍。韩晓龙心事重重,别人叫他韩总他都胡乱答应着,空下来一愣神,只有掐自己的胳膊提神,不然他总觉得这事不是真的。忙乱中,他还在路边地摊上买了个小猴子打鼓的玩具,等着带回去给马小步玩。

平时马思晴不让他买地摊货,此时却全不在意,还接过来看了看,说:"挺好玩的。"

中午马思晴请了毕总,还有平时的几个生意伙伴,介绍给韩晓龙,她一字不提自己的病情,以茶代酒跟大家干杯。毕总一口菜也没吃,看了看表,催她赶紧去医院是正经的。韩晓龙勉强吃了几口,都噎在胸口。

直到马思晴换了条纹病号服,倒在病床上靠着枕头,韩晓龙才体会出一点真实感。他打了壶开水,兑成一盆温水,给马思晴擦脸,然后再给她擦脚。马思晴笑了,心想平时他们伺候遗体也是这个程序,只是一想自己这么多事,还有宝贝儿子,怎么能舍得死?

韩晓龙给她擦洗完了,倒了水,回来坐在马思晴身边,握了她一只手贴在脸上,什么也不说,说不出来。马思晴把手指在他额头上划一划,只一夜的工夫,怎么皱纹似乎就深了些。

毕总给她找的特护病房,条件优越,冰箱电视微波炉都有,最重要的是不受别人打扰。马思晴看着韩晓龙,眼睛里全是柔情和不舍,嘴里说出来的却是一句凄凉的软话:"要是我没了,不不可就靠你了。"

"你放……"韩晓龙忽然觉得,让人放心,不是好话。他把这话咽下去了,只是点头。

"其实他跟你比他跟我都好,不不喜欢爸爸,男孩子还是找男孩子玩。"马思晴看着韩晓龙,想起了以前韩家弟弟那个淘气的样子,她那时是个三好学生,高他们几级的大姐姐,怎么可能把这样的毛孩子看在眼里，更是想不到，后来能做夫妻，在病床前嘱咐他这些话。

时光如流水，当初的毛头小子，现在是不不的爸爸，从新生儿拉扯他到如今这么大，马思晴心里有愧，这愧疚让她痛，比病更痛。

"你找我，亏了。"韩晓龙把头埋在她胳膊里，小声说，"吃没好吃，住没好住，什么事都要你自己做。我没本事，没照顾到你，两边家都靠着你，你是累的……"

"傻子，那你更亏了。"马思晴听不得他自责的话，不让他说下去。

"我不亏，你给了我那么多……还有不不，"韩晓龙眼泪纵横，"他叫我爸爸，我就总问自己，你配当人家爸爸么？要是我没混好，事情都做不好，养不好孩子老人，不能照顾好你们，那我还算是个男人么？想想以前，真后悔。我这样的，连累不不以后都不能考公务员了……"

马思晴反倒笑了："什么时候了你还想这些，晓龙，我会努力活着的。你别哭，我不能让儿子没有妈。我就是觉得……应该再生一个……韩梅梅……"

韩晓龙抬起头来，只是摇头，心里却起了一层恐惧，如果马思晴真的有个三长两短，那马小步还能算是他的儿子么？

"你别胡思乱想，咱们好好治，你身体好，肯定能治好！"韩晓龙振作了一下，出去打饭去了。马思晴靠在枕头上，这时才觉出了痛和累，以前她有点下体出血的毛病，她总以为是例假提前了，没当一回事，有时忙工作忙到不行，也会疲惫，发低烧，她也就多喝点热水，在车里躺一下，办公桌上趴一下就算了，她开始消瘦，脸色有些苍白，她心里还觉得自己减肥成功了，眼看身形瘦了穿衣服更好看。

身体早已发出信号，但她的理解全是误解。马思晴也是潜意识里不想去医院，因为她在犹豫自己要不要打掉孩子时，对医院产生了太大的心理阴影。

一切你做错的事，都要付出代价，她心想，只是为什么对我惩罚要特别严重呢？

韩晓龙赶回省城自家的铺子时已是下午，店长是个蛮机灵的小伙子，一脸笑容，给韩晓龙端茶递水，十分殷勤。韩晓龙不禁提醒他："小林，你是有什么开心的事儿么？自己高兴自己就偷着乐行了。咱们干这一行跟别的事不一样，要不然人家家属来办丧事，看着也不高兴，说不定拿你出气。"

"哎韩总，我知道。"小林把脸一板，立即满脸沉痛，"我会。可您不知道刚才来的那家人，绝了，我服了。老爷子九十二岁牙口还挺齐，吃嘛嘛香，说是白酒能喝，雪碧也能喝，还爱把白酒和雪碧兑着喝，动不动一溜达能走个五公里不费劲儿的。人都说老寿星能活一百岁，要给他办酒席祝寿，下周就开席，他呢今天上午在家跟邻居搓了把小麻将，打了四圈，胡出个清一色，这一下乐得哈哈大笑，笑得都喘不过气来，往后一倒，就走了！你说新鲜不新鲜哪？别说我笑了，家属来买东西时又哭又笑，说想想爷爷没有了是该哭啊，可是一琢磨他这个走法，又觉得好笑，这就是地道的喜丧，他们家决定了寿筵和丧事一起办，老爷子这是福寿双全，没病没灾，一点罪都不受，说走就走，潇洒得很。连我都羡慕……"

韩晓龙听了，心情却只有更沉重，为什么人家就能平平安安地活到九十多，马思晴正当盛年，为什么就得病了呢？他看着小林那张年轻的脸，没说出话来。小林觉得老板可能还是要求他别露笑容，立即收敛起来，讪讪着走开了。

韩晓云翻来覆去地看冯老师给她的纸条，她已经按照人名和冯老师简单的注释去搜索了一下，都不用电话，就能看到好几个人已经去世了，最早的一个是五年前就去世了，网上还有一篇女儿怀念妈妈的帖子，声情并茂。她在想，就这么随手一搜的事，值得大把花钱雇一个人来完成么？不，既然是要做调查，还是该深入一点。

她按照那个帖子上的注册信箱，发了一封信出去：我受人所托，你妈妈的故友在找她，没想到她已经不幸过世了，如果您有时间希望跟您聊聊。她留下了自己的电话，和自家殡仪服务公司的地址。

没想到电话来得这么快，韩晓云正跟王雨诗说北京那边公司的事，只好按掉了。

王雨诗遇到的难题也是从来没见过的，但她比较乐观："幸好，你是懂行的，这种看似婚礼其实是葬礼的事儿，咱们接一把看看，我觉得应该能成。"

韩晓云无可奈何："你就认得钱，有钱就得做。"

王雨诗顿时就急了："天地良心，我要不是看这家人，那孩子太可怜……唉算了，你赶紧忙你的吧，我还有事，一会儿我拟个流程发给你。"

韩晓云这才拨通另一个插进来的电话，那边的人显然是在等，响一声就接通了。

那边是一个沙哑富有磁性的女声，问的话也很奇怪："你受谁所托找我母亲,是姓章还是姓冯?"

纸条上确实还有一个章姓老先生,但也已经过世了。在网上搜到资料看他们的出生年一样,还毕业于同一院校,看来是大学同学。

韩晓云说:"我的委托人是冯女士,打扰您了,请问您是杜文洁女士的亲人吗?"

"她是我妈妈。"那边沉默了一下,"委托人,你是律师?冯女士这么多年又找上来,是什么意思呢?"

韩晓云想了想,说:"您听到电话就问姓章还是姓冯,看来也是知情人吧,应该您了解的比我还要多。我的委托人只托我联系到杜女士,可能是想邀请她参加一个聚会,没有别的。"

"聚会?那也就是说,冯阿姨还是原谅我妈妈了,对吗?"她的语气明显激动了起来,"我妈是骨癌走的,受尽了苦,她在病床上痛得呻吟时,才说了一些往事,说她对不起冯婉宁。其实也没什么了不起的,大学女生那点钩心斗角的事儿。冯阿姨是那种年年拿一等奖学金的优秀生,我妈家境好,有些关系,托关系才上的大学,她们两个曾经是最好的朋友,后来,冯阿姨要保送研究生,我妈说那时她强烈的嫉妒心终于按捺不住,就抢了她男朋友,也就是那个姓章的。我妈跟冯阿姨说你反正成绩好,自己考研就好了,放弃那个保送的名额就把男朋友还给你。后来冯阿姨真的放弃了保送名额,我妈走了关系得到了保送机会。姓章的还找她闹过几次,那时我妈早就跟我爸好上了……陈谷子烂芝麻,可是我妈临到最后,老记得这些事,说她心里有愧,说后来的朋友都不如冯阿姨跟她那么好,说要是姓章的来找,就让我骂他,姓冯的来找她,就给她道歉,说她后悔了。"

"啊，是这样。"韩晓云一时不知该说什么，那边又补了几句："人死债空，我妈再有多少不是，谁也不能跟死人计较了。冯阿姨如果愿意接受道歉，我可以当面替我妈说一声对不起，如果阿姨不愿意，那就拜托你转达吧。我行动不便，出行要坐轮椅，但如果这个聚会要我参加的话，我是怎么都要去的。"

放下电话韩晓云沉思良久，她还是打开电脑把这个电话记了下来。这时王雨诗的电话又来了，她手快，把策划案写好了，让韩晓云帮着看看，韩晓云连忙看了看，那竟是一个四岁女孩的"婚礼"，可怜她小小年纪就得了白血病，经历骨髓配型后仍然复发。因为样貌可爱，从小就做婚礼花童，自己也最喜欢婚纱，于是爸爸想给她办个婚礼。

这份文案看得韩晓云心里有些不舒服，但她又情不自禁地体会到了父母的那份不舍，什么都想给孩子体验一回，她来不及长大，来不及去恋爱，来不及等到好青年的求婚，再举办盛大婚礼，让父亲送她进礼堂。

此时又有一个电话进来，韩晓云一看是自己相熟的酒店公关经理，急吼吼地问她绝症小女孩的婚礼是不是真的，韩晓云说你消息倒是灵通，有这事。那边说那好，在我这里办，场地免费，让我们拍照留下资料做公益宣传即可。

韩晓云马上说："不能答应你，这要等人家家属同意才行。"

她挂了电话盯着信箱，里面是那几次跟丁一鹤来往的信件，附件她下载完了，几次想打开看，又忍住了。高家杰的日记，他会记录些什么，对于这个名字，只要想一想，剧烈的心痛就要把她淹没。

韩晓龙给吴大北一个工作，让他清早去四十公里外的县城，拉一个舞狮队去省城。吴大北一听就懂，说："喜丧吧。乐队还要吗？咱们这边都现成。"

"不要，他们都安排好了，本来要给老爷子祝寿摆流水席的，结果老爷子打麻将和了把大牌，一乐就过去了。就把喜堂改一下装饰，黑白两色，别的酒席啊，舞狮啊，吹打啊都照旧。"韩晓龙说。

"嘿，真是洪福齐天了，还不麻烦亲戚朋友跑第二回的。"吴大北啧啧称奇。韩晓龙又对韩晓云说："到时省城那边店长盯着，你帮我看一眼就行，我得去医院……"

"嗯，你去。"韩晓云说，"等我忙完了，也过去看看思晴。昨天马小步等妈妈等不回来，哭了整整一个小时。"

"这事……你说还是我说……"韩晓龙的脸似乎老了十岁，透着无尽的愁苦。

韩晓云却在他脸上看到了一些儿时的神情，耍赖要磨姐姐给他背锅时才有的，她很熟悉："我说，早晚爸妈也会知道的。"

吴大北看了她一眼，想说什么又咽回去了。韩晓云知道他看不惯自己大包大揽，还没嫁人爹妈早已当她是泼出去的水，费力不讨好的事还非要掺和真是多余。她知道自己多余，可是她不能不做。她不想韩晓龙再多受一重折磨。

韩妈妈上一锅的茶叶蛋都送去给了马思晴娘家，那茶汤还在，她又开始兴兴头头地煮新的，韩爸爸在旁边拿个勺子，细细敲那蛋上的裂纹。趁着马小步午睡，两人把这活儿干完了，下午就带孙子去小公园玩。

韩晓云在旁边看着二老，怎么也狠不下去这心。韩妈妈见她来了就问："晓龙回来了没有啊，怎么连个电话都不打的，不不昨晚上也有点闹,不怪他委屈,哪有打电话还关机的。"

韩爸爸边敲鸡蛋边说:"年轻人的事你别管,我看电视上说这叫什么婚后恋爱,搞浪漫啥的。"

"浪漫个屁吧。"韩妈妈听了气笑了,又拿眼睛剜韩晓云一眼,"人家这眼看着都要有老二了,你就真要当老姑娘啊?"

韩晓云不觉得妈妈的话刺耳,她看着爸爸和妈妈,觉得世界上再没别人比他们更可怜,自己能提一口真气撑到现在,他们靠什么撑住呢?

"爸妈,思晴……她是有病了,在省城看病。"

韩爸爸的勺子当啷一声掉地上了。"病了?什么病?"韩妈妈惊呆了。他们同时抬头看向女儿,韩晓云似乎看到了动物园里两只老得走不动的大象,眼巴巴地看着人想要一口吃的。

"宫颈癌,但是已经开始积极治疗了,你们别太担心。就是害怕你们担心她才不敢跟家人说的,前期检查都是一个人去看的病,没敢说。"韩晓云一咬牙,把这几句话说得很快。

"啊,你说什么?不可能,她好好的一个人怎么会得……那个不好的病?她一个年轻女孩怎么能……我们也没吃什么不好的东西,这些年家里越吃越好了……"韩妈妈心慌意乱,自己也不知道自己在说些什么,只是女儿在她眼中越发面目可憎,为什么你要带来坏消息,这样的事谁愿意听啊?

"爸爸,你没事吧。"韩晓云去把爸爸从板凳上搀扶起来,他一下就老态毕露,摇了摇手,"我没事,唉……我有事就好了,让我有病,你们年轻人别有病啊……"

他摇摇晃晃地去了阳台最小的角落,倒在一张摇椅上发呆。

"奶奶,尿尿!"马小步在楼上高声喊。韩晓云三步两步跑上去，马小步一看见姑姑，乐了，一把把她脖子搂住了："姑姑你抱我上厕所。"

本来韩晓云不爱惯他坏毛病，要是平时这样准会数落他，让他自己去，马小步自己穿衣服脱裤子对着马桶嘘嘘很利落的，他就是撒娇。

但是这次韩晓云二话没说，把他抱起来，运到了厕所，让他踩着小板凳自己尿。尿完了，又把他抱回去大床上，给他穿上了鞋。

姑姑今天怎么这么好？连马小步也觉得有点奇怪，他揉揉眼睛，又问："妈妈什么时候回来？"

"你还记得妈妈在省城开了幼儿园么？"韩晓云早就编了一套话来骗他，只是说起来有点磕磕绊绊，不大顺溜。

"记得啊。"马小步警惕地说。他一直记得妈妈要把他送去幼儿园，他大哭大闹坚决不从，勉强送去了他又在地上打滚，哭得老师都害怕出事，又把他送出来了。

"嗯，幼儿园有个小花园，那里新搬来很多蜜蜂，他们跟你妈妈说我们没有食物怎么办，你妈妈就说我给你们种花你们就有食物了。蜜蜂就说太好了，等我们酿出蜜了，把蜜送给你，你妈妈说好的，我可以回家带给我的宝宝吃。"

"那才好呢，我也要去。"马小步一骨碌爬起来，在床上跳。

"不不，你不能去哟，因为蜜蜂也会蜇人的。妈妈说了你在家乖乖的，她就早点回来。今天不能电话，明天就跟你视频，你说好不好？"

"好吧。"马小步一听说妈妈还是不能回来，情绪有些低落，但是一想有蜂蜜吃，还是蜜蜂特地送给他的，又开心起来了。

韩妈妈在旁边听了一阵子，上来给马小步整理衣服，一边嘀咕："哄孩子这么能，自己咋不生一个？"

韩晓云一听这些话就烦，在老妈眼里自己就没有对的时候，哄孩子很有一套这是好话，但偏偏就不能好好说，她能立即转到你怎么不生孩子上面来攻击你。

"不不你跟奶奶玩吧，我要去铺子里看看。今天不少事情呢。"

韩晓云说了一声就要走，马小步跳下来一把抱住大腿："姑姑也带我去。"他见姑姑今天特别好说话，趁机耍赖。

她很想说不行，可是一看马小步那双眼睛跟马思晴一模一样，圆溜溜黑漆漆，双眼皮秀秀气气的，心里一酸，就手把他一举抱起来了："走吧。"

吴大北接了韩晓云的电话，说他今天有事要去工厂拉货，纸人纸马都没了，还得去铺子一趟带上进货单和上次的货款，给人家把上次的钱结了。韩晓云说我跟你一起去吧。吴大北心里很微妙地牵动了一下，说好啊。

他是绝对想不到一屁股坐上车来的是笑嘻嘻的马小步，韩晓云是办事之人，把要拿的资料都提前跟店里核对完了，给吴大北再看一眼，没什么问题。吴大北忍不住问："我说你怎么把这位小爷请来了？"

马小步接话了："大北叔你的小爷是谁啊，我见过么？"

"就是你！你小子上次搞得我要去洗车，你这个……小臭蛋。"吴大北嘴上骂他，声音却温柔得不像话。马小步一听就知道这是大人疼爱他，从此可以无法无天随便玩乐。

韩晓云把他按住，强行绑上安全带："也没个安全座椅，应该把你爸车上那个拿下来。"

吴大北开了一段在前面的超市门口停下了,韩晓云问他干吗他也不说话,不一会儿从里面拎了两大兜的食物出来了,还有一件新的儿童长袖衫。

"你就这么出来,连个换洗衣服都不给他带?湿巾干巾我也买了。不不,你要拉臭臭得叫人,可不能像上次……唉……"吴大北心有余悸。

"上次是上次,这次我都长大了,大北叔你要拉臭臭你也叫我。"马小步从大口袋里翻出养乐多,自己插了吸管美滋滋地喝。

"小臭蛋,我拉臭臭叫你干吗,你还能给我擦屁股?"吴大北哈哈大笑,一脚油门踩下去,飞驰而去,马小步也跟着哈哈大笑,被窗外的风吹得好凉爽。

韩晓云听着他们俩的话,不知怎么却有想流泪的感觉。马小步无忧无虑,吴大北在这一刻,跟孩子一样无忧无虑,然而这世界安排了太多的忧虑给成年人,也许我们能做的,就是挡在孩子的前面,让他们越晚面对越好。

纸品厂的管事跟吴大北很熟,开玩笑地说:"可以啊大北,你小子速度可真快。上次我还说你光棍省心,进门一把火出门一把锁。好家伙,这一回老婆孩子都有了,你也太能了。"

"别扯了,那是我老板家孩子,这是……你叫韩小姐吧,老板的姐姐,人家在北京有大买卖,这铺子其实也是她的。"

"哎哟,有眼不识泰山。韩总好,以后多关照我们。"管事的立即换了一张脸孔,谄媚得韩晓云都看不下去。马小步看到厂房可高兴了,但他被韩晓云千叮咛万嘱咐过不许乱跑,只能抓着姑姑的手,一双眼睛东张西望地四处瞧。

傍晚,工厂管了一顿工作餐,六菜一汤。吴大北把鱼刺都给马小步挑了，马小步吃得满嘴流油，韩晓云吃了两口也就饱了，微信上各种事找她，她在那里一件件地回复。吴大北带着马小步出去溜达消食，顺便把车上的垃圾收拾扔了。他边扔边嘀咕："你这个小小人，这么能吃，这么一大包你全吃了。哎，这个巧克力蛋你怎么还留一个啊？"

"我留着给妈妈吃，我妈还没回来……"马小步露出了愁容。

吴大北看看他那皱巴巴的小脸，拿手摸了摸他的头，故意大声说："男子汉大丈夫还老找妈？不像话！走了，大北叔带你兜风，看夕阳。'夕阳无限好'你会背不？不会背可不行，将来考试你吃鸭蛋就糟了。"

"鸭蛋挺好吃啊，怎么糟了？"马小步一听说吃的注意力十分集中，吴大北又好气又好笑："行吧，反正一百分里也有鸭蛋，还俩呢。"

"吃俩也行，现在我有点吃不下了，带回家吃好不？"马小步对鸭蛋很执着。

他们三人在高速路上看到了缓缓落下的夕阳，夕阳的光辉洒在他们的脸上。他们笑着，好像世界上所有的开心都聚集在了这一瞬间，而这一瞬间马上就要过去。天色已晚，夜色将近，谁也不能阻拦。

第五章　婚礼葬礼

丁一鹤再见到韩晓云时吃了一惊，她瘦了很多，但这不是重点。以前他眼中看到的是一个样貌中等充满职业焦虑但竭力压抑的女白领，跟街上许许多多的上班族没有明显不同。但这才两个月不到，韩晓云变了，像一张铅笔素描被水墨重重地勾勒过，她露出了以前看不到或者说是被刻意隐藏起来的强势，不咄咄逼人，但寸土不让。

丁一鹤想查高家杰的账户，韩晓云立刻把他的银行卡，买房时拍下来的收入证明，银行流水，统统翻出来给他看，同时把密码发送到他信箱。

"对了，还有我们做的婚前财产公证书，还有他不在了，我给了他父母二十万，这儿有收条。"

"够齐全的。"丁一鹤抬眼看了看韩晓云，"你好像早就准备好了？"

"对，你说他跟什么比特币有关系的时候，我就想到了。"韩晓云并不否认，"他的收入，至少我能看见的收入都在这里。我们唯一的大笔支出就是买房，别的都是一些日常开支，您要看我也可以随时去调一些消费记录给您看。"

"你……"丁一鹤总是不知道在她面前该说什么，他按了按额头,"饭点儿了,要不一起吃点?我们食堂还成,肉龙做得挺好。"

"谢谢您了,我不去。您要没有别的事儿我就走了,我们公司接了个很特别的活动。"韩晓云说。

"怎么个特别法儿?方便说说么?"丁一鹤一边送她一边问。

"四岁小女孩,白血病,就快走了,她爸爸要帮她举办一个人的婚礼。"韩晓云看进丁一鹤的眼睛里去,说出这样的事,她也诧异自己的平静,平静得近乎残忍。

丁一鹤确实被震了一下:"这……"他迅速控制住了自己,低声说,"要是有什么需要帮忙的,你也说一声。"

"应该不会,谢谢您丁警官。我这两个月,学到不少东西,生生死死看多了,可能没有那么痛苦了,在别人来看可能有点冷血,我也能理解。"阳光透过树影落在韩晓云脸上,斑驳迷离,越发让人看不透。

王雨诗最擅长现场布置,开始她自己做,后来雇了人总嫌他们不够利落,韩晓云去的时候她正从梯子上爬下来,手套一摘,掏了管护手霜抹上:"你还够快的,警察没说什么吧?我这边差不多了,你看看,气球,花,假水果什么,还有那些毛绒玩具,那是花店老板听说了白送的。这些天,我觉得自己随时心肌梗死的感觉,太心碎了。"

她把护手霜放回包里,拍拍韩晓云的肩膀:"所以还是得靠你啊亲人,我不行了,我怕自己活动一开始就哭死过去了,你还得先给我办一回事儿。"

"少胡说,不吉利。"韩晓云知道王雨诗物质女郎的表皮下面,那颗心其实比谁都软。她也看了活动预算和物料,差点做成赔本儿买卖。四岁的小女孩,她做错了什么,为什么她要死了?

"你看，那边是熙熙妈妈。来，我给你们介绍一下，这就是我合伙人，韩小姐，很能干的，到时她控场。"

熙熙妈妈瘦得像一条灰色的影子，大大的眼睛里悲伤盛不下，已经漫溢出去，每个见到的人都会被感染，她的指尖也很凉。

"韩小姐，到时拜托你了。"

韩晓云禁不住说："你要挺住，熙熙一定也希望你和她爸爸一起好好生活，你……"

熙熙妈妈疲惫地做了个手势，打断了她："不，等……送走了宝宝，我们就离婚，一秒钟都不能等了。"

她看了看王雨诗和韩晓云："你们可能都还没结婚吧？要我说，不结婚也好，一个人无牵无挂，自由自在。很多事一个人就没有问题，两个人就会有很多问题，等到有了孩子，这些问题就会系成死扣，想离都没那么容易了。"

韩晓云一时语塞，王雨诗倒是接了一句："婚姻是爱情的坟墓。"

熙熙妈妈惨笑了一下："爱情？没有，我们是相亲认识的，我们只有一个共同点，就是都非常爱孩子……"

眼泪从她脸上流下来，她的脸那么悲哀，似乎已经被眼泪冲刷出了泪沟，那些泪水就那么顺理成章地流着，不知为什么竟给她增添了一种奇特的美。

深爱的人，我们留不住，不爱的人，我们却离不开。会场背板缓缓竖起，大眼睛女孩子熙熙穿着白纱裙，在背板上灿烂微笑，让人看了心怀眷恋，想起了世间一切最美好的事物，生命中最难忘的瞬间。

四岁的马小步在视频里跟妈妈撒娇，拿自己的脸蛋蹭镜头，马思晴在医院早换上了平时穿的衣服，藏起了手臂上留置的针头，若无其事，还教训儿子要好好写字："我告诉你啊，你好好写字，人都说字如其人，你将来要写好多好多卷子，有那么几分就是老师给的卷面分。意思就是水平都一样的情况下，你写字好看，老师就很可能多给你几分，奖励你练字练得好。你要是写得像蜘蛛爬，那老师说不定给你扣几分，因为人家不爱看，懂不懂？"

"哈哈，妈妈，你说蜘蛛怎么会写字呢？蜘蛛爬也爬不出来字啊，只会织个网。"马小步根本不知道妈妈在说些什么，他只想知道妈妈什么时候回家。

马思晴忍住心酸，放低了声音："不不，你可要记住妈妈的话呀，妈妈盼你将来好好学习，好好工作……不对，你有个好身体就行了，妈妈希望你健健康康的……"

"妈妈，我也祝你身体健康，万事如意！"马小步把过年饭桌上这套吉祥话练得特流畅，但马思晴听了，只有万般刺心："你乖，你在家好好听爸爸的话，听你姑姑的话，将来……"马思晴说不下去了，她怕自己失控吓到孩子。

马小步很奇怪妈妈一下就在镜头里消失了，接着那边是爸爸："不不，你也该洗澡睡觉了，爸爸明天就回来了，我给你买玩具。"

"好，妈妈不回来么？"马小步还是抱着一线希望。

"不回来，这边还忙着呢，你乖乖的，别闹啊。等爸爸回来跟你玩，给你做好吃的。你大字还得写，我回来也要检查的。"韩晓龙也匆忙挂了电话，只觉得句句都是不祥之兆。

马思晴哭得趴在床边呕吐，韩晓龙拍着她的背，他想劝她，但知道话语此时全然无用，他想了半天只说出一句："我保证。"他没说保证什么，但马思晴知道他说的是小步，她流着眼泪说：

179

"我不强求你,要是……你再结婚了,千万多等几年再生老二,好歹能等他大点了,知道好歹,你们再……"

她说的全是自己不能做主的事,自己也觉得心虚,韩晓龙听了满不是滋味:"我跟你保证,我不再娶了,我也不想再要别人了。我这个人挺倒霉的,不知道是不是沾上了我都跟着倒霉。你别说这些没影儿的话了,我心里够难受的。"

马思晴流着眼泪,亲吻着韩晓龙:"你不是倒霉的人,遇到你我够幸运了。有时我也想,这辈子够了,起码我有过好日子了,你也真心对我,我不能太贪心。可是,小步那么小,我妈妈又不会说话,我怎么能放下呀。我要是真死了,你一定能找到比我强的,我会真心实意为你高兴,可是我太害怕了,我怕小步会跟人相处不好,他都被宠坏了……晓龙,我……"

韩晓龙伸手把她的头发往后面拢拢,强打精神:"说这些都干什么呢,你就是想太多了。我向你保证。要不然,咱们也公证个什么字据,不不我来管。不怕你多心,其实我也很害怕,我害怕万一有一天,人家亲爹来了,那我算干吗的。"

他们的头紧紧地靠在一起,各有各的担心害怕,命运隆隆地碾压过来,无人幸免。马思晴的手术约了国内知名专家,也跟家属再三强调了手术风险并不是很大,但不知为什么,人在此等关头,总会流露出内心最深的怯懦。

四岁的熙熙比起背板上美不胜收的艺术照,已瘦成了纸片人,她的皮肤苍白到要透明的地步,戴着口罩,大眼睛跟妈妈一个模样,里面闪烁着喜悦的光。她的全套服饰都是买来特别消毒过的,穿上那层层叠叠的纱裙,戴上浅浅粉红色的头纱,再别上一个小小皇冠,她陶醉了,似乎真的变成了公主。

熙熙爸爸比三十二岁的年纪要显老,他略矮胖敦实,面容沧桑,但为了这场合,他也特地去剪发修面,露出几分难得的帅气。熙熙妈妈按女儿的要求,穿了一件红旗袍,因为熙熙在医院听护士阿姨说孩子考试妈妈都穿旗袍,要"旗开得胜",她也闹着要妈妈穿。只要是女儿的愿望,哪怕穿上着火的衣服妈妈也愿意,熙熙妈妈把结婚敬酒的旗袍翻出来,自己用针线缝瘦些才勉强合身了。

请来的司仪坚持了十分钟就哭得再也说不出话,韩晓云硬起头皮接过话筒,大声地把那些串词念下去:"……最亲爱的你,我愿意见证你人生的幸福时刻,看到你脸上的笑容,是这世界上最美的风景,最亲爱的你,我愿意记住这一刻,让时间停留,等到白发苍苍时,这就是我最甜蜜的回忆。"

熙熙爸爸是全场最镇定的人,熙熙被周遭都在流泪的大人们弄得有点不知所措,但看着爸爸,她又笑了:"我们还要跳舞吗?"

爸爸很温柔地抱着她,很温柔地说:"要跳。我要跟你跳第一支舞。"

"耶!刚才那个阿姨说,我是世界上最美丽的小公主。熙熙很开心。"

熙熙的爸爸说:"你一直都是最美的小公主,你永远都是。"

熙熙妈妈把自己的脸藏在捧花里,努力把汹涌的眼泪藏起来。但是熙熙还在喊:"妈妈,你也要来呀,我们三个人一起跳舞。"

两个大人笨拙地拉着手,收成一个圈子,把女儿夹在怀抱里,在音乐声中慢慢地走着,算不上什么舞蹈,但熙熙非常非常满足了,她抬头看着棚顶,高兴地大叫了一声:"哎呀,气球!"

满天白色粉红色的气球降落下来,摄影师擦干了眼泪,举起镜头，拍下全家人的笑脸，韩晓云把风扇搬过来，吹得气球继续到处飞。熙熙乐得叫了几声，却实在没有了体力，缩在爸爸怀里，恋恋不舍地看着眼前的热闹。有员工凑趣，去踩碎了几个气球，熙熙对爸爸轻声说："不要，踩气球，气球会痛，踩碎了，就没有了……"

王雨诗哭得眼泪汪汪，一边发狠地跟下属说："以后这样的活儿咱们不能接了，伤筋动骨。"下属哭得听不清楚，含糊地答应了几声。

半个小时后，熙熙姥姥和护士抱着熙熙回了医院，留下熙熙爸爸和妈妈处理现场的各种事情。熙熙妈妈心很细，自己做了一份表格，一一核对物料和花费，但熙熙爸爸却把她拦住了，他红着眼睛，用命令的口吻说："我不管你愿意不愿意，我们必须得再生一个，女孩，也叫熙熙。"

熙熙妈妈就跟没听见一样，低着头想离开，他上前一步把她挡住，竟然伸手推了她一把："你听见没有，我跟你说话哪！"

韩晓云大惊，赶紧上前把熙熙妈妈护住，没想到，熙熙妈妈把她轻轻推开了："如果你想生，就找人去生，我已经受够了，我们说好了要离婚的，你……你看在孩子面上，别再为难我了。"

她的声音轻柔却冰冷，里面没有一丝情意，如果非要说有，那也就是若有若无的同情。

"不行！"熙熙爸爸困兽一般，用手狠狠捶打自己的头，"你不能这样对我！你可真没有心肝，孩子这样你不心疼吗？你不想，我们从头开始，再要一个好的孩子吗？我求求你，别这样，我再要一个，她还要叫熙熙，她是我的女儿，我的女儿！"

"没心肝的人不是我，是你。我怀孕到生产你都在外面出差，孩子出生都三天了你才回来了。是,你对孩子不错,但你对我根本没有一点好,对你而言,我只是生孩子的工具而已。你要生……就跟别人去生,我早就受够你了。"

韩晓云一边把这斗鸡似的两个人分开,一边赶紧叫男员工,挡住熙熙爸爸。两个人高马大的酒店保安拦着,他还奋力想要扑上来:"一天没离婚,我们就是法定的夫妻,我要求生孩子是正当的,你凭什么不答应,你要是有外心,你就不是人,你不配给我女儿当妈!"

硬话说尽,他又苦苦哀求:"宁宁,你别那么绝情,我对你怎么不好了,我天天在外面打拼还不是为了这个家。要不是我这么努力挣钱,熙熙的医疗费用从哪儿来?宁宁,咱俩再生一个,啊?这次一定是好的,这次一定不会再有病了,我求求你了……"

韩晓云扶着熙熙妈妈去了场地角落里,给她倒了杯热水。熙熙妈妈捧着杯子暖手,神色木然。韩晓云不想说话也不知道该说什么,她半蹲在旁边,用手轻轻地抚摸熙熙妈妈的后背。

"其实,我也想过再生的事……"她的声音沙哑成了一个陌生人,"可是,我知道,再生多少个孩子,都不会是熙熙了……"眼泪一大滴一大滴地抢着掉进杯子里,熙熙妈妈哀痛欲绝,"我生她是急产,一个人在凌晨生了。本来我很害怕,但是看到熙熙我觉得全世界都是我的了,我再也不是一个人了,再也不会孤单寂寞……骨髓配型我跟她合上了,她爸爸反而合不上,谁想到移植了还会复发呢……我看着她受苦,看着她喊我妈妈,还努力对我笑……生过孩子,命就不是自己的了,我愿意把我的命给她啊……"

她擦了眼泪,一口把杯子里的水喝干了:"谢谢你韩小姐,你们活动做得很好,我这就转账给你们。"

"你将来……"韩晓云跟她握手,熙熙妈妈惨然一笑:"我……等着送走熙熙,想一个人过一段时间,安静安静。将来的事谁知道呢?也许我就一个人过到老,也许我还会遇到别的人,再生孩子,也许那时我已经能告诉以后的孩子,有个熙熙小姐姐,是世界上最美丽的女孩子,可惜她没有长大。"

活动用的毛绒玩具消毒后,都送给了肿瘤医院的儿童病房。那里常年都有志愿者处理一些杂事,那位接待她的志愿者姓孟。孟姐五十余岁,一头短发,很多孩子都叫她孟妈妈。她说:"有些孩子隐约知道自己得了治不好的病,大多数孩子不知道,我们就盼着多满足一些他们的愿望,让他们开开心心地走完最后一程。打针吃药都够受罪了,就希望……"

"那孩子们都有什么愿望呢?"韩晓云问。

"那可多了。"孟姐笑着,"有想当巫师的,有想当公主的,还有想当消防员警察的……你看那边那个,想当老师,天天抱着小黑板,给人讲古诗,讲得可认真,人家要不听,他就说你得好好学习,要不像我得了病,你就再也不能去上学了,多可惜……"

"啊,我倒认识个警察,不知道可不可以……"韩晓云说着就跟孟姐商量起来了。

丁一鹤平时不穿警服,穿上了格外显出一股帅劲。他带着两个新警察,接受消毒,在病房走廊里迈着正步走了两个来回。病房里小朋友们兴奋得不行,等他们不走了,立刻要求戴着手套,摸摸叔叔们的帽子和衣服。

韩晓云穿了一身兔子玩偶装,大眼睛大板牙大耳朵,跟在警察们后面一蹦一跳。她豁出去了,看看这里面的孩子,她觉得自己心里那点苦不算什么。孩子们看着大兔子哈哈大笑,她就双手叉腰,做出生气的样子,孩子们笑得更欢了。

想当警察的小男孩开心得嘴巴一直咧着根本合不上,他颤巍巍地站起来,给警察们敬礼,警察们也回以标准的敬礼。

"我想当警察,警察最棒了,我要抓坏人,保护大家。"他说话带着口音,但没有人笑,都认真地对着他点头。新警察眼角泛起了泪水,小声对他说:"等你好了,你就去考警校,好不好?"

"好!我一定能考上!"小男孩大声地说。

哄完了这帮孩子,孟姐把他们送到医院大厅里,正要走,孟姐却忽然对丁一鹤说:"让我摸摸你。"

刚摘下兔子头的韩晓云闻言一愣,丁一鹤也是一愣,孟姐说:"我儿子是缉毒警察,五年前……没了,我就这么一个儿子。"

她的手指滑过丁一鹤的脸,轻柔地触摸,她没有哭,因为眼泪已经哭干了。她在想象触摸的是儿子的脸,似乎又听见小时候他一连声地喊妈妈。丁一鹤举手敬礼时,她还是笑着的,她想起了儿子入职后穿着警服那威武的样子,也是第一时间给妈妈敬礼。她永远记得那一刻,因为那是她平凡生命里最灿烂的瞬间。

韩晓云买了高铁票,在南站等车,丁一鹤的电话来了,她接了电话,又确认了一遍高家杰的账户流水问题,丁一鹤问:"你在车站啊?"韩晓云说:"对,我要回老家去,那边我还有项目要做。"

"这次是红事儿还是白事儿啊?"

"不知道,有些事不到发生,就不知道是什么。"韩晓云说,"对了,我刚才还想给你电话呢,孟姐给我发了微信,昨天咱们去看过的那个小男孩,想当警察的那个,欣欣,他走了,半夜里走的。孟姐说家属要感谢警察叔叔们给他圆梦了。"

丁一鹤长长地叹了口气,用手指按住眼角:"这都没什么,是我们应该做的。那行了,祝你一路顺风。你也……多保重吧。"

"嗯,多保重,丁警官,毕竟当警察还是很危险的。"韩晓云想起了孟姐,心里不知怎么一酸。

"我会的。"丁一鹤答应了一声,他挂了电话,把头埋在手臂里趴了一会儿。小男孩欣欣的样子还在眼前,那颤巍巍敬礼的样子,那咧着嘴笑不停的样子,说自己长大了也要当警察的样子,都变成了刀,插在心上。

韩晓云在路上收到一个人的微信好友申请,自称是冯老师的助理淑贞,名字够传统的,人可是非常现代派,互加后立即视频通话,幸好车厢里人少,韩晓云看到那边是个很气派的办公室,淑贞三四十岁年纪,精细淡妆,短发挑染了几缕棕红色,丹凤眼菱角嘴,拍下来作职业女性杂志的封面必定合衬。

"韩小姐,我知道您跟冯老师有联系,我是通过您的商铺找到您的联系方式,还望您原谅我的冒昧。"

"没关系。您找我是有什么事吗?"韩晓云喜欢她的彬彬有礼。

"有。冯老师可能是托付您要办……葬礼之类的事吧?"淑贞很不情愿地把这个词说出了口,像被烫了一下。

"对不起,这是私人所托,我应该为她保密,很抱歉,我不能说。"韩晓云知道拒绝人也不是什么好事,所以把这句话说得更婉转也更客气。

"信守言诺,找对人了,冯老师看人就是准。唉……韩小姐,你还有多久到站?"淑贞问。

"快了，不到一个小时吧。"韩晓云直言相告。

"好的。我派司机去接您，来我办公室谈谈，您看可以吗？您要有事忙，我就让司机先送您回家，等您办完了再接您过来。"

"您太客气了。那我直接去您办公室吧。"韩晓云毫不犹豫，这些杂事是越快完成越好，想想自己家里的事才是最要命的，原本她想回家盯一下铺子里的事，晚上再坐车去省城看看马思晴。

看着窗外飞驰的绿树和田野，韩晓云第一次觉得，活着也并不算一件坏事，自己是在被很多人需要着。她又翻看回去孟姐发给她的照片，小男孩欣欣站在大兔子旁边，笑得露出了自己的豁牙。最开始她听说欣欣走了，眼睛发热，但孟姐说对这些患了恶性肿瘤一拖经年的孩子来说，也是解脱，毕竟再也不受这些罪了。

人生是为受苦而来吗？若我们知道有这些苦难，我们是否还愿意开始自己的人生，家长又是否愿意生下自己的宝贝，跟他们走这么一段撕心裂肺的路？但人生可能全然是美好和快乐的吗？若整个人生都是白开水或者白砂糖，那是不是也太乏味无聊，活着或者是不活，是不是也就是没有什么区别？

下车出站，韩晓云被一个年轻女孩迎上来叫住了："韩小姐吧，我是周总的司机，刚才她给我了一张和您视频的截图。"说着她把手机打开，韩晓云一看可不就是自己刚才在火车上的照片。

"多谢你了，也得谢谢周总。你是……"

"您叫我小鹿行了，我叫您一声韩姐不过分吧。"小鹿带着韩晓云上了一辆路虎，熟练地发动汽车。车轻盈地滑出停车场，飞驰而去。这开车技术她感觉比吴大北的还强。

"我跟淑贞姐，还有公司里大部分人，都是省城建筑学院毕业的，冯老师是在我们学校退的休，不瞒您说，我们都是靠她的捐助才完成了学业,淑贞姐她们创业,冯老师也帮助了很多……韩姐,不知道冯老师……对她的身后事怎么安排,我们这些人,心里另有打算。"

也就是十五分钟车程就到了目的地,韩晓云一看,还是本市最豪华的那栋写字楼,熊总也在这里办公。小鹿停好车,给韩晓云开了门。

刚刚还在视频通话,现在就真人见面,这也堪称是韩晓云最快的网友见面了。周淑贞正在开会,听说她到了,立即散会,让韩晓云十分过意不去。

"没什么。"周淑贞本人比视频中更为纤细时髦,她亲自给韩晓云泡茶,因为太有效率,韩晓云没来得及推让,一杯茶就放在面前了。

"韩小姐,或者我叫你一声晓云,我这里女生多,土木专业女生不好找工作,我就专门招女生,她们细心、踏实、泼辣能干,绝对不比男生差。我们这儿都互叫名字,没太多讲究。我也不想问冯老师托你做什么事了,在我心中她就是妈妈一样的存在,只是我没有福气能有这种缘分,但她也让我做她的遗嘱执行人,她的事基本不瞒我,除了托付你这件。"周淑贞啜了一口茶。

"冯老师人品高尚,小鹿说得到过她的资助才完成了学业。"韩晓云衷心佩服。

"她做的远不止这些,你不知道,她是省城建筑学院第一个女教授,行业的开路人,还得了几个国际性的大奖,但她把奖金全部捐出,设立奖学金专门资助贫困女生。很多女孩子就是因为她才上了建筑学院,考研读博乃至出国留学,不然我们的命运……你看我现在怎么样?"周淑贞忽然抛出一个问题。

"您?"韩晓云看了看她那一身打扮和几样首饰,"您是典型的精英女性啊,成功人士,自己有公司,给这么多人提供工作机会……"

"呵呵,可是你知道吗?我十岁才拥有第一双鞋,是陌生人可怜我,把自己孩子的旧鞋给了我,那时有一双鞋子就好高兴,就像拥有了全世界。我父母亲去世得早,我爷爷拼命捡垃圾养活我和我哥哥。后来,我哥哥因为是男孩,被一个远房亲戚领走了,听说去了福建。我爷爷带着我在城市里拾荒,他去世后,警察送我去了福利院。我那么大的女孩没有人愿意收养,幸好我读书还可以,那时中学也有能减免学杂费的宏志班。但我没有钱考大学啊,我在城里的娱乐一条街走了好几天,盼望能有个机会,看看有没有人愿意给我钱,我什么都愿意出卖。所以你知道,冯老师对我们这样的人来说,有多重要吗?她过生日,我们想要给她大办,她拒绝了,变成了我们集体去贫困山区修路,做善事,她大手术成功,我们想大办一场热闹一下,她也不让,把钱都捐给希望小学了。最后……"

周淑贞有点哽咽:"最后了,她这是真的要走了,她居然托付给一个陌生人。对不起,晓云,我知道你很能干,但我真的不能理解,为什么她一定要找……"

"因为她不想你伤心,她想好好地跟你说再见。"韩晓云轻轻地说出了答案。她眼前这个美丽时髦无懈可击的女老总,转身过去,掩面痛哭。

铺子里的会计是位二十出头的年轻女孩,白白净净眉俏丽,正等着韩晓云回来对账,店长迎上来看了看韩晓云,立马给她捧来一盆热水,让她洗脸洗手。韩晓云不知道自己现在是个什么落

189

魄的样子，端着那盆水搭着毛巾去了洗手间，对着镜子一看，累成了一个常年不住人的空房间，四处是灰，毛巾蘸水一抹脸，一道黑。洗完了这把脸，她又从包里掏出护肤霜抹了几层，用手狠狠拍脸，自打耳光很有效果，出去的韩晓云果然精神了许多，再喝上一杯白茶，心神熨帖。

她夸店长不容易，把人照顾得很周到。店长说咱们家常年备着热水热茶，有不少顾客长途跋涉要去郊外坟场，进来买东西，给他们擦擦脸，喝点茶水，也是咱们对人家的一片心意，咱们这脸盆天天消毒的，干净。

"你们做得真好，到底还是老家人情厚。"韩晓云想起了大城市里大家客客气气，您来您去，但职业性的冷漠才是底色。现如今想找一点真实可靠的同情，到哪里去找呢，说不定还就是店长做的这点事最靠谱。

"是呀，所以韩姐，您看，这上半年咱们可算是挣到钱了，从您回来到现在，这业务收入……"会计把账本递给韩晓云看，韩晓云也小小地吃了一惊。

"不过昨天韩总调了十万出去。"会计小心翼翼地看韩晓云的脸色，毕竟韩晓龙才是上司，韩晓云是姐，该尊重尊重，但谁说了算，谁能调拨这些钱，谁给自己发工资，员工心里也很清楚。

"应该的，家里如今正是用钱的时候，我再批十万，你给他打账户上。"韩晓云二话不说，用实际行动支持马思晴看病。她心说，马思晴挣钱能力比韩晓龙强百倍，即便离婚不过了都得给人家大份，何况这是治病救人哪。

"这可真想不到。"会计低声说了一句。

"不然呢？你以为我会为了这点钱就打破头？是，我知道现在业务做起来了有我的努力，但咱家的铺子名声在外，也一直都是勤勤恳恳做事待人。有个底子在这里，钱，花了还能挣，要是家里有事，大家先为钱计较起来了，那就完了，干脆什么都别干。"

韩晓云把账看了一遍，发现吴大北那边业务增长也不同往常，难怪他一点消息都没有，不知忙成什么样了。

"嗯，您这么做事说话我们服气。"店长更会说话，"家和万事兴，但在钱的面前，可不是所有人都能像您这样，想着别人，不想自己。别说亲姐弟了，亲母子反目的都有。韩总您这样我们没说的，眼看着现在势头好，那边的铺子本来就是马总买下来的，还没收拾，等周末您要是有空，我过来加个班，咱收拾出来多运些货过来，省得大北哥老得跑仓库，他最近也快累趴下了。"

吴大北一般还算是行止讲究，不会像小城出租司机们那样，困了累了找个树荫停下，开着门吹着风，露着肚皮呼呼大睡，他还保留着一点读书人起码的矜持，但最近他算是扛不住了，事多，人少，活累，中间杜兴海还跑来看他一回，说："哥我不想上学了，你带带我，我跟你学徒得了，我听人说你也是省城大学毕业的，那多厉害啊，我们老师才本城师范学院的。"

"呸，还没三块豆腐高，你就敢看不起老师了。"吴大北上去给他一记后脑勺，刚好他办事那家买了不少食物，也没有心情吃，什么蛋糕饮料夹心面包一大堆，他划拉一下都装一个大塑料袋里了，递给杜兴海，"拿去，我不爱吃甜的。我跟你说，好好念书啊，别打退堂鼓，再说泄气的话，我就揍你。"

杜兴海看看那些吃的，忽然哭了："我妈妈以前去动物园就给我买这个蛋糕吃……"

吴大北长叹一声，把这孩子拉上车，带着他找了个酒店好生吃了一顿，又是谈人生谈理想一通规劝，说得杜兴海回心转意，决定回去上课。再一问他学习成绩，其实还蛮不错，还参加过一个什么计算机编程比赛得过奖。

吴大北松了口气，说："小杜，你看你这不是挺好的，给你妈争气了。我跟你说，就这么几年你熬出去，上了大学眼界不一样了，好好念书拿个文凭，什么北京上海深圳珠海啊，随便你去。你别跟我学，我没出息，你还小，你得学好。"

"学你怎么不好了，自由自在的，你心好，爱帮人。你干的这行，我也打听了，听说挣钱还挺多。"杜兴海这脑子够用，算数尤其一把好手。

"燕雀安知鸿鹄之志，学过这句吧，燕雀跟鸿鹄能一样么？天高任鸟飞，你盯着眼前这点点小钱能有什么指望，你要真记着你妈妈，就要知道爹妈都想儿子出人头地，走在人前她也脸上有光，明白不？"

吴大北被这浑小子气得不知该说些什么好，但转念一想，自己这岁数的时候也不是什么好东西，多半还不如人家，也就老老实实跟他说些励志鸡汤。

杜兴海临走，要求跟吴大北拜把子，吴大北好容易把这位小爷敷衍得密不透风，眼看要走了，听见这要求，把那点文学青年的矜持忘了，虎啸一声："滚蛋，你叫我哥我都不爱答应，你应该叫我一声舅！还拜把子，你要学黑社会啊？逃学，不上课，晃膀子闲逛，不务正业，期末考试你要考砸了我打死你，滚滚滚！"

杜兴海被他骂跑了，他又开车追上去，把那一大塑料袋的食物摔在他身上，小杜捧着大口袋自己回家了，边复习功课边啃蛋糕，心说这大哥算是单方面认定了，虽说眼下他这么帮自己，说不定有一天，自己也能帮帮他呢。

韩晓云找到吴大北时，他正倒在车上补觉，窗户开了一半，露出他胡子拉碴的脸。韩晓云在旁边逡巡，叫醒他不忍心，不叫他自己也不知道该干吗。旁边一个吴大北相熟的司机看见了，狂按喇叭："大北！你媳妇儿来了。"

吴大北吓得一哆嗦，醒了，一看韩晓云在外面，赶紧开门下车，又冲那司机骂了几句："少放屁，这是我们家老板……的姐姐！"

韩晓云问他："吃饭了没？咱俩吃米粉去？"

"不去了，我今天没胃口，早晨我拉一个出车祸的，今天的饭都省了。那家一下把咱铺子里的纸钱都买空了。"

"我刚听店长说了，还要撒纸钱，那都是老老年儿的事儿了，现在谁还干这个。"韩晓云打量着他，吴大北被她一看有点不自在，"怎么了，不认识了？"

"没怎么。"韩晓云想说看到你我心里很踏实，但觉得这话说了有点暧昧，她就没说。

"你回来了就好，我踏实了。"吴大北说着把车门打开，让她上去，"走吧，米粉么，我不吃，你吃，我看着。"

酸笋米粉吃了多少有点气味儿，但韩晓云在吴大北面前从来没顾忌过这些，吴大北坐在她旁边刷手机，眼角余光扫着她，嘟嘟囔囔抓了张餐巾纸把她胳膊旁边一点残汤擦了："脏死了，你也不看着点。"

"这几天除了车祸还有别的活儿么？"

"有啊，这不，天热了，俩熊孩子在水库玩水，唉他俩倒是没事，一个路过的老哥下去救人，没上来。有一家就披麻戴孝全家人都来感谢，还塞钱，另一家可好，装死躲得远远的，不承认有这事。人家老哥家也是通情达理的，不要钱，说就找到那家让他们一起写个证明，他们去申请见义勇为，将来好让孩子知道爸爸是怎么走的。哎哟，那孙子王八蛋的人家……对不起，实在受不了想骂他们，非说他们家孩子就没去过水库，太不要脸了。老哥退伍军人，救人是英雄，一条命都搭上了还受这些窝囊气。"

"还有别的么？"韩晓云吃得鼻尖冒汗，擦了擦。吴大北看她嘴角上还有，想动手给她抹掉又忍住了。

"还有一个独居老太太，巧了，也姓吴。周围人都说她吃斋念佛一辈子行善，两个孩子都在国外，退休金不少，在屋里也不知怎么就过去了。三天了邻居没看见她，报警砸门，正好所里也有人认识我，就电话让我去。我一看一个姓，屋子收拾得还特别干净，一看就也是不麻烦别人的人，对脾气，我心里叫了一声奶奶，就当亲人来送终吧。吴奶奶面相安详，不吓人，就是最体贴人的那种走法。但我一搬动她可真吓着了，老奶奶在枕头下面留了一个信封，上面端端正正写着：谢谢您帮我办理后事，这是酬金。里面有一千块钱。你看这样的人，她是什么都准备好了，什么都想到了，人走了，还不让别人白给她出力，我跟片警我们俩感慨半天。那一千块我收了，交了杂费，我自己从店里买了花圈和纸钱给她供上了。"吴大北说着，忽然笑了，"也提醒了我，我第二天大清早就去医院做了体检，连什么胃镜，肠镜我都来一轮。我也是一个人住，以后我枕头底下也得备个信封……"

"别胡说。"韩晓云吃完了把碗推开，她觉得心里有点堵。

吴大北正色说："这是很正经的事，怎么叫胡说？你也应该去做做检查，真的。流程我熟了，你要去我带你去。"

"大北，其实我一直也很知道你是怎么想的，就像你……父母都不在了，你……"

"所以我更得好好地活！爹妈生我一回，不是要看着我死蛇烂鳝蹲在家了啥也不干的。以前，我爸爸心梗，忽然就走了，我大学也没念完，就去开餐馆，瞎折腾，其实我是逃避，我不想面对没有爸爸的事实，但就是因为这样，我忽视了我妈，我忘了我妈也需要我……她检查出病的时候都晚期了，我一天到晚不着家，没有好好待她。可是她临走，说不出话，那眼睛里就是放心不下我……现在这份工作，有些人看不起，但我不怕谁看不起我，我是爹妈的独生子，有他们看得起我，现在天天看着我，就够了。我没有做不好的事，每天陪着这些人，走完最后一里路，也是正经营生，相信他们也会对我放心的。你哭什么，我都没哭你哭什么，没劲，早知道不跟你说了。"

吴大北开着车，带着韩晓云去纸品厂拉货，一路他哼着歌。韩晓云知道那首歌，老掉牙的《离家五百里》，讲的是一文不名之人，没脸回家。她以前也有此感受，虽然知道自己并非什么突出人才，也没有升官发财的命，可是每次回家，她都觉得沉重，觉得莫名其妙地愧疚。眼下，家里一大堆糟心事，但韩晓云反而能偷偷透几口气过来，因为大家注意力在马思晴和马小步身上，没有人再针对她。

马小步一连几天没看见妈，愁苦得小脸都皱成了蔫茄子，不断地问这个问那个，说爸爸妈妈是不是不要他了。爷爷赶紧把他搂住："爷爷要你啊，走，我带你超市坐小火车。"奶奶平素最抠门，现在也意外地大方："坐！这一百块钱你带上，再去吃个炸鸡。"

小孩子好打发，大人可没那么容易糊弄。哑巴妈妈知道女儿得病的消息，一下就晕倒了，还是店长帮忙把她送到医院去输液。马伯伯那边没有人送饭，韩妈妈只好动手做了好些饭食，给亲家公和亲家母送去。马伯伯捶床大恸："咋不让我死了，病咋不得在我身上，小晴的命太苦了……"

幸好哑巴妈妈娘家还有亲人，过来了好几个，留下一位手脚麻利的嫂子帮忙料理家事。哑巴妈妈是要强的人，强撑起爬起来，没用人家伺候几天就自己忙里忙外了，等人家走还在她包里偷偷放了五百块钱。她不想亏欠任何人，亲戚也不行。可是女儿怎么办呢，她对着视频那边的女婿，除了哭和合十拜托也没有别的了。她觉得亏欠了女婿，吃了亲家做的饭又觉得对不起亲家，她半夜里睡不着，就从店里拿了好多金纸过来，一张张地叠元宝。

每天送到铺子里的那一大口袋元宝，就是她说不出来的难过。她是勤快人不想时间白白过了，可眼看着女儿受苦自己什么都做不了，每一分钟都是煎熬。

马小步这几日把"天下太平"练得不错了，还特意捧着给姥姥看。姥姥虽然不会说话但是满脸笑容给他竖大拇指是他习惯看到的，可是姥姥这次看了竟然哭了，吓得马小步抱着她大腿问："姥姥，你怎么啦？"他虽小，也懂了一点比比画画，姥姥蹲下去握住他的小手，只是摇头。

"我写得不好吗？"马小步心说不可能，连我妈都夸我写得好。

姥姥带着泪水，给他比了大拇指，连点几下。

"那你还哭什么啊，我知道了，你也想我妈妈了，对吗？"马小步随便一句话，说中了姥姥的心事，她心里正在想马思晴小时候，也是这样，写好了一张大字，会蹦蹦跳跳给她看，她虽然不懂，却总是拼命夸女儿真棒。

眼前是活泼可爱的外孙子，可是那个扎着小辫的女儿却也那样清晰，似乎就跟马小步肩并肩站着，一起捧着大字，用期盼兴奋的眼神看着她，盼她夸奖。

中间的那些岁月似乎没有存在过，却又明明白白地在身上碾压了过去。她除了一个又一个地叠元宝，洗干净碗盛饭，做了饭送饭，回家打扫卫生，还能做些什么？如此忙忙碌碌，窗外便是天黑，这一个又一个的天黑，就催着她老了。

马思晴醒来时，觉得自己重新出生了一次，周身软弱无力，眼前直冒金星，麻醉药的效用可能还在发挥作用，不知怎么她眼睛微微张开，看到的尽是一些毛笔字在飘来飘去：孤帆远影碧空尽，唯见长江天际流。那是她第一次参加书法比赛获奖的作品，"远"字她练了两个星期，方才一气呵成。

"小步……"她心里想喊床前的韩晓龙，喊出来却是儿子的名字。

"醒了就好了！"韩晓龙高兴得眼睛里都飘出了泪花，"真是吓死我了。不不在家呢，下午我回去看看他，我也不放心他。"

"晓龙……"马思晴嘴唇颤抖，韩晓龙赶紧给她用棉签蘸水湿了下嘴唇："你得等等再喝水，别着急，手术很成功，你不用怕。这回就该好了，总算好了。"

他如释重负的样子，让马思晴心酸了起来，这算是好了么，虽然是局部切除，但她仍然觉得自己已经失去了子宫。马思晴知道母性过强是自己的毛病，不然当年一定会狠心拿掉孩子，重新开始人生，何必为了个不受欢迎的小生命拖累自己一辈子。但她没有，她觉得最低谷时是肚子里的宝宝陪伴了自己，她怎么也不舍得拿掉这块肉,他亲生爸爸权当是死了,这是我一个人的宝贝,我就是怎么难都要带着他活好。

也许韩晓龙爱她,痛惜她,也是因为这份母性。马思晴能不声不响照顾到两边全家人,四个老人的衣服她都记着给买,保健品都是她买好,按时按量地催着爹妈公婆吃,图方便省事,更图一个他们在被无数热情推销员包围时,能扬扬得意地说一声:"我儿媳妇给我买好了,我闺女给我买好了,不用再买。"

眼前的生活还差什么呢?马思晴生完了马小步就一直在盘算生老二,生个韩梅梅。马小步是爷爷奶奶的宝贝蛋,韩梅梅应该是姥姥姥爷的心肝。不会说话的姥姥如果身边有个聪明伶俐的小外孙女,她该得到多少安慰。对韩家的爷爷奶奶来说,有自己亲生的孙女,不用说也会喜笑颜开。

马思晴是一个立下目标就会去努力执行的人,她工作上要强,生活上也一样能把自己该做的事做好。再生个孩子,她总觉得这是自己该做的事,也许当今年代这样的念头实在老土,但对她来说,这是心有所系,势在必行。

谁知道她等来的不是孩子,是病,而且至少眼前来看,马思晴不能再有孩子了。韩梅梅的身上,她寄托了很多想象,终究一切成空。

一想到这里,马思晴眼泪便滚滚而下,悲苦得几乎要溺死在泪水中。韩晓龙拿了纸巾给她擦,根本擦不干,他把洗澡的大毛巾拿出来,堵洪水一样堵在她眼睛旁边:"这就是最好的结果了,你知道你在里面的时候我有多怕吗?思晴,思晴姐……"韩晓龙低声喊她,这称呼自从他俩结婚,再也没用过了,他叫了,博她一笑。马思晴真笑了,带着眼泪,可是接着哭得更厉害:"怎么办,晓龙……我想要女儿……我还想生……"

"哪有你这样的啊,现在女的都不愿意生,你还哭着喊着想生!不要,我可不要。有一个淘小子都受够了,我可不想再给孩子擦屁股了,你没事就好了,等你好了,咱俩把小步拉扯大了,将来往大学一送——我带你旅游去。我还没跟你出去玩过呢。"韩晓龙专门挑宽心的话说。

越是这样,马思晴越听不下去:"你为什么不打我,不骂我?为什么要对我好?你对我好,才是害了我了……我总觉得对不起你,欠你的,我还不起……"

"那你更得好好活着,好好还给我!"韩晓龙听不得这种话,"你怎么这样啊,一场病而已。得病了咱就治,这也不算特别大的病。你看看那些连手术都没法做的,再看看那些手术费都出不起的,咱算是好的了。思晴,你别哭了,你平安出来我好高兴的,我还买了花。这里的花要298元一把,你说多贵啊。以前我都没给你买过花,这次给你补上。"

马思晴心想,这应该是哑巴妈妈从小到大,给她耳濡目染的自卑感,一到绝境,就会歇斯底里大发作,她总觉得自己不配别人对自己好,总觉得别人对自己好了,自己就得肝脑涂地去回报,就像前男友,那么优秀的人对她紧追不舍,体贴入微,她也就全盘相信了人家,肯跟他去住在他家里,提前当了别人家的儿媳妇,连孩子都愿意生。可是他把她抛弃了,抛弃一次,她就四分五裂,靠着马小步她才厚着脸皮活下去,转回一口气,看看两边的老人,看看孩子,马思晴再也没有退路。

可是,明明杀出一条血路了,什么都好了,为什么要得病呢?难道说,就是因为我配不上韩晓龙,我对不起他,所以我就活该生病吗？那对不起我的人，他怎么就活得好好的？

自从知道得病，无数个念头就在心中打转，折磨马思晴的并不仅仅是病灶，癌变的部位可以切除，但她心里的这些纠结，并不是一刀割除就能了结的。

韩晓云带着哑巴妈妈，吴大北开着车，三个人一路到了省城医院。哑巴妈妈一看女儿躺在病床上，脸色惨白，整个人在床单下面是薄薄的一片，当即泪如雨下。她哭都没有声音，然而这样的哭更是惨切。韩晓云一边自己流眼泪一边给哑巴姨擦眼泪，还不敢靠太近，怕别身上有病菌传染给病人。

"思晴，家里都挺好的，小步也挺好，他就是想你。你慢慢养着，等过两天你坐起来，跟他视频聊个天什么的。你福大命大，发现得也早，这已经是特别好的情况了，对不对？"韩晓云知道自己这套说辞有气无力，但不这么说下去，她也不知道还能干什么。

"靠你了，韩晓云。"马思晴流着眼泪，看着妈妈，前所未有地说着求情话，"我要是不行了，你就是小步的亲妈，我求求你帮着把他带大吧，他最喜欢你了，你可别嫌弃他……"

"你这是怎么了，专门说丧气话。"韩晓龙不爱听这些，这也是摆明了不信任他。

"手术都做完了，接着就是放化疗。你现在都到了康复痊愈阶段了，怎么还自己咒上自己了？不像话！你好好养病吧，我可不怕你多心，家里外面没有你不行的，一摊摊的事烦死我了，你可别想撒手不管。还有小步，现在大字水平不得了了，我还要给他报个培训班，等着你参谋呢。"韩晓云边抹眼泪，边数落马思晴。

哑巴妈妈给女儿比"加油""你最好了""我爱你"，马思晴看着妈妈瘦了许多,心如刀绞,两只手颤抖着,却什么也比不出来。

吴大北把哑巴阿姨搀扶出去了,老人家受这种刺激实在不应该,可是你不告诉她女儿哪儿去了,她也不是马小步,拿点玩具和炸鸡就打发了。她坐在肿瘤医院的长椅上,看着周遭来往的人群,还有一闪而过白被单蒙着头的病床,哭成了泪人。吴大北坐在一边,心里想:这里没什么变化,跟妈妈走的时候差不多,只是那时候我没有让我妈住上单间,她受苦了。

我们往往把肉体的感受看得无足轻重,而精神上的感受又太过夸张,所以很多人发现自己生病时为时已晚,然而平素看着没什么的一点点小事,却总能摧毁一个人。韩晓云从省城返回,先跟爹妈汇报马思晴的病情,二老担惊受怕,带着孙子,一边还得留一只眼睛看着亲家公那边,短短几日就备受煎熬。

听说手术成功,松了口气,然而韩妈妈就嘀咕:"不能生了吧,病在那里,肯定是不行了,唉……这是怎么搞的,晓龙也真倒霉,这可怎么好了。"

韩爸爸算是看得开:"回头去派出所把不不的姓改了,本来就是咱们家的人。"

马小步从楼下飞奔而下:"姑姑,你回来了,爷爷,什么改姓,咱们家人都改么?那我想姓丁,好写。"

等他知道是把马改成韩,嗷嗷直叫,坚决不吃这个亏,毕竟也是会写字的人了,这笔画多少还是一看就知道的,按他的想法,不但他想姓丁,全世界的人最好都姓丁,造福人类,不然写起来那可要麻烦死的。

"奶奶你哭什么?是不是我不乖啊?"马小步很奇怪奶奶一脸愁容眼角有泪,一问把奶奶问得更没法说了:"你最乖了,这几天天天都知道自己写字，比上学还勤呢，唉……"

韩晓云看着阳台那里厚厚一沓"天下太平"的米字格练字纸，不知该如何安慰眼前这老的小的，只得打开手机，从松鹤楼叫来红烧蹄膀和松鼠黄鱼，自己炒个青菜，大家吃上一顿来解解愁闷。

马小步最是开心，吃饭时，爸爸还回来了。韩晓龙为了掩盖身上的消毒水医院味，还特地去铺子里换了衣服，一把把满嘴流油的马小步搂住："宝宝！"

马小步给老爸一记大亲亲，亲得韩晓龙满腮帮子的油，然而问题又不好回答了："我妈呢？怎么还不回来？蜜蜂的花还没种完么？"

"嗯，不不，你先吃饭，吃完了我跟你聊好不好？"韩晓龙还想混一混。马小步非常坚决："我不，你带我去找妈妈吧。爸爸，我想妈妈，我好想。"说着，这眼泪就在大眼睛里打转。

"那好吧，不不，你也是大孩子了，爸爸告诉你，妈妈生病了，在医院住院，刚刚做了手术。她也想你，但是暂时不能回来，明天我就带你看看她。有病了不怕，妈妈会好起来的。"

谁也想不到，把真相说出来的人会是韩晓龙，大家都知道他是儿子奴，但他决定不瞒了，瞒着他就没办法把他带去医院给马思晴看。

"噢，这样啊。"马小步很疑惑地看着大家，"那我就去医院呗，为什么你们还不告诉我呢？"

在他小小的心中，医院和疾病都很抽象，最多也就是去打个预防针，还有姥爷有时会住院，姥姥和妈妈就很忙，手术他没听说过，不知道是什么，估计也就是跟打针吃药一样吧。原来妈妈是去了医院，马小步又问："那妈妈是去生小宝宝了吗？妈妈跟我说过，我是在医院生的。"

"不是。"韩晓龙被他问得心头发痛，这是马思晴最解不开的心结，不知是不是母子连心，马小步随口一句就能说到这里。

"你妈妈不是生小宝宝，咱们家小宝宝就一个，就是你。爸爸和妈妈都不要别的小宝宝了，就要你一个。"韩晓龙拿了张纸把马小步的嘴巴擦了擦，问，"你尿尿不？"

"不尿。"马小步看着爸爸，有点糊涂。

"你不是想妈妈么？走，我这就带你走，去省城医院，看妈妈去。"韩晓龙说着把儿子抱起来，马小步赶紧挣脱下地，把阳台上一大摞练字的纸都抱起来，兴奋得结结巴巴："走！这就走！我要去看妈妈啦！"

韩家二老连声阻拦，但韩晓云什么都没说，她到厨房拿了两个饭盒把鱼肉和白饭装了起来，去院子里，隔着车窗送给了韩晓龙："到那边你热一下再吃。不不要用湿纸巾干纸巾你在路上买好。"

"我知道了。"韩晓龙又说，"那十万块钱，谢谢……姐。"

韩晓云摇摇头，看着车绝尘而去，心里想马思晴快点好了吧，不然的话她会把这一家老小都变成孤儿。马思晴自己也是习惯了被人依赖，被人需要的，这忽然一下躺倒，还要别人照料，不知是怎么个滋味。

韩晓龙以为马小步坐车会睡过去，但他一双眼睛瞪得大大的，一点也不困。晚上八点以前，总算赶到了省城医院。韩晓龙在超市里买了些东西，这才带着马小步迫不及待地跑进了病房。

马思晴睡着了，马小步想喊妈却硬生生地忍住了，他想妈妈，但眼前的妈妈太陌生，他觉得很奇怪。韩晓龙跟护工交谈了几句，知道马思晴情况稳定，也放下心来。

他让马小步坐在床边上的椅子上，别吭声，别打扰妈妈睡觉，自己去把饭菜热了，塞了几口。马小步一动也不动，呆呆地看着妈妈的脸，抱着他那一大摞练字纸，泥塑似的，从来没有这么乖顺过。

他们俩进来多少有点声音，马思晴迷迷糊糊正梦见自己在医院生下了宝宝，那红红的小婴儿，她给取名的情景，一睁眼睛，朝思暮想的马小步正坐在她对面，反而吓了她一跳。

"妈妈。"马小步声音不大，但马思晴从未听到过这么好听的声音，她也不知道哪里来的力气，把头一挺，上半身微微坐起了一点："哎。宝贝。"

马小步很小心，很小心地把自己钻进了妈妈的怀里，一点也没有碰到妈妈身上那些管子。

马思晴把孩子搂在了自己胸前，刹那间似乎所有的苦痛都已经平复，好像又回到她生下孩子的时候。我再也不是一个人，从此这世界上，有一个孩子需要我为他奋斗，我有了幸福，他才会幸福，我如果不幸，他就命运悲惨，休戚相关，血肉相连，最怯懦的人也会变得勇敢，最无能的人也会心甘情愿地献出自己的一切，这是爱，蛮荒一样的爱，代代相传。

韩晓龙看着母子俩，看着马思晴搂着马小步，苍白的脸上却透出奇异的红晕，真是赛过天下所有良药，也许就算真是到了最后关头，想必马小步一声妈妈，也会让她击退死神，全力以赴地活过来。

护工大姐看此情景不由得落下了眼泪。

门外隐约又传来了哭喊声，这是又有病人去世被推走了。马思晴用一只手按在马小步耳朵上，不让他听，但马小步身在妈妈的怀抱，旁边即便是猛兽呼啸闪电雷鸣，他也一概听不见了，干脆香甜睡过去，还打起了小小的鼾。

韩晓龙把熟睡的马小步抱到了另一张床上，跟他睡，马思晴让护工给她微微翻身，让她能侧着看见这父子俩睡着的样子，对刚刚经历过大手术的她来说，这就是最好的补品。我要你在我身边，我看到我爱的人都陪着我，我要看到你们的样子，我要永远记住这些，就为了你们，我必须好起来。

韩晓云安抚不了备受折磨的二老，以韩妈妈的性格，没发生的事尚且要在心上来往几百次，这已经发生的事，让她束手无策，抱怨命运老天又不敢，只有一遍遍地问："怎么会这样，怎么就这样了，还能怎么样。"

这些问题谁也回答不了，然而她觉得丈夫和女儿不能回答就是他们的错，有了错她就可以去斥责，因为这两个人跑不掉，也是被长期践踏惯了的。人总是走那条走熟的路，就如同她有怒气，总习惯倾倒给女儿："一天到晚不着家，在北京混不好，回家了又是成天看不见人影。还有人跟我说你跟吴大北怎么怎么了。我都没脸说你，一个司机，拉死人的，你大学白念了，北京也白去了，怎么就看上个这样的？"

要说平时，韩妈妈跟吴大北相处不错，而且吴大北一个高高大大手脚勤快干净的小伙子，天生就得长辈喜爱，韩妈妈和哑巴妈妈没少给他操心婚事，时不时就托人介绍个什么护士啦，居委会办事处新来的办事员啦，再不就谁家的拐弯亲戚。总之年轻人单身有罪，等听从老人家的好话，成双配对生下娃儿，天天跟爹妈一样当牛做马吃苦受累，那才算是合上了生活的辙。网上说话叫人生赢家，等到网下，至少爹妈以及爹妈周边都会说一声不错，是个能过日子的人。

然而吴大北从来也没把能过日子当成过人生目标，这些阿姨姑姑大婶们的好意他碍于礼貌能勉强心领——主要是他心里总想着自己老妈若还在，估计也是这么一套，累赘多余的爱，毕竟也还是爱，他越长大，越能领略到这一点。

只是到了女儿身上，韩妈妈平时的那套逻辑就不管用了，她贬低女儿，打击女儿可以，但是私心里她总盼着女儿过得比别人强，而且是要强上许多的日子。

现实总带给她太多的失望，儿子给的失望她能承受，因为儿子是家里的顶梁柱。再怎么说将来得靠儿养老，他就是屎壳郎，爹妈也得攒好了粪球给他。女儿就不一样了，女儿带来的失望她承受不了也没这个必要去承受，女人生来就是别人家的人，这是命中注定，所以她更得各种要求女儿，盼着她好好的，不然自己家还能捏起鼻子忍忍，这要是到了别人家里，遇到个恶婆婆恶姑子，那她可怎么活？

韩晓云回家就开启左耳朵进右耳朵出的神功，不是这样，她也活不下去。

女儿充耳不闻的样子，只会更激怒韩妈妈，她提高了嗓子："你以后是想怎么样啊，回北京还是待在家里啊，这么大的人了自己没个打算，什么都得让人操心……"

"妈，我每天都在工作，北京的项目也得跑，家里的事也得管，思晴还说省城幼儿园那边要添置一批教具要让我盯着给拉回来。什么叫没有打算？你为我操过心吗？我从上高中就没有用过家里一分钱，你又操了什么心呢？"韩晓云终于还是忍不过，她发现这多年来的积怨还是梗在那里,不吐不快,然而就算吐了也没什么痛快的,只有更多的苦涩和辛酸。

"啊,你这话什么意思,是跟我算账吗?"韩妈妈气得浑身发抖,"好啊,你真是长大了翅膀硬了,能跟你亲妈算钱了。你算吧,我十月怀胎生你养你,给你喂奶喂饭,把屎把尿,你去算吧。还高中就不用家里的钱,你没在家里吃饭睡觉?哪一次你回家我不是杀鸡杀鱼的……"

"杀鸡杀鱼你是给韩晓龙吃的,给我吃鸡爪子和鱼头。"韩晓云一生气,就会直接叫韩晓龙的大名,她觉得他就和她妈一样都是欺压她的人,或者说,妈妈用偏爱儿子来欺压了自己,明目张胆,理所当然。

韩爸爸听不过:"这么多年的事,你就记得鸡爪子和鱼头啊?晓云,你是姐姐,你也算是个懂事的孩子,咋能跟父母记仇?人说嫁出去的女泼出去的水,你这还没出门子,你就看不上爹娘了是吗?"

"我不想再说了。"韩晓云心冷如冰,她上楼收拾了几件自己随身的衣服,"我走了。"

"你去哪儿?你看看你,还是那脾气,说你两句你又要跑了,家里这么多事……"韩妈妈不觉口气软了。

"横竖我在你眼里也就是这点利用价值。妈,你要记住,花你的钱,让你操心的人不是我,你别再给我来这一套。家里能住我住,不能住我就回北京去。你还说算钱,算钱的话连铺子都是姑婆留给我的,你凭什么跟我算。"

韩晓云不是第一次说狠话,然而每一次这些话出了口,一样把自己也刺得鲜血淋漓。

韩妈妈真伤心了,她慢慢地坐在椅子上:"作孽,我作孽了,我辛辛苦苦生了女儿来骂我,来跟我大呼小叫的。你呀,早知道有今天我真不该生你,生你干什么呢,好多一个人来恨我吗?"

"对,我也早就这么想了,你不该生我,生我干什么,你们不是有了儿子就够了吗?多生我一个来受罪干什么?"

韩晓云走出家门时已经晚上九点了,她站在街头,一时不知道该去哪里。家乡房价也已飙升,夜景也是五颜六色灯光闪闪,街上来回开着不少见惹眼的豪车,但人还是一样,还是一样活在旧的逻辑,旧的日子里,还是一样的令人心痛,让人想转身逃离。

吴大北在桌子前面打字,他的烟没了,小说又写到关键处,一时在继续写还是出去买条烟之间卡住了。他纠结了一阵子,起身绕过旁边的黑房间,推开大门,进了小院,韩晓云把他吓了一跳,她正在他院子里那堆旧家具旁边,一把破椅子上端端正正地坐着。

他转过去看看她,想问问她怎么了,但她没有让他开口。他在碰到她的嘴唇前忽然有退缩的念头,害怕自己烟味儿太大,但她也没有让他退缩。

身体从笨拙,僵硬,到灵活自然,用了很长时间,他一直把手放在她的脑后,用手指轻轻抚摸她的头发,那头发的一侧,慢慢被泪水浸湿,他知道那眼泪不属于他,体会到了嫉妒的酸涩。韩晓云的眼睛一直越过吴大北的肩膀,看着虚空,她觉得有几个瞬间,她看见了高家杰,似乎他已经离她很远很远,她在切断跟他之间的联系,肉体上的,她舍不得,于是她抱紧吴大北,哭了。

凌晨三点,吴大北的电话响了,他摸索着去接,又怕碰醒了韩晓云,其实她也醒了,只是没动。

"医院的吗?"她问。

"嗯,急诊那边,好像是个大夫没了。"吴大北快手快脚地穿好了衣鞋,回头一看韩晓云也起来穿戴好了:"我跟你一起去吧。"

"也行。"他出门时从厨房拿了两瓶矿泉水,递给韩晓云一瓶。韩晓云还是第一次在这个时间段出去,头脑清醒但身上觉得冷。吴大北开车,一只手四处乱翻,总算摸到半包烟,他点上一根,才开始好好地整理眼前这点事。

那位医生发烧几天,还坚持着上了手术台,大手术做完又忙了一天,加班到深夜。同事们买了夜宵,喊他一起吃,却发现他趴在桌子上不动了。诸多急救好手一拥而上,然而,怎么也没能把他救回来。

苦学十几年才能造就一位好医生,每个医生不知有多少治病救人的经验,但眼睁睁看着自己的好同事就这么走了,毕生所学都没派上用场,也实在让人承受不住。

医生年轻的妻子刚出月子,谁也不敢告诉她,只有头发花白的老父亲过来送他。吴大北和韩晓云站在角落里,周围医生们都在抽泣。老父亲颤抖着摸了摸儿子的脸,把自己的脸在上面贴了贴,说:"器官……还有角膜,有用的,你们就拿走吧……我也是医生,我们学医的人……学医的人……"

他们没拉到遗体,吴大北和韩晓云跟着医生们一起鞠躬,送别这位三十岁的大夫。他刚做了父亲,孩子连爸爸还不会叫,就永远失去了他。

回去时天色亮了,吴大北在早点摊前面放慢了车速:"吃饭不?"

韩晓云心情沉重,却说:"吃,我想吃豆花。"

这街上人来人往，世间生命起了又落，可我们总是要吃，总是要爱，总是要把不能忍受的忍下来，若无其事，把日子继续过下去。

第六章 何去何从

四线城市里最好的品牌店,都在市中心,最豪华的写字楼,最大的商场,一般紧紧相连。韩晓云对穿衣向来不讲究,经济独立后省吃俭用买房子,也讲究不起。眼下北京和家乡两边跑着做项目,收入陡增,她那套万年不变的套装也穿得次数过多,眼看着要淘汰了。

她打车去了市里,路过童装店先给马小步买了一套,上面有他喜欢的小汽车图案。接着去了商场里面,到了中老年专柜,想了想,叹口气,还是给爹妈各买了些衣服。

韩晓云记得自己大学时打工给爹妈买过衣服,被老妈兜头兜脑地骂,因为那时韩晓龙在坐牢,他们出门走躲着人走,穿新衣戴新帽是烧包给谁看,还嫌家里不够晦气,不够丢人现眼?她自己也是起早贪黑,平时做家教,周末做促销,连手机卖场亮闪闪的小短裙都穿过,辛辛苦苦挣来一点血汗钱买衣服送给爹妈,不想换来的不是笑脸,是老爹在一旁唉声叹气,老妈给你一通臭骂。她想都没想,把那些衣服抓回包里,背起就走。回北京退了货,换回钱,六百多,她还记得。薄薄的几张钞票抓在手里,分外寒心。

时间是过去了,心里却是过不去,家就是你心里永远过不去的地方。不管怎么破败，寒酸，老土，不管怎么让你哭，让你难过，让你发誓要逃得远远的再也不回去，但你有一部分永远被拴在那里，牵动心房。

她自己买了套装，下装裤子和裙子各一，纯黑，上身后觉得自己是死亡女神附体，然而，操办葬礼的人，穿别的也不合适。还有一件黑白条纹的连衣裙在旁边，打折，背后有一处小小脱线，她也买了。

提着好几个手提袋出门，迎面就被一人撞个满怀，那人赶紧道歉，帮她把东西拾起来，一照面，韩晓云觉得此人面熟，那人愣了愣："韩小姐，我们见过。"

"啊，您是……是不是那天跟冯老师一起的先生？"韩晓云有印象，因为此人样貌俊雅，算是一位美男子。

"好记性，对，我叫卫家敏。"他温柔一笑，却没有要走的意思，反而发出邀请，"韩小姐有空吗？我请您去那边店里喝杯咖啡。"

咖啡店装饰精细，风格典雅，卫家敏直接把韩晓云带到一个隔间，里面像个书房，有一壁满满的书墙，落地玻璃窗可以看到窗外绿茵草地和蔷薇。

"这店装修得真好。"韩晓云坐在沙发上，看看四周，由衷赞叹。

"真的吗？是我设计的，您如果有需要，可以找我。"卫家敏没有吩咐，服务生送进来美式咖啡和热柠檬水，问韩晓云还需要什么。韩晓云说可以了。卫家敏跟服务生低语几句，没一会儿送来了一块小小的蓝莓蛋糕。

"明白了，您是老板。这店是您开的对吧。"

"韩小姐是聪明人。"卫家敏喝了口咖啡,侧头看着窗外,有话想说却又沉吟。韩晓云喝了柠檬水,吃了蛋糕,不打断他的思考。没话可说时,务必等着对方先说,干久了服务业,她培养出了对人的耐心。

"我也是冯老师的学生。"卫家敏忽然一笑,看到了韩晓云眼里小小的惊讶,"对,她的奖学金是指明专门扶助贫困女生的,但是我的名字那一年恰好被搞错了,连宿舍都分的是女寝。那天我把行李搬进去,等着新同学来,结果来的女生一看我在里面,都说对不起走错了。这四五个人都走错了,在外面找宿管老师,我才明白过来,原来只有我是错的。"

韩晓云跟着他一起笑起来,卫家敏笑起来像晴天微风拂面,让人心旷神怡。

"宿舍纠正起来容易,奖学金发出去,就没有要追回的道理了,冯老师也说既然我的成绩和家境都符合条件,男生就男生喽,也没什么,等以后如果基金经营得好,应该是男女学生都一样受惠的。"

"您才是记性好,这些话都能记住。"韩晓云真心觉得难得。

"你不会懂我那时的心情,穷人家孩子前途茫茫,总算有了个出路,又是个乌龙,万一真被收回,我只能去工地当苦力。我父亲就是这么死的,他从三十楼高的脚手架上摔下来,一路还喊着让别人让开,怕砸到人……所以入学那天的事,每个人,每句话,我都记得清清楚楚,永远也不会忘记。"

卫家敏身穿衬衫西裤,着实俊朗,任谁也看不出他有这样出身。

他永远记得那天窗外阴暗闷热,他战战兢兢地走过长长的走廊，进了冯老师的办公室，那栋宽大的办公室上钉着她的名牌，本校本专业，乃至整个行业，她都是位名人。然而他从未想到过，办公桌后面的老师如此年轻秀丽，看着他那局促不安的样子，也带点尴尬地笑了，还给他倒了一杯温水，让他别怕。

"虽然家里的条件不一样，但你们现在在学业上的起点是一样的。"卫家敏说，"这是冯老师当年鼓励我的话，我也就从那个一无所有的起点开始，走到了现在。我的主业还是做室内装修，经常要跟客户谈事，总在办公室也觉得闷，就开了这家店，也时常组织我们校友聚会，行业里的学弟学妹，没来过我这儿的是少数。"

"那您找我，是跟周淑贞，周总一样，想打听冯老师的事吧？"韩晓云试探着问。

"不。"卫家敏略有诧异，"我不打听更不会干涉老师的决定，无论冯老师做什么，我只有无条件地支持，尽我所能，无论人力物力，尽我所有。因为这一切本来就是老师给我的，何况老师从来没有跟我提过任何要求，这也是我一块心病了。"他又沉吟了一下，"我其实那天在酒楼上就想跟您说这事儿了，是我的一个……客户，不，朋友，她……"

这话很不好说，但韩晓云毫无防备的情况下听过冯老师说办活人的葬礼，也就神色淡定，不觉得卫家敏说出的话有什么突兀了。

"她有只宠物，多年陪伴她的老狗，一个月前就火化了，她还买了墓地，要给他落葬。但是这种仪式，没有人知道该怎么办。所以，正好我想请问一下，您这边不知道能不能接这样的业务。"卫家敏看着韩晓云，瘦削，坚定，上身微微前倾认真听人说话，有她的职业态度，这样的人，应该是个做事的人。

"当然可以，本店经营殡葬业务多年，物料流程都现成，而且人性化服务可以上门，提供包车服务，客户有什么要求都可以具体谈。多谢您卫总，谢谢您给我介绍工作。"韩晓云滔滔不绝流水似的说出一套来，心说自己现在这么油滑连王雨诗都得甘拜下风。

"韩小姐年轻有为，从事这个行当其实前途无量，世人总是避讳死亡，总觉得死不吉利，晦气，所以这行业缺少真正的优秀人才。但人谁无一死，丧事上哪一家的人不舍得花钱？依我看，这才是最好的生意。"卫家敏说起生意经，虽没有中年男子常见的油腻，但韩晓云还是觉得刺耳。

她正色道："我们没有当成是生意在做，有机会能送逝者走完最后一里路，这是人与人难得的缘分，接生，送葬，人有来处有去处，总得有人陪着，陌生人也算是亲人了，虽然最后都是一个人上路，但我们就是最后的旅伴，不让他们孤单。"

"好，真好。"卫家敏笑笑，并没有被她的话打动，而是赞叹地说，"这么多年来，我看到，但凡能在生意里升华出情怀来的，还没有不发财的。韩小姐我看好你，以后有空请赏光，让我介绍几个做投资的朋友给你认识。"

"谢谢卫总，以后再说吧。"韩晓云起身告辞。卫家敏通常遇到女客大多为他魅力倾倒，富有情调的咖啡店里一坐几个小时都不觉得厌倦，想不到今天这位居然目不斜视，一时之间他竟有点手足无措。

出店门卫家敏加了个韩晓云的微信，又问要不要送她回去。韩晓云立即谢绝，打车就能解决的事，何必欠人人情。就在此时，背后有人笑了一声："卫家敏，你也有吃螺丝的时候，头一次见着你在女生面前卡壳喔。"

周淑贞笑得幸灾乐祸，美人的笑容自带感染力，差点惹得韩晓云跟着一起笑起来。卫家敏一看是她，悻悻地叫了一声："师姐。"

周淑贞斜眼看他："你又出什么新招数了，怎么现在年轻的你也能下手了，你不是偏好上了年纪又有钱的吗？"

"胡说，我跟你解释过，干装修这行当本来就是遇到的女客比较多，你不敷衍客户？你不让客户高兴，谁会白给你钱养着你的公司啊。"卫家敏跟她一斗嘴，不知怎么流露几分稚气，适才的奸商嘴脸荡然无存。

"周总，卫总是介绍客户给我，我有事要赶着回家去，您可别误会。"韩晓云心说有话不当面说清楚，可别酿出无端是非，眼前这一对男女外形出众，渊源甚深，搞不好是一对欢喜冤家。

"哼，你别理他。"周淑贞说着挎起她的胳膊，"咱们走，你到我办公室坐一下，我还有事跟你说。小鹿，不许你多看他一眼，不许你叫他师兄，不许你理他。"

周淑贞头也不回带着韩晓云在前面走，后面小鹿满脸绯红，花痴一般看着卫家敏，低声叫了一句："师兄。"卫家敏尴尬一笑，小鹿顿时如沐春风。

一物降一物，卫家敏见了周淑贞就像老鼠见猫，极力镇静却掩不住诚惶诚恐，小鹿看见他就像老鼠见了鼠夹上的奶酪，明知不可吃，架不住嘴馋。男女大防，从来抵不住七情六欲。

"周总，我看您应该是师妹吧，怎么还成了师姐。"到了办公室，韩晓云找了句闲话逗趣，转弯赞美周淑贞年轻。周淑贞一笑，给她倒了杯茶："本科我们同届不同班，读研他比我晚一年。我们……也交往过一阵子。"

一听这话，韩晓云立即转了话题："今天天气不错，不像预报说的还要下雨。冯老师最近还好吧，我又去了一次松鹤楼，没见她来吃早饭。"

说起老师周淑贞心情沉重："老师去了一趟医院，现在坐轮椅了，出行不便，我每天都去看她。"顿了顿，她又说，"卫家敏也是。再有多少不好，他对老师都是全心全意的。"

跟周淑贞商定了冯老师的师生聚会各种事宜，出门时已是傍晚。小鹿送韩晓云回去，她脸上始终带着淡淡的少女红晕，散发恋爱般的喜悦。

"我这样是不是很蠢。"小鹿忽然问她。韩晓云想了想，决定还是不装傻："不，喜欢就喜欢，也没什么，别人知道就知道，也没什么。"

"就是，就算他不喜欢我，也没什么。"小鹿一笑，轻轻吹着口哨，不知是什么年代的一首情歌。韩晓云看着她欢天喜地背后若有若无的悲伤，不想多说一个字。人当然可以喜欢不喜欢自己的人，这一生说起来并不长，我们的自由也少得可怜，喜欢，或者不，至少这是自由的。

店长做事勤谨，说收拾出店旁边破败的铺子，就真的赶着收拾了出来。跟吴大北一人一辆车，跑了半天，从纸品厂拉了许多货过来。正赶上一户人家大办丧事，现成的花圈花篮纸人纸马，一下就去了一半。

走的是一对老夫妻，男的99，女的98，生了十个儿女，好家伙，上百人的大家族。吴大北跟韩晓云说时咂嘴："啧啧，而且个个有出息，有做了省里的干部的，有经商发了大财的，还有中学校长,大队支书,孙子里好几个读了博士,曾孙都上大学了,不得了。可是他们也哭得伤心,说大树枝繁叶茂,这一下是树根没了。"

"是啊,就算人活百岁,走的时候亲人还是免不了伤心,还是觉得他们不该走。"韩晓云换了那条条纹的连衣裙,后背上小小脱线,露出一小块皮肤。吴大北看见了,伸手按了一下,想盖住。韩晓云一扭:"干吗?"

吴大北翻出一个小小订书机,把车停下,自己下车关门,隔着窗户说:你把衣服后面钉一下。

韩晓云没想到单身汉这种权宜之计算是好用,钉一下严丝合缝,至少不会露肉。等她下车扫了一眼吴大北的衣服,他更好,把衣服边都明晃晃地钉上一块,不知道的还以为是时尚又有新潮流。

破败的铺子一拾掇,整齐利落许多,韩晓云把一些幕布物料堆得高高的,铺平,去附近商场买了套被褥枕头回来,往上面一放,安营扎寨。

一起买的还有一个小小针线包,她缝完了自己的衣服,把吴大北按住坐下,拆了他那几个钉书钉,几下缝好。吴大北老老实实不敢乱动,着实怕这针别扎到自己身上,依着他还是订书机钉好,不用麻烦劳动女生针线,平添不必要的心乱柔情。他想跟她要个赖,晚上留下不走了,但既然她也没说,他就干不出无赖的事。

晚上,吴大北回家去,把自己写了快一年的小说结了尾,发给了一个编辑,那个编辑正好在线,抱怨他写得太长又太文艺。

吴大北说:"爱要不要,我告诉你,以后想要还没有了,老子要谈恋爱去了。"

吴大北有一切文青的通病，心里想的是最狂热最有力的，等写出来已经打了四折，到了说出来就成了水上的气泡一戳便破，勉强到做的层面，磨叽得连普通人都不如，白白辜负半肚子的墨水，乌贼吐出来还能黑上一大片，人么比不上乌贼。

韩晓云一点也不客气，诧异了一下就直接说："你这么黑，还穿个白衬衫？"

男为悦己者容和俏眉眼做给瞎子看，两句话同时生效，吴大北只好搬出熟练使用的面具，做满不在乎状："你也不是白天鹅。"

韩晓云没空搭理他，趁着这开车去省城的时间，把宠物葬礼的流程写了下来。卫家敏介绍的客户着实有名，服装设计师夏美娟，早早就创办了自己的公司和品牌，虽然年过半百，但人家健身，走台，一场场的秀办下来，如今又成了行业里少见的老年模特。

但韩晓云搜过她的新闻，跟她的业绩一样有名，第一任丈夫离婚时拿走了公司，至今还在给他生金蛋，第二任丈夫争夺孩子抚养权跟她闹上了法庭，到底她把北京的一栋豪宅给了他。女儿从小美貌聪明，是个综艺小明星，母女上遍了各种亲子节目，接各种代言，估计离婚里失去的财产，一个月就全盘赚回来。然而女儿要参加高考前的演艺培训班，却在省城去北京的高速上出了车祸，车毁人亡，被火烧得如焦炭一般。

后来夏美娟的新闻全是恋爱，试管婴儿，冻卵之类的，看得出她非常想创造奇迹再生一个，奈何世界上总有些事，有钱也弥补不了。

看着夏美娟在新闻图片里依旧风姿楚楚，打扮得体，韩晓云莫名想起了周淑贞讽刺卫家敏的话:你不是偏好又老又有钱的吗?现在琢磨这话大有酸意,因为夏美娟并不是有钱老女人那么简单,她有自己独特的美。

两人先是到了省城医院,韩晓云在楼下买了一大把花,吴大北跟在后面付了钱。韩晓云说等一下我转账给你。吴大北没说话,假装没听见。

马思晴的病房里有种居家气氛,韩晓龙回家一趟还给马小步带了换洗衣服、书本和玩具。眼看着马小步写的"天下太平"又有一摞纸了,他欢叫:"姑姑,大北叔你也来啦?"

"怎么了我来不行啊?你个小臭蛋。在家那么淘气,这几天看不见了还有点想。"吴大北捉住马小步,胡撸他的后脑勺。

"我也想你。"马小步看到了妈妈心情大好,嘴巴也比往日甜。吴大北一听大受感动,但嘴上不承认,脸一板:"想我干吗,想我打你的小臭屁么?"

马小步哈哈大笑:"我现在可香了,不信你闻闻。"

韩晓云看看马思晴,气色比入院前好,人却又瘦了,马思晴勉强地给她笑着:"又来看我,家里那么多事你不忙吗?"

"省城有个活儿我过来见见客户,捎带脚的事,等一下我给你拉教具去。你这还得再养养,瘦这么多,身体吃不消吧。"韩晓云有点担心。

"我没事。医生说在好转呢。我还庆幸没打激素,听说一打就胖,跟肿了似的。"马思晴说话也有点有气无力,但她不再像手术前那么焦虑了,整个人听天由命,透着淡定。

韩晓龙过来给韩晓云倒了杯水,低声说:"就快要化疗了,唉……"

"你别怕,我没事儿的,我能挺过去。"马思晴看了看他,眼睛里全是柔情。

"嗯,你肯定行,家里也都挺好的。"韩晓云面不改色地说着谎话,但她总不能去告诉病人,老人们何等忧心如焚,病的病倒的倒。

"我知道,幸亏家里有你。晓云,我真是很感激你,也不知道怎么报答……"马思晴的话让韩晓云觉得不吉利,赶紧打断她:"什么话,咱们是一家人。思晴,你别想太多,要想就多想想不不。这小子不愿意去幼儿园,怎么也得把他弄去啊,要不上小学了,怎么适应集体生活?"

"我知道。我这边的幼儿园刚评上省一了,就是一级一类幼儿园,今年他也大点了,不像去年,怎么也得把他送去。"马思晴一说起儿子的前程学业,立即滔滔不绝。韩晓云看她又恢复了一点往日女强人的气派,心里很高兴,人不怕病,怕的是自己把自己吓倒了,没了念想。

"我去。"谁也没想到马小步来这么一句。他瞪着大眼睛,很认真地说,"我要去上学,我要好好写字,好好吃饭拉臭臭。我会很乖的,我很乖,妈妈就不会生病了。妈妈你不要生我的气,我也不会惹你生气了。"

马思晴抹去了眼泪,强笑着把他搂住:"妈妈不是因为你生病的,是因为你,病才好了。有了你,妈妈才更有力气。你很乖了,你没有不乖……"

韩晓云和吴大北开车去拉教具,给马思晴的两家幼儿园送去,那里场地硬件都很不错,门禁森严。吴大北嘀咕着说:"小步这家伙,在这里念书看来也不错。"

"谁知道呢。"韩晓云不禁替侄子操心,"他呀说得好听,等到在陌生的地方吃饭睡觉,看他愿不愿意。"

"反正愿不愿意,人也都是要长大。就像……"吴大北没说,但是韩晓云知道,就像你和我,就像我们一切人。

夏美娟的别墅占地一亩,省城建筑学院的精英建筑师们均有贡献,才打磨出这栋上过杂志的"夏屋",卫家敏负责的是室内装修,历时两年,成双人对,作为夏美娟诸多绯闻男友之一,声名远播,倒是也给他的公司带来许多生意。寂寞,爱美,追求起居舒适的女客户,永远数不胜数,卫家敏也永远不用为钱发愁。

落地长窗旁边白色丝绒沙发,窗帘是繁复精美的米白蕾丝,长长坠地,风一吹微微荡起。窗外巨大的芭蕉树叶遮住阳光,满眼浓绿。坐在这里,只觉得浮生若梦,而这梦最好不要醒来才好。

夏美娟本人比照片更美,照片不能捕捉她这种慵懒中自带风情的姿态。在家她没有浓妆,半长卷发衬着尖俏的下巴,眉目如画,远比实际年龄年轻得多。

"韩小姐,我看了你发过来的流程,这么短的时间里能拿出完整的东西,有心了。"她的声音清脆甜美,不见面说是少女也不为过。

韩晓云不敢怠慢,欠着身子说:"夏老师过奖了,我只是边做边学,每个项目都是以当事人为主,要满足人的心愿才是我们该办的事。所以来见您也是想了解一下,看看您具体的要求是什么。"

夏美娟不由得上下打量了她一番,笑了:"天下哪一行不是边做边学,能听你这么说出来还是挺痛快。来,我带你去看看念宝。"

地下一层是视听室，巨大屏幕上，一只大金毛叼着球呼哧呼哧地跑过来，眼巴巴地看着主人，嘴巴咧着，像极了一个微笑。

"你看，这是他小时候。"夏美娟深情地看着屏幕上那只小小的奶狗，"我女儿出事后，我不想活了，每天躺在床上，不觉得渴也不觉得饿，朋友们来看我，安慰我，我听不进去，直到念宝来了……他生在宠物医院里，妈妈被领养走了。他一到我的床上，就四处嗅，爬，找奶吃。我女儿出生的时候，就是这样的，特别黏人……我起来给他喂奶，给他处理屎尿，给他缝了个窝，缝了被子褥子。有一天晚上，我伺候完了他，回了楼上，你猜怎么，我就听见有挠门的声音，一看，他自己哼哧哼哧爬上了楼不算，还叼着自己的小被子……是来赖着我，要跟我一起睡，呵呵，这小傻瓜把我当成妈妈了……"

韩晓云静静地擦掉眼泪，用平静的口吻说："他很聪明，才会认妈妈，我想，对他来说，这一生过得很快乐也很值得。"

"值不值得，谁知道呢？我没有冻着饿着过他，不在家也有保姆带他散步，给他洗澡，可是他不管多晚都在门口眼巴巴地等我回来，一看我回来了就兴奋得浑身发颤，往我的怀里钻，那么大的个子了还撒娇，还把自己尽量缩成一个小团，好让我能搂住他。"

屏幕上光影变幻，夏美娟看着屏幕上狗狗的各种片断，眼神黯淡："我经常出差，工作，我也会恋爱，我还想再生……每次做试管失败了，我回到家，一个人哭的时候，念宝都陪着我哭，把他的球叼给我，用头拱我，那是他最喜欢的玩具，他想把玩具给我玩，让我开心一点。我有一次去法国，住了一个月，差点在那边定居，就是视频上看到念宝，他瘦了，对着镜头流眼泪，我实在受不了，又飞回来了。在机场他就飞奔过来，站起来抱着我呜呜哭，保姆说他吃东西越来越少，后来都不怎么吃了，看医生说他有点抑郁，想我想的。我一回来，走到哪里他就跟到哪里，连我去洗手间，他也在门外坐着，生怕我又不见了。

"他真是用了一生来爱我，但他只活了十三年。后来他病了，老了，做了两次手术，第二次差点就活不过来了，是我不断地叫他的名字，他才努力睁开眼睛，舔我的脸，他是不放心我一个人，要一直陪着我。可我不是每天都陪着他，我不在的时候，他就一直在等着我。后来的两周里他应该是很痛的，但他都忍着，眼睛跟着我转，我们还是玩那个球，但他跑不动了，就用嘴巴推给我，我再推给他，我们一玩就能玩很长时间。

"你知道念宝是怎么走的吗？那几天，你看，就是这个时候，他状态好多了，甚至有几次还自己站起来了。我觉得是好兆头，自己也回楼上梳洗了一下，结果，又听见了挠门声。我以为是自己年纪大了，幻听，因为念宝不可能爬到楼上的，可还是有挠门声，我过去一开门，念宝就跟小时候一样，叼着他的球，颤巍巍地站在门口，他又来找妈妈了……我知道，他也知道，这就是最后的告别了。我坐在地上，把他搂在怀里，用我的裙子盖住他，看着他，他也看着我，到了最后了，他还在担心我，担心他不能陪我了，我会多么孤单和寂寞。我更担心他，他一个人上了路，到了那边，会不会也有人疼爱他，陪着他玩，给他买好吃的……"

"会的，夏老师，好的，善的，不管是人还是动物，只要是好的生灵，一定都会有个地方让他们幸福地活着。"韩晓云说这话的时候，自己也情不自禁地相信了。

"嗯，如果真的这样就好了。"夏美娟按了遥控器，关了影像，开了灯,她的脸在灯光下才露出一点真实的年纪,"但愿如你所说,那么我的女儿念念,还有念宝,他们会在天上认出彼此,将来,我也会心无挂碍地过去了,跟他们团聚。韩小姐,你怎么还哭了,不用哭,人人都会有这一天的。"

夏美娟一滴眼泪也没有掉,她脚步轻盈,带着韩晓云上了一楼客厅,确认若干细节后,直接支付了定金给她。"合同下次再签吧,我相信你。"夏美娟平静地说。

"您这样……不怕被骗么?"韩晓云不由得多问了一句。

"被骗?呵呵,我被骗的也只有钱了吧,幸好我不是缺钱的人,骗我又能怎样,再说,你花费宝贵时间,听我说这些闲话,为我的念宝掉了眼泪,这也是你的付出。"夏美娟一笑,这笑容凄凉得像风里的落叶。

一直回到省城的店铺,韩晓云才觉得自己缓回劲儿来,夏美娟孤零零的身影和她那所巨大如庄园一般的宅子,压在她心头沉甸甸的。吴大北下车给她买了杯奶茶,甜腻惊人,她喝了一口就再也喝不下去。吴大北接过来也喝了一口,咧咧嘴,路过垃圾箱时赶紧扔了。

省城的店长小林这次是真的苦瓜脸:"韩总,真是想不到,您还记得上回喜丧的老爷子么,打麻将那个?对啊,本来就说他的事太好操办了,我们也大意了,结果就在席上,他的一个兄弟跟他的孙子打起来了,争房产。哎哟别提了,都惊动警方了。警察可也真有两下子,还在宾客里抓住俩逃犯。我们都被带去问话了,这叫什么事儿啊。好在这几天生意不错,还有人是听说咱们家操办了熊总老太太那档子大买卖,专门过来找的。我们再也不敢不多加小心了,凡事多问问,多打听打听,准没错。"

韩晓云简单把夏美娟的事跟小林说了说，小林啧啧称奇："这有钱人真够可以的，有些人家，那买个骨灰盒都精打细算比价钱，看看人家，一只狗也风光大葬……"他看了看韩晓云的脸色，把自己的议论咽下去了。

要布置场地，有些木料和背景布用得着，韩晓云找了卫家敏，卫家敏听说是给夏美娟办事，立即说了个地址，让韩晓云去那里拉材料。

"钱？不用钱的，那边的装修是我承办的，废料本来也要处理走。韩小姐，你能想到我，我很高兴。"卫家敏说出这话非常自然，然而自然中额外有暧昧的感觉。

"谢谢卫总，您那边还有什么废料处理，我一起给您办了，不然不出钱还不出力，实在有些不好意思。"韩晓云也客气了一番。

小林买了几个盒饭，韩晓云跟吴大北也吃了，门口有个流动的摊子，玻璃柜上贴着大红字"五香狗肉"，韩晓云看了一眼，再也吃不下。她把盒饭拿到铺子后面的绿化带，那边有几个餐盒，有食有水，是附近店家们专门给流浪猫狗准备的。

她把那盒饭菜简单分了下类，带辣的倒了，剩下的放在了餐盒旁边，不一会就有一只瘦瘦的流浪狗畏缩着过来，看看她，她点点头，说："吃吧。"那狗儿吃得整个头都埋进去，只剩下尾巴在外面摇。

铺子旁边就是仓库，他们拉回材料时已经傍晚了，吴大北和小林扛着东西，一一放好。小林说这种架子根本不用花钱买，我有工具，等我们哥几个晚上加个班，一会儿就弄好了。韩晓云说咱们家乡还是这传统，能省就省了，能自己做就自己做了。小林说那是，跟大城市咱比不了，从古到今咱们比个能省钱能吃苦呗。

一整天下来吴大北那件白衬衫已经变成灰衬衫,他叼着烟,解开了几个扣子想凉快凉快,看一看韩晓云,又把扣子系上了。韩晓云知道自己也没好到哪里去,这些天来她累得有些脱力,但偏偏也有种莫名的亢奋,跟在北京时的郁闷消沉完全不一样。

回到家乡,就好像过去的一小部分自己又从身体里浮现出来,小蛮丫头,韩晓云想起吴大北说自己的话,看他开着车的侧脸,觉得他说的也有几分对。人生不靠着一股子蛮劲儿,她活不到今天,也许早在少女时期就悲观失望死了,毕竟人死是这么件容易的事,随时随处可见。

签合同的时候,韩晓云带了一大把百合给夏美娟,夏美娟送了一条裙子给韩晓云,质地挺括,米白色。

"你还年轻,该好好穿衣服,别让衣服把人穿坏了。"夏美娟化了一点淡妆,更加美艳时髦,中间来了几个电话谈事,她又有广告要接了。

"夏老师,我也想向您请教,这……是怎么做到的?如果,换了是我,我可能就真的不行了,就得倒下去再也不想起来了。"韩晓云头一次说出真实想法,这些日子她驱动自己就像驱动着机器,知道已经没油了,零件也摩擦着发出咔嚓咔嚓的响声。但是向前走,不能停的指令在一直发出,让她站起来走动,做事,完成漫长的一天之后,又是另一个漫长的一天。

夏美娟坐在沙发上,回完了信息,抬眼看着韩晓云:"也许明天我就会死,谁知道,那今天我就更要好好地活。有时我会想到我的女儿,我的狗,也想偷个懒,回去跟他们团聚,可是,我又觉得他们从来没有离开过我,是换了另一种形式陪着我。我们那么相爱,他们也不会舍得让我那么难过。你爱过,被爱过,你就不再孤单,就会有勇气活着。我就是这样。有人说我命苦之类的话,我从来都不信,我得到的爱,我享受过的感情生活,可能一分钟就像别人的一辈子。从小我就不接受平庸,生活跟衣服一样,是要由我自己来设计,来制作,穿在身上,专门美给别人看,给自己看。韩小姐,我已经不年轻了,人生如果像是在爬山,我也差一点就要爬上山顶了,但我既然活着,我就要努力爬,努力不让自己停下脚步或者退回去。放弃实在太容易了,人不能总是做容易的事,我不想偷懒。要说这就是打仗,那我不想输。"

韩晓云道别时,穿上了那条米白裙子,她留意自己的步态,让自己走路尽量别走那么快,多少带一点被这裙子激发出来的优雅。远远地回头,还能看见夏美娟在大门口冲她挥手。

马思晴被韩晓云吓了一跳,她剪了个草坪头,裙子倒是蛮漂亮的,从来没见她穿过。

"姑姑,你怎么把头剃了。"马小步问得很直接,还拿手摸姑姑那短短的头发楂。

"啊,楼下有捐头发的公告,我就捐了,人家要求四十公分以上,我的刚好合格。正好,剃了凉快。"韩晓云若无其事,捧着马小步的胖脸,跟他顶头,"以后你可当心了,等你一露胳肢窝,我就把头钻进去刺你。"

马小步一听,立即把两个胳膊夹得紧紧的,苦着脸说:"那这样我都没办法吃饭,没办法写大既了。"

大字,什么大既。马思晴笑着纠正他。看着儿子她精神就格外好,早晨还下地给马小步蒸了个鸡蛋羹。韩晓龙大惊小怪地让她回去躺着,可她不觉得累。当你做了妈妈,就像拥有无穷的神力,为了孩子吃上一口好吃的,也能拼了命。

"姑姑，你看我写得好不好？"马小步把自己新写的几个字给韩晓云看，韩晓云一看，实在忍不住哈哈大笑："丁山羊是谁啊，这山羊还有姓，我知道你一直都想姓丁，所以你的山羊都姓丁对不对？"

"不对，有丁山羊，还有丁小天，还有丁大木，这些都是我的同学，他们都跟我一起上学练大字。"

马思晴摸着儿子的脑袋："就这些笔画简单的字，给他反复练着，他就都编成人名了。等再过几天，就让他真的去上学，我也不住这个特护病房了，换个三人房就行，太贵了。"

"你怎样都好。"趁着韩晓龙带着马小步出去买吃的，韩晓云问马思晴，"痛不痛啊，你别硬撑着。"

"痛，怎么不痛。可是也不痛，有晓龙、不不陪着我，家里的事你还帮着我忙活。上回你给家里爹妈买衣服，我爸妈也收着了，还没谢谢你。我妈又哭了，我知道，她受不得别人对她好，其实，我也是……"

"不要这样。思晴，你已经太坚强了，可能是老天心疼你太忙太累，专门让你歇息一下。"韩晓云说着，笑了。

"这病让我看出谁是真心待我，晓云，家里人都对我这么好，我很幸运了。我知道你们都不爱听我说丧气话，可我觉得，万一我要真死了，我是放心的。小步有你和晓龙管他，我能闭上眼睛。等我做完化疗，就回家给小步改姓去，他是韩晓龙的儿子，以前我觉得我要这么说，就是不要脸，但现在我觉得就是这么回事，你就是他亲姑姑。"

"什么年代了你还在乎这些，思晴，你养好了病比什么都强。化疗……也是挺折磨人的，你得多吃点，有点底子。"韩晓云看着马思晴消瘦的脸,瘦成另一个人了。

"我会的。"马思晴忽然伸手,跟马小步一样也摸了摸韩晓云的头发楂,"听说化疗脱发,也好,凉快。"

吴大北去医院接一位因病离世的中年男子,他是常年脑血栓患者,在开会时忽然跌倒,拉到医院被诊断为心肌梗死,抢救未能成功。原本此人也是个小领导,送他去医院浩浩荡荡许多人簇拥着,等抢救就走了很多人,等到报出死亡消息,只剩下老妻陪着他了。

吴大北还在劝解她:"李大姐您宽宽心,看看还能叫来人不能,真不能就算了,我跟您一起,也能把大哥发送了。这样的事儿,说直接点,也不少见,人走茶就凉,常有的事。"

"不能啊,那我儿子总不能真不认爸爸吧。他俩关系不好,老郑也是,老打孩子,这上了大学就说跟我们断绝关系,都好几年了也没个信儿……"她哀哀痛哭,"小凯啊妈妈的宝贝,你真就不要爹妈了吗?你说妈妈没出息,不敢离开你爸爸,可你不知道,我们当初结发夫妻,一起苦过来的。小凯你快点回来,你爸爸没有了啊……"

吴大北觉得这事儿实在惨烈,干脆报警找了自己在派出所的熟人,警察来了一听,也回去到电脑上查信息找人去了。

这期间还是没见有人来,半天有个中年女子匆匆赶来,李大姐一看气得浑身发抖:"天雷打不死的狐狸精,他都死了你还来勾引他啊!你跟他好你去给他陪葬,你还有脸来了你……"

那女子颇有姿色,本来还擦着眼泪,听了这骂反而不哭了:"知道他为什么讨厌你吗?低级庸俗,家庭妇女,没文化!我告诉你,离婚是他一直都要坚持离,是我可怜你,觉得你这种人离了婚就什么都没有了，才不让他离婚，你懂吗？你就是个可怜虫，靠着我施舍你才能凑合着过日子，要不然，哼，就你这个层次的人，踮起脚尖，也跟我说不上话。"

"你说什么？"李大姐被这话刺激得不轻，她长号一声，吴大北本来想拦在她和那女子中间，想不到她转身扑在病床上，拳打脚踢那遗体："死鬼老郑，老不要脸的，狐狸精说的是不是真的，你起来！你起来给我个说法！我当初在家累死累活种田供你读大学，我还得靠狐狸精可怜才能活着了，呸！是你们缺德不要脸，是我可怜你们我才没去单位揭了你们的人皮！你起来，你说话，你，你给我……"

吴大北是真没想到，被她这么一通没头没脑地捶打，他眼睁睁地看着那遗体的手动了一下。吴大北干这一行久了，也算是有胆子的，可从来没见过这个奇景，还是看太平间的老宋回过味儿来了，妈呀一声大吼，跳出门口跑得远远的。

李大姐愣在那里，吴大北一边捂着狂跳的心口，一边赶紧拨打急救室的电话，他多少懂一点急救常识，揭开床单，猛按病人的胸部，一直等到医生赶来，上了电击。

医生和护士一大拨来过，接着是患者单位又一大拨人来了，多半是来看新鲜外加送礼看病，知道这位副局命大不死，活着就还有用的。再然后是好几个新闻记者扑上来一通拍照录像，死而复生放在地球哪个角落都是奇迹，吴大北也猝不及防被捉进了人堆儿里，详详细细地把这死人复活差点吓死了活人的故事又讲了第八百遍。

复述次数多了，这故事是汤兑水再兑水毫无一点汤味儿，好处是熟极而流讲得比较从容，吴大北这点始终没赶上笔头的口才终于派上用场，讲完了还加上几句要好好珍惜生命，爱护家人，人生不易多多保重之类的暖心话，听得镜头前不少大姐大姨点头落泪，同时觉得这小伙子不错，适合当个女婿。

韩晓云在走廊里已经听到了吴大北的声音："……不行不行，不要不要，我不会要的，您还是等您儿子回来吧，他一定会回来的。"

郑局长醒来后决定的全是大事，头一桩就是要把自己名下一套房子送给吴大北："你救了我的命，我总得报答你，钱财都是身外物，这还能看不开么。儿子，那小王八蛋回来就回来，回来也没有他的份儿，他心里没有老子，我还管他干什么。小吴，你救了我一条命，这要是不回报你，我就畜生都不如了。"

吴大北哭笑不得："郑局长，不，郑伯，您千万别这么说啊，哪有见死不救的，这也就是我赶上了。再说我那几下三脚猫功夫，没出差错就万幸了，人命关天，您好了比什么都强了我也放心了，还什么房子不房子，也不瞒您说我自己也有房产，不图这个。"

奈何郑局长犯了拧，非要坚持这事，吴大北不敢跟病床上的人较劲，含糊着答应了一声就想走，怎奈那边郑局长的太太情人，一个床头一个床脚，把路都给占住了，害得他走也不好，不走更不好。

"咱们得分手了。"郑局长对情人说，"经过了这事，我心明镜似的，以前咱俩这些年，都是一团乱麻，就差一把快刀，总得斩断才好。是我对不起你，可公平点说，别人你也没看上。我一辈子犯下最大的错误就是跟你好，我不该这样，也盼你高抬贵手，放我一条生路。"

那女子本来风韵犹存，四五十岁年纪却保养得看着像个妩媚少妇,听了这话脸色死白,眉毛都在颤抖:"你,没有良心。你……说穿了你就永远是个土包子,只配跟家庭妇女一起混!你……你还真不如死了,我还赔给你几滴眼泪,不值!这么多年……我们上大学的时候……你,你人是活了,在我心里你死了,我把你埋了!"

她脚步踉跄,把房门撞开,醉汉似的摇摇晃晃地出去了,差点把韩晓云带了个趔趄。

吴大北正要趁机离开,那边郑局长太太李大姐却抓住了他的手:"小吴啊,真要多谢你了,刚才人多,我也吓傻了,连一句道谢的话都没说。小吴,等我在家附近找个房子搬出去,你要是没事,来家吃饭,姐给你做羊汤面吃!"

"搬出去?"郑局长听着蹊跷,"秀琴,你说啥搬出去啊?这回你也看见,我当着你的面,跟她断了,以后我一心一意跟你过日子,儿子回来就回来,不回来拉倒,我也眼看就要退休了,你受苦受累一辈子,我带着你出去玩玩,想出国我都带你去,好日子都在后头呢。"

"这话你早跟我说,我还信你,现在你跟我说,晚了。"李大姐很平静地看着丈夫,"当初就咱两家那条件,考上了大学也只能去一个,我让你去了,可我也是凭自己考上的省工大,就是没去成。伺候一大家人当牛做马,农活都我一个人在田里苦熬,为了盖房子还去饭店后厨里打工挣钱,到头来要被你们看不起,说跟家庭妇女没有话说了,又说我上不得台面,连顿饭都不带着我吃。我告诉你郑国文,不是我配不上你,是你配不上我。你现在想跟我一心一意过日子了,那过去那些年,我想一心一意跟你过日子,你咋死活不依呢?晚了,你哄不了我了。我不会把你一个人扔在医院里，等你好了，出院了，咱俩就离婚，我啥都不要，你退休金高我都不图你的，我自己去面馆打个工卖面条，挣得不见得比你少。"

"秀琴，我错了，我跟你认错还不行吗？我现在没法下床，能下去我就给你跪下，你对我，对我家人，你发送我爷爷奶奶，给我爹娘送终，这次又……又差点一个人送走我，小琴啊我什么都看透了，什么情情爱爱都不如柴米夫妻，你才是一片真心待我的人，是我狼心狗肺没好好对待你，你原谅我，我们还来得及。"郑局长竟然痛哭流涕，挣扎着要下床跪倒，看样子健康状况恢复得着实不错。

李大姐却是看都不看他一眼，按铃叫了护士。自己又跟吴大北拉拉手："小吴，你有空记得到我那去吃个饭，咱们羊肉都是从乡下拉来的，可香了。"

吴大北一边胡乱答应着，一边走到门口，忍不住说："大姐，要不你别……你说你跟郑局这……都老夫妻了……"

李大姐凄然一笑："他看透了，我更是看透了。小吴，你别看大姐这邋里邋遢乡下人的样子，上学时数学我考的都是一百分呢。等他好了，我离婚。不怕你见笑，一边打工我就一边去考个大学去。人只能活一次，我再也不会像以前那样活了！"

韩晓云迎上去，李大姐回了屋，吴大北看了看韩晓云，又看看走廊里没什么人，他伸手把韩晓云一下抱了起来，举了举。

"吴大北，你干什么？"韩晓云跳下来，第一反应不知为什么也想把他抱一下，举一举。

"你忘了，小时候我们俩就这么玩过，换着来。你还背着我跑，我想下来你都不让。"吴大北眼神迷离，看着窗外，童年里的那对傻乎乎的小学生似乎就在眼前。

他背上一沉,韩晓云扑在他背上,嘴里的热气喷在他耳朵上:"背我。"

吴大北发力一背:"太沉了吧,你最近都吃什么了。"

韩晓云敲他的头:"少胡说,吴大北大傻瓜。"

"韩晓云大呆瓜。"吴大北跟小时候一样还嘴。他背着她慢慢地走,两个人轻轻笑起来。

远远看见警察带着人来了,吴大北赶紧把韩晓云放下:"刚子,啊邓警官,你们过来啦?找着人了?"

邓警官把身边一个戴眼镜穿格子衬衫的小伙往前推了一把:"去,这是你爹的救命恩人,你不说句话啊。这小子,就在省城,买高铁车票半小时就回来了,愣是搞个下落不明,有你的。"

那小伙神色冷淡:"他不是我爹,我爹早就死了。"嘴上是这么说,他看看吴大北,还是给他鞠了个躬。吴大北赶紧搭住他肩膀:"兄弟,别这样。你妈在里面呢,她人可好了,也是她一直陪着你爸爸……"

"我就是不爱看这些!忍气吞声苦情戏谁受得了?我不回家,是我还没混出个名堂!等我这次就带我妈走,那一个他爱死不死我才不管!"小伙子说着说着,眼泪哗哗流。

"还能不认爹了,看把你能的!"邓警官叹了口气,"我儿子才一岁,刚会叫爸爸,将来要说这话我可不用抢救了,自己就得伤心死了。"

韩晓云的小房间经过一番拾掇,有些模样了,也添了张旧床,虽然翻身有点咯吱响,床头放了桌子椅子,看着格局倒跟吴大北那房间差不多。店长说就是大北哥给拉的家具,他院子里堆着那么些,不用也是白放着。

吴大北敲敲门,进来打了转,说:"还行啊,你还要用什么,我再给你挑几样。"

"够了,东西多了我就嫌乱。"韩晓云看他老按手机,说,"你接一下啊。"

"不接,是我以前那个编辑,昨天也不知是谁把那个新闻放上网了,一下好多乱七八糟的人找我,烦死了。这编辑厉害了,死咬着我不放,非让我把以前的书稿整理一下,说趁着这个热劲儿快点出书,我去他大爷的,早说,爱要不要,等你想要还就没有了……"

吴大北那时说的是"老子要谈恋爱去了",他把这句给省了。韩晓云坐在床边上回微信,他看着她,心里想如果一下扑上去会不会把她吓一跳。

韩晓云说:"差不多了,冯老师和夏老师的事儿其实差不多,我们走的路线都是淡化悲伤,没必要搞得凄凄惨惨。现场布置也大同小异,背板,大屏幕,主持人,音乐,再把一些视频剪剪,当然,从头到尾都得我盯着。你怎么样,要不要跟着一起,我要不在,就靠你了。"

"谢了,小杜想给我当学徒,我不要他,你是想要我给你当学徒,我还不要你呢。"吴大北摸摸兜,里面烟盒就剩两根烟,他看了看又放回去了。

"你抽吧,我无所谓,饿不饿?要不我叫个外卖?"韩晓云问他。吴大北瞄了一眼她的脸,心说:我要吃了你。但不知怎么,他说不出来,想想也是可笑,他笑了笑。

这又有什么可笑的?韩晓云很奇怪,但她顾不得琢磨吴大北什么心思,又回了几条微信:"我得出去一下,卫家敏找我,还有周淑贞,估计他们看了流程还有要修改的。"

"我开车送你去。"一听说有卫家敏这油头粉面的老白脸,吴大北立即提高警惕,还不忘了给自己圆回刚才的话,"你不是说要带着我么,万一你不在,我也算是个备选。"

说到这里他心里微微一酸,他不想做任何人,任何形式的备选。

"那就对了。"韩晓云对着镜子给自己补了点粉。吴大北老大不耐烦:"得得得,差不多行了,你又不是那个夏老师,人家天天走秀又是表演的,搞这些干吗。"

"你管不着!你怎么这么婆妈,烦死了。"韩晓云把床头一个手提袋丢给吴大北,"给你买的,换了吧,以后别穿白衬衫,太容易脏。"

"贵不贵啊。"吴大北转过身去利落地把身上那件扒了,他后背也是黑黝黝的。新衬衫是浅蓝带着细细条纹,穿了效果确实比白色好。

"一百五买两件,特价的。"韩晓云一边出门锁门,一边撒谎。这本事是被老妈骂出来的,稍微花点钱必然被她骂,她就习惯了报假账,而且从中悟出了做事的道理,先给客户报个高价,然后一点点分条款项目减价,最后再赠一大堆有的没的便宜甚至不要钱的赠品,没有一个不乐在其中,美滋滋好答对的。

"那还不如我在超市买,才四十九块九毛九。"吴大北穿上了颇为合身,但嘴上不忘了损她两句。

上了车坐好,韩晓云忽然说:"你等下。"她看见吴大北第一颗扣眼上还有标签的塑料线,凑过去揪了两下,没揪断。吴大北忍不住侧头过去吻她，她正低头去拿个小指甲刀，只吻到了头发。那根塑料线一剪即断，吴大北捏着扔进了垃圾袋。想再亲一下却没有了机会，他只好启动，上了主路，随手打着火点了根烟，抽得乌烟瘴气，心绪如麻。

咖啡店外面放着告示牌：本时段有活动，暂停营业。里面衣香鬓影，韩晓云一进去就眼花缭乱，幸好远远卫家敏看见了她，伸手招呼。

"夏老师那边的事，还得谢谢卫总。"韩晓云先给他道谢，也接过了他递的一杯鸡尾酒。

"不值一提。你尝尝，我调的。"卫家敏不知道是不是跟谁说话都这么深情款款。

"啊……谢谢卫总，我……一会儿还要开车的。"韩晓云笑着谢绝。她不会开车，但此时需要她会开车。

"笑死我了。卫家敏，你也有今天。"周淑贞看着韩晓云，目光里充满赞赏，"做得好，韩小姐真是前途无量。"

"你没完了。"卫家敏瞪周淑贞一眼，不知怎么，他的眼睛瞪人特别像是旧小说里说的"飞了个眼风"，周淑贞回瞪他，然而背后的小鹿全盘接受，沉醉其中。

这是一大批建筑师，工科生，说话办事条理清楚，干脆利落，韩晓云的流程已经打印好了人手一份，依次提出建议，韩晓云索性在手机里重新建一文档，逐条标注。

"3D技术这块儿是由……您负责？"韩晓云有点不敢相信。那小女生一头细软黄毛，四肢细不可言，站起来还没有坐着高，听她忽然问到自己，从椅子上滑了下来，拧着两只手："嗯，我，我，我负责。"

周淑贞笑笑:"你可别小看她,刘美今,本院天才少女,已经注册了两项专利,一个人拿了国外十几家名校的录取通知书,你就说酷不酷?"

"周,周,周,周师,师,师姐,你……别笑我。"刘美今怯生生的,说话结结巴巴,身形宛如女童,惹人怜爱。

"好厉害。"韩晓云看着她,衷心赞叹,"我是想跟你求教,你做的都是建筑,如果是做一个动物,一个人……"

"这并不难。只要有足够素材,还原出3D形象很容易,应该是随便找个程序员都可以的。"刘美今一说到专业,顿时话语流利,而且带着满满的自信,丝毫不容置疑。

韩晓云让刘美今把提到的几款软件给她发过去,刘美今打开电脑,给她发送资料,顺便打开几个文件,都是3D人物。

"你做得好棒啊。"韩晓云看到冯老师在她屏幕上栩栩如生,几乎眉毛都看得清楚。

"还是不够细。这个是我们孤儿院的张院长,张妈妈,这个是我好朋友爱爱,她被美国人收养了……不过我们已经取得联系,等我过去读书,她第一个就来看我。这是我小学同学大胖,他现在深圳实习。这个是小汪,是我以前养过的狗,可惜我没拍什么照片给他,小汪只会动这么几下……"韩晓云看着那条瘦骨嶙峋的小狗,眼睛大大,毛发稀疏,不知怎么跟眼前的少女有些神似。

她忍不住把安慰夏老师的话又说了一遍。

刘美今看了韩晓云一眼,目光敏锐明亮:"对不起,我是无神论者,不过将来或许我会为小汪写一个天堂出来,他在那里无忧无虑,永远不会老也不会死。有些人总以为技术是制造幻象,来欺骗别人,其实对我来说,技术才是最真实的。"

"美今，你们又聊什么哪，这块抹茶蛋糕是我特地给你做的。"卫家敏笑吟吟地端着托盘，四处穿梭，无一人不被他照顾得妥帖细致。

刘美今又恢复了十六岁少女拘谨的本色，结结巴巴地道谢，接过来两大口就吃完了，腮帮鼓鼓，让韩晓云特别想念自己的淘气侄子马小步。

回家后韩晓云见妈妈穿着自己给买的新衣服，松了口气。衣服选的是妈妈一贯喜欢的大花，灰紫色，看着显年轻，然而略肥大了些，可见这几天她愁得不行，人也瘦了。

韩妈妈见了女儿把脸一板："你还知道回来啊，还住到那个没人的铺子里去了，能耐大了翅膀硬了，家里住不下你了！"

"妈，咱们生意扩大了不是好事吗？"韩晓云和颜悦色，心说自己对客户个个都能敷衍得滴水不漏，未必老妈就不行？

"好事儿？"韩妈妈听不得这句话，两腮的肉下垂哆嗦着，"家里哪还有什么好事？你爸……"

"我爸又怎么了？"韩晓云后背一凉，只说看多了生死人多半能更淡定，然而关心则乱。这个家还真就是经不住一点事儿了。

"我没啥。"韩爸爸拄着一个废弃不用的拖把进来了，"站街上看下棋，原地也没动，这脚脖子就扭了一下。痛了几天，有点肿，不怕，过几天就好了。"

"哎呀，爸爸你准是骨折了。"韩晓云马上打电话给吴大北，结果他在医院办事，她赶紧又找铺子里的店长，让他派个有力气的伙计来。

"你看你慌什么，磕碰一下有什么大不了的。"韩爸爸这几天在床上痛得睡不着，然而那一代的人习惯了，忍忍也就过去了，要不然去趟医院是什么数目,有钱不好买肉么,偏要买药吃。"

铺子里新来的伙计还有洋名,叫东尼,膀大腰圆,把韩爸爸半抱半搀上了车,韩晓云怕坐不开打了两辆车,这下一路上被韩妈妈骂得蚊子睁不开眼睛:"你可是有钱了,你了不得了,你还要上天呢,一车四个人挤挤正好,咋你就这么娇贵了,你还千金小姐呢,小姐的身子,丫鬟的命……"

韩晓云一声不吭,只是等她说得实在不像话了,唰地扫了她妈一眼,那一眼就跟大关刀一样,让老妈闭了嘴。

永远都是这样欺软怕硬,永远都得把你逼到不得不来点狠的,她才知道收兵,这收也绝对不是痛快地收,因为她感觉受了伤害,受了委屈,回头一定要原样讨还回来。你是女儿,你永远欠她,永远得受着她这一套,不管你有多么厌倦、疲惫,烦恼,软弱得甚至想在这一瞬间死了,一了百了,然而不行,她总不放过你。

医院确诊,韩爸爸是韧带断裂,上了石膏,配了双拐,伤筋动骨一百天,这就是伤了筋,三个月能好算是快的。韩爸爸没想到竟然有这么严重,但女儿当机立断送他来医院显然是做对了,他变得温顺了,女儿和医生说什么都点头称是,不敢违拗。

韩妈妈看他那个低眉顺眼的样子,气不打一处来,又心痛老头受了罪,嘟嘟囔囔,骂天咒地,说家里也不知是倒了什么霉,这几个月来就没有好的时候。

韩晓云听了,知道这流弹还是扫在自己身上,她忍了,跟东尼一边一个扶着爸爸,他刚使用拐杖还是不熟练,一行人出了医院往大门走。韩妈妈还是没完没了,这下更是挑明了说:"你回来就是没好事!本来家里太太平平的,你一回来可倒好了,不不妈妈也病了，你爸爸也摔了，你，你就不应该回来你！"

韩爸爸知道老妻这话全然无理，但他心里也犯别扭，就是啊，本来真的是好好的，怎么一下就搞成了这样。他还是想扯开话头，毕竟现在靠的是女儿，他问东尼多大了，什么地方人，东尼还没来得及回答，韩晓云已经炸了："从小到大你都是这样，有什么事都要赖到我头上！什么不好的事都是我带来倒霉了，凭什么？连韩晓龙那次犯事，你病着，我一边照顾你一边跑外头，'这你都能在床上边哭边骂我！我就奇怪了，妈妈，你看我这么倒霉，怎么不趁我小时候掐死了我，好让我来个痛快的，省得我天天听你这些废话。"

"你，你，你这是忤逆你的妈！我辛辛苦苦生你养你，一对龙凤胎谁不夸我命好，我为什么要掐死你，我心有那么毒么？你就这么看待你自己的亲妈？"韩妈妈这些天来的郁闷也算是找到了出口，眼泪哗哗直流，还是东尼掏了包纸巾递给她："阿姨，别哭了，你这都是气话，少说一句吧。家里出这样事谁也不想的。韩姐，你别跟阿姨置气了。我也没脸说你，我妈说我我也顶撞她，没给她好脸色。那年好不容易她说出去玩一趟，汽艇翻了，五个人都扣在里面，这上哪儿说理去。活着的时候我老嫌她烦，嫌她土，可是一回家，我看见我妈妈给我织了好些毛衣毛裤，都是她在家想我了给我织的，估计都够我穿到八十岁……韩姐你消消气，天大的事儿都一转眼就过了，何况眼前这点嘴仗。"

"啊，那你可是没妈的孩子了。"韩妈妈听了，眼泪没干，又为了东尼抹起了眼泪，"可怜见的，这么好的大小伙子，妈妈哪能舍得扔下你呢。"

听到"大小伙子"几个字，韩晓云知道妈妈重男轻女的老毛病又犯了，撇撇嘴没说什么。

东尼一边伸手打车一边却说："我妈是舍得我的，她舍不得我妹，给我织了不少毛衣毛裤，给我妹做的衣服，都能把家里给摆满了。我家爹妈从小偏疼我妹，一有事，打我不打她，要不为这，我还不出去上深圳打工。"

这话说得韩妈妈无可回应，跟女儿坐上同一辆车，东尼带着韩爸爸坐了一辆，确实也比挤同一辆车宽敞舒服。韩晓云板着脸，一句话也不说，下车付了钱，抢过去搀扶爸爸，不理她妈。

吴大北赶过来时，韩晓云让他带些牛肉过来，他看牛肉新鲜，当时就买了五斤，锋利的卖肉刀切碎了，韩晓云焯了水，加了调料，一半在高压锅里卤起来，另一半直接切薄了煮汤炒菜。

家里有了人下厨，韩妈妈轻省不少，但她看了一眼吴大北，明显不如平时亲热，以前都是大北长大北短，三句话不离给他介绍对象。吴大北也有感觉，讪讪地聊了几句闲话，一眼看见阳台有个杂物架子塌了，上去三下两下给弄好了。完了就告辞要走，韩晓云追出来说："你吃了饭再走。"

吴大北看她系条围裙，头发也有点乱，觉得比平时可爱，他拿手指了指里屋，摇摇头："不了，改天吧。这家肉好，下回我再买点骨头。"

韩爸爸吃着女儿做的饭菜，脚经过治疗，疼痛缓解不少，也忍住了喝两口小酒的冲动，心想要是家里没有病人，小孙子在这里跑着玩，也就算是难得的好光景了。韩晓云知道他想什么，给他夹了块蹄筋："吃啥补啥，爸爸你吃这个吧。以后哪儿痛了不舒服了，千万别拖，去医院治就能治好，要是一拖，别再成了……"

"行了行了，不吉利的话少说，还嫌家里不够糟心啊。"韩妈妈没怎么吃菜,她习惯了肉菜都让着男人孩子吃,大家都吃完了她才拿菜汤拌点饭。

"妈你也是,你万一要有病,一定得去看。不管你爱听不爱听,我都得提醒你。"韩晓云把这话说得硬邦邦的,连自己都疑心自己是不是真盼着老妈生病。

"你当心你自己吧,一天到晚不着家,还住到铺子里了。我去偷偷看过一眼,那都是些啥……你咋还能用超市里买的被褥,不脏么,你一个姑娘家,贴身的东西能这么随便用啊。"韩妈妈一旦教训起来,那就没完。

韩晓云伺候完了二老,一边收拾厨房一边给马小步来了个视频直播,马小步看见卤牛肉馋得不行,韩晓云说我给你姥姥姥爷送点,今天牛肉好,新鲜。

马思晴听见韩晓云还惦记自己的爹妈,忍不住在旁边又哭了。韩晓云看镜头那边,马思晴穿着病号服,瘦骨伶仃,也叹气:"我以前不明白你为啥不早点去住院,现在明白了。你好好的一个人,经了手术,变这样了,确实,那时硬撑着,你也就是不愿意像现在这样,我懂了。"

"晓云,买点牛肉你心里还有我爸妈,我都不知道该怎么感谢你了……"

"看你说的,外婆平时烧了螃蟹,还给我家送呢。老太太现在多辛苦的,还总熬夜叠元宝,她真是……"韩晓云想起哑巴姨那柔善的眼光,禁不住也眼睛湿润了。

马小步颠颠儿跑去给妈妈拿了毛巾擦眼泪,他在肿瘤病房长了不少见识,比以前懂事多了,自己上厕所拉臭臭都自己解决,不用大人陪着。妈妈一倒下了,他就迅速地一切自理,还总巴望着能照顾上妈妈。

越是这样,马思晴越是心酸,难道自己真这么没用,还要靠他一个乳臭未干的孩子照料么?但事实就是这样,如果韩晓龙不在,她真要靠着马小步扶一把,给她拿来拖鞋,再不就去浸湿毛巾,拧干,给妈妈擦脸。

马思晴的病情有了反复,毕竟肿瘤是长在自己身上,她本来看着孩子和丈夫在身边,自己精神还振奋一些,但手术后的病变也让她吃足苦头,怎么熬着一声不吭,也是架不住浑身精力像沙子里的水,唰唰地漏干了。

韩晓龙没敢告诉她,癌细胞已经转移到了卵巢,医生已经提醒他们,等养一养身体,还要再来一次切除卵巢的大手术。韩晓龙答应了,签了字,还去超市买了给马小步的零食,也不知怎么,他一个人坐在医院外面花园边的长椅上,坐着就呆住了,撕开了那口袋甜腻腻的零食,一口口全吃了,吃完了回过神,叹着气又进去买了一包。

他在电梯里对着玻璃上的自己,努力露出微笑。用人之际,你得挺住了,你这面如死灰的样子,换了谁都不爱看。韩晓龙先去了下洗手间,用拳头猛挤自己的脸,想挤一点血色出来。

但他一切的伪装都是徒劳。马小步睡着了,马思晴看了他一眼,没等他强颜欢笑,编出那套精心准备的谎言,就问:"应该还不会死吧?只要还不会死,我就能行。"

韩晓龙看着面目全非的马思晴,用手捂住了脸,马思晴拉拉他的裤子,让他坐在自己床边。成年人的哭泣必须忍气吞声,因为不可吵醒孩子的睡眠,不可令老人担忧,更不可令自己泄气,流泪之后,我们还得假装自己很好,不管经历多少折磨,仍然面带微笑毫发无伤。

马小步不知道父母无声的哭泣,他在梦里还坐着超市的小火车,在天上飞,他渐渐知道了妈妈病得很重,但还没有学会忧虑,他想只要自己乖一点,每天好好听话,不淘气,练好字,妈妈就会好起来的。

哑巴妈妈和韩妈妈结伴去医院看马思晴,韩晓云为了最近的两个大活动忙得焦头烂额,几位老人就自作主张了。韩妈妈先一早把韩爸爸送到马家,让他和马伯伯在一起下棋聊天,顺便吃点家常饭,她跟哑巴妈妈各自带了个大包,瓶子里灌了白开水,老年卡坐着公车去了火车站,买了票,现在高铁快,没等她们看够新鲜就到了。

车站的站务姑娘看到两个怯生生的老太太问路,还有一个不会说话,大动恻隐之心,一路护送把她们俩送到了地铁站里面。挥手道别,回了岗位才发现兜里被塞了个塑料袋,里面是两个茶叶蛋,尚有余温。

韩妈妈对跟儿女差不多年纪的年轻人都很好,在她眼里都是孩子,都值得痛惜。然而唯独对女儿连个好声气都没有,因为她被顶撞过太多次,这些顶撞往往还只让她伤心却没办法马上还口,等想起来怎么回一句更狠的,事情都过去了——前世的冤孽。

但她看着哑巴妈妈忧心忡忡,一路上偷偷抹了多少次眼泪,也禁不住感同身受,真要是自己女儿倒在那里,自己能不扒了心肝去伺候她么。再说这儿媳妇也是她的孩子,打小看着她长大,虽然说带着过去的毛病,可韩家确实因为她兴旺起来了,鱼肉吃上了,衣服鞋子换新了,这马思晴一病倒,若不是韩晓云买了些衣物给爹娘,二老还真要不习惯隔三岔五没有新衣服穿。

所以韩妈妈也不忘记把不合自己眼缘的挑出来，拿到马家去。哑巴妈妈总是怕人对她好，为了这份感动，她熬到通宵，折的元宝堆成了山。

她为了看女儿，换了新衣，新袜子，头发梳得一丝不乱。韩妈妈也打扮了一番，还从后院摘了朵花，插在自己发髻上。哑巴妈妈带的是一大罐甲鱼汤，韩妈妈带的是红烧肉百叶结，梅干菜烧肉，还有她拿手的茶叶蛋。这当然不是给病人吃的，她儿子孙子也要吃啊。

她们很久不出门了，来省城也是儿女们开车接送，那多么荣耀风光，带着矜持，周围谁不羡慕，然而病来如山倒，她们不想给谁添麻烦，亲儿女也不行，干脆就背着这些食物，穿着自己认为是最好的衣服，买张车票，风尘仆仆地过来了。

到了肿瘤医院，两人在长椅上歇了歇站麻的脚，互相理了理衣服头发，这才进去了。哑巴妈妈走过一次的地方就再不会认错，这是她小时候被爹妈教出来的，怕她一个哑巴小囡，被坏人拐了去。这次她去单人病房，却不见女儿和外孙，啊呀呀一脚踏空，险些没晕死过去。

韩妈妈这才拨了韩晓龙的电话，她也不怎么会用手机，都是儿女打给她。好容易找到了号码，拨通，那边是马小步接的，一听就高兴了："奶奶，你来啦。"

韩晓龙赶紧接过去，问清楚了，跑到四楼把二老接到了八楼："我们换病房了，嗯现在这个也挺好的。"

他没说马思晴是面临着又一次的大手术，再切除卵巢。说了这些有什么用呢。他心痛地看着两个妈妈，她们像极了疲倦的老牛，大睁着眼睛，可怜巴巴但还努力让自己精神一点，生怕露出疲态，给人添了烦恼。

马思晴看到两个妈妈进来了，想动却动不了，哑巴妈妈快手快脚找了个碗，盛了汤出来，坐近了给她喂，在她眼里这花了好几百块的甲鱼汤似乎就是灵丹妙药，给女儿多吃一口，就多了一点好起来的指望。

马小步从厕所里跑出来，一头扎进奶奶怀里。韩妈妈禁不住哽咽，捧着孙子的胖脸一再说瘦了瘦了。她嘴上说的是孙子，眼睛却瞟着儿子，韩晓龙这些天折腾下来，又黑又瘦，猛一看还以为跟吴大北是双胞胎。

韩晓龙给二老倒了水，才知道家里爸爸腿受了伤。

韩妈妈说："我们俩商量了，怎么也得留下一个伺候小晴，家里那两个老家伙，能有人做点饭吃，洗洗衣服也就行了，铺子就你姐姐去管着，也还都好，没出什么乱子，店里也添了人。"

"妈你们还是回去吧。我请个护工就行，你们都这么大年纪了，别累到了。"韩晓龙心说怕的不是伺候病人的苦和累，怕的是一次次来自医生的打击和折磨，自己一个人受着已经够了，总不能让老人家们跟着受苦。

哑巴妈妈放下了碗，眼中蓄泪，跟马思晴比手势：妈妈不放心你，晚上连觉都睡不着，总害怕你出什么事，让我在这里看看你，我也能安心一点。别嫌我给你添麻烦就行。

马思晴捏住妈妈的手，只是摇头。

韩晓龙一再劝解二老，说："这里有我就行了，妈你放心吧，再说小步他外公也得人看顾，年轻力壮的我们扛一扛就过去了。你别怕，我能行，再不行我就找护工来，你们放心。"

马思晴也说："妈妈，婆婆，你们都回去吧，这大老远折腾一回，多累啊。我没事的，手术也做过了，接着就等着身体慢慢恢复。你们别担心，在家里好吃好住，保养好身体，比什么都强了。"

她面貌消瘦，精神还可以，二老也想不到她说一句话就要出一身汗。更想不到的是，马思晴把马小步拉过来，亲了亲，推到奶奶那里："不不，你回去跟奶奶和姑姑在一起，这边天天都是药水味，熏也把人熏坏了。你回去让姑姑给你报个班，跳舞唱歌画画什么都行，只要有个去处，别闲着傻玩就行。"

"我不。"马小步一听急了，"妈妈，我在这里很乖的，你怎么赶我走？我不走！"

"不不，宝贝，你听话，妈妈在这里还有些事情要做，等妈妈病好了，就回家陪你玩。"马思晴强忍着心酸，看着儿子亮晶晶的眼睛，她硬是把眼泪憋了回去，换成了笑脸。

"妈妈，我会好好练字的。呜呜，妈妈，你别把我赶走，我可以帮你拿毛巾啊。妈妈，你是不喜欢我了吗？我好怕，我怕医生把你拉走，隔壁病房的张阿姨，医生拉走了，护士阿姨说她不会回来了……妈妈你不要让我回家，我要陪着你，我会很乖的！"马小步号啕大哭，他小小心灵不懂得什么是死，但他本能地抗拒分离。

"不不，你听话，你乖了，我给你们叫个大车车。让你跟奶奶外婆一起回家去，啊？"韩晓龙愁肠百结，可是马小步再在病房里住着，对孩子也不好。他一狠心，电话找了店长小林，让他直接开着店里最大的车过来，把老人孩子送回去。

"妈妈，妈妈！"马小步喊得撕心裂肺。马思晴泪眼看着儿子，看着哭成了泪人的婆婆和妈妈，她拼命地扭过头去，不让自己看。

浑身如火烧一般的痛,和眼前这生离死别一般的痛,一时竟然互相冲淡,让马思晴觉得身体轻飘飘的,似乎在天上飞,隐约听到韩晓龙送走了老人孩子,似乎他又在自己耳边叫喊,但马思晴什么都说不出来,也不想说了。

第七章　生离死别

王雨诗接了韩晓云的语音通话,先把她数落一通,简单说就是怪她总也不管生意,害得自己忙到要死,连去意大利的行程都延后了。

"总是意大利,上次你又说去腻了要去葡萄牙。"韩晓云虽然没心情但还忍不住调侃她两句。

"没办法,就太好买了,总能看到非买不可的东西……你说吧什么事。"王雨诗一边对着手机说话一边打字,她要做一个红酒主题的婚礼,男方代理葡萄酒,女方是金融界的新秀。

"我那房子,要是现在租不出去的话,就便宜点,租个一年的都行。再有,你把那件婚纱快递给我。"韩晓云说。

王雨诗立马把手里的文案停了,对着手机就大声说:"韩晓云,咱俩认识那么长时间了,不说像是亲人也比普通朋友好吧,你要结婚都不告诉我啊,说好了我们俩谁结婚谁就做伴娘,必须得把捧花留着……"王雨诗说着说着,眼泪都浮了上来。

"没有啦,你看你。"韩晓云知道老友感情丰富又爱激动,常常在别人家婚礼上热泪盈眶,搞得客户们也蛮感动,尾款立刻奉上不跟两个姑娘为难。王雨诗就是天生爱婚礼,性情决定了她就干定了这一行。

"我怎么可能会结婚？雨诗，你脑袋还在肩膀上吧，用一用好不好？"韩晓云禁不住跟她开了个常开的玩笑："白羊座长了头就为显得高。"每次说，王雨诗还会加上一句：还有好看！

"那我怎么知道，哼，老家看到大龄女恨不得绑起来给你送进洞房，你以为我不知道，要不然为什么我这么多年都不回家，直接接爹妈来北京过年。"王雨诗想起老友这段时间来遭遇的变故，也知道自己想得有点离谱了，"不结婚要婚纱干吗？你是不是想送别人哪，那可是我好不容易淘回来送你的，你要送人也只能送回给我，说不定我还抢先嫁人了。"王雨诗又坐回去，一边敲字一边跟韩晓云闲篇儿。

"给我弟媳穿一下，拍个婚纱照，眼看她又要动第二次手术了，说连个婚纱照也没拍过，怕留下遗憾……"韩晓云说着都觉得万般凄凉，这不是马思晴的主意，是韩晓龙的，他那么落魄地站在她面前，说了这个主意，眼泪一串串地掉下来，韩晓云无从反驳，她得去做，这全世界的难题都堆下来，也得她一个人去慢慢解决，不然，还能怎样呢？

"我明白了。唉，马思晴上回我们去省城做婚礼见过的，多好一个人漂漂亮亮……你等着，我回头给你约摄影师，三天以内让他过去出个差，场地你自己弄吧我是没空了，婚纱下午我让助理给你寄，是去省城还是你家铺子？"王雨诗立刻排了时间表。

"省城吧，我一会儿把地址发你。这个场地回头要做一个派对，是宠物主题的。"韩晓云已经把夏老师家的大草坪布置得七七八八，眼看就要给夏美娟办念宝的纪念会。绿草如茵蓝天如洗，四周都是白纱和白气球，这地方拍婚纱照也是一等一合适。

冯老师那边的场地也已经选好，周淑贞带着小鹿天天盯着，毕竟建筑业调动人手极为方便，进度神速，卫家敏时常穿插几回，跑前跑后送咖啡点心，招惹得周淑贞又笑又骂，小鹿原本也是精明伶俐的好姑娘，一见到他立即魂飞天外，沉醉不已。

忙活这两桩事已经让韩晓云头痛，但马思晴的幼儿园扩张神速，眼看又要开第三家店。省城的殡仪店生意好，韩晓云一直惦记隔壁的铺子，恰好那家人要移民，价钱在这狂涨的房价潮中可算便宜，韩晓云硬是去给谈下了，图个两边都是熟人，省下二十多万的中介费。

马不停蹄，吴大北这边领着店长，也做下了好几个大项目，学着韩晓云给熊总办事的情形，一洗原本吹鼓手放大喇叭震天响的乡土风，办得肃穆沉痛，气象文明，还引起了当地媒体的注意——毕竟吴大北上次在医院救得人起死回生，算一位神奇男侠，记者们认识他。

记者们把这吴大北丧事新办，不扰民不铺张浪费的做派，当成一桩正能量新鲜事物来表扬。吴大北糊里糊涂上过一回电视，这段日子自以为陷入恋爱关系，颇为注重仪表，这下在各种镜头上大讲什么此心安处便是故乡，什么亲人的怀念就是逝者的栖息地，文艺青年的墨水终于有了发作之地，而且他想到自己的父母，讲起来情真意切，动人心魄，连带这黑黑的脸也显得耐看不少。

韩晓云坐车回了家里，先去看铺子，一眼就看见吴大北穿着她买的衬衫，身边围绕着两个花枝招展的小姑娘，肤白腿长，新潮彩发，举着自拍杆硬往他身上凑，正是当下最流行的本土网红。

"回来了？吃饭没？"吴大北看见了韩晓云，赶紧脱身过去招呼。

小姑娘们不甘心，追问这是谁。吴大北大声宣布："这是我女朋友，未婚妻，我家老板。"

韩晓云为忍住笑，把一张脸板得冷若冰霜，非常符合见了狐狸精就要拔刀的大婆形象。

两人没空闲谈，韩晓云先跟会计对账，店长给她买了盒饭，一看是炒米粉，里面还有些虾仁青菜，韩晓云问吴大北："你吃了吗？分一半给你？"

吴大北有些高兴也有些不好意思："你先吃吧，剩下的我吃。"

店长本来想说再买一份就好，一看这阵势把嘴巴按牢，悄无声息地退出去了。

毕总看望过一次马思晴，见她说话不多，眼泪流得多，跟过去判若两人。他心里也难过，硬着头皮说了些鼓励的话，一出门就对韩晓龙说："给她做个心理测试，我觉得这个状态不适合养病。"

他当惯领导，说话都像给下属派任务，韩晓龙本来心里就对他有芥蒂，这下更不爱听，哼了几声没答应。毕总很严肃地说："病人如果抑郁的话，恶性肿瘤那是雪上加霜，你可别不当回事，而且……"他顿了顿，"重病患者抑郁比率是非常高的。我哥哥当初还是个大学生，二级运动员，忽然得病一下就把他击垮了。本来医生说他年轻体质好，截肢以后就基本痊愈了，但他想不开，他体质比别人强，护士没想到他那么快就下了床，他单脚跳着到了窗户那里，从十楼跳下去……"

韩晓龙这些天，重病家属的故事也听得多了，但从来没想到衣履光鲜春风得意的毕总也有这样心碎的往事。他呆住了，不知怎么，伸手拍了拍毕总的后背。

半晌，韩晓龙说："嗯，我这就去给她挂心理科的号。"

毕总说:"在五楼,我知道,因为我也去看过。"

测试的结果出来,马思晴轻度抑郁。医生推荐了本院的一个癌症患者的自发组织"总有花开日"给他们,韩晓龙加了群,进去就看到大家正在聊疾病感受:

我那脓液流得满床都是,开始我还以为是把稀饭给打翻了,一看才知道不是,够恶心吧?

哈哈那算什么啊,我同事们给我组织的生日会,我都收拾好了还化了点妆,那里面可有我暗恋的小哥哥呢,结果,一吹蜡烛我喷出一大口血,立马拉回去抢救了。哎,我就是可惜那个蛋糕了,谁也没吃上。

……

诸如此类,看了让人哭笑不得。一群重病患者在群中兴高采烈地聊天,也是人间奇景。韩晓龙身为家属,看着看着,不由得热泪盈眶,他知道这些人说的都是:

我想活下去!不管怎么样,我都要活下去!

马思晴加了群,说了自己的病情,还没等继续说下去,就有一个群友说:"终于有宫颈癌的来了。"那口气让马思晴一瞬间很不舒服。想不到他继续说的是,"我姐姐去世了,她留下不少特效药,我们当时花了大钱在国外买的,这位大姐你不嫌弃的话,我就送给你吧。"

抗癌药动辄几万的价钱,着实让马思晴吃惊:"不可以,我付钱给你。"

"不用。我姐很坚强的,她一直送儿子考完了大学,给家里换了房子,大事都办完了,才松了一口气,放下这颗心,平平静静地走了,她总是照顾所有人,特别有爱心,临走特地告诉我说这些没吃完的药,你找个病情一样的人,送给她就省得她花钱买了。这点药虽然拆了封但也没过期,说不定能救命。我姐还捐了角膜。"

马思晴哭了:"她真是太好了,这么好的人为什么……"

群友顿时回复:"这话我不爱听,我们也没做错什么啊,我们也是好人啊,得癌症谁能预料,好多原因呢。"

"她新来的,最开始进来那个不是她老公么,说她都那什么了……"

"抑郁呗,谁没有过啊。这位姐姐也不是妹妹,不怕吓着你,给你看看我这个图。"

一张割腕照触目惊心。那位群友发了语音:"姐姐吧,我今年十九,大一,甲状腺癌转淋巴了,手术两次,化疗第五次了。我那时就想死,一个心思想死,不想拖累我爹妈,我还有个小妹妹,有她就行了,何必要我。可是我割手以后,我父母哭的那个样子,让我后悔了,我小妹妹半懂不懂,还去问医生,说要不要把骨髓给姐姐,她就有好多骨髓的。你看,家人爱你的心是一样的,就冲这个我也不能死,我要陪着他们,再怎么痛我也忍着,我要活着,多看看他们,多对他们笑一笑,不管我活多久,我要家人也知道,我也是爱他们的,我是为他们多活些日子,让他们将来不留遗憾,想起我来,会知道我也尽力了,我没有偷懒。姐姐,你也加油吧。"

"我会的。"马思晴把眼泪擦干,对着手机大声地说,"我会的,我马上就做第二次手术了,我会好好活着的。"

群友们又七嘴八舌开始聊上了,还说地下饭厅下午三点有活动,到时咱们去玩啊。

马思晴躺在床上动不了,韩晓龙让护工守着,他去了。

那里空荡荡一个大厅,有两个坐着轮椅的,还有一个勉强能走的,还有一个坐着面如骷髅,却擦着口红的。

大厅里放的是舞曲,热情奔涌,这几个人以各种姿势轻轻晃动,韩晓龙知道,这就是跳舞。他心里也起了热望:是啊,活着多好,即使是这样,人也是活着的,也在寻找快乐,怎么就不行呢?

马思晴看着韩晓龙拍回来的视频,含泪笑了:"下次,我和你一起去!"

吴大北办完了一家的丧事,从殡仪馆回了家已经是深夜了,他看到有夜宵店还营业,就进去打包了一份乌骨鸡汤,提着去了韩家铺子。店打烊了,旁边铺子还亮着灯,他给韩晓云发了个微信,一会儿,韩晓云过来开门,让他进来了。

桌子上放着电脑,一大摞文件,还有纸和笔,地上有个水盆湿漉漉的,韩晓云头发还没干,她穿着一件大T恤,额角带着汗,眉头微微皱着:"这些事没有头了,乱麻一样。明天就是冯老师的活动,办完了我得赶紧去省城,夏老师那边脚跟脚就要办,北京那边的摄影师也快到了,我的婚纱还在路上……这什么,鸡肉啊,你自己吃吧,我没空。好多事还没定下来呢,你吃完了自己回去吧,我还得干活。"

只有一把椅子,韩晓云坐在那里继续工作,吴大北坐在床上,本来想喝点汤,又放下了,喝了几口水。他看着她的背影,有点驼背,侧面看眉毛紧锁,不知道的还以为在忙什么大事。然而,他们这些小人物,忙也只是某个人,某个生命的一生大事,谁又会知道呢。

韩晓云感觉到了那只手笨拙温柔的抚摸，她走了神，觉得累。她知道他的怀抱就在背后，只要自己放松下来，倒进去，他会给她想要的，渴望的，也不过就是一点点的亲密和安全感，让她暂时忘却痛苦。这些天来拼命工作，挣钱，也无非就是为了这点临时的失忆。

但是人可以背叛自己吗，因为你想逃避，就可以拖另一个人下水吗？

韩晓云握住吴大北的手，她没有转身，摇了摇头："我不想……我累了……"

吴大北把自己的头埋在她的肩颈处，他个子高，弯腰颇为吃力。韩晓云被他毛茸茸的头发扎得有些痒痒，想笑，却笑不出来，她站起来，吴大北把她抱得更紧一些，她轻轻推他的头："你该理发了。"

他没有说话，用行动代替言语。韩晓云想起了很多年以前的那个小男孩，一下下把铅笔削得好好的，给她放进铅笔盒里，动作就是那么小心和温柔。我们长大了，我们不再是孩子了，所以拥抱已经不足以安慰，但更大的亲密，首先会让她痛苦，她无法避免地想到高家杰，他也是个温柔的男人，甚至可以说有些胆怯，她喜欢这样的异性，从来都讨厌粗暴和专横，但这样的人，可以容忍她的一些自我束缚之外的任性和专横。

我不行，我不想这样。韩晓云用了点力气，吴大北停止了动作，但并没有让她离开自己的怀抱。他的手有些粗糙，带着点香皂味儿，他的胡楂擦过她的脖子、胸口，韩晓云禁不住把他的头搂住，吴大北知道，这是无声的允诺。

韩妈妈早上给韩爸爸煮了猪蹄米线，以形补形。这猪蹄超市打折，买一送一，她抢着买了好多，回家卤得香喷喷的。自己和老头吃了不算，还得给亲家也送些。女儿虽然忤逆顶撞，但她毕竟搬出去一个人住，又忙好多事情，韩妈妈趁女儿不在搬了许多被褥过去给她，这会儿又起早给她送一罐子猪脚，不想见她，怕吵架，悄悄放在窗台上，又觉得不妥当，拿下来又想送到铺子里让店长给她，这么一来，给不给店里的姑娘小伙子吃一口呢？

正琢磨间，吴大北一推门，鬼鬼祟祟地从里面溜了出来，跟韩妈妈一照面，两个人都觉得自己比对方更吃惊也更害怕。

如果吴大北是明媒正娶的倒插门女婿，那估计韩妈妈会满脸赔笑，还双手捧上猪脚，让女婿好好补身体，然而并不是。

"啊……阿……"吴大北硬起头皮厚着脸皮想招呼一声阿姨，韩妈妈却把脸扭到一边，跟轰苍蝇似的冲他挥挥手，吴大北不会误会这是挽留或者问你好，他也绝对没有这个勇气跟疑似岳母聊家常。好在个高腿长，他跨栏一般三步并成两步，还一脚踢翻了个铁锅盖当啷啷巨响。伴随着他开门落荒而逃的身影，要说不是小偷都没人信。

"怎么了，你没摔着吧？"韩晓云听见声音，一开门，跟老妈面对面。她开始也有点尴尬，一看老妈那张铁青面孔，立即强硬起来。不能输，她又跟少女时一样梗起了脖子。挨刀是总得挨的，那我也得还手，你砍我杀我你觉得应该，那你就得接受我还手也是应该。

但是韩妈妈嘴唇颤抖，什么也没说，她气愤，想爆发，那罐猪脚蛮贵，舍不得砸，手既被占住了，也腾不出来打，再说，打，管用么？骂，这么多年来都证明了更没有用啊。一种深深的无力感击倒了她。

韩晓云被她的什么也不说击倒了,她看到妈妈脸色由青转白,那种明明气得要死却偏偏什么都说不出来的表情,顿时让她心软,她时常恨自己心软,但这心软了就硬不起来。

"妈,你吃饭了没有?我爸脚怎么样了,一会儿我带你们去医院复查。"韩晓云找了几句不相干的话说,算是勉强求和。

在韩妈妈眼中,这就是若无其事,好厚的脸皮,这都被亲妈捉了现行,脸都不红一下,还好意思东拉西扯说家常话,要搁她那年代,早就跳了井了。

韩妈妈把那罐猪脚很重但也很有分寸地蹾在女儿的脚边,既要传递出愤怒和鄙视,又万万不能把罐子给砸碎了,爱惜物件,这才用得久,这爱惜倒是没想过分一点给女儿,人么,响鼓必须用重槌。

韩晓云在妈妈转身离去的时候,还是听到了一声很小很小的"不要脸"。那声音里没有任何的力气,仅仅是靠着三个字本身的力量,就给了韩晓云一记大耳光,抽得她火辣辣地疼。

严苛的制约还是在她身上留下痕迹,她在中学、大学都不敢恋爱。好处当然是活得比较安全,但坏处是她一有能相处长,认真对待的感情关系,立刻想的还是买房,结婚,生子……直到高家杰结束自己的生命。

能跟王雨诗做朋友,很大程度上是韩晓云羡慕她活得自由,至少比她自由。

她总觉得自己像个老修女,毫无女性魅力,如果不是借着内心伤痛软弱这点借口,韩晓云也想不到自己会跟吴大北走到一起。当然,她也不知道这算不算是"走到一起",还是仅仅像妈妈的评论一样更简洁有力——"不要脸"。

那罐猪脚一直放到中午，店长过来收拾铺子，打开看了看，馊了，便直接扔进了垃圾桶。

冯老师听到韩晓云的汇报很意外，看得出她的震惊是真的。

她住的小屋装修简洁明快，用的是浅浅蓝灰和米白，窗边一个小小玻璃柜里，全是各色奖杯，随便拿一只出来也能让人郑重其事摆在中堂，宾客来时捧一捧自己吹一吹。在这里全然无用，排队挤在一起，倒是没什么灰尘，因为小鹿和周淑贞时常趁她打盹儿时逐只擦。

"死了？杜文洁……文洁是骨癌啊？那可是很痛的。我知道她跟章长江没有成，呵呵，章长江真蠢，他只是两个女生之间用来较劲的角色，却偏偏愿意上当。"冯老师轻轻笑起来，这两周没见，她已风采不再，整个人衰弱得像一缕青烟，但唯有眼睛，灼灼有神。

"韩小姐，你有空听故事吗？我知道你有。我也愿意说给你听，因为给相对陌生的人说，才是最安全的。那时我家境贫寒，上大学时连衣服行李都是拼凑来的。因为自卑，发愤读书，从来没考过第二。杜文洁比我们晚一个月才入学，她功课不行，在老师同学面前姿态特别低……"

冯老师的声音轻轻的，时断时续，但她的记忆那样清晰，让韩晓云看到年轻的天才女生冯婉宁慢慢放下戒心，接受了杜文洁的友谊，还有她送的许多礼物，花裙子，两个女生穿着连衣裙，在学校舞会里大出风头。而杜文洁也因为有了冯婉宁的帮助，才勉强一次次考试及格。

"章长江算是我们学长，学校看重留校了。其实，我觉得他先是被杜文洁吸引到，想通过我来接近她。那时年轻，我承认我是个好胜的人,稍微流露好感,他已经受宠若惊。我那时也被家里催着交男朋友啊结婚这些,觉得如果找他,也不算是个坏事。杜文洁公主一样的人,相亲都是权贵子弟,说什么也轮不到我们这些穷学生。所以我想不到后来,杜文洁会抢走章长江,要跟我交换个保研资格。多可笑啊他居然是个筹码,保研资格也是……你知道吗,韩小姐,对那时的我来说,友谊才是世界上最珍贵的东西,无论是保研资格还是男朋友,都没办法与之相比。最令我灰心的是这种背叛,是两个人明明那么亲近要好,忽然露出凶残面目,要狠狠地咬伤你,置你于死地,而为的只是一点点蝇头微利,桌子上扫下去的残渣碎屑。

"章长江喜欢杜文洁但从来不敢奢望得到她,这下一有机会当然俯首帖耳,但杜文洁永远不会知道,只要她一开口,让我把保研资格让给她,我就会双手捧着给她。有什么大不了呢?当年考研我是本专业全国第二名,什么学校我考不上?嘿。这世界上的事,都跟考试一样简单,都跟做题一样对就对,错就错,那该多好。

"文洁为这事内疚一辈子,那也很好,这样,她就永远记住了我。"冯老师闭上了眼睛,两滴眼泪很艰难地爬过脸颊。

"冯老师,您给我的名单,我也都一一打电话核实了,冯老师,您……要不还是先休息吧。"

"不,你说吧,我闭着眼睛但是没有睡。"冯老师仰头靠着一只真丝软枕,雪青色,在周淑贞的办公室里韩晓云也见过这么一只,桌子上放着一套精美的茶具,毫无疑问是卫家敏的孝敬。只是弟子们再多付出,也不能挽留老师哪怕多一秒的逗留。

"另外的几位,我核实过,也都找到了他们的家人,确定他们也都过世了,有绝症,有建筑事故,还有被判刑死在牢里的,自杀。都是几年前的事了。"韩晓云听到冯老师跟杜文洁的渊源,心说剩下的这几个估计也不是好人,于是也不怕说出来刺激她。

不错。冯老师睁开眼睛,灼灼有神,"可惜不能喝酒,不然真想干一杯。"

护士过来打断了谈话:"您应该休息了,血压也要量一下。"冯老师冲着韩晓云一笑,依稀还是酒楼上邂逅的气质美人:"辛苦你了韩小姐。事情不会辜负认真的人,我也不会。"

韩晓云站起来微微鞠躬,只是她根本没敢问,这些人的下落一问即知道,冯老师自己动动手指或者让弟子打几个电话写几封信就可以解决,为什么非要找她呢。

但是她没有时间想了,主持人雅雯已经到场,外面一场盛大聚会已经倒计时,地点就设在这栋楼的大厦顶层,物业公司老板的亲戚就是开发商,也是从建筑学院毕业出来的,周淑贞早打点得妥妥当当,还调了几个物业下班后加班配合工作。

下午四点,冯老师被问要不要换一件漂亮点的衣服,她意兴阑珊,挥挥手,意思是随便。护士便给她换了一件浅蓝色裙袍,又给她戴上了珍珠项链和耳坠,虽然坐轮椅,也配了一双珍珠白的鞋子,她最喜欢的中根。

"是又有什么事情瞒着我?"冯老师是爱美之人,一打扮整个人不由得多了几分精神。她笑眯眯地问护士。

"等到了您就知道了。"护士出门,韩晓云和卫家敏早在外面等待。卫家敏穿了一身正装,挺拔俊美,一对袖扣是冯老师多年前在他的创业派对上送的,郑重其事戴着。韩晓云穿黑裙子,但手里捧着一大束鲜花,火红金黄,色彩斑斓,她从中轻轻抽出一枝百合，放在冯老师膝上，让她嗅那香气。

"明白了。"冯老师笑笑，眼神明澈，"是的，也该跟孩子们热闹一下了。"

她奋力把脊背挺得更直些："淑贞呢？一会儿让她给我化个妆。"

顶楼外面守候的是小鹿，她不敢看卫家敏，打开一个小小化妆箱，手指敏捷灵活，一下给冯老师的脸上了一层淡妆，还扑了些闪粉。

"再打扮可要成老妖怪了。"冯老师忍不住笑了。卫家敏却在后面说："您在我们心中，是全世界最好看的人。"这话难免让人觉得轻浮，不知为什么，他说起来语出至诚，反而有些动人。

大门打开，华灯盛宴，处处鲜花和建筑模型，布置得错落有致，一个人率先迎上来，蹲下身子："老师，我是许自强，小许。"

"小许，出国那么多年……咱俩多久没见了？上次视频还是你儿子上大学吧？"冯老师握着他的手，感慨万千。

音乐声起，主持人雅雯翩然而至："冯老师到场了，请许教授致辞。"

许自强接了话筒，没说话先哽咽，全场也被这哽咽声打动，一时间无比安静。

"我是冯老师带的第一届本科生，她比我们大不了几岁，可是很关心我们。家里穷的，她给买饭菜票，说考试考得好给的奖励，其实都是自己掏的钱。我考上了研究生，母亲却常年卧病，她跟系里给我申请了宿舍，让我母亲也能进城看病，跟我住在一起，硕士三年……三年里都是她按月资助我，直到我也能给学生上课，有了一点收入。"

"小许，你说这些干什么，我都忘了。"冯老师有点尴尬。

"不，我要说，我出国时，又是冯老师给我推荐学校，凭她在业界的声望，我才拿到奖学金。临出国辞行，她还给了我一千美金……那时的一千美金啊，嘿！后来，我自己经济条件好了，想还钱给她，她让我捐钱给基金会。从那以后我每个月都捐，但是再捐多少钱都比不上她对我的帮助。"

"滴水之恩，涌泉相报。"许老师提高了声音，大屏幕上出现了非洲草原，孩子们灿烂的笑脸。"这是我在学校带领几个博士生搞的项目，已经十二年了，在非洲义务建设雨水回收利用装置，解决当地的饮用水问题。我们这个项目已经技术成熟，现在又回到国内，在一些缺水的贫困地区开始投入使用。而且，每个项目负责人自己筹款，募捐，不要当地百姓一分钱，希望我们学到的东西，真正能回报社会，为人类造福。"

"小许，你可真了不起！"冯老师脸上涌起了兴奋的红晕，"在我来看，这比我设计的什么大厦，图书馆都有价值。"

许自强看着冯老师："我只是从您那里学会了，有余力时，多为别人做一点事，也许就能带去很多的幸福。谢谢老师！我永远是您门下大弟子，要说岁数，真要数我最大了！"

场下一片笑声掌声。接着，又一个长裙女子走过来，蹲下身子，跟冯老师握手。

主持人雅雯介绍："下面有请我们永宁教育集团董事长，萧永春女士致辞。"

"永春，你怎么有空过来？"冯老师又惊又喜。

萧永春没说话，直接过去接过话筒："长话短说，我跟大师兄一样，是冯老师为我申报奖学金，指点我做毕业设计，我得了那年学院的最高奖,但我早已声明,那有一半是老师的心血和功劳。我毕业时环境好,在香港工作了几年,给房地产商打工收入不少,但当我开着车,穿着几万块一件的衣服,吃着鲍鱼燕窝的时候,我总是怀疑自己,人生就为了这些吗?我从最艰苦的农村考出来,蒙老师对我的无私关爱,让我有了体面的工作,富足的生活,这就是一切吗?不是这样的,所以我回来创办了学校,也去重修了一个教育的硕士文凭,最开始办学校千难万难,可是我每次要请冯老师来给学生们讲几句话,她从不推辞,好几次直接从工地赶过来,教育孩子们要好好学习,知识改变命运,用努力去丰盛自己的人生。而且她还会帮我募捐,让一些地产商给我便宜的校址,办起分校。她告诉我说,学校办好了,收入多了,你也可能帮帮人,让穷人的孩子也能上学,尤其那些打工人家的留守儿童。这话我一直记在心里,永远不会忘。因为我自己就是这样的孩子,惦记我的,就是老师这样的人。"

大屏幕上出现一排排数据:永宁小学,永宁高中,永宁幼儿园,其中打工子弟的比例在逐年升高,接着,时间越来越近,还出现了高考喜报,985大学三十余人,211五十余人,再往后,清华一人,北大两人,再往后。开始出现国外名校……

"办教育跟搞建筑也差不多,都是打好了地基,万丈高楼平地起。永宁集团永远有冯老师的一个宁字,我也会在毕业典礼上告诉每个学生,穷不可怕,要对自己充满信心,白手起家,盖好了你自己的大厦,别的穷孩子也能遮风挡雨。"萧永春指着大屏幕,上面出现了一张合影,是年轻的冯婉宁搂着更年轻的萧永春,背后是以前建筑学院的主楼。

"老师的教诲,我铭刻在心,老师的慷慨,我永志不忘。永宁集团会一直专注教育，让更多穷孩子能上得起学。这一切，是因为冯老师当年撒下了一颗种子。"说完后，萧永春步履轻快，回到冯老师的身边，递上纸巾，给老师轻轻抹去眼泪。

接下来被雅雯请上台的是几个年轻人，不到三十的年纪，穿了礼服也有点局促不安，互相推让了一下，一个姑娘拿过了话筒："本来，我们还挺自豪的……不过看到师哥师姐的成就，又觉得没什么了，不值一提。我是冯老师基金会资助的女生，当时我父母下岗，听说有专门资助女生的项目还怕是骗子，没想到是真的。我跟他……这是我老公，也是我学长，我们都在工程设计研究院上班，有次我们出去旅行，喏，就这边，风景特美，但是村里没有路啊，都靠着人两条腿走，还有几百年前的那种索道。我们就琢磨要能修条路就好了，就又找了几个校友，就是他们，我们在网上募捐，趁年假在当地施工……喏，修好了是这样的。现在村里家家户户搞电商，把土特产都卖到大城市里来了。"

大屏幕上出现修路前的破败衰颓景象，和修路后一家家整齐的小楼。还有穿着少数民族服装的孩子，好奇地挤在镜头前面。

接着一个稚气的少女对着镜头说："谢谢修路的好心人，我们能去县城读书了，我是村子里第一个大学生。"

"开始比较难，后来我们也就一直坚持做下去了。到今天为止，统计了一下，我们修的这些长长短短的路，合计也有一万公里了，这是我们今天站在这里的原因。"

台下掌声雷动。发言的姑娘也泪花闪烁："没有老师资助的昨天，就没有我们去助人的今天。不怕大家见笑，那年高考结束后，我就去了咱们郊区的工厂打工，还是个很熟练的缝纫工人呢，哪能想象我也能当个建筑师？我们几个人也得过几个业界的奖，很凑巧，其中有两个都是冯老师得过的，我们就盼着有机会把这个奖杯带来，给老师也看一看，让老师也高兴高兴。"

台下一个大眼睛小男孩一身西装，带点吃力地抱着几个奖杯，到了轮椅处一股脑放在冯老师膝盖上，韩晓云忙捧起来，怕压坏病人。冯老师看了看奖杯，倒是看小男孩更多些，伸手摸摸他的头："长大想做什么呀？"

"建筑师！就像我妈妈那样，给人盖房子，修路，让他们有房子住，有路可以走。"

冯老师连说了几个好，对他竖起大拇指。小男孩笑了，也竖起大拇指，跟冯老师的大拇指轻轻贴了一下：点赞！

台上还有被资助的建院学生在设计大赛中获奖的，有创业有成，捐款回馈基金会的，有下乡支教和孩子们画了许多给冯老师的画，有一位迷恋无人机摄影，成为直播旅游博主的最别出心裁，他拍了好些自己在中国各地的行游照片，每张照片都有基金会的小旗帜出镜。

孤儿院的孩子也来了一大群，表演诗朗诵。有些小的咬字不清，却还非常努力，实在让人爱怜。

周淑贞一直在忙着会议流程，等孩子们表演结束，活动也近尾声，她拿过话筒，说："今天这个聚会，只是盼望老师给我们一个机会，能表达心里的感激。您施恩不望报，但我们每个人，都会把受到的关爱记在心里。记得刚上建院时，您跟我们这些贫困生见面，说要好好学习，那我就一直考全优。毕业时您来看我，说我很有前途，要好好努力，我就努力去创业。开公司不顺利时您鼓励我，说我品性坚韧，这就是难得的，一定能把事情做好，我就拼命去争取机会，别人看不上的小项目我也去做，直到今天。

我知道我不是最优秀的学生,也不是最有天分的学生,更不是最有成就的学生,但是我希望我是个最听您话的学生,只要您说的,我就不管怎么都要去做到。那还是几年前了,在您家里聚了几个老同学,大家都唱歌给您听,我从小不会当众唱歌,只有我没唱。您说我声音好听,希望我也能在人面前大声唱歌。我在一年前就去找了音乐老师,实在五音不全,但是只练这一段,也练熟了,让我唱给您听。"

周淑贞声音确实圆润动听,勤学苦练,这一段意大利语的唱段也唱得深沉动人。

唱完后她示意大家不要鼓掌,而是弯腰对着孤儿院的小朋友们说:"我跟大家一样,都在孤儿院里长大,我知道你们心里想什么,我唱歌是要完成对老师的承诺,更想告诉你们,再难的事你都不能害怕,你只要努力去做到,那你就能做到。"

"淑贞,你唱得真好。"冯老师在远处为她鼓掌,周淑贞当场泪目,但她硬是把眼泪忍了回去,笑着说:"幸亏老师不是要我跳舞,否则我可就惨了。"

冯老师看着周淑贞,感慨万千,环顾周围这些有些熟悉有些陌生的脸,慢慢地说:"我感谢各位来这里看我,要说告别,就太伤感了。我希望来人世一场,尽欢而散。刚才你们说的那些事,其实很多我都忘了,不是说施恩不望报,因为我根本不觉得那是恩惠,那只是我应该去做的事。我是建筑师,很理性,很现实,但我要承认,自己对这个世界,一直有些天真的幻想。自己穷苦时,没有帮助,那么等我有了钱,我必定要去找到有需要的人,只是帮一点点,也足够渡过难关,可以再走下去。许自强,我的大弟子,你早早就有自己的观点,搞学术成为业界专家是顺理成章的,我真没想到你还做了那么多基础建设。萧永春,这么多年来,你是我见过的最有天分的学生,我也绝没有想到你会半路出家搞教育,还搞得这么大规模。邓莲莲,我应该只在入学时见过你一面,没想到你们修路修出这么多成绩,造福老百姓,我得向你们说声谢谢。周淑贞……我教过的学生,带过的助理,数不过来,你照顾我最多,最细心,你也真的最听话,常常我随口一说,什么吃的用的你都给我找来,你做到了,言出必行,你真的就是这样的人……我真要谢谢大家给我这个机会,看看各位的成就和收获,我很感动,也很惭愧……在你们眼中,我总是高高在上的老师,似乎很完美,其实根本不是这样的。韩小姐,之前我托你做什么事,你可以告诉大家。"

韩晓云忽然被许多眼睛盯住,镇定了一下,清晰地说:"冯老师托我查访几位长辈,我调查的结果是他们都在几年前过世了。"

"呵呵,孩子们,你们看,这就是老师的阴暗面。在你们面前,我也终于可以面对真实的自己。这些年来患病,在别人面前,我似乎很坚强也很快乐,很多人包括医生都说,我已经做到了最好。也有人说这是我的福报,因为我做了善事,上天才网开一面。并非如此。我撑下去是靠着仇恨,每当我想到那几个伤害过我的人,我就告诉自己不能死。欺骗我的人,背叛我的人,性侵未遂纠缠我数年的人,盗窃我的论文成果据为己有,靠着权势不让我发声的人,嫉恨我打压我,自己贪污还栽赃给我的人,凭什么他们不去死,我不亲眼看到他们的下场,我凭什么要去死?你们是不是很吃惊?"冯老师笑了,带着点悲凉,"我也只是个人,很普通,没有大家认为的那么高尚。我本来想办一个自己的葬礼,就找这几个人,我要当面把他们对我做过的坏事给揭出来,我要看看他们知不知道羞愧。但他们都死了,其中还有一个曾经是我最好的朋友,人只有在年轻的时候,才会那么要好。听说她一直内疚,我顿时就一点也不想计较了。她伤害我,说不定我也先伤害了她,年轻时的毛病,就是完全不知道自己无意中就刺伤了别人……谢谢你们给了我机会,让我能够反省自己。人啊,来到世界上,认清自己是一个大任务,又有几个人能做到呢?呵呵。"

"这场聚会还是圆满结束了,按照中国人的喜好,一切圆满,即便有些不足,至少也说成是圆满。"冯老师的头靠着轮椅背,卫家敏推着轮椅,韩晓云跟在后面,以为她睡着了,不想却听见冯老师轻声问,"韩小姐,这活动是你承办的吧?"

"啊也不全是。淑贞姐、小鹿,还有卫总都帮了我很多,建院的领导,学生会,咱们基金会也都很帮忙……大家一起办的。"韩晓云心说这活动人多事杂,大多数人是帮忙也不少人是添乱,只是每个项目都如此,又何必细说,不如你好我好大家好。

"办得很好了,除了我露出狰狞面目,把你们吓一跳,哈哈哈。"冯老师笑声轻快,听起来活脱是个顽皮少女。

"没有没有。老师让我又懂了很多,现在说不出来,得慢慢领悟。"韩晓云这次语出至诚,绝不敷衍。但这敌不过卫家敏蹲身下去,对冯老师说:"你永远不会狰狞,你永远最美也最好。"

因为太过诚恳,几乎让人信以为真。冯老师只是笑笑,不说话。

小鹿带着护士赶上来迎接,把冯老师簇拥着回了家,韩晓云立刻反身回去现场,人差不多走了一半,还剩下一半都是校友,茶酒言欢。周淑贞控场能力一流,现场已经变成温馨派对,话筒和大屏幕都悄悄移走,不留痕迹。

271

"不结婚就不结婚喽，我早就受够了我妈妈那样的生活。"一位白衣女子美貌出众，却在发表不婚感言。周遭纷纷附和，在场人等一大半都是建筑师，不是讨论专业问题，就是这些私人小八卦。

"淑贞姐你其实要结婚有现成人选，看看家敏师兄不是很好吗？你们那时神仙眷侣一样，我们都羡慕死了。"邓莲莲让儿子老公先走，自己留下来跟师姐妹们大聊特聊。

"他再好那是他的事，再说，你看他的花花肠子。其实，他心里有人，勉强不来，就不要勉强，我能勉强自己做到自己做不到的事，但我总不能勉强别人。"周淑贞一饮而尽。

邓莲莲样貌普通，只有眼睛秀丽灵活，聪慧流溢："我知道是谁，我们都知道。"

韩晓云默默地整理设备，把一些角落里的绿植搬到一起，她也拿了一罐冰冻啤酒，大致收拾得差不多，开了猛喝几口，看着顶楼下灯火辉煌，热热闹闹的人间气象，不由人不心生留恋。

周淑贞走过来，带了几分醉意："不错，今天大家也还都不错。你可以，口风够紧的，到最后让你说你才说。呵呵，我知道老师不想我惹事，不然谁对她不敬，我一定想方设法替她讨回公道。"

"你对老师真好。太爱她了。"韩晓云看着周淑贞，觉得微醺的她比之前亲切。

"爱……嗯你说得对，我一直都很爱她……我经常幻想她就是我妈妈，因为我这辈子都没见过父母，是爷爷带大我的。"周淑贞看着远方，语带怅然，"但要说爱，我不算最爱她，最爱她的另有其人，爱到要在我的身上寻找她的影子。蠢，但我能理解……"

办完了冯老师的活动,韩晓云松了一大口气,觉得明天赶去省城要办的活动不算什么了。夏美娟时髦人物,对聚会最有心得,尽量满足她的需求,那便一切是好,世间多的是意难平,谁又能真正顺心如意。

她回了自己的住处,已是深夜,外面被店长清理得气象一新,好多货架也都运来摆放好了,估计是只等她回来指点位置,好放在屋里。

吴大北从殡仪馆回来,开车放慢速度,看了一眼韩晓云的窗口竟然还有灯。他把车停了,过去敲门,一推却开了。

韩晓云正汗流浃背,把一个货架拖到屋里去,那些货架总有十几个,拖走了一半,所幸地上是瓷砖,没被拖拽得道道划痕。

"你这是干什么,不会等着我来弄么?"吴大北麻利地把衬衫脱了,抖了一下搭在肩膀上成一个垫肩,伸手把货架一背,铁架子着力点正好在垫肩上,直接就给背进去了。里面房间挤着好多货架,狭窄不少。他背了几次,顺手又把里面的空间整理了一下,总算把货架都放下了。

"这边淋浴弄好了,你洗澡么?"韩晓云问他。吴大北犹豫了一下:"不了,我没有换洗衣服。"韩晓云接了一盆温水,里面放了条毛巾,吴大北接过去擦了几把,这才觉得肩膀酸痛。韩晓云看到那衬衫下面,肩膀压出两道红,知道他也背得够卖力的,可惜不是在家,在家还有老爸常贴的膏药可以给他贴上。

"冯老师的事你都办好了?我看到朋友圈里有人转发一个现场视频,那个周总还是女高音。厉害了,你们办得欢天喜地的。"吴大北看看她,笑了。

这些人就这讨厌,什么事都拍,都发,没劲透了。韩晓云把

273

吴大北搭向她肩膀的手挡开了:"别这样了,我累了。"

"嗯,你好好睡觉吧,我就是过来看看你。"吴大北说着,却不大想走。他把脸伸过去,贴在韩晓云的脸侧,"你试试,我脸洗好了是不是还挺光滑?"

"你是光滑了,我全是汗。"韩晓云觉得他这么耍赖笨拙又好笑,马小步逗大人开心才来这一套。

"你也回老家了,要不要我们按老家的规矩来,我上门给你父母提个亲,你就到我那边住吧。早就说要装修我都没动,还有城里的公寓我也带你去看看,你想怎么装,随你。"吴大北说的话毫无浪漫,但对于他们两个本地孩子来说,这就算是郑重求婚。

只是韩晓云的心猛地痛了起来,那种无可名状的痛苦,猛兽一样撕扯着心,吮吸她的血,让她愤怒、懊恼、羞愧,一瞬间恨透了自己。

就这么快的速度,你就忘记了高家杰吗?为什么你可以这么快就去另找一个人,和他说笑、谈情,你不是说这些都是安慰伤痛吗,你不是说这些只是让你逃避他自杀带来的痛苦吗?你在骗谁?是骗自己,还是骗眼前的吴大北,还是冥冥之中,不知是不是注视着你的亡灵?

吴大北看到她脸色变了,以为她精疲力尽实在累坏了,越发想抱住她安慰。

韩晓云伸手推开了他,她厌恶此时的自己,但她还是说话了,嗓子里像被塞了一大把玻璃碴:"我们不能在一起,对不起,我只是……拿你来……不,你不是谁的替代品,他……也不是谁能替代的。我回来就是想逃避,我胆子小,笨,懦弱,我特别糟糕。要不是我特别糟糕,也许他还不死了,也许年底我们就结婚了。

我不能这样,我不应该这样,我不能……吴大北,你对我好,我不能再欺负你了。"

"你现在说这些,晚了。你小时候就欺负我,你以为道歉就管用?你得赔给我,你得把自己赔给我才行。你不能这样,随便把别人的人心抓走撕碎再这么一摔!"吴大北气得语无伦次,话说一枚文艺青年看过的爱情小说足以堆满身边这些货架,然而,等到了该你说的时候,这些看过的书统统用不上,不是书到用时方恨少,而是你根本发现自己是个文盲,压根儿就不知道此时的心情该如何描摹,怎么说出来的话才能让对方明白心意。

"都过去了,韩晓云,我们干这一行的,比别人更懂这句话:人死不能复生。你为什么非要自己给自己受这个罪,这事你不能怪到自己身上吧。"吴大北冷静了一些,说话就开始文绉绉,"天地如逆旅,人生如过客,你要真的尊重死亡,就更应该尊重自己的生命。"

"我怎么没有尊重生命了?我在努力工作,送走那些人,我用心做事,难道不是尊重生命?你说这些话,都是空的,你……"韩晓云不服气,但她不知怎么,说起来也理亏。

"我不是空的。"吴大北把她的手拿起来,放在自己的脸上,胸口上,"我就在这里。有一阵子吧我活得浑浑噩噩的,爹妈都走了,家里只剩下我自己,我也不知道该怎么办好,我也交女朋友,可是我不想结婚,不想成家,觉得最后不还是家散人亡么?你对我说这话,我也对别人说过差不多的,人家立即就转身走了。人都有自尊心,人都不想浪费时间,谁会把自尊心用在拿来浪费的时间里。"

"所以你走吧,你别管我了。"韩晓云把手抽出去,她觉得自己应该哭，但身体沙漠般干涸根本榨不出一滴眼泪。

轻轻的关门声，韩晓云知道吴大北出去了，他总是很有礼貌地把门轻轻带上，不管是在家，在医院，还是在殡仪馆，他总能记得一点别人不注意的礼仪。这点礼仪让韩晓云永远能在这个长大了的黑皮成年男子身上认出自己当年的小伙伴，那个白净，整洁，彬彬有礼，总是让着她，对她好的小男孩，而自己，还跟当年一样，蠢，任性，蛮横，随时为了发泄自己的脾气去欺负他。

但是你不能就这么把高家杰放下了。韩晓云保存着丁一鹤给她转过来的日记，一直没有勇气打开，她一直很愚蠢地认为，她不去看，那就不是高家杰的遗物，他还保留着他那点小心翼翼的秘密，因为这个秘密他就有一部分活着，温存，稀薄，可以感知。她不想切断跟他之间的联系，虽然没有举行婚礼，但韩晓云觉得自己已经跟他走完了一辈子，尽管那只是他的一辈子，短了点，可也是一生。

她把货架又搬了一下，挪动挪动，看起来更整齐。这一向都是高家杰喜欢做的事，他整理出来的厨房，比她整洁很多。她有时做事被人夸有条理，会微笑着想起高家杰，是他身上的一些好习惯影响了她。她甚至想过，如果有孩子，最好能像他，不要像自己，因为没有人比她更了解自己内心的困顿不安，随时爆发出来的尖锐连自己都感到疼痛。

是啊，我们说好了结婚，说好了要一起生孩子的，那你现在在哪里，为什么在我身边的人不是你，为什么你可以一言不发就走，我也有自尊心，我也没有时间啊！

汗水和着泪水流在一起，满脸黏糊糊的，韩晓云把给吴大北洗毛巾的水盆端起来，想出去倒掉，想了想又放下了，把毛巾投洗了两把,狠狠地擦自己的脸,胳膊,像是想把自己的皮搓掉一层。

她端起水盆到了洗手间倒掉,又打了水,洗脸,洗头,洗得哗哗响。最后再拿起一条毛巾,把自己擦干。看着镜子里模糊的人影,日子还得过下去,即使是这么伤心,让人焦虑,惶恐,不知该如何是好的日子,你活着,你就得过下去。不管是不是有人陪着你,还是自己一个人,你的生活始终是你自己的,自己扛着。

何况,除死无大事。韩晓云把水盆洗干净,顺便清理了一下洗手间,洗了墩布,挤干,拿出去拖地,小三间的房间也不大,一会儿就拖完了。她又洗了墩布,拿到外面去晾。

一推门,韩晓云看见黑黑的人影在不远处,险些把墩布抡上去。接着才看出来是吴大北,垂头丧气,在那里站着抽烟。头上一轮金黄的月亮,院子旁边也有柳树,然而他也辜负了那些读过的诗和写过的字,你想要的人,她不要你,你能说什么还是能做什么,除了等,傻瓜一样。

夏美娟给念宝的草坪派对远比想象中更优美也更隆重,因为来的都是俊男美女,身穿礼服,让韩晓云庆幸自己在婚礼和葬礼上永远正装,不会出错。夏美娟穿了一件白色薄薄绉纱的裙子,周身缟素,更衬出她的飘逸不凡。

还有几个朋友带了自己的宠物,有只白博美还穿了黑色燕尾服,胸口跟主人一样插着小小白花。

"念宝是最可爱的大狗,他从来不咬小型犬,我家乖乖每次凶他,他都不在乎,有一次有个大狗要咬我家乖乖,还是念宝冲在前面挡住了,不让咬,啊念宝你真是个好孩子,可惜你怎么不陪着我们了……"白博美的主人哭得最伤心,还是夏美娟把她劝住了。

一对夫妻看起来脸熟，似乎演过某部热播的电视剧，带着小女儿过来，小女儿抱了一大袋狗粮，茫然地打了个转，妈妈指点她放在了念宝的照片前面。

"谢谢念宝，美娟老师不在家的时候，你就去自闭儿中心义务跟孩子们玩。你那么温顺懂事，容易开心，孩子们都喜欢你，你不能去了之后，他们都想你，还给你写信，画画，你付出了无私的爱，孩子们也爱着你。"自闭儿中心的老师是少数几个衣着平常的与会者，她把一大沓纸放下，跟夏美娟紧紧拥抱。

一大群流浪狗由义工们带着来了草坪，平时它们很少有机会到这么大的场地，兴奋得吐着舌头，却又不敢随便跑，眼巴巴地看着人，等待允许。

夏美娟把念宝照片前面的狗粮、罐头，都拿下来，让义工分给狗狗们吃，家里的保安拉起了大网，圈出了一大块场地，让狗狗们进去玩，还有一个工人拖来了大型充气水池，现场在里面放水，狗儿们在里面尽情撒欢，看得每个人脸上都浮现出了笑意。

音乐选的是《小狗圆舞曲》，韩晓云随时盯着音响，保证循环播放。夏美娟给她拿了杯果汁过来："很好，我很满意。谢谢你，也谢谢这些朋友，都肯陪着我送送念宝。我其实看开了，走了也好，这世界没什么可留恋的，不过是过一天就算一天。"

"不，念宝的生命跟别人不一样，他有您的爱，他一定不会觉得过一天就算一天的。"

"但是，太短了。韩小姐，你还年轻，无法体会我的心情……"

"夏老师，我因为做这个职业，见过的葬礼比别人会多一些，请您相信我，念宝是很幸运的生灵了。有很多人来不及表达爱，没有说清楚为什么，甚至也没有一声告别，就离开了世界，留下的伤痛，只能让活着的人忍受。您和念宝已经是所有人中最幸运的一种，衣食无忧，医疗条件优越，有很多时间一起享受快乐，而且最后好好地说了再见，相信我，这是最好的了。"

韩晓云说着，不觉伸手拭去了眼角边的泪珠。远方那些流浪狗，有的皮毛暗淡，有的瘦骨嶙峋，有的一瘸一拐，但它们正奋力地享受欢乐，吃着玩着游着跑着。

夏美娟眺望着狗儿们，感叹着："生命就这么顽强，然而，你有再多的钱，想换回念宝的一分一秒，又怎么能做到？韩小姐你说得很有道理，我应该多感恩自己的拥有。这家流浪狗中心一直由我捐助，以后我会扩大规模，再到郊外选址，召集义工，让更多的流浪狗能有个安身之处……"

没等她说完，只听见远处一片忙乱，围起了一圈人，不一会儿，还发出了欢呼声。

韩晓云和夏美娟赶忙也走过去，人群自动给她们俩让路。一只瞎了一只眼睛的狗妈妈，正努力地舔着自己的孩子们，一共有四只没睁眼的小狗，正钻在妈妈怀里吃奶。

义工轻声说："这狗妈妈太聪明了，它一直在菜市场流浪，找吃的，可能也在观察谁对它好，挑了一个心肠最好的顾客，一路跟着她到了家门口，就睡在人家门口，也不进去，见人就摇尾巴。它就是想给孩子们找个好地方。那姑娘是租的房子，不能收养，特地把它送到宠物医院，洗澡检查身体，说有很多病，快不行了，又送到我们这边来了，我们真以为它随时会死的，没想到，它这么努力地活下来了，就为了把孩子们生下来。"

夏美娟蹲下来，看着那狗儿，狗妈妈用仅有的一只眼睛看着她，那眼睛旁边还有长长的泪痕。

　　这是和我有缘了，你找了那么多人，其实最后找的是我。留下来吧，我养着你，你放心，孩子们我都会好好照顾的。夏美娟伸手过去，摸了摸狗妈妈的头。她躲了一下便不再躲，伸出舌头，轻轻舔了下她的手。按说生了孩子的动物最凶猛，但她想必尝尽了世间的苦，所以才一眼就看出了人的善意，不咬，也不逃，只是哀求。

　　宾客里有宠物医生，去车上拿了个宠物笼子，把狗妈妈和孩子们都搬运上去了，带回医院全面检查。夏美娟在后面说："费用您记在我的名下就可以了。"医生对她笑笑："这次免费。"又说，"大家不用担心，我看它生命力很强，苦尽甘来，以后多半会好起来的。"

　　夏美娟跟着韩晓云回到了别墅，她亲手倒了杯绿茶，幽幽清香："韩小姐辛苦了，我很意外，没想到派对可以搞这么好。"

　　她眉宇舒展很多，想必是新来的流浪狗一家又给了她新的牵挂和依恋。

　　韩晓云一笑："夏老师，我们有一项额外的服务，也不收费，您跟我到放映室去一下吧。"

　　夏美娟很意外，但还是跟着她去了地下室。吴大北和夏美娟的秘书正在那里调试设备，见她们过来了，直接关了灯。

　　大屏幕上，一只活蹦乱跳的大金毛冲着镜头跑过来了，使劲地摇着尾巴，扭着身子，张大了嘴，哈哈直笑。接着，是小时候跑动的他，大了一点的他，成年的他，还有老年的他，3D效果视觉冲击远超普通的家庭录像。最后是一连串狗狗的欢叫，字幕打出 love forever。

总长度不到一分钟,但是建筑学院的天才少女刘美今带着她新收的小学徒累得死去活来,熬出了大熊猫黑眼圈,才从几十个小时的视频中打捞出合适的材料,做出了这段动画。杜兴海开始被吴大北抓去当学徒还老大不服气,看刘美今身形幼弱言语稚嫩,更是不如他这样的"老江湖"。

然而,行家一伸手,便知有没有,杜兴海真正明白了什么叫人外有人天外有天,从此刻苦攻读,发愤学习搞创作,三年之后,自己拍的三分钟动画电影在网上爆红,各种拿奖,成为新锐动画电影导演,这也是大家始料未及的了。

眼泪终于夺眶而出,再也不能遏制,夏美娟看着念宝的样子,哭出了声。她一直极冷静也极善解人意,但悲伤深深压抑在心底,既然谁也不能理解,白白悲伤了给谁看呢,也许在别人眼中,你也只是个有钱到无聊的老女人而已。念宝也只是一只狗,随处可见,毫不稀奇。

每个人的悲伤都只是自己的悲伤,谁能真正感同身受?也正因如此,稍稍得到一点了解,便可贵异常,可以让我们暂时放纵自己的软弱,不再假装坚强。

她再也不想拦住这些奔涌的眼泪了,多少年来,夏美娟从未哭得如此痛快。

韩晓云过了一阵子,才给她递上纸巾:"美娟老师,我跟您说过了,这就是最好的告别、念宝也会永远爱你,记得你,这个是我们专门为您做的,爱就是最好的纪念。"

"谢谢。"夏美娟给了韩晓云一个拥抱,她香香软软像一朵云,眼泪沾在了韩晓云的肩头。

从省城回家的路上,吴大北和韩晓云基本保持着沉默,除了韩晓云收到夏美娟的微信,说那个狗妈妈打针治疗后情况大好,医生啧啧称奇,四个狗宝宝已经被来的宾客收养了三只,最小最弱的那个她留下了,跟妈妈一起养。

妈妈叫月亮,宝宝叫星星。你看夏老师还真会起名字。韩晓云边刷手机边跟吴大北说。他只是嗯了一声。

微信又是一声响,韩晓云看了一下,惊住了:"夏老师额外给了我们十万块钱……为了那段动画……"

一直没说话的吴大北终于开了口:"咱们不要了,给那两个小孩吧。刘美今和小杜,这俩孩子都是命苦的,尤其小刘眼看出国去,用钱的地方不知道有多少。小杜更是,这傻小子本来我以为他有两下子,结果一看给人家小刘当徒弟都不够格,他也不狂了,师父前师父后,尾巴夹起来,就差没磕三个响头收归门下了,搞得小刘特不好意思……"

刘美今听说干的活能值十万块钱,一害怕结巴得更厉害了:"我我我不要,我我我有,有有奖学金,全全全奖。"

"拿着,这是你凭着本事挣来的。"韩晓云看着她那女童似的小脸,有些人真是天生惹人爱怜担忧,难怪连吴大北都操心,怕她没钱用。

"那那那那,那个……杜杜杜杜同学……分一半,一半给给给他。"刘美今看似稚弱,这气派却不小。韩晓云冲她一竖大拇指:"一共十万,你俩四六分。"

"那给他六万,我四万行了。"刘美今一冷静下来,谈到数字,嘴巴立即麻利起来。她脚下穿的球鞋在网上卖十九块钱一双,身上衣服裤子加起来不到一百块,可是说起几万块钱,对她来说只是数字，毫无概念。

韩晓云明白了，这少女真不愧是冯老师门下，心底无私光明磊落，明明是她主导的活儿，她却愿意让着别人。

到了杜兴海那边，他听说有四万块钱挺高兴，嚷着要请大哥吃饭，吴大北给他狠狠一记大白眼："谁是你大哥？没大没小的东西。"

"那你不会真想当我舅舅吧，人都愿意往年轻了说，你倒好，干脆叫你爷爷得了呗。"小杜一活泼起来，吴大北就想揍这个小混蛋，赶紧忍住了。

"我师父人真好，还要分六万给我，你干吗给我推了啊……"杜兴海问吴大北。

"哎哟越说越不像话，人家小刘那么仗义，你瞅瞅你，人家还是女的你还是男的……"

"哈哈我逗你玩儿！那给我我也不能要的。这挺多了，我第一回挣钱就挣这么多！这钱……"吴大北以为他要买电脑，因为杜兴海早就说电脑不好用了想更新，想不到小杜说的是："我给我妈买个墓碑，汉白玉的，两万八，还不算刻字的钱，上次我问了，没舍得买，现在有钱了，我……"

杜兴海没说下去。吴大北用力拍他后背："男子汉大丈夫，给你妈办一件大事，好样的。以后盼你多挣钱，多发财，把自己照顾好了，比什么不强。"

"嗯，我会的。我感觉这墓碑墓地将来都得涨价，我琢磨着买一块墓地囤起来，说不定将来能卖个大价钱。"杜兴海这思路惊了吴大北，终于还是给了他一巴掌："满嘴跑火车！你给我好好学习！"

说罢把钱给他转过去了,约好了等买墓碑时帮帮眼,别让他们糊弄孩子。不过吴大北心里嘀咕这小子脑瓜如此活泛,看来以后不用担心生计,一准儿混得比他还好呢。

韩晓云在楼下车里等着吴大北,一边跟韩晓龙打听马思晴的消息,一边跟店长安排些当天的杂事,一边还收到夏美娟传来的照片,狗妈妈月亮和小星星依偎在一起睡着,身上盖着毯子,温馨之极。

电话响起,是周淑贞打来的:"晓云,冯老师……走了。"她声音里都带着泪,韩晓云一听,心上也似乎被重击了一记,但很快镇静下来:"我们马上就到,你别担心,淑贞姐,我这里东西都是现成的,一会儿我们带过去,看还需要什么,到时候再买。你……"她本来想说节哀顺变,但无论如何,这几个字吐不出口,觉得对不起冯老师这样的天使一样的人物。

冯老师遗容安详,遵照她的遗嘱,遗体捐献给了医学院。周淑贞身披重孝,在灵前当了孝女,为冯老师送终。她想冯老师做她的妈妈,也许直到此刻,才真正如愿。

丧事一切从简,冯老师全部遗产都捐掉了,萧永春追捐五十万给冯老师的基金会,其余的门生几十万到几万、数千不等。

密密麻麻的人名里,韩晓云还看到了刘美今的字样,那六万块钱她一点没留,也全部捐出来了。她鼻子一酸,这傻女孩真的就穿着那么一身廉价衣服出国去了,留下的钱,又可以让孤儿院的孩子、贫寒出身的女孩子们去上大学。

丧事简朴隆重,毫不铺张。韩晓云还是陪着周淑贞,扶着她,因为她哀痛过甚,走路晃起了身体,本来就身姿纤细,几顿饭没吃,更瘦得成了柳枝。

人来人往，很多人都在那天聚会上见过了。邓莲莲红着眼睛，却没有哭，只是告诉韩晓云，她马上出差去云南，已经联系了当地一个村子，要过去修路。韩晓云衷心钦佩，但邓莲莲摇摇头，看了一眼冯老师的遗像："以后这些路，我都要带一个宁字，纪念恩师。她告诉我们，要多做事，少说空话。"

唯独没有见到卫家敏，韩晓云有些奇怪，但也不好问。只是开车回去，路过医学院门口，却看见有个人影颇为熟悉，韩晓云心知肚明，她让吴大北停车，周淑贞在车上休息，她走了过去："卫总？卫总？"

卫家敏猛地惊醒了似的，转回头，看着韩晓云，目光空茫。他失魂落魄，整个人没有一点点神采，脸上两道深深的法令纹，睫毛长长如蝴蝶低垂的两翼。

韩晓云没话可说，想了想，小声说："我这里有车，您上车吧，我送您回去？"

"你让我一个人，送一送她。"卫家敏的声音里，哀伤可以滴出来。

"卫总，要算算拉遗体的车凌晨从这里过，也得有大半天了吧，您还是赶紧回家去吧，这里出来进去都是车，很危险，刚我在殡仪馆碰到您下属，还打听您，说电话不接，人不知道哪儿去了，您先回去，想来，您明天再来。"

吴大北也从车上跳了下来，半拉半拽，把卫家敏拖回车里，周淑贞默默地让出空位，在上面拉了卫家敏一把，让他坐好。卫家敏被动地看了她一眼，低下头去，眼泪大颗大颗地滑落。周淑贞表情怆然，伸手想扶他肩膀，但还是没有。再过一会儿，她也流下泪来。

送卫家敏回了他的店,周淑贞和韩晓云在窗口处的桌子坐了下来,侍应生送上了美式咖啡和拿铁。周淑贞略带诧异地抬头看了他一眼:"小天是吧? 好记性。"

那侍应生微微躬身,带着微笑:"周师姐多指教,我也是咱们建院的,大三了。"

韩晓云也赞许地看着这极有眼色的年轻人,背影宽肩长腿身形挺拔,不知怎么,她觉得自己有点老了。

"刚认识家敏时,他也没比这孩子大几岁。"周淑贞啜了口咖啡,"我那时只觉得他像当年的我,自卑,自傲,好强,有意接近他想多少帮帮他,可没想到说有一天我们会走到一起去。当然,他如果想对异性表示好感,多半都有收获,毕竟长得好看就是比别人有优势。我也傻过,自以为在他心中与别人不同,直到我看到他在冯老师面前的情形,就什么都明白了。那时可能他是真糊涂,也可能是装糊涂,拿替身来骗自己。"

听到替身两个字,韩晓云浑身一震。周淑贞看了看她,把杯子里最后的咖啡喝干:"我们都得不到自己最想要的人。得不到,就一定要放下,得不到又放不下,那才是最可悲的。别人看我总笑话他,可能觉得我很刻薄,对家敏不好,其实我是他唯一的朋友,因为他那点心事,只有我最清楚。我笑他,只是希望他早点放下,不要再假装,假装自己可以爱很多人,假装自己可以被很多人爱,假装自己很潇洒,好像什么都不在乎似的,假装,有什么用呢? 生老病死,哪一样不是真的?"

"周总,不,淑贞姐,你说得对。我明白了。"韩晓云不知怎么,悲从中来,忙自己拭了下眼角。周淑贞放下咖啡杯,打开手包,"差点忘了,这是冯老师留给你的。你也不用推辞,她待人总是这么情深义重，身外物从来都不算什么。像照顾她的护士，我公司派给她看病的司机，更别说几个经常去看她的学生……个个都有份礼物。她自己遗体捐了，角膜单独捐给了一个患者，巧了，也是个大学女老师，教化学的。"

看着深蓝首饰盒里那对珍珠耳环和项链，当初在酒楼里不期而遇的情景重上心头，那时的冯老师清瘦、淡妆，斯文秀逸，没说话前，总是先微微一笑，似乎怕自己的话对人有什么冒犯。而那时她既不知眼前的老人家如此杰出，也不知她不久人世，相识就进入了生命的倒计时。

"老师还送过一个包给我……"话没说完韩晓云就哽住了，周淑贞等她哭了一会儿，问侍应生要了个纸袋给她装好首饰，两人才一起出去了。

吴大北开车载着韩晓云回家，一路无话。吴大北接了几个电话，开始还好声好气地拒绝，后来气了，吼叫起来："……别胡说了，我没有起死回生的本事，没有！我就是承办丧事儿的，那次是赶巧了！"

韩晓云本来心情低沉，忍不住噗嗤一笑，自从吴大北在医院太平间救起了人，算是名声在外。吴大北被采访过几回就烦了，但还是架不住总有人来问他有什么独家秘诀，能生死人肉白骨。吴大北说要真有，我还给我父母用呢，至于现在就剩我一个么。然而这话本来是拒绝，但索性连介绍相亲的都来了。

第八章　最后一程

韩晓云在省城，帮着马思晴换上了那件婚纱，层层纱纱非常娇嫩，一压就变形，王雨诗愣是用一个大纸箱装着运过来的。韩晓云托着衣服，韩晓龙托着马思晴，马思晴已经不在乎在人前裸露身体了，努力笑笑，白牙森森，韩晓云险些泪落，马思晴反而安慰她："没事儿的，别吓着你就好了。"

疾病和手术摧毁一个人，首先是从形体开始的，心灵也许还能咬牙支撑一阵子，但经历被插尿管、端大小便，下地上个厕所都哆里哆嗦，胳膊上始终留个针头随时打各种颜色的药剂，就算你是铁打的，此时也会对生命产生怀疑。

何况，马思晴从来就不是铁打的，她是水做的。拖家带口，上老下小，本来就比谁都怕死。

好不容易把婚纱穿好，马思晴一身汗，还先心疼这件衣服："哎呀要是发黄了也不知道洗不洗得掉。"

什么时候了你还说这些，话到了韩晓云嘴边，变成了："能。现在洗衣店什么不能洗，几万块一件的名牌衣服都能接活儿。"

"你真好看。"韩晓龙看着马思晴，低头亲了亲她。一伸胳膊，把她抱起来了。两人总说自己是老夫老妻，没什么火花了，然而这些天韩晓龙把她抱来抱去，马思晴再没劲儿也要去抱他的脖子，尽量搂紧,让韩晓龙也省点力。人在此时,也没有什么比肉体更清楚,什么叫相依为命。

本来他们想借夏美娟家的草地,但是马思晴实在经受不了折腾。眼看大手术在即,她还被打了不少猛药,抑制一下疯狂蔓延的恶性细胞。以毒攻毒,药也是毒,身体就成为毒的战场,什么叫生不如死,这就是。但马思晴绝对不想死也绝对不敢死,死了就看不见马小步了那可怎么办,死了让马小步没了妈,那不管谁亲他疼他,比亲妈终究差了一层。这一层不管是厚是薄,没有哪一个当妈能忍心让孩子受这一层的落差。

马思晴跟马小步视频,总拿出自己最好的状态,可是马小步不管自己本来玩得多开心,一看到妈妈,立即眼泪巴巴,还被大人嘱咐得要忍着,不能哭,哭了妈妈会很伤心,他也不愿意哭,更不想妈妈伤心,可是眼泪不听话,他也没办法。

在视频里马思晴跟儿子道歉了:"对不起,不不,妈妈不该打你。"

"妈妈,我不怕你打我,你打我吧,我要你回家,我好想你。"

"不不,妈妈还不能回家。你要乖,要听爷爷奶奶的话,要好好念书,好好上学。妈妈盼你好好学习,不不,你要记住妈妈的话呀。"

"妈妈我不要上学,我想去医院陪着你,我想抱你,我要妈妈陪着我,呜呜呜,我想要妈妈。"

……

韩晓云给马小步报了个声乐班,有个水平测试是唱《世上只有妈妈好》,马小步唱得声泪俱下把老师都听哭了,立即决定把他从六人小班改为一对一单独教学,重点培养。韩晓云也惊了,想不到侄子的天赋在这里，韩家马家没有一个唱歌在调上的，何况老外婆还不会说话，马思晴心心念念让儿子写大字，那点好基因也没继承半点，结果人家原来是会唱歌。

声乐老师评价说声情并茂，难得他还这么小就能唱得这么有感情。

然而，换了哪一个孩子，忽然妈妈病倒了，看不见了，再没心没肺的小孩子也立即会感情满溢，深刻理解"没妈的孩子像根草"这句大白话。

韩晓龙抱着马思晴下了楼，摄影师在花坛旁边支好了相机，韩晓云带着化妆箱，给马思晴好一阵扑粉。人瘦得皮肤下垂，不吃粉，扑了都飘洒下来，掉在地上，韩晓龙的身上。

韩晓龙只痛恨自己，怎么就是拍婚纱照这点事儿自己都没做到呢。

他们俩一成家就生了孩子，两边老人算上，满满一屋子人，还有店铺要打理，马思晴还要上学，要创业，各种大事小情，累得人心里容不下一丝浪漫。韩晓龙跟人拍过婚纱照，以前的女朋友，两个少不更事的熊孩子，就是看着路边婚纱店招揽生意好玩，还送水晶相框和钥匙坠，韩晓龙就撒谎从妈妈那边骗来三千块钱，跟女朋友拍了个够，最后水晶相框两人不敢带回家，钥匙坠他倒一直留了好多年，最后被马小步翻家里的杂物翻出来，他一看，怕马思晴多心，揣在兜里趁夜里没人，在院子里大树根下刨了个深坑，埋了，连同他那一点点仅存的少年旖旎。

他们始终没有像样的合影，只有全家福，一左一右，簇拥着中间的老人和孩子。

他们一直是夫妻，不是恋人，反倒是在这些住院的时候，看起来有点恋人的感觉,然而,愁眉苦脸的人,品不出恋人的甜味。

韩晓龙抱着马思晴,他们对着镜头,努力地笑。马思晴轻轻地说:"等以后小步想我了,看看照片,这照片就给他留着,你别要了。"

韩晓龙已经不想再说什么,他只是把她抱得更贴近自己,嘴唇落在她的脸颊侧面。摄影师高声喊:"好!就这样别动。"

马小步在声乐班正跟着老师学五线谱,果然他上路比别人快,声乐老师不住地点头,心里盘算两个月后有个全市的歌唱比赛,说不定可以把这根新苗子带出去见见世面。

当初,马思晴也是这样被书法老师看中,带出去见世面,获奖无数,乃至成年了还有一份写挽联的收入。马小步觉得唱歌是好,自己学起来也不难,但他小小心里,还知道练字才是最好的,因为字写好了,妈妈会很高兴,也许妈妈高兴了,病就好了呢。

他又写了许许多多个"天下太平",越写越好,虽然比不上妈妈,但也总算比自己最开始涂抹的大墨团要强多了。

哑巴外婆来给外孙送点心,看着外孙趴在地上写大字,那认真劲儿,就跟马思晴小时候一个模样,她不敢打扰,远远站着,看着,哭了。

马小步在声乐班录了几句儿歌,发过去,韩晓龙一边回复唱得真好,一边陪在床边跟着小跑,终于,眼睁睁地看着马思晴被推进了手术室。

他的心一下提到了半空中,这些天韩晓龙没有睡好过,但又不觉得困,他脑子的弦绷得紧紧的,中间,他还见了一次毕总,毕总从北京带了一笔新的投资过来,要把幼儿园的规模扩大,在省城再开几家,年底在邻省也开新园,统一配班车接送。

毕总见韩晓龙吃了一惊："你自己也得保重身体啊，这些天你可瘦多了。"韩晓龙只有苦笑，他没有胖的理由，也没有保重身体的机会，家里有病人，自己不去跑谁会替你跑，就这还是工作的事都给韩晓云一肩膀挑了，不然两头跑，只怕他也得躺病床上了。

"我找了个新人过来专门抓双语这一块。Anna，她也是你们老家的人，听说你还认识，老同学吧。"毕总笑笑，心里觉得Anna这种一身洋派在国外住了多年的人，跟眼前这瘦到皮包骨头的本地汉子能同过学，也是件有趣的事。

韩晓龙张了张嘴，又紧紧闭上了。当初英文课都得起个英文名，秦嘉嘉的英文名，还是他起的，他的名字，她给起的是Andy。安娜和安迪，岂止是同学那么简单，一度他以为，她就是他的全世界，但这好像都是上辈子的事儿了。

人既没死，这上辈子和下辈子就常常混到一块儿。Anna在韩晓龙出事后，被爹娘抓了回家，以最快速度送出国，她缩在飞机座位上，足足哭了十几个小时，下飞机时连空姐们都记住她了。身边有位老太太，雍容清雅，满脸同情，开导关照不说，临走还给了她一个联系电话。Anna落地后经过一通留学生必有的忙乱和惊惶，想起了这个善良的老太太Mary，电话过去人家邀请她登门拜访，还给她一份清扫加遛狗的小时工工作——摆明了就是为了照顾照顾这满怀心事的女孩子。

她从来没有忘记过韩晓龙，毕竟，不是每个人都会在初恋碰上如此惊悚的情节。她想去忘，也结交了不少留学出来，非富即贵的子弟，也订过婚分过手，但她知道，没有一个人会像他那样全心全意地对她，他们都只顾自己。

Mary在老人院过世时，Anna在那里做义工，唯一去看Mary的是她一个远房侄子，自己开了个小公司赶上互联网风潮，卖了个好价钱，富得什么都有唯独没有亲情。Anna跟他闪婚，生下儿子，分手费是律师来谈的，因为他已经迷恋上一个模特女友，远赴好莱坞那纸醉金迷之地了。

秦嘉嘉并不难过，在国外这些年，她总算还是拿到了文凭，而且有几个教育方面的资格证书。前夫的钱和社会地位也帮助她和孩子能在不错的私校安身，她教书，孩子念书，爹妈来过几趟，难免喋喋不休劝她再找对象嫁人，又旁敲侧击告诉她韩晓龙出来了，跟一个女人结了婚生了孩子，工么，就开着家里的烧纸铺子惨淡经营——没出息到了极点。

她不回爹妈这些话，等二老在澳洲也安顿下来了，有了社交圈子，秦嘉嘉带着儿子，联系了省城一家私立学校，直接杀了回来。爹妈顿足不解，但她只说要给孩子一些中文教育，反正不能靠山吃山，把孩子养废了。

回国来克服了最初的不适感，亲切感便扑面而来。Anna很快便打听到了韩晓龙的近况，本来看他有家有业还蛮为他高兴，谁知他太太的公司不知怎么由姐姐接管了，听说是病了。秦嘉嘉再也坐不住，恰好她经人引荐认识了毕总，一拍即合，毕总想不到能捞出这么一个人才来，十分得意，再听说还认识韩晓龙，更是没想到。

韩晓龙想过秦嘉嘉，无数次，但这些思念，终究被孩子的尿布和爹妈的白发冲淡了，被那些元宝蜡烛烧纸房租水电要交的税抵消了，被马思晴的身影给替代了，一度他以为爱就是不可取代，但眼下的他，更明白他的妻和子，眼下的这份生活才是不可取代的。所以他听到Anna的名字，心里痛了一下，接着就诧异了起来怎么会如此轻微。

秦嘉嘉是在医院遇上韩晓龙的,她为了探病,带了花和礼物。知道病房号,但是不敢进,不知道人家是不是还记得她这么一号人。记得那是尴尬,别刺激了病人,若是不记得,那更尴尬,来了也是白来。多年打磨下来,Anna也是精致轻盈的职业女性,外貌打理得亮眼,张嘴英文中文都很流利,什么场面应付不来。不,这个场面她自问应付不来,在门口一阵阵地后悔。

韩晓龙端着盆出来,一抬头就看见她了。他有点吃惊,但很快就镇定下来,挤出了一下勉强的笑:"嘉……不,秦老师。我听毕总说了你回来的事。"

他边招呼,边脚下不停,去厕所把水倒了,又哗啦哗啦洗了盆。他手脚麻利,心里空落落的,不知道自己在做什么但是身体惯性已经把事情都做了,看在别人眼里,也是一种阵脚不乱的表示。这种表示让秦嘉嘉直接理解为了冷漠,她设想过千万种重逢的情景,但从来没想过他对她会是冷漠的。

不冷漠又怎样呢。他是有家的人了,就像你,儿子都这么大了。秦嘉嘉用力地劝了劝自己,才把那个僵在脸上的表情赶走,换上外国人听到坏消息很同情但不便直说的模样:"啊韩总,我也听说你的事了,我过来看看你太太,也不知道是不是方便。"

"不方便。"韩晓龙很快地回了,"后天大手术,现在正打着药。"

他又觉得自己语气有点硬,赶紧缓和了一下:"这个病也是挺磨人的,对不起啊。"

秦嘉嘉点点头:"我懂,我在国外老人院做过义工,见多了病人老人,其实不管什么脾气秉性,都是渴望别人来看看的。这是我一点点心意,你收下给她拿去吧,也许看了心情会好点。"

"好谢谢你。"韩晓龙接过来,拿进去,不一会儿把另一把残了的花拿出来了,正想扔,看了看,又把里面几朵还好的挑了出来。

秦嘉嘉带着点贪婪地看着他,韩晓龙变了很多又似乎一点没变,他不再是当年毛手毛脚的少年,但他天生的心善心软还是那样,连朵花都不丢。

挑完了那几朵花,韩晓龙就不知道自己该干什么了。秦嘉嘉笑笑:"我走了。"

本来她想说:看看你们,都好,我就放心了。可这里实在不是说这种话的地方,她有很多话想说,但一时间,似乎最适合的,也只有"我走了"这三个字。

韩晓龙啊了一声,想了想说:"你多保重。"

说着,他跟在秦嘉嘉背后送了送。秦嘉嘉走到电梯前面,先冲着长椅上喊了一声:"Andy!作业写完了没有?走了。"

那金发碧眼的小男孩,长得比一般孩子高大,倒是很懂事收了书包,快步走到了秦嘉嘉的身边。抬头看着韩晓龙,礼貌地问了声你好。

秦嘉嘉抱歉地说:"对不起,他中文还不太好,能听不能说。"

韩晓龙低头看了看那孩子,又抬头看了看秦嘉嘉,那一眼秦嘉嘉把从前的韩晓龙认了出来,只差一点点,她就忘记了这孩子、这周遭世界的存在,她和他还是当年的少年少女,安娜和安迪。但青春不再,永无可能。

他只担忧马思晴马上要经历的大手术,不知是吉是凶。不信天也不信命的人,这时却很想找个庙拜拜菩萨,临时抱佛脚,万一有用呢?

马思晴迷迷糊糊，做了很多梦，最多的梦都是自己怀孕了，大着肚子，无路可走，在车站逡巡，犹豫了很久很久，才咬牙买了张车票回家。那时，马小步还在肚子里，还是她的一块血肉，但已经懂得时时踢她，提醒她自己的存在。人到底为什么活着呢，人生短短几十年，谁能舍下自己的心头肉？可是，仍然那么多人好好地活着，没有了爸爸或者妈妈，乃至父母双亡，还不是一样该做什么就做什么，忙了吃又忙穿。

她醒来时韩晓龙拿了棉签，蘸着水给她润湿嘴唇，不能吃喝，只是让她略微舒服一点。马思晴侧脸看着他，迟疑着问："你吃饭了没有？"

韩晓龙没吃，但跟以前的很多次一样，他很确定地回答说："吃了。"

马思晴又问："现在是晚上了吗？"

韩晓龙想说是傍晚，五点半，但还是点头，说："晚上了。你再睡一会儿。"

"我不想睡了，我想洗脸，洗头，洗澡，晓龙，我要是死了，你给我洗洗，好吗？我不愿意脏脏的，穿婚纱我都嫌自己脏。"

韩晓龙以前听到她说死，总是会生气，会粗声粗气地顶回去，现在已经不想顶了："你想要什么，我就做什么，我会努力做到。"稍停，他却反问马思晴，"你呢，等你好了，你要做什么？我也好久没好好洗澡了，你也给我洗，行吗？"

"多大的人了，你以为你是不不。"马思晴笑得跌出了一颗眼泪，随即是更多的泪。她抽泣着说，"等我好了，我给你洗澡，给你做饭，给你买好吃的，陪不不上兴趣班，带他上幼儿园，开家长会，我还得看看公司变什么样了，还有我爸我妈，这些天了不知道他们好不好，还有公婆，小步姑姑，咱们的铺子……唉你说我是不是也挺能干的，我们也有不少产业呢。"

"那还用说，谁不羡慕我，嫉妒我，还说我吃你的软饭。"韩晓龙给她把眼泪擦干，"所以，我们得好好的，这个手术做完，再熬一段，医生说就进入康复期了，那就问题不大了，你本来身体底子好，养一养，咱俩到时候都去跑步，领着孩子一起。"

"嗯，行！我在大学运动会还得过长跑第五名呢，我不会丢脸的。"马思晴把眼睛合上，又睁开，"晓龙，如果那时候，我遇见的人是你该多好。"

"现在更好，我只有你，你也只有我，思晴姐，你得加油啊。"韩晓龙半开着玩笑，看着她那张惨白失神的脸。

韩晓云接到警察局的电话时，正在忙一桩钱不多但麻烦特别多的丧事。

警局打电话的也是个男声，但很陌生，韩晓云先回答了他几个问题，听说还要回去配合调查，也很配合地说了声好。反而让那边觉得不好意思，韩晓云说："没什么，现在是您负责这个案子了吗林警官，不知道我方不方便问一下，原来的丁警官去哪里了？"

"丁一鹤自己申请调动，还在系统内吧，但不再负责原来的工作了。"那边说得也很含蓄，韩晓云知道自己不该再问了，谢了人家就挂了。

"我陪你回去一趟？"吴大北问韩晓云。韩晓云很诧异："这还用陪？我买张车票就回去了，这些年我都是……"她把"一个人"仨字咽了下去。吴大北就在她面前，她知道自己再向前一步，就不再是一个人。

可是这一步她迈不出去。高家杰还挡在他们中间，看不清但也绕不开。

回家一看门厅和阳台交界处多了个神龛，韩妈妈每天早起，做饭前先给菩萨上香。韩爸爸洗漱后也先去拜一拜，上个香火。

马小步被严防死守，早已明白菩萨的重要，所以没事儿经过路过，也给菩萨敬个礼。他最近学声乐，跟着老师半通不通地学了几首歌，家里也天天开着音响，反复放。韩晓云一看之前给他买的新衣服又穿脏了，打开淘宝，找了家童装店，一口气下了十几单，连衣服带鞋子都买了。

马小步在旁边蹭着看，说："给我买领结，我要这个西装搭配领结的。"

"行啊，不不你知道打扮了。"韩晓云把他点着的那几款都放进了购物车，买下，平时没什么给自己花钱的地方，为了孩子还有什么舍不得的。

"不是打扮，我老师上台唱歌就戴着这个，还穿燕尾服的。"马小步一脸神往。

韩晓云看他精神不错，也觉得高兴，不料他接着说："我要去参加比赛，拿奖状，给我妈妈看，妈妈看了一定会很开心的。她开心了，就不会生病了，对么？"

被他那对期盼的眼睛看得心酸，韩晓云说："对，宝宝说得最对了。"

小时候韩晓云一直叫他宝宝，长大了才叫不不、小步，这一次又叫了宝宝。马小步知道是姑姑疼他，却把脖子一梗："我早就不是小宝宝了。"

吃了饭，韩晓云进厨房，见妈妈还在洗碗，又是心疼又是生气：“妈妈,那里有洗碗机啊,我都说过多少次了,你要是不用,那这机器咱不是白花钱了?"

"本来就是白花钱,洗几个碗费什么事儿了,你那机器费电费水,那都是钱!我还没懒到那份儿上,非得别人伺候我才行,哼。"韩妈妈一贯对女儿没有好脸色,这回更是板得一丝笑容也没有。每次只要看见这张古板里带着厌弃的脸,韩晓云就觉得自己和自己所有的一切都一无是处。

她不想说什么了,爱用不用吧,反正自己做的永远都是错的。她默默地把厨房里的东西收拾了一下,看到米和油不多了,又上网买了补货。也不想告诉妈妈了,反正说了还是被骂,那还说什么。

韩妈妈反而先开了口:"你要有空,去省城看看马思晴,这一次的手术也不知道什么样了,我们都不敢问。你去看看她,我这儿有钱,你给她拿上,买点什么吃吃。这些天真不知道晓龙是怎么熬的。"

韩晓云答应了一声,也是冷冷的。她知道妈妈惦记儿子媳妇没有错,但她总是会想到这份关心不是给自己的,是不是我也病倒了,绝症了,你才会多看我一眼?才会后悔这样对待我?这想法总会情不自禁地冒出来。

"你去就自己去,别跟吴大北在一块儿。你啊,我是不知道该说你什么好。"韩妈妈那种恨铁不成钢的口吻,会让人错觉韩晓云是杀人犯,韩晓龙才是上进青年。

"不知道那就别说了。妈,我没什么不好的,他也没什么不好的,两个人在一起不见得就非要结婚才行。"韩晓云知道自己又进入两败俱伤的反抗模式,总是这样的,总是忍,但总是忍不住。

"你说你一天到晚有点正经事没有，跟你一样大的两个孩子都生好了，人家也上班也工作，也有开店做买卖的，那样的更自由，还有生三个四个的，哎呀你看看你，都是些啥？你是想气死了我，你就清净了，没人管你了，你可自由了！"韩妈妈电视看得多，也知道年轻人无非想要的就是那点爱来爱去的自由，你爱就爱去，总不能爱个灵车司机吧，就算爱了，老大不小了，不结婚生孩子，这还能算个正经人？

"我不觉得结婚生孩子就是正经事，大多数人一件像样的事儿都没干过，还不是这么稀里糊涂地活着？生了孩子又怎么样，生了不好好对待，不如不生，不应该生。这点事儿都没想明白，还说什么正经事？"韩晓云知道自己又较劲了，无力，无奈，但不较还不行，较劲不较劲都是要被这些话打倒，那总得反抗一下，至少别倒得那么狼狈。

"又来了，我就知道你是这个死样子，我自己养的白眼狼我自己知道。"韩妈妈也对这样的模式麻木了，她愤怒但是没有眼泪了，"你是不是觉得自己念了点书就了不起，在北京有个差事，买了个房子，你就了不起啊？你就可以看不起我，我说一句你就顶一句啊。你大了，我打不了你，你就张狂了，有这样跟自己亲妈说话的没有？学校老师教你的，还是北京教会给你的？你听着啊，我管你是为了你好，你这点破事你妈不操心谁给你操心，一转身都捂着嘴笑你知不知道。人活脸树活皮，你这么乱来，是想不要脸是怎么着？你看马思晴倒在医院了，至少还有晓龙伺候着，有小步惦记着，亲的热的，不管怎么说有这些人吧。你有什么？我和你爸爸还能活几年啊？等将来留下你一个人，万一也这么病了……你身边连个倒杯水给你的人都没有啊……你就知道顶我，惹我生气你就报仇了,你就这死样子,从小就记仇,记你亲妈的仇啊……"她还是伤心了,撩起围裙擦眼泪。这可怜的动作更让韩晓云厌烦,一万句话都在她心里整装待发,杀出去,杀个鲜血淋漓,可是,她没了力气。同归于尽又怎样,她难道就能改变事实么?事实就是她的妈就是这样的人,嫌弃,打压,不待见她,却自以为对她好,甚至自以为这就是爱。

韩晓云上楼收拾了些东西,对着电视机前的爸爸说:"爸我走了。"

"啊你……"韩爸爸本来想问她这么晚了上哪儿去,一转念却又不问了,"那你自己小心点,看着点路啊。"

马小步却跑上来抱着腿:"姑姑,别走,我唱歌给你听好不好?"

韩晓云心里一酸,无论如何狠不下心,她发力把马小步一抱:"你更重了你小子,都吃些什么,长得这么快?那走吧,姑姑给你洗澡,给你洗头,给你念书陪你睡觉,好不好?"

韩妈妈本来听说女儿要走很担心,一看她又不走了,也就不再说什么。默默地去摆好澡盆,放水,把马小步许多戏水玩具放好了。

马小步并不难伺候,就是略娇气了点,大人宠的。他还自己笨手笨脚地往身上搓浴液,搓起许多泡泡,他自己能洗的都让他自己洗,洗不到的她才给他搓搓。马小步高兴了唱儿歌:"我爱洗澡乌龟跌倒,噢噢噢噢~"

"范晓萱的歌现在还在唱啊。"韩晓云嘀咕了一句。

马小步听见了问:"范晓萱是谁啊?她也是小朋友么?"

韩晓云想起学生时代那些小魔女的专辑,温柔地对马小步说:

"是，范晓萱永远是个小朋友，好可爱的小萱萱。"

"我有同学也叫萱萱。姑姑，你说，我妈妈什么时候回来？我会乖的，我很乖妈妈就会回来了对不对？"

马小步保持着追问，他一直希望，问着问着，妈妈忽然就出现了，忽然就来到了眼前。

"妈妈会回来的，宝宝。而且啊，不管你乖不乖，你妈妈都爱你，她病好了就马上回家来看你陪着你。"韩晓云用一条大浴巾把马小步裹了起来，只露个小脑袋。

这次马小步没有反驳被叫了宝宝，他把一个手指头含在嘴里，更像小宝宝了，既然姑姑说了，那妈妈就一定会回来的吧。他边听着姑姑放的儿歌边睡了过去，在梦里，妈妈正对着他笑，把他搂在怀里。

韩晓云回了自己房间，睡不着，给王雨诗打了个电话，王雨诗劈头就说："我正想找你呢，你对门那家还记得么，天天装修震天响那个？害得我租房都不好往外租。他们停工了，小两口闹离婚，装修了一大半不知道谁给工钱，工人们还隔三岔五去闹呢。不过物业告诉我说来了个投资房产的，想买了这个房子再买对面小户型，打造民宿什么的。你有兴趣卖没有？"

"卖房子？"韩晓云差点脱口而出"卖了吧"。但她想了想，还是说，"我再等等看吧。"

"对门小两口也有点意思，都是爹妈出的钱，所以根本不在乎，说卖就卖，卖了好分，就是都不想让对方好过，就在工钱上面扯皮。哎哟，这些天物业被工人折磨得不轻。其实我有点想买，你们小区环境不错。"

"好啊，趁我不在，你要把自己嫁了是不是？"韩晓云精神一振,从来没有这么高兴过。王雨诗看起来风风火火口无遮拦,要论起来,比她浪漫天真。只是她的那点天真早已小心翼翼收藏在精明的背后,轻易看不到。

"哪儿那么容易……我遇到个人,等你回来我们一起吃个饭,你也帮着看看。"王雨诗话里有一丝娇羞,那是假装不来的。韩晓云知道这是大局已定,当即答应:"好,我后天就回去,警局找我问话,我也正好看看他们查案查得怎么样了。"

"警局……"王雨诗这才想起来高家杰的事,心里瞬间涌起歉意。高家杰她是很熟的人,好朋友要嫁的人,她私下评价最适合当老公的宅男,觉得要是到了生育死限,找个这样的结婚生孩子也不错。

然而这才没多久,她早已把他忘了,还兴致勃勃,本来想追问韩晓云和她的司机之间的八卦。

"对,公安局那边换人了,以前的丁警官调走了,现在是林警官负责这个案子,可能是案件性质变了吧,现在还有网络金融口的警察在跟进。"韩晓云自己也似懂非懂,就尽量把林警官跟她说的信息一股脑倒给王雨诗。

"网络金融我真一点不懂,以前高家杰那么多同事,他们天天一起上下班,玩游戏做兼职什么的,你没问过他们吗?"王雨诗隐约感觉到有点不对劲。

"没有。我问过,但是没有,什么都没有。"韩晓云热泪滚滚而下:"你知道吗,我最不服气的就是,他在外面到底遇到了什么事,到底发生了什么,我什么都不知道,别人都觉得我是他最亲近的人了,可我真的什么都不清楚。我觉得自己很失败,是彻头彻尾的失败者,不配什么恋爱结婚,我这样跟他在一起,就是个傻子。我连自己也不认识了。我看到每天都有那么多人死，很多人都想活，但没办法活，可他为什么好好的要自己去死？"

她哭了起来，没有什么顾忌，身体里所有的水分都在涌出来，变成眼泪。王雨诗在那边默默地听着，伶牙俐齿的她第一次不知道怎么劝说老友才好，此时无声的陪伴也许最佳。

大事能扛，小事能忍，韩晓云一直以来的信条在崩塌，因为这人生永远比我们预料的复杂，有扛不下忍不了的时候。谁的情绪也不是一卷行李，需要的时候铺下来睡在里面，不需要了就可以打包扔掉。

第二天起来时，韩晓云发现妈妈早早做好了饭，是她小时候喜欢吃的汤年糕。因为平时很少吃这个，马小步很兴奋，吃了大半碗，大人越是说吃了不消化，肚子痛，他越要吃。韩晓云食而不知其味，吃了几口就饱了。

那一家的追思会挑选的地点非常新颖，是本城市中心里已经濒临废弃的一个电影院，建筑老旧，但带点俄式风情，所以反而很有味道。一进里面有教堂式的穹顶，铺了深蓝色的地毯，竖起一排排雪白的幡，台上点着许多白蜡烛，温馨中别有一种庄重的感觉。

特色就是大，大到每个人进去了都觉得自己渺小，说话声音都变得轻轻的。

末了放了一段小孙女的钢琴曲，逝者最爱的《喀秋莎》，本来是首热烈情歌，放慢了弹，格外凄清。来客们被感染到，大家排队拿了门口的白菊花，每人一朵，献在灵前。

韩晓云把这些人一一送走，累得仿佛抽筋扒皮。吴大北却让她去看新鲜，是网上一段视频，一位外国的年轻女子，打扮是吉卜赛的风格，坐在那里面，前有个盆，里面烧的却是中国的冥币。

"国外现在也流行起这些了，你能想到么？外贸公司来找印刷厂了，咱们负责推荐一些时下最受欢迎的殡葬产品，让他们批量生产，好拿出去卖。"吴大北看着韩晓云的脸，盼望这个消息能换来她笑一笑。

"那好啊，咱们赶紧选吧。如果能在国外找到下家，那咱们不是直接可以卖给他们，何必经手外贸公司呢？"

韩晓云毫不惊奇，中国的婚庆用品早就出口全球，廉价的珍珠首饰，钻冠，以假乱真拍个照算数，做得栩栩如生，哪一个新娘看了不动心。现在轮到死者，生者为生者消费未必慷慨，但为了死者多半都很大方。

一来是一生一次，你以后再也不能为这个人花钱了，二来是谁都有死的时候，东西是买给死者，也用来安慰自己的。

这是一种心理安慰，直接，有效，似乎焚烧就能把纸扎的东西都带去彼岸，让自己的亲人可以放心享用，过上比活着的时候奢侈得多的生活。以前讲究的大牛大马，是生怕亲人种田不便，吃苦受累，现在都是跑车别墅，飞机火箭都有。

冥币越来越大额，现在都是亿元面值，有笑话说，清明节又引发阴间的通货膨胀，其实这并不好笑，因为，如果是真的，那通货膨胀必须也是真的。

我们宁愿相信是真的，失去了最亲爱的人，唯一的安慰就是我们相信这些给他们料理的身后事会让他们梦想成真，人活一生，谁真正过的是自己梦想的生活呢？

事情办完，一天又过去了，韩晓云坐在车上，吴大北看看她，说："我带你好好吃一顿吧。"

"我没胃口。"韩晓云心里在算钱,省城郊区那边也有印刷厂,看他们网上的广告价格,比现在用的印厂要低。一出一入,一批活能差出去一万多块,这一万多还能再请个人来帮忙。她上次在冯老师家见了诸多土木行业的精英,年轻有为的实习生们,自己眼界不觉也高了,盘算如果找个大学生来,不知人工几多。

"来,就这。"吴大北把车停下。韩晓云一看,是市政大院后面的小街,一个不起眼的小铺挑了个幌儿出来,红底白字:李姐羊汤面。

吴大北进去熟门熟路地打了招呼:"李姐,忙啊,宇宙呢?又回省城啦?"

"去乡下给我拉羊去了。大北过来啦,今天有新鲜的羊血汤,姐给你来一碗。"李姐穿着明黄色衣服,新烫了头发,眉眼也描画上了,猛一看年轻了十来岁。

"老板娘真漂亮。"韩晓云跟在后面补一句议论。别管屋子里多嘈杂,这样的赞美李姐总能听见,她赶紧打量了韩晓云几眼,乐了:"大北行啊,看你找这样的女朋友,又好看又会说话,我就说怎么介绍对象你都不要的,有人了都。哎,宇宙要这么省心可就好了。"

有人给拉了椅子,韩晓云坐下,那人还跟吴大北寒暄了几句,就听见李姐又跟别的客人大着嗓门说话了:"什么我老板啊,不是我老公了,我前夫!"

听的人一阵笑,李姐嗓门更大了:"离婚证都扯了,咋不是前夫了?你们年轻人都叫前任是吧,那就前任,反正现在不是了,我单身。"

"李姐那你还要相亲是咋,我有个亲大爷是大学老师,老伴没了都快十年了,要不介绍给你啊。"

"行啊,有空你带来给我瞅瞅,不过吃饭不能不给钱啊。"李姐一说,大家又是笑。

吴大北去厨房帮着端汤,一看锅上面还挂着手机,李姐手脚不停把羊血汤盛出来撒一把香菜,说:"宇宙给弄的,拍了还能挣钱,我开始以为他瞎说,谁想到真有钱,上个月有五千多呢。还有咱们这边不少客人就看了这个过来吃面的。你说这孩子懂得就是比我多。"

"姐,你真行,几天没见都成网红店了,以后我得多跟你学学。"吴大北把汤端出去,李姐跟在后面给客人端面:"啥网红啊,抓挠几个现钱,我还得买房子养老呢。"

"唉……"角落里的郑局长叹一声,李姐连看都不看他一眼,接着笑脸欢迎新进门的老客人,一边随手把桌子收拾了,擦干净了。

韩晓云本来不爱吃羊肉,怕膻,然而不知李姐怎么整治的,只有嫩和香,她靠着碗边吸溜了几口汤,撒了些红油,就挑着面吃起来了。

这还有羊血,也好吃。吴大北把碗给她推过去,看着她吃,自己倒不觉得饿了。

那是一个大碗面,按说平时她吃个小碗就够了,这次吃得只剩下点汤。食物妙用无穷,其中之一就是饱暖后的舒适感几乎可以等同于幸福。我们中国人喜欢吃,问候都问吃了么,吃饱了,天大的事也算了,至少这一刻美满富足。

"郑局,你吃过了么?"吴大北觉得不跟人家说话也不好似的,毕竟郑局每次见他都一脸拜见救命恩人的表情。

"还没……她跟我收钱,啧,你说说,丢人不丢人。"郑局小声说,"这都多大岁数了,没事还看书,说要准备去高考,八十岁学吹鼓手,有这样的没有?老夫老妻了,闹一闹就算了,还没完了呢。"

吴大北心说要不是您对不起人家,李姐这么实心眼的人能给你出这幺蛾子?但他没法说。

"李姐爱学习,那才好呢,那叫有追求,看人家创业这么红火,还搞直播挣钱,工作这么忙,还惦记学习,多少小年轻都给比下去了,这是地道的正能量!"吴大北看李姐放下面过来听说话,有意放开了声音夸。

"拉倒吧,这么大岁数,就算考上北大清华,念完那都多大了?好么人家都找工作,你这都退休了,瞎折腾啥……"郑局还没说完,一侧脸看见前妻对着他冷笑,吓得一声也不敢出。

"许你折腾,就不许我折腾?自私到家了吧,你一辈子自私自利,我牺牲自己成全你,你不领情还把我往脚底下踩。你回家充什么臭大爷呢?供着你,哄着你,捧着你,这么多年我早就受够了,你说我不行我偏要做给你看,你看我卖面挣钱行不行?你看看我自己养活自己行不行?"李姐把抹布啪啪往桌子上甩,气势雄浑。

"秀琴别这样,人都看着呢……有啥事咱俩不能商量的。"郑局的态度,那是铁石人都化成水。无奈李姐不领受,看都不看他那谄媚的表情:"大碗面38,小碗28,想吃自己扫码!"

韩晓云听了,扫了个码连吴大北的都付了。又问李姐羊血多少钱,李姐笑眯眯地说:"送的,免费。好吃以后你再来吃,啥钱不钱的,你不用跟姐客气。"

"姐，咱不能这样，我反正跟你说过多少次了，必须得付钱，当初我开餐馆没做起来，还不就是朋友来吃不要钱，脸面薄也不好意思讨欠账。"吴大北头一次说起自己创业失败的经历，确实时间久了，说起来没那么心痛了。

"你别给我来这套，别人钱我能不收么，我这里连折都不打的。咱们是什么交情，过了命的交情，想免费给你做碗面吃你都不让，还老偷偷结账。大北，你这孩子，找的也是这样的姑娘，心地太善了，在世上都是要吃亏的。"李姐说着，动了感情，眼泪花闪动。

"就是，你救了我的命，咱们自己家的店，能不……"郑局的话都没说完，就被李姐打断了："自己家？你吃面照样给钱，谁跟你是自己家的？你以为大北把你救回来了？在我心里你却死了，我经了这一场事，才是再世为人，大北是救了我的命，让我知道现在做人的好滋味，以前太傻了，就恨自己醒来得晚，我早就该这么活，对得起我自己！哼！"

李姐过去给另一个客人收碗，一边大声问："你家大爷，大学老师那个，什么时候带来跟我见见。别笑，我一把年纪了还涂脂抹粉嫁人啊，我才不想，我是想问问老师教什么课，听说也有成人高考，学校里是怎么给安排的，能不能晚上去听课……"

韩晓云跟吴大北自己收拾了桌面，一走，立即有新的客人坐上来，外面两条板凳上不少时髦男女，都是等着来喝网红羊汤的。

夜风一吹，韩晓云才觉出来自己吃得有点过饱，吴大北问："好吃不？"韩晓云点点头："回头买几斤单独的肉，再拿瓦罐来买点羊汤，拿回去给我爸妈吃，还有，小步外公外婆那边我也送点去。"

"好办，网上下单就行，郑宇宙这小子灵光得很，给他妈网上同步开店，说这羊肉一天就卖百十斤的，还得预约了才有。不过我去了肯定随时都有，咱可以刷脸。"吴大北自豪地一挺胸，心里觉得起死回生这事带给他最好的好处就是这了。

"你那么黑，刷脸不一定能看得见。"韩晓云忍不住跟他开了个玩笑。

"那你把化妆品匀我点，抹抹就白了。"吴大北伸出手一把把她揽在身边，想蹭她的脸。韩晓云很被动地跟他蹭了蹭，在外人眼中，也只是一对趁着夜色亲密旖旎的寻常男女，但吴大北知道，她僵硬，不情愿，还带着点讨好在顺从他。他就把她放开了。

"要到什么时候呢？"吴大北发动了车，"什么时候，你才肯承认现在是我和你好，没有别人，韩晓云，小时候你就是个死心眼的小野人，长大了还是这么个德行。"

"那你小时候拿我没办法，现在还是拿我没办法。"韩晓云小声地回了他一句。

我能有什么办法，我要跑，你还追着揍我。吴大北想想，笑了："我妈那时对我说，是她喜欢你，自己还不知道，说女孩子打得不痛，就打几下吧。我说怎么不痛啊，打得很痛的。以前后背痛，现在这里痛。"他指指心口。

韩晓云看着窗外的夜景，心想谁的心不会痛，谁又能看到谁心里的伤口呢。

隔壁铺子打点得气象一新，店长还安装了新的卫浴，让客人一进门就有温水洗手擦脸，精神一振。每每办丧事的人都是风尘仆仆满面泪痕，这一招就暖了很多人的心。韩晓云跟会计对了账，又嘱咐给韩晓龙打十万块钱过去。

"晓云姐,你对兄弟真好,人都是等着开口要才给,还说是借的,你这自己往外面送。咱们最近生意是好,可冬天就不见得了。"会计也有一番感慨。

"冬天大家更需要室内环境,我跟电影院那边谈了,回头咱们包下来半年,做起来效果更好,还会有更多人来。而且刚办完那家,有个亲戚是老人去世都十年了,一直遗憾没有好的葬礼,现在条件好了,也想给办追思会。你看,这样的生意空间也是我们以前想不到的。"韩晓云说起这些来,自己便不把那十万块放在眼里。

"我怎么就想不出来这样的主意。"会计说。

"这是办婚礼的心得,环境越庄重,地方越大,人就越会对自己有点要求。那个电影院说火爆的时候能容纳上千人看电影,这区区几十个人进去不算个事,家属们往舞台上一站,谁还好意思撒泼打滚的?"韩晓云笑笑,勉励了会计几句,自己起身回了小房间,拿了几件衣服装进包里,准备出发去省城。

路上电话响,一看是爸爸打来的,说网上买的米,油,孩子衣服都到了,还有人送来羊汤和羊肉,也不知道是不是送错了。

"没有,爸,我买给你们吃的,多吃点,补补。我还送去不不外公外婆家了,你们不用特地跑一趟分给他们了。这几天我不在家,盯着不不好好上学。"韩晓云嫌自己啰唆,可这些话似乎是自己跑出来的,不由自主。

"唉,你自己当心点,跑那么远的路……"韩爸爸说着,自己也觉得没味儿,韩晓云自从高中寄宿,上大学都没人送过,走南闯北,好像从来也不需要他们牵挂,这点可怜巴巴的关心显得多余。

"嗯,爸,我知道了。"韩晓云挂了电话,忍不住想,如果是妈妈每次跟她说这么几句软和的话,哪怕给她一点点多余的关心,她也会马上原谅她的所有。

省城医院里照样川流不息,到处是患者和愁眉不展的患者家属,韩晓云还看到了自己的同行,有带着殡仪服务牌子的男女不时在楼梯口处晃荡。生老病死,人生难免之事,落到这个行业里,工作也就是工作吧。

马思晴的手术做得很好,她醒来后虽然虚弱,但状态比术前要好。医生确认了癌变组织已经完全切除,观察期继续治疗,接着就是康复期。

"这病十年以上的存活率很高,算是幸运的。"医生安慰韩晓龙的话只让他打了个寒战。十年,十年以后马小步也才十五岁……他不敢再想,眼下能活着就是最好的啊。

韩晓云带着花进了病房,坐在马思晴边上,看着她笑:"这下可好了。你放心吧,家里都挺好的,不不想你想得不行,我本来想把他带来,怕他没轻重别影响你养病。过几天吧,过几天让他来,跟你好好亲热亲热,真是!"

马思晴也笑了,那个惨白的笑容里略带着喜气:"晓云,你对我真好,总想着我,还给晓龙又打钱过来,我有保险,能报销回来一些……刚才我也给我爸妈报平安了,他们还说,你给他们买羊肉吃了……"

"思晴,你不能这样,别人对你一点好,你都这么堆在心里,挂在嘴上。你受不得别人对你好,是你怕示弱,怕自己成了被人照顾的人吗?那以前,怎么你照顾着这一大家子人就行,等你病了,有了难,我们也照顾你一点就不行吗?"韩晓云心想自己也是一样的脾气，别人对你坏你有办法应对，毫无回报对你好，只想跑得远远的，大哭一场。

"是。"马思晴脸上露出点调皮的神情，"现在轮到你教训我了，吴大北怎么没来？"

"看看，病还没好利索你又开始八卦了。"韩晓云笑她，极力把气氛搞得轻松点。

"你猜手术后第一个来看我的是谁？"马思晴问。

"毕总呗。"韩晓云存心开她玩笑。

"也不算错。他跟谁一起来的你猜不着了，是秦嘉嘉。晓龙以前的女朋友。"马思晴说起她来，脸上竟然起了血色。

"哎，你歇会儿再聊吧，这人真没眼色，她来干吗啊。"韩晓云心说来给马小步当后妈还早点儿，就韩晓龙那样的还能让人惦记一辈子是怎么着。

"你误会她了。嘉嘉人很好，她在国外做义工，有不少陪护上的心得，很会安慰病人，最近她还在翻译一本书，把翻译完的几章打印出来带来了给我，就是得了癌症之后的心理疗愈。"马思晴说着，伸手指点床头，韩晓云真看到一沓打印纸在那里。

"那真好，这也是想不到的。让我觉得自己很小人。"韩晓云不由得有点惭愧。

"她要去上海了，顺便考察那边的环境，好的话我们集团就在那边也选址。"马思晴说起来还有点激动："我躺在床上了，世界在变啊，这场病让我不能动了，可是事情都有人在做，人家也没耽误什么。我得赶快好起来……"

"你说得太多啦，累不累？"韩晓龙走过来，给她喂了几口水。

韩晓云起身说："你们都好就行了，我回趟北京。这边店里你

313

有空也去看一眼吧。"

韩晓龙也觉得情况开始好转，开始惦记买卖了，点头答应，又问："你们真把那个电影院谈下来了？"

韩晓云说："刚才吴大北给我电话，说包半年没问题，有拆迁风险但是也说了好几年，到现在都没拆。"

下了火车，韩晓云先在麦当劳买了份套餐吃了，连大杯冰可乐都喝了下去。她需要食物填充自己，鼓起勇气。人生究竟还能有多少不幸，还是说，像自己这样，能有一口带肉的汉堡吃，就算是很大的幸运了。

是幸运吧，包括降临在你身上的不幸，也可能只是要试一试，你是不是有这么大的力气去扛。就算你一时被压垮了，慢慢地，你也就扛起来了，活下去了，是的，既然没死，还活着，这就是一种幸运吧。

林警官很年轻，个子略矮，戴着眼镜，如果不是身上那套警服，他就是个程序员，跟高家杰他们是一类人。韩晓云跟着他进去，做了一些例行问话。

"他有个同事，叫TT，你知道吧。"林警官问。

"知道啊。我这一段回老家去了，没跟他联系，怎么了，他还好吧。"韩晓云不知道这时怎么忽然说起TT。

"看来你真的一点都不知道他们之间的事。"林警官仔细地观察过她的表情，才字斟句酌地说，"高家杰牵涉的是一桩我们查了很久的大案，这个网络洗钱的途径非常隐蔽，指向的都是国外的服务器。他们的手段是伪装成比特币交易，在后台程序操控比特币的价格，这样人为地制造价格差，让大量资金流到国外。这个事上面早就关注到了，但是一直没有找到具体的人。"

韩晓云一下站了起来，又坐下了。她想起丁一鹤似乎问过她比特币的事，但她一窍不通，问了也回答不了。也就是说，这事早有起因，而她被蒙在鼓里。

"我真的不知道……我只听他说过跟朋友在外面做外包项目，一些技术上的工作我也不懂，我也没问过他，如果我知道他是做了违法的事，那我一定会劝他……劝他来自首……不可能，这不可能啊。他那样的人怎么会做这种事……"

她不知道该说什么了，陷入深深的茫然。只听到林警官零碎地说着一些什么话，听不见声音，耳朵里嗡嗡作响。

"您喝点水。是这样，通过我们的调查，也知道您跟这事没有太大的关系……"

怎么能没有关系？我们要结婚，房子都买了。韩晓云发现自己哭不出来了，眼泪已经哭完了，她干燥得沙漠一般，一口就把那杯水喝干。林警官赶紧又给她倒了一杯。

"所以主要也就是通报一下案情，高家杰因为这个……项目吧，非法所得近百万，但他都存在网上的账户里。据丁一鹤的报告里说，他是想攒多了，一次把房贷还清，以后可以不负担利息。您别激动，这应该是他日记里的，丁警官说把日记发给您了。"林警官说。

"我没有看……我……"韩晓云两只手绞在一起，满心懊悔。早知道这样，要什么房子，我们买房子只是为了结婚，房贷也可以慢慢还，你何必要去犯法，逼死自己……

"嗯，后来他们已经发现警方的追查了，慌了，有一个叫老赵的先退出了，TT就威胁高家杰，怕他出去举报，因为高家杰不清楚这个事情的性质，不知道是违法的，等他发现的时候，估计已经来不及了。TT扣下了他的钱，说这些钱就是证据，如果死大家就一起死，要不然你就一个人顶罪，自己去投案。他这些话也就是吓唬人，但高家杰当了真。丁一鹤的报告里说，高家杰早年有抑郁症病史，从小时候就开始了，他哥哥自杀后可能他心理受到不良影响，所以成年后遇到这种比较大的事，各种压力袭来，就……顶不住了。"林警官的语气中有几分同情，"谁都有顶不住的时候，对吗？"

"对。"韩晓云心想，无论如何，别人是不会知道这些日子她都顶住了什么的，相比之下，什么对门装修的砸墙电钻声，简直微不足道。

"TT我们已经抓到了，还有老赵。高家杰……可惜了，他其实罪责相对较轻，有很大机会争取缓刑。"林警官惋惜地摇摇头，这个案件也给他很大触动，毕竟大家都是学计算机的，虽然一个是猎人一个是狐狸，但毕竟都在一片程序的森林里。

韩晓云出去时又是午饭时间，林警官送她出去，一阵恍惚，她想起丁一鹤问她吃不吃食堂的肉龙。

"丁警官……对不起我不该问，但是忽然发生这事时，我整个人都乱了，他对我很好，所以我也把他当成朋友看，后来我有个公益活动，他还参加了。"韩晓云铺垫了一下，目的还是想打听他的下落。

"啊，我知道那个活动，后来我们所又派人去过，医院里小朋友们很欢迎警察叔叔，就是去一次得缓挺长时间才能过那个劲儿，您知道，心里不好受。"林警官说，"你放心，丁警官换岗了，他很好！"

韩晓云得到这句回答，像是画上了句号。

派出所门口就有一趟公交车，韩晓云上了车，也没多少人，她不想坐，站着到了家。

很久没回小区了，花坛都重新修了，门口多了一排放快递的柜子。一个男人匆匆忙忙地从大门出去，韩晓云看了觉得有点脸熟，想了一下才想起来是当初对着自己嚷嚷的工头。

王雨诗说他们收不到工钱就经常来闹看来是真的，对门被贴了好多大字"还钱""拖欠工钱，不要脸"。

她打开家门，看着熟悉又陌生的一切，高家杰似乎又回到了身边。默默地，祈求地看着她。

我不怪你，真的，家杰，我不怪你。我知道人都有崩溃的时候，我很抱歉，你崩溃的时候我没有陪着你，我很抱歉，我其实并不了解你，相爱一场，很抱歉我们没有走到最后。

她在楼下买了一只铁皮水桶，把抽油烟机开到最大，然后，从包里拿出纸做的别墅、电脑、手机、飞机、游艇，还有亿元面额的冥币。

家杰，我们不会再缺钱了，我也不会再让你为了还钱，把自己逼成那样，你不用在人间受苦了，这短短二十多年，但愿你有真的开心过，但愿你的开心里有我。

家杰，如果有来生，你再来找我。那时我们可能做同学，做好朋友，或者就做个擦肩而过的陌生人。你冲我笑笑，我也对着你笑笑，心里觉得温暖，好像在哪里认识一样，那你就知道是我了。

家杰，我想过向你求婚的，我婚纱都准备好了，那婚纱很漂亮，不过你没见过。多可惜，我是办婚礼的人，却没有办成自己的婚礼。我现在给很多人办葬礼，每一个离去的生命，都让我想到你，我用我自己的方式怀念着你，你知道吗？

青烟袅袅，韩晓云烧化这些东西很熟练，只是她从来没想过这么早，要烧给自己的爱人。或许有那一天，按理说，不是应该儿孙满堂，她是个有福气的老太太，送别一个有福气的老头子吗？

他们没有这样的福气，也没有这样的缘分，说好了的爱情，跟冥币上的亿万金额一样，尘世无法兑现。

晚上，韩晓云忽然惊醒，她翻身坐起来，喊出了声："家杰！"

但是没有人，没有声音，她在梦里恍惚看到高家杰又加班回来了，还跟从前一模一样，怕吵醒她，轻轻地开门，轻轻地进洗手间，把淋浴开得小小的洗澡。

然后，他会上床来，从后面抱住她，让她迷迷糊糊地靠在他的怀里，进入深睡。

她身边是空的，这一刻，韩晓云终于确定："高家杰不会再回来了，世界上再也没有他这个人了。"

王雨诗大中午的还在忙，韩晓云带着盒饭进来，她示意放下，打完了电话才问："警局去过了？这什么呀？我订了餐的。"

"豌豆馅的饺子，你忘了，以前咱俩总去那家饺子馆，你说就爱吃这个。"

"那都去年的事儿你还记着，累不累。"王雨诗说着打开，抓起一个就吃，"嗯，还是熟悉的味道，不错不错。你要是男的多好，咱俩结婚连夫妻店都现成的。"

两人漫无边际地聊着，说话间进来个人，一看韩晓云，愣了下，满面春风地迎上来："晓云吧，诗诗天天跟我说起你。"

"江四海。"王雨诗给韩晓云介绍，"你要问他家有没有五湖，真有，他养的狗就叫五湖，哈士奇。"

韩晓云连忙握手，江四海有点紧张："丑媳妇见公婆，今儿个算是体验到了。"

"不丑不丑，就凭诗诗的眼光，也不可能挑丑的找。"韩晓云看他浓眉大眼体魄健美，在健身房里应该没少花钱，就知道王雨诗外貌控的毛病万年不改。

"你知不知道她最喜欢的电影是什么？"韩晓云问。

"《真爱至上》《当哈利遇到莎莉》《西雅图夜未眠》《四个婚礼和一个葬礼》……这些我们俩都看过了，我还知道她爱喝气泡水，无糖可乐要买百事，戒指我选的Tiffany，花就玫瑰百合和铃兰……我们都想生个女孩，诗诗说，能像你这么能干又体贴就最好了。"江四海的话，让韩晓云眼眶有点热，强笑着说："好啊，背着我就差连娃都生好了。"

"生了你就是干妈，压岁钱年年包一个大红包别想赖掉的。"王雨诗边笑边说，"还有，你必须是我的第一伴娘，没有别人了。"

"那当然。我……"韩晓云知道投桃报李，自己理应说出同样的话，说王雨诗也是自己的第一伴娘，可是她说不出来。她不知道自己是否还能有个婚礼，是否还能有伴娘，以及，新郎该是谁。

"都过去了。"王雨诗过来给她一个拥抱。江四海趁机给两位女士开门："走吧我请你们吃饭，诗诗最喜欢的鳗鱼饭。"

"豌豆饺子我也爱。搁冰箱里晚上我当夜宵。"王雨诗居然还有了勤俭的习惯，这比有了未婚夫还让韩晓云惊讶。

吃上这顿晚饭，韩晓云觉得心里舒服多了，看到好朋友堂堂一名职业女性肉麻地露出许多小女人姿态，对方照单全收，也是件乐事。韩晓云打小不会撒娇，也没人吃她这一套，跟男朋友永远混得像哥们儿，同事，好朋友，柴米夫妻，天生与浪漫无缘。

王雨诗跟江四海商量着买房子的事，韩晓云也加入进来。郊外有不少老旧别墅，常年空置，如果买下来，也可以住家，也可以做活动，倒是不错。

韩晓云说："这事如果靠谱，我也看看，咱们年年办婚礼，今年也可以在北京办一下追思会，或者咱俩业务分割一下，你专门做婚礼，我就办葬礼，这样……"

"你冷不丁一说分割，让我心里不好受了。"王雨诗娇滴滴地说。

"咱俩说的是正经事，要谈恋爱你男朋友就在旁边。"韩晓云被她的声音激起一身鸡皮疙瘩。

"我觉得挺好，这个事特别靠谱，而且竞争对手少啊，还没做起来的市场最不好做，因为你得拓荒，但是一做起来，先行者就是老大。"江四海目光灼灼，说的话有点见识。

说话间，清酒来了，韩晓云跟王雨诗干了一杯，今天有人当司机，两个人喝了个不醉不归。韩晓云醒来时一看自己在王雨诗住处的沙发上，卧室门大敞开，王雨诗好好地睡在床上，江四海卧在地毯上睡得四仰八叉，全无他正装时的帅样。

但是这样好啊，更让人觉得踏实。韩晓云在网上订了张车票，又订了肯德基早餐，不多时就送到了，她开门接了早餐，惊醒了江四海，手忙脚乱，跟她问早安。

韩晓云拿了个汉堡塞进包，跟他点点头："我走了，诗诗就靠你照顾了。"

"我知道，照顾得不好你就收拾我。"江四海说得颇为诚恳，韩晓云却摇头："不，我会建议她多照顾好自己，至于你们俩的关系，她选到的，就是最好的。"

在高铁上，韩晓云又接到视频电话，她到车厢连接处去，一看马小步的脸占满了屏幕："姑姑你怎么还不回来呀？我怕你别也去医院了，不回家了。"

"不会的，小乌鸦，姑姑没有生病，很快就回来抱你哈。"韩晓云跟他聊了一会儿，收线后立即上网去给侄子精心挑选了一身燕尾服，配合锃亮黑皮鞋。

出车站的时候恰好看到一个熟人，没精打采往停车场走。

"小鹿？哎是小鹿吧？"韩晓云快走了几步跟上她，小鹿一抬头，韩晓云被她那双哀怨的大眼睛震慑了片刻，"这是怎么了？你来车站，送人还是接人？"

"送一个客户。晓云姐，你还相信爱情吗？"这突兀的问题完全出乎韩晓云的意料，但她很快答应了一声："相信。"

"我不信了。"小鹿愤愤地说，"我车在那边，走，我捎你一段。"

"好，那我不客气了。"韩晓云上了车，小鹿驾驶技术高超，流水一般开上了主路。

"你还这么年轻……小鹿，是不是卫总怎么了？"韩晓云能猜到端倪，毕竟小鹿对卫家敏的仰慕，远离五百米都能看得清清楚楚。

"他跟一个大学老师好上了，那个老师就是冯老师捐赠角膜的人，一次实验室爆炸，她眼睛坏了，正好冯老师……走了，她就换上了冯老师的眼睛。他……卫总特地去找到她，一找到就黏在那里了……晓云姐，我要死了，凭什么他就不喜欢我，看不到我，他要是跟淑贞姐好，我也认了，这样我还能常常看到他，可是淑贞姐说他只是把她当冯老师的替身，那现在这个女的，又算是什

321

么？有了冯老师的眼睛，她就能代替冯老师吗？他就这么一辈子只找一个人的替身吗？"小鹿边说，边把车开得飞快，吓得韩晓云后悔上了她的车。

"不是这样的小鹿，他找的不是冯老师的替身，我想，他找的是自己，是当初冯老师看见过的那个年轻男孩，全心全意地爱慕着她，虽然不敢表白，也知道没可能，但那时的他非常美好。"韩晓云轻轻地说。

小鹿似乎没听到，又似乎听到了，车速放慢了下来。

"那我也是吗？我这么想着他，也是因为，我想找到喜欢他的我自己吗？不，我自己就在这里，为什么他连看都不看我一眼。"小鹿含着眼泪，依然把车好好停下，"晓云姐，人死没什么可怕，冯老师走了那么多人想着她，她跟活着是一样的，我这样，得不到我喜欢的人，那我跟死了也没什么区别……"

韩晓云还想说点什么，但她已经下了车，小鹿砰的一声关了车门，趴在车上，哭了。

长叹一声，韩晓云给周淑贞拨了电话，不一会儿，周淑贞派来个男孩子，韩晓云一看脸熟，就是那天在卫家敏店里见过的实习生。

"小鹿师姐！"他过去扶起小鹿，小鹿甩开他的手，但他也毫不在意，笑着冲韩晓云问候："韩总好，您也上去坐坐吧，周总说请您喝茶。"

"我就不去了。小鹿，你要好好的。人生，还很长呢。"韩晓云冲他们摆摆手，自己走了，那身被小鹿开快车吓出来的冷汗慢慢才消了。

回了家一看满院子晾着小步的新衣服，那些网上买来的衣服都被韩妈妈手洗过了,好生晒晒,才能给宝贝孙子穿。韩爸爸在马小步背后看着他写大字,满眼自豪,韩晓云进来没说话,先得到一个嘘,屏息静气,等马小步写好了那一笔才算完。

"天下太平",不说千锤百炼,好歹也练了有几百张纸,总算写出来像个样了。

"姑姑回来了!"马小步跑上来,韩晓云立即半蹲运气,马小步一跳她一托屁股,这才抱得稳稳的。

"你怎么才回来呀,我都想你了。"马小步撒娇拉着长声,"大北叔叔你们一起走的吗,我怎么也没看见他了。"

"瞎说,没有,那大北哪儿去了?"韩晓云楼着侄子转了几圈就放下了,不然要有腰椎受损的可能。

"听说跟羊汤馆的小子一起,好像说要出书?我昨天去店里,会计说的。"韩爸爸知道出书是好事,但是从来没敢指望自己家里也出个写书的人。

吴大北这小伙不错,虽然没想过会跟自己女儿有点什么瓜葛,但真招来当女婿也蛮不错啊,本地人,有房有车的,而且勤快麻利低眉顺眼,对老人们都好,一条街的人找他帮点什么小忙没有做不到的。也不吹牛不打架,不打小麻将不喝酒,就是工作那什么了一点,可自己家开的也是烧纸铺子。

韩爸爸不禁暗自觉得准女婿过了关,女儿老大不小,赶紧结婚生娃,多一个外孙子跑来跑去,那就是天大的幸福了。

韩晓云给吴大北发了个语音,陪着马小步玩了一会儿,吴大北就来了,路上买了新鲜羊肉带着,来了还做贼似的四处望望:"阿姨没在家吧?"

韩爸爸说:"她上小步外婆家去了,邻居给了新炒的茶叶,她

323

拿去分点给老马喝。"

吴大北放松多了,把马小步一把抓过来,往脖子上一坐:"骑个马马!"

马小步乐疯了:"驾,驾,快点跑。"吴大北很听话地奔驰了一圈,这才放下来,直揉脖子:"小臭蛋,你更重了,长大了。"

韩晓云问电影院谈下来没有,吴大北说谈下来了,而且立即就接到生意,以前小学的老校长没了,正需要一个大的场地办追悼会。

"第一单,又是咱们自己的母校,我就没收钱了。这个之后还有一个,是那天那家老爷子的亲戚,要搞十年追忆,他们家有钱,儿子在杭州搞互联网的,说随便出价都愿意交给咱们做。"

"那是挺好的。场地你看过了?用不用进工人再收拾一下。"

"都收拾了,走吧我带你看看。小臭蛋你去不去?"吴大北问马小步。

马小步没有不凑热闹的道理,立即跳上吴大北的背让他背着,吴大北哎哟哎哟,假装背不动,韩爸爸说:"下来吧,别把你大北叔压坏了。"

"没事儿压不坏,小东西越来越重了,叔再多背几回,以后该背不动了。"吴大北说着把马小步一驮,起来就走。

韩晓云去厨房看了看,冰箱里有剩饭菜,知道老爸不会挨饿,这才放心走了。

电影院里空旷,静寂,吴大北打开开关,灯光柔和,台子上铺了深蓝色的地毯,庄严华贵,马小步哇的一声,被震住了,吴大北把他放到台上,让他来回跑着玩。韩晓云四周察看了一下,这场地确实合适,如果不是红白事犯忌讳,其实办婚礼也是非常隆重的。

"投入地笑一次,忘了自己,投入地爱一次,忘了自己,伸出你的手,别有顾虑,敞开你的心,别再犹豫……"马小步站在台上,高声唱了几句,真不错,清亮的童音回荡在礼堂里,十分动人。

"唱得好啊不不!"韩晓云使劲鼓掌。吴大北也跟着鼓掌,趁机凑到韩晓云耳朵旁边说:"你听见歌词没?让你投入地爱一次……"

"我听得见,又不聋,再说这都多老的歌了,还是以前咱们上学的时候,天天放。"韩晓云翻了个白眼,知道自己不娇俏,也懒得撒娇。

"这是我比赛的歌。"马小步非常得意,"老师说我会得一个大奖杯,姑姑,你说妈妈会不会来看我比赛?"

"那恐怕不行,你妈妈身体还没养好,不过等你比赛完了,咱们去省城,看看你妈妈你说好不好?"

话音未落,马小步飞奔而至,炮弹一般冲进了韩晓云的怀里,撞得她一头金星:"真的吗?那晚上我能跟妈妈一起睡吗?我要她搂着我,我还是小宝宝……"

"你是小臭蛋,你拉臭在我车上这事我可是永远也忘不了了,以后你就永远都是小臭蛋了。"吴大北逗马小步。

"你才臭,你是大臭叔叔,你叫我小臭蛋,我就叫你大臭叔叔。"马小步这嘴巴毫不让步,被吴大北按着头一通胡撸,马小步也张牙舞爪地还击,韩晓云躲闪不及,受到误伤:"停停停,差不多行了,别闹了,两个都臭,不乖!"

马小步玩累了,韩晓云给他一根棒棒糖吸溜着。吴大北靠在椅子上:"这儿装修过了,椅子都换了,你还记得以前咱们上学看电影,排队来这儿,看的好像是一个打仗片儿。"

"我怎么不记得来过这儿啊。"韩晓云真忘了。

"你当然不记得,你还没看一半就睡倒了,口水流我一脖子,我还拿纸巾给你擦……你记得你也得说忘了,太丢脸了。"吴大北毫不留情地损她,一边却温柔地笑了。

"对不起,真忘了。"韩晓云确实不记得了,其实吴大北在她心中,也只一直都是个衣着整洁的小男孩,而且,真的对她很好,事情模模糊糊,但好就是好。只可惜那时她不懂得怎么回报。

"蠢,大笨蛋,韩晓云,大笨蛋。"吴大北轻轻哼起来,还配上了曲儿。韩晓云嗤之以鼻,连说他真是幼稚。可是幼稚的人,不是比较容易开心吗?

三个人回到家,却只见韩爸爸一个人吃剩饭菜,说韩妈妈还没回来。

"那我开车去接她吧?"吴大北说。

"不用了,"韩爸爸满不在乎,"这路都走了几十年了,还能把人走丢了不成。"韩晓云下了一锅荷包蛋面条,就着剩菜几个人吃了,那些肉她煮了浸在卤汁里,慢火细炖。

一语成谶,走丢的不是韩妈妈,而是老马伯伯。韩妈妈和亲家母又说又比画地聊,请来做事的亲戚打了个盹,就这么个当口,老马伯伯自己偷偷从床上爬起来了,晃出去了,最后一个看到他的人是一个远房表亲,说都快走到河边了,还奇怪他怎么一个人。

韩妈妈和哑巴外婆四处出去找,本来也没当回事,这本乡本土,街里街坊的,还能找不到人吗,路上片警,交警听说了,也帮着找。

一直到了晚上,韩妈妈才给韩爸爸电话,带着哭音说了这个坏消息:"老马肯定是想去省城看闺女,可是火车站也没有啊,有监控警察在看,说不到二十四小时不能报失踪,那警察也帮着找了,这么大个人了他能去哪儿啊,怎么说话工夫就不见了?"

吴大北和韩晓云赶紧发动了店里的伙计们,又喊了几个邻居小伙,带了手电筒出去找,吴大北找了自己熟悉的警察,又跑到李姐店里找了郑宇宙,李姐热心肠,喊了郑局让他帮着找找人。

韩妈妈深一脚浅一脚回了家,跟韩爸爸两个人守着马小步,六神无主。哑巴外婆哭得一把鼻涕一把眼泪,只恨自己怎么不当心,老头身体不好,三天两头住院,这要是有个万一可怎么好。

在老马伯伯时而清醒、时而糊涂的心里,就一个念头:我闺女生病了,住在医院里,我得去看看她。

只知道是在省城,而省城,他还是七八年前去的,那时还有个渡船,大桥修建以后,早就没有渡口了,但马伯伯执着地沿着河边走,一直走,一直走,还真就让他找到了一条小船,也是个老人家撑着,在里面捞捞鱼虾,听他词不达意说要去看闺女,同情心发作,真把他摆渡过去了,过去了,四处漆黑一片,那老人还给他喝了不少热茶。

马伯伯有了精神,就从河堤上往上爬,天知道爬了多少次,奇迹一般,他从河堤爬上了岸边的路,踉踉跄跄地走着,没走多远,就被巡逻的交警发现了。

吴大北接到电话已经是深夜了,省城的巡警跟本城警察联系上了,而且省城巡警神通广大,看这么一位老人家受了苦累,当下问了闺女名字,直接就在医院里把马思晴的资料找到了。

马伯伯坐着车,被警察送去了医院。这边吴大北振奋起精神,开了一辆11座面包车,带着韩爸爸韩妈妈,韩晓云抱着马小步,哑巴外婆领着帮忙的舅妈,还有个店长跟着压车,一路也开奔省城去了。

马思晴绝没有想到,就一个晚上,把亲人们见得这么全乎。

马伯伯颤抖着从门口走进来的时候,马思晴就惊呆了,韩晓龙搀扶着岳父,他走了很久很久,满头汗迹,头发也乱蓬蓬的,身上全是泥巴。可是他一看到马思晴,眼神就变得清亮了,柔和了:"晴晴,晴宝,爸爸送你去上学。"

"爸……"马思晴不知道爸爸为何如此狼狈,身边也没个人跟着,韩晓龙接到了家里电话,却又不敢告诉她,可是马思晴努力露出了笑容:"爸爸,你骑上自行车,带我去上学。"

"哎。好。"马伯伯摊开手,一锭小小的墨在他手心里攥着,这么远的路都没松开过手。

"你还要写大字啊,等过年了,你给咱们家写春联。"马伯伯的眼睛里又露出自豪的光,跟旁边的护工说,"我家晴晴字写得可好了,你家要贴春联,福字,找她写,我给你送上门去。"

他站起来,又慢慢坐下了,韩晓龙看了不好,冲门外狂喊护士,医生和护士们赶到把马伯伯扶上床推走了,他提着一口气这么久,见了女儿,放心了,体力透支,昏了过去。

没过多久,门外又是一阵喧嚣,一大群人拥了进来,奔在最前面的就是马小步:"妈妈,妈妈,妈——妈!"

他却不敢冲撞马思晴,在床边停住了,把大头放在妈妈枕头边上:"妈妈,你终于好了是吗,我好想你……"

众人都跟在外面,马思晴一一看过去,哭着,又笑了,她对着马小步点头:"妈妈好了,妈妈再也不生病了,再也不了。"

说不得这一晚上多少慌乱，韩晓龙临时开了几个房间让大家休息，老马伯伯劳累过度住院了，哑巴外婆和舅妈陪护。第二天韩爸爸韩妈妈和韩晓云跟着面包车回去了，马小步说什么都要留下来跟妈妈待一天。

吴大北和韩晓云去了老校长的追思会，办得场面盛大，老校长桃李满园，来了好几百个，故旧学生，亲戚知交，不时有同学相认了，人群里此起彼伏的惊叹声。韩晓云跟同学们没来往，也躲在一边上，巡查现场的流程，店长还是靠谱的，新招来的年轻人也不错，这么大的场面也算是罩住了，没出什么乱子。

因为起死回生这事，吴大北成了同学们里的香饽饽，都围着他调侃起哄。小学班主任也来了，头发斑白，笑呵呵地说："大北，你有对象没有？你看同学们都俩孩子了。"

韩晓云看到吴大北站得规规矩矩的，涨红了脸，对老师说："我以前有个小同桌您记得吗？"

"不记得了，我就记得你，学习好，有礼貌，干干净净的，是个好孩子，老招坏孩子欺负，小女生都能打你，哈哈。你跟小同桌好上了？那挺好啊。"老师慈爱地看着吴大北。吴大北动了动嘴唇，也没否认这话。

这一场办完，马不停蹄办下一场，老先生逝世十周年的追思会，选了一种浅浅鹅黄色调的小花，单独看不起眼，放在一起美不胜收。会上播放了为老先生定制的VCR，有照片，有视频，还有他自己吹的口琴伴奏。来者无不落泪。

这片子是小杜做的，他来交活儿的时候，大咧咧地喊了吴大北一声："大北哥。"

"滚，我是你舅舅。"吴大北骂归骂，却递给这熊孩子一听可乐。

小杜喝了一口可乐,冲韩晓云一鞠躬:"舅妈好。"引得店长和店员都笑不可抑,吴大北气得去掐他脖子:"你个皮孩子,没完了还。"

韩晓云笑笑,不说话。把他的作品看了一遍,写了几处修改意见,发到小杜微信上。虽然她蛮和气,小杜却有点怕她,当下规规矩矩答应了,要出门去。

临走前韩晓云反而问他:"你到底想叫我什么?"

一下把小杜给问住,脸也红了,结结巴巴地说:"姐你愿意我叫啥,我就叫你啥。"

"嗯,那我看你还是叫姐比较好。"韩晓云摆出大姐的架子,也让这小男生好一阵心慌。但这大北哥跟云姐都是真心对他好,小杜还是心里有数的,强作镇定,扮了个鬼脸,跑了。

晚上吴大北跟韩晓云抱怨:"你就说愿意当舅妈,不就完了?"

"那你才是完了,他叫你哥,你是我外甥啊?"韩晓云操办婚事丧事日久,精于区分这些个姑姑阿姨侄子外甥的称呼,吴大北很不想当她外甥,也就不再说了。

马伯伯殁于一个月后,马思晴恢复得很好,坐着轮椅,能帮着操办爸爸的丧事。马伯伯走得很平静,吃了点也喝了点,还自己下楼去理了发,面容就跟熟睡一样,终于再也不为任何事情操心,可以蜷身于自己卖了一辈子的骨灰盒里,放心长眠。

马思晴到了把爸爸的骨灰盒抱在怀里时,才落下泪来:"爸爸,你走吧,我会好好地活下去。爸爸,你相信我,我还会年年都写春联的,小步也会写了,我们一起写。"

马伯伯的亲戚并不多,哑巴外婆那边来了不少人,韩晓龙一一招待了，到底家里就做这一行的，轻车熟路，做得很圆满。只有马小步还糊里糊涂，一个劲儿地问外公去哪里了。

韩晓云把他牵出去，蹲下来说："外公去了很远的地方。"

"是死了吗？"马小步很害怕，也很好奇。

"嗯，死亡也只是一种状态，可能他只是累了，睡着了，不想再起来了。"韩晓云想了想，又说，"也可能是他一个人又出发了，去到一个到处都是鲜花和绿草的花园里，那里太美了，他不想回来了。"

"可是我会想他。"马小步圆圆眼睛瞪着，渐渐泪光泛了起来。

"当你想他的时候，他就活着。走的人只要有人想，有人爱，他就还一直都在。"韩晓云把侄子抱在怀里，用力一拔，竟然抱不起来了，只好让马小步侧着身，坐在她蹲着的腿上。姑侄俩拥抱了很久，马小步默默地哭了。

马思晴出院时，拖延已久的韩家爷爷迁坟仪式才办起来了。毕竟马思晴是长孙媳，重要人物，不可缺席。马小步嘟嘟囔囔不情愿，但也改了姓叫韩小步，跟老爸韩晓龙酷似两兄弟。

长大了一岁的马小步进了幼儿园大班，当了一天小班长就官迷得很，在家里指手画脚，希望大家都听他的，然而大人们不买账，他只好指挥大北叔，这人还是随时都能哄着他，在车上拉臭的交情，跟别人不一般。

韩晓云主持大局，忙前跑后，好不容易才按照长辈们七嘴八舌的建议，组织起了民间吹鼓手，找了匹高头大马，白的，又寻了个废弃已久的滑竿，专门去乡下找手艺匠人，定做了小小棺木，比骨灰盒略大，但正经八百是口棺材，不是批量生产的匣子。

韩爸爸的腿好了，韩妈妈又病倒了，强支撑着病体，全家人披麻戴孝，去爷爷的坟地里祭奠，然后，开坟，迁出遗骨，按理说应该韩晓龙去亲手捧出来，但他太太妈妈都有病，需要伺候，就跟韩晓云说："你去。"

韩晓云一愣，看了眼爸爸，韩爸爸点点头："去吧。"韩妈妈少不了心里又觉得不舒服，但她罕见地没说什么。是的，该用人了，就不分男女了，这按说是长子长孙的活儿，她要去承担。什么年代了，还讲究这些，可要放下这些讲究，他们又花费了多少时间。

韩晓云下了浅浅的墓坑，把看不清颜色的布和上面的几块遗骨仔细放在一起，想起以前爷爷给她的笑脸，悲从中来，跪在那里落了泪。

人生在世，到最后谁不是一把黄土。她勉力捧起，从里面迈了出来，再恭恭敬敬放在香案上的小棺木里。

便有人喊："福寿双全……"吹鼓手跟着起了调子，吹打一阵，凄凉地热闹着。

棺木合了，众人依次过去行礼。接着，放在滑竿上，白马开路，亲人簇拥着滑竿，吹鼓手们吹起来多年没听过的送葬曲。韩晓云从来不知道，这曲子其实辛酸又热烈，像一个人发自肺腑的呐喊："我走了，你们要好好地活着呀！"

爷爷，我会的。爷爷，我们都会的。

尾声

卫家敏的婚礼操办完，紧接着就要操办王雨诗的婚礼，韩晓云觉得自己精神不够用，恨不得头悬梁锥刺股。卫家敏的新娘甚美，一双眼睛流光溢彩，也不知道是不是潜意识作怪，真的感觉有几分神似冯老师。卫总修身养性，目不斜视，就此成为居家好男人一枚，江湖艳名只剩下传说。

参加婚礼本来没衣服，韩晓云在朋友圈里抱怨了一句，隔天收到了夏美娟快递来的礼服，淡淡蓝紫色，裙摆上有一些不易觉察的银箔，灯光下幽幽闪闪，非常好看。就是穿上了显得学生气，韩晓云照了照镜子，又换回套装，方便自己紧跟流程，催酒菜，给主持人递词儿。安抚一些过度焦虑的亲友，顺便告诉小朋友们不要踩爆气球，弄坏鲜花墙。

王雨诗办了个极其简单的仪式，韩晓云作为伴娘出场，对方的伴郎一眼就看上了，百般示好。韩晓云看看他，长得不错，一口整齐白牙，是个家境殷实的华裔好青年。说了很多谢谢之后，很直接地拒绝了他。

吴大北看到婚礼直播，两人的合影，醋心翻倒，酸得直抽冷气，当天就买了张机票，飞去北京，自以为浪漫到极点，没想到韩晓云已经坐上高铁，直接回家，他扑了个空。

郑宇宙到底还是磨着吴大北把书出了，封面极其花哨，唯恐不够哗众取宠：听灵车司机讲故事。

这书卖得不怎么样，但被一位有声书大神看上了，二十万买下版权，半夜讲故事讲得火暴起来，吴大北也被不少媒体捉去又拍照又做访谈，顺便还把起死回生的事反复说了百多次，连自己都说得疑幻疑真，不知道是不是真的发生过这事。

郑宇宙死了做文学的心，跟老妈把羊汤面做火了，李姐果然跟大学老师求教，上了个成人自考的班，而且真念上了本城师院的生物系。上学之后李姐斯文许多，连衣裙也素气不少，出来进去都戴着眼镜，不细看不知道是老花镜，很有知识分子的派头。郑宇宙添油加醋地给老妈写了一篇人物记，发表在了本城的报纸周刊上。

王雨诗嫁了人，韩晓云盘点一下手头积蓄，还是把那套小户型卖了，去寄存处取了骨灰，带着一笔钱回了高家杰的老家。

高家杰的父母没料到她会来，还理睬他们，不知道该说什么好。看到了钱，更是不知道如何是好。高妈妈喃喃地问："要钱，干什么？"

高爸爸背过脸去流泪，他变得比高妈妈更软弱。韩晓云看了看二老，问了下高家杰的安葬事宜，高妈妈说："我没有这个心，有心，也没有这个力了。"

韩晓云说："那就让我来吧，这也是我应该为他做的事。"

墓地是买好的，置办了墓碑，那一天风和日丽，入土为安。墓碑上写"不孝子高家杰之墓"。韩晓云觉得不妥，但做墓碑的师傅司空见惯地说：

"年纪轻轻，他撇下两个老人就走了，不是不孝是什么？都是这么写的，没有例外。"

她想为他辩解几句，却驳不回这强硬的理由。一个大好青年，在异乡奋斗，就因为没有好好活下去，熬下去，顶过那些坎坷和不顺利，他成了不孝子。但是又有谁帮过他，管过他，对他说过一些暖心的好话？这世界对他很残酷，他决意离去，又有什么错。然而，这就是不孝，要刻在墓碑上，是为铭记。

韩晓云在墓碑前默默合十，但并没有感觉到跟墓里的人有什么交流。人死了就是死了，变成土，变成灰，这个游戏，只有一条命。网络游戏，失败多少次，死了多少次，都可以重来，人生不能。

高爸爸偷偷问韩晓云："小杰为什么要做这些坏事？"

韩晓云知道解释不清，就小声告诉他说："家杰是被人骗了，骗了他的坏人，也都判刑了，那个案子牵涉好几个亿，都是五年以上。"

"啊五年……出来了还活着，活得好好的，可我的孩子没有了……"高爸爸悲鸣一声，低下头，那头发已经全白了。

晚上，回乡的列车上，韩晓云终于打开信箱，去看了高家杰的日记，很长，也简洁，浓缩了他的一生。相遇那天的事，韩晓云忘了细节，他却记得她"有一双明亮的眼睛，很勇敢，我最羡慕勇敢的人"。

是吗？是，她还击了当年打过她的女生，她还以为这一下名声扫地，再也不会有人愿意跟她这个夜叉来往。但并不是，高家杰就此爱上了她。

高家杰没有快乐过，哥哥自杀后，成绩曾经很拔尖却在高中下滑后，暗恋又失恋后，只有写到韩晓云的部分，有一些快乐和

335

希望的笔调：

"我抱着她，舍不得睡觉，我想这一夜如果是一辈子该多好，一辈子如果就这么过完了该多好，那我就一直都是开心的。"

"她给我做了饭，照烧鸡肉，这还是第一次有女生给我做饭，以前都是我做饭菜，原来有人给你做饭吃，那么幸福，也许这就是幸福。"

"我太累了，晓云也累，我们每天分头上班，累也累在一起，是不是这就是夫妻了，我不知道，如果感情跟程序一样，有明确的结果就好了。"

……直到后来，他越来越疲惫，沮丧，最后，他写了很多：

太累了，太累了，太累了，工作没有了，我还可能吃官司，挣的钱没拿到，还要我赔偿，坐牢，我太累了，我不能再骗她，拖累她了。

韩晓云关了日记。看着信箱里丁一鹤的来信，恍如隔世。她打开了一个丧事流程的文案，用剩下的时间改完，写完，然后收拾东西，下了车。

她拨通吴大北的电话，让他来接她，顺便一起去吃羊汤面。热的食物，让她确定自己还活着，并且活得不错。路有多长，自己的脚知道，自己的脚痛不痛，只有心知道。

而我们，还是要一直走下去，走下去，不管前面是婚礼，还是葬礼。

后记　生死两茫茫，而我们还要活下去

我们是在亲近的人身上学习死亡这一课的，死亡是剥夺，原本那么亲的人，你随时可以看见，对方的脸可能比自己的脸还要熟悉，你们深深相爱，虽然这爱从来都羞于出口，我们中国的父母子女不习惯每天念叨我爱你，这种爱都灌注在一粥一饭，默默陪伴之中。然而有一天，这一切猝然而止。爱是安全感的源头，当这源头忽然就消失了，你要面对冰冷的现实：他死了，你怎么办？

忽然之间，活下去就成了一个难题，你要活在一个没有了亲人的世界里。为什么好好的一个人就没有了，是我犯了什么错，要受到这样的惩罚吗？上天这样的安排是公平的吗？死了的人，会看见我吗？看到我的痛苦，也会跟着心痛和舍不得吗？

更进一步，会想到自己的死，是不是死了就不会这么痛了，是不是死了，还有重逢的时候，让我们把没说出口的话，都说出来，但是现在去死，还能追上先走的人吗？若有轮回一说，会不会逝者已经成了新生婴儿，这一生一世，就这么草草结束，你连再见也没有机会说。

《最后一里路》里想写出这种痛楚，每个活着的人，都对死亡缺乏了解，而试图去理解，去接受，这是生命的功课，很难，但必须。我写了对死亡的恐惧，像马思晴，很多人努力让自己变得很强,内里其实脆弱,一旦要被疾病拷问,人就会陷入崩溃,我也写了对死亡的坦然,像冯老师,但她也当众剖析自己的心迹,不愿意对这世界心存怨恨,我也写了死亡中会有挣扎,疗愈,新生,像女主韩晓云,到了后来,她可能也没有走出死亡的阴影,但她投身的行业,她对工作的付出,也一定会慢慢地教会她,怎样去以更好的姿态面对自己生命里的创痛,怎样去走好未来的路。

人生很长,要面对的事情也很多,我希望自己真实地面对人生,真诚地对待创作,我希望我写一个人一件事,能让大家看到内里的真。真实的东西有破败,有伤口,有坎坷,有纠结,但也会有希望,有挣扎,有向前和向上的力量,有笨拙的修复和默默的忍耐,有坚持的态度,和被摧毁过但又重新站起来的决心。

连载《最后一里路》的过程中,我又收到了很多读者的来信和后台留言,每次看到大家含泪写下的故事,我也跟着流泪。这人生百味掺杂,有时真让你觉得苦海茫茫,一天也熬不下去了,可我们每个人,也都还在自己的小船上,用力地划着桨,不让自己随波逐流。如果你深爱的人,离你而去,那么他们在天上,也会希望看到你好好地生活,看到你的笑容,方可安心。

我们永远学不会如何好好地说再见,因为如果能说的话,我们只会恳求:请你不要走。可是结局的安排,从来不因我们的意愿更改,来的挡不住,去的挽留不得。我也很希望主角们能有潇洒的姿态去面对离别,可只能写得出这样外表坚强、内里软弱的角色,每个人都活得很辛苦,每个人都有自己的迷茫和痛楚,但每个人也都没有就此屈服,跌跌撞撞,遍体鳞伤,总还是要去努力活着。

死亡面前,谁能说自己是真正的强者?天地如逆旅,人生如过客，来去匆匆，谁又能真正活得尽如心意，毫无遗憾？接受，面对，让自己去尽量理解这些，虽然很难，但我们不能不去做。

距离开始写《世间儿女》，现在已经将近整整三年了，有好几位读者朋友三年抱俩，成了孩子妈妈，而我的《天伦之乐》更名为《女儿的选择》，也在两个月前发行问世了。看到老读者们还在晒书，写读后感，有时竟会恍惚，这中间的种种，是不是真的发生过，幸好有文字作为记录，感谢自己，一直在写。虽然我也常常说自己懒惰——这也是真的，时常一放下就是几个月，不过，该做的事情，还是要努力去做完。

感谢读者亲们的陪伴，感谢你们对我毫无保留地敞开心扉，让我听到回响，感谢几年来一直在赞赏的朋友们，你们为文字付费的精神令我感动，也带动我时时赞赏自己喜欢的文字，虽然微薄但这很可能会影响到某位作者创作的热情。感谢给我写书评，花钱买书的读者朋友，现在书价不菲，让大家破费了，也但愿自己有更好的作品拿出来奉献给朋友们，不辜负大家的支持和期望。

活着，是应该有一些温暖，有一些期望的。我会继续写下去，下一本书《共享厨房》会尽量开始连载，陪着你过春夏，也希望能陪着你过秋冬。

生死循环，花开花落，有一个地方，人人皆要前往，而我们总该完成自己的故事，走完属于自己的路，这路无论怎样，没有人能背着你走，没有车能载你走，可能你也没有一双舒服的鞋子，可能前面也没有什么好风景，但我们的双脚并不会因此停息，你必须自己走，一个人走，继续走，向前。